FANNY SCHÖNAU

Liebesglück und Beerenkipferl

GOLDMANN
Lesen erleben

Karla Fischer, 33, ist attraktiv, clever und zielstrebig. Ideale Voraussetzungen, um in der renommierten Wiener PR-Agentur Leitner & Partner Karriere zu machen. Und tatsächlich: Karla wird befördert – allerdings geradewegs vor die Tür. Aber es kommt noch dicker! Vom Arbeitsamt wird sie als PR-Mitarbeiterin nach Hinter-Russbach, quasi an den Arsch der Welt, zur Schuhmanufaktur Gosauer vermittelt. Ihr spröder Bankberater Paul Lenz kennt ihren Kontostand, der sich wie immer in unerfreulichen Minusgraden befindet, und macht ihr Beine, die Strafexpedition anzutreten. Widerwillig reist Karla ins Kuhdorf, wo sie auch gleich auf allerlei skurrile Gestalten trifft. Allen voran Gosauer-Chef Rupert, eine Mischung aus Alt-68er und Alm-Öhi, der lieber von einem antikapitalistischen Kräuterhandel träumt, anstatt seiner Rolle als Geschäftsführer gerecht zu werden. Ein Albtraum! Zum Glück gibt es Karlas neue Kollegin, die unterforderte Schuhdesignerin Eva, deren rustikale Tante Mirli mit ihren himmlischen Beerenkipferln und den Erdnüsse futternden Dackel Guido.
Doch gerade, als die hektische Stadtpflanze sich an das ebenso schräge wie fidele Völkchen gewöhnt, geht die Firma pleite. Karla, wieder ohne Job, kehrt mit einem besonderen Abschiedsgeschenk von Eva zurück nach Wien: selbstdesignte Sneakers, die die Schuhfetischistin sofort ins Herz schließt. Ein kleiner Trost, aber trotzdem: kein Job, kein Geld – Karla ist verzweifelt. Da nimmt die Sache eine völlig unerwartete Wendung, und ausgerechnet Banken-Paul zeigt, was alles hinter seiner spröden Tweed-Fassade steckt …

Fanny Schönau

Liebesglück und Beerenkipferl

Roman

GOLDMANN

Dies ist ein Roman,
alle Handlungen und Personen sind frei erfunden.

Dieses Buch ist auch als E-Book erhältlich.

MIX
Papier aus verantwortungsvollen Quellen
FSC® C014496
FSC www.fsc.org

Verlagsgruppe Random House FSC® N001967
Das FSC®-zertifizierte Papier *Holmen Book Cream* für dieses Buch
liefert Holmen Paper, Hallstavik, Schweden.

1. Auflage
Originalausgabe Oktober 2013

Umschlaggestaltung: UNO Werbeagentur, München
Umschlagmotive: FinePic®, München
Redaktion: Eva Wagner
LT · Herstellung: Str.
Druck und Bindung: GGP Media GmbH, Pößneck
Printed in Germany
ISBN: 978-3-442-48011-1
www.goldmann-verlag.de

Besuchen Sie den Goldmann Verlag im Netz

1

Nun, Frau Fischer, es tut mir sehr leid …«

Merke: Wenn Gespräche mit dem Satz »Es tut mir sehr leid« anfangen, braucht es nur durchschnittlich ausgeprägte hellseherische Fähigkeiten, um zu wissen, dass man nach dem Gespräch nicht unbedingt froher gehen wird, als man gekommen ist.

»Es tut uns sehr leid«, hatten vor fünf Monaten Karla Fischers Vorgesetzte zu ihr gesagt, ehe sie ihr kurz darauf eröffneten, dass sie bald keinen Job mehr haben würde – als Texterin im PR-Büro »Leitner & Partner«. Der Grund für ihre Kündigung lag darin, dass der Umsatz der Agentur in den vergangenen Monaten in den Keller gerasselt und die Zahl der Mitarbeiter nicht mehr zu halten war. Immer weniger Kunden waren bereit, die horrenden Honorare, die Herr Leitner und seine Partner für ihre Arbeit verrechneten, zu bezahlen. Die sah nämlich im Wesentlichen so aus, dass die Chefs mit befreundeten Journalisten und Chefredakteuren in die Sauna gingen, um denen dort beim Schwitzen eine Story im Interesse ihrer Kunden aufzuschwatzen. Das wurde dann als »informelles Treffen« oder »Contact-Booking« verbucht und schlug für den Kunden mit dreitausend Euro zu Buche. Dass man alle Leute einige Zeit zum Narren halten kann und einige Leute allezeit, nicht aber alle Leute allezeit, wusste zwar Abraham Lincoln, nicht aber Leitner nebst seinen Partnern. Ein schwerer Fehler, der sich aber blöderweise zum Nachteil von Karla auswirkte, die als schwaches Glied in der Kette dem Rotstift zum Opfer fiel.

»Frau Fischer, das ist nichts gegen Sie persönlich. Sie haben sich in den vergangenen acht Jahren sehr intensiv für unsere Agentur eingesetzt, aber leider sind die Zeiten härter … schwierig … Umsatz versus Ausgaben … immense Personalkosten … Dienstverhältnis beenden.«

Fakt war, dass Karla acht Jahre lang für zu wenig Geld – gemessen an dem, was ihre Chefs den Kunden verrechneten – zu viel gearbeitet hatte. In der Überzeugung, ihre Vorgesetzten würden ihr Engagement honorieren und sie ein paar Sprossen auf der Karriereleiter hinaufklettern lassen, war sie quasi rund um die Uhr für sie erreichbar gewesen. Und dann das! Statt hinauf ging es plötzlich bergab. Was für eine himmelschreiende Ungerechtigkeit!

»Nun, Frau Fischer, es tut mir sehr leid …«, seufzte Herr Fiala vom Arbeitsamt, wo sie nun zum dritten Mal saß – ihm gegenüber auf einem schlichten Besucherstuhl, der wohl früher in den Räumen eines bulgarischen Grenzpostens gestanden hatte. Überhaupt: Dass es derart uncharmante Gebäude in Wien gab, hatte Karla nicht gewusst, da sie sich in derartigem Ambiente bis dato nicht aufgehalten hatte. Der graubraune Linoleumboden verströmte den Geruch von altem Plastik, die tristen Schreibtische und Regale die Behaglichkeit einer sibirischen Ausnüchterungszelle. Karla hatte das mal im Fernsehen gesehen. In einem sehr bedrückenden Film. So schnell wurde aus Fiktion Realität. Blöd, dass sie nicht in »Sissi – Mädchenjahre einer Königin« gelandet war. Da waren wenigstens die Möbel schön. Und die Pflanzen. Anders als hier, wo der vertrocknete und vergilbte

Gummibaum elendig in der Ecke dahinsiechte und die Atmosphäre des Amtes harmonisch abrundete.

Herr Fiala blätterte in Karlas »Akt«, wie er die Unterlagen betreffend ihrer Person und der damit verbundenen Arbeitslosigkeit nannte, und warf ihr einen mitfühlenden Blick zu. So mitfühlend, wie ein Beamtenblick eben sein kann. Homöopathisch.

»Es ist ja nicht so, dass Sie nichts können …«, fing Herr Fiala an, kratzte sich an seiner Halbglatze und parkte die Hand auf seinem rundlichen Bauch.

»Aber?«, fragte Karla.

»Aber für das, was Sie können, gibt es keine Stelle. Wir suchen ja schon seit zwei Monaten.«

»Wie? Keine Stelle?«, echote Karla.

Herr Fiala wurde konkreter. »Für Sie gibt es keine Stelle!«

»Hören Sie – ich bin ja keine Strickerin, die sich ausschließlich auf das Verarbeiten von finnischer Meerschweinchenwolle spezialisiert hat.«

Fiala kicherte. »Ach, Sie sind lustig!«, sagte er und legte kurz darauf seine Miene wieder in sorgenvollen Falten zurecht.

»Ich bin nicht lustig! Ich bin verzweifelt!«

Fiala zuckte mit den Schultern. Der Mann hatte anscheinend das Einfühlungsvermögen eines Mehlsacks. Auf gewisse Weise sah er auch so aus.

»Na ja. Die Sache ist die: Offene Stellen für PR-Fachfrauen gibt's nicht viele. Und derzeit gar keine. Wären Sie Friseurin oder Kellnerin oder … Mechanikerin, hätten Sie mehr Glück.«

»Anscheinend hat es das Glück nicht so gut mit mir

gemeint, und ich bin leider, leider weder Kellnerin noch Mechanikerin. Ich bin PR-Fachfrau, und ich brauche einen Job! Wie soll ich mit dem bisschen Arbeitslosengeld meinen Lebensstandard halten?«, jammerte Karla, hielt sich die Arme vor den Kopf und ließ sich theatralisch auf Herrn Fialas Beamtenschreibtisch fallen. Manche Worte bedürfen großer Gesten.

»Na, na!«, tadelte sie der bärtige Fünfzigjährige und rückte seine Unterlagen wieder zurecht. »Sie sind ja nicht die Einzige in diesem Land mit diesen Problemen.«

»Aber um mich geht es jetzt hier! Ich stehe vor dem Ruin!«, gab Karla zu bedenken. Der hatte doch keine Ahnung, was es hieß, de facto kein Geld mehr zu haben. Also: Geld im Sinne von Bargeld hatte Karla vorher auch nicht gehabt, sondern eher in Sachwerten – sprich Klamotten, Schuhen, Taschen, Make-up und anderen Dingen, die einen Zwölf-Stunden-Tag im Büro rechtfertigten.

Aber jetzt würde sie nicht mal mehr das Geld haben, um es in Sachwerte zu investieren.

Ihre Laufbahn als Investorin wurde zunichtegemacht! Wussten diese Menschen, die für die »Berechnung der Bezugsgrundlage« zuständig waren, was sie taten?

»Es ist Ihnen hoffentlich bewusst, dass Sie, wenn ich nicht so schnell wie möglich einen adäquaten Job bekomme, mit mir einen nicht ganz unerheblichen Wirtschaftsfaktor ausschalten?«, legte Karla nach. Große Gesten, die wirkungslos bleiben, bedürfen manchmal subtiler Drohungen.

Fiala schaute Karla lange und verständnislos an. Hatte wohl mit Wirtschaftswissenschaft nichts am Hut, der gute Mann von der sibirischen Ausnüchterungszelle am bulgarischen Grenzposten.

Er schien nachzudenken – jedenfalls kratzte er sich an der Stirn.

»Denken Sie doch über einen Branchenwechsel nach«, schlug er dann, zufrieden ob des eingeschlagenen Geistesblitzes, vor. Anscheinend hatte Karlas Drohung, die Wirtschaft massiv zu schwächen, Wirkung gezeigt.

Der Beamte griff entschlossen nach dem dicken Berufsindex, der auf seinem Schreibtisch lag, und blinzelte Karla verschwörerisch an.

»Was können Sie denn besonders gut?«, fragte er schwungvoll und begann in dem vergilbten Wälzer zu blättern. Er meinte es wohl nicht so, aber in seiner Frage schwang eine dezent erniedrigende Attitüde mit.

»Mich schminken«, sagte Karla daher – mit einem, wie sie glaubte, unüberhörbar sarkastischen und gelangweilten Ton in der Stimme. Was sollte das denn? Sie hatte schon einen Beruf, außerdem das Abitur, ein abgeschlossenes Studium, jede Menge Praxis und eine konkrete Vorstellung davon, wie sie zu leben gedachte.

»Leichenplastinatorin!«, rief Herr Fiala enthusiastisch und tippte mit seinem dicken Zeigefinger auf eine Zeile in seinem Index. »Da müssen Sie richtig gut schminken können!«

Karla erbleichte und versuchte, gleichmäßig weiterzuatmen. Jetzt nur nicht die Nerven verlieren. »Nur über meine Leiche«, zischte sie, nachdem sie ihre leicht ramponierte Fassung wiedergewonnen hatte.

Fiala wiegte den Kopf.

Karla legte nach: »Leichenplastinatorin! Meine wahre Lebensaufgabe! Wahrscheinlich stand nach meiner Geburt irgendwer an meinem Bettchen und sagte mit hohler Stimme ›Karla, du hast einen großen Auftrag! Du wirst die

Welt nicht besser, aber dafür ein paar Leichen schöner machen!«

Fiala kicherte wieder: »Sie sind lustig!«

Ehe Karla in Tränen ausbrechen konnte, klopfte Gott sei Dank bereits der nächste Arbeitslose an die Tür.

»Frau Fischer, wir sehen uns nächste Woche wieder. Vielleicht fällt Ihnen bis dahin ja etwas ein, womit Sie neu durchstarten könnten, hm?«, versuchte er, ihr einen Schuss Optimismus auf den offensichtlich steinig gewordenen Weg mitzugeben.

»Ja, Herr Fiala. Das werde ich tun. Oder ich kaufe mir eine Schusswaffe«, antwortete Karla, packte ihre Tasche und reichte dem verwirrt dreinblickenden Berater zum Abschied die Hand. Sie war schließlich höflich. Das hatte sie bei Leitner & Partner gelernt: immer höflich bleiben.

»Für eine Polizistin sind Sie aber zu alt«, hörte sie ihn noch murmeln, als sie den Ort der Verdammnis verließ.

2

Karla wollte zwar ohnehin nicht Polizistin werden, fühlte sich aber mit ihren dreiunddreißig Jahren derzeit tatsächlich alt. So alt wie Joan Collins gerüchteweise ungeschminkt aussah.

»Schreib doch einen Roman!«, riet ihre Freundin Ellie, die als Assistentin am Institut für Wasserwirtschaft der Universität für Bodenkultur in Wien arbeitete und Karlas Rauswurf ebenfalls als große Ungerechtigkeit empfand.

Karla zog die linke Augenbraue in die Höhe und strafte Ellie mit einem kurzen, aber bösen Blick. Obwohl Ellie wusste, dass die zwischenmenschliche Temperatur in Richtung null Grad ging, wenn Karla ihre Augenbraue hob, überlegte sie laut weiter. Sie war in mehrfacher Hinsicht von Äußerlichkeiten nicht zu beeindrucken.

»Du könntest ein Buch über eine tragische Liebesgeschichte schreiben. Oder was Intelligentes. Über die Auswirkungen der Klimaerwärmung auf die Wasserkraftnutzung.«

Karla zog hörbar die Luft ein. »Ich könnte natürlich auch ein isländisches Strickbuch schreiben«, schlug sie vor. »Huch. Da fällt mir ein, ich kann gar nicht stricken. Hätte ich lernen sollen.«

Was hatte sie in ihrem Leben gelernt?

Was konnte sie denn richtig gut?

Erstens: Augenbrauen fassonieren.

Zweitens: Avocadosoße machen.

Drittens: Na gut, so schwer war Acovadosoße nun nicht. Einfach Sauerrahm, Salz, Pfeffer und Grünzeug durchpürieren und – *tataaa* – fertig.

Viertens: Sie konnte sehr gut ihren Bankberater Paul Lenz beruhigen. Persönlich und mit Briefen, in welchen sie ihm das periodisch – also beim Sommer- und beim Winter-Sale – auftretende Negativsaldo am Konto stringent durchargumentierte. Und – Achtung! Kunstgriff! – meist schwatzte sie ihm dabei auch noch einen kleinen Überzugsrahmen zum Überzugsrahmen ab.

Daher fünftens: schreiben.

Vielleicht könnte sie tatsächlich Geld verdienen, indem sie etwas schrieb? Vielleicht war Ellies Idee gar nicht mal so doof, wie sie sich im ersten, zweiten und dritten Moment angehört hatte?

Aber was schreiben?

Was schrieben denn die anderen so?

Karla ging zu ihrem Bücherregal, schob die Stapel mit Gossip-Magazinen zur Seite und nahm ein paar ihrer Bücher heraus.

»1000 Ideen für eine bessere Welt« – Nein, da war sie die Falsche. Außerdem: Wie kam dieses Buch in ihr Regal?

»Rom. Die ewige Stadt« – No way. Sie kannte keine Stadt im Ausland richtig gut. Sie wusste zwar, wo in Barcelona und Prag die H&M-Stores waren, aber das gab für einen Reiseführer vielleicht doch zu wenig her. Abgesehen davon: Wer würde extra nach Barcelona reisen, wenn er dieselbe Bluse in Schweinbach bekam?

Also weiter: Für ein Lexikon fehlte es ihr an Wissen, für einen Sci-Fi-Roman an Fantasie. Harry Potter war schon geschrieben – wäre ihr aber ohnehin nicht eingefallen. Und für Bücher mit erhabener Sprache fehlte ihr die erhabene Sprache.

»Dann doch lieber Leichen schminken?«, resümierte Ellie und zuckte mit den Schultern. Ihr war anscheinend nicht bewusst, dass es nur noch eine Frage kurzer Zeit war, bis Karla ihren Teil der gemeinsamen Miete nicht mehr aufbringen konnte. Schließlich stand der Sommer-Sale vor der Tür – und, ja, es gibt Zeiten, da muss man einfach Prioritäten setzen!

»Ellie, ich mach mir wirklich Sorgen«, stöhnte Karla und rührte in ihrem Milchkaffee herum. »Stell dir vor, ich müsste hier ausziehen, nur weil Leitner und die anderen Schweinebacken mich gefeuert haben.« Ihr war zum Heulen zumute. Alles, was ihr lieb – das Zusammenwohnen mit Ellie – oder teuer – ihr bisheriger Lebensstil – war, stand auf der Kippe.

»Gott sei Dank habe ich keine glückliche Beziehung mehr, sonst wäre die auch noch gefährdet.«

»Ja, was für ein Glück! Gott sei Dank hast du auch kein Pferd, keinen Bugatti und kein Atomkraftwerk – das könntest du dann auch alles verlieren.« Ellie konnte sich ein Lachen nicht verkneifen. Sie war Karlas beste Freundin. Und die einzig wirkliche, wenngleich die beiden komplett verschieden waren. Ellie, sehr ruhig und bedacht, legte so viel Wert auf ihr Äußeres wie Dieter Bohlen auf dezente Ausdrucksweise. Wissend, dass hinter Karlas glatter Fassade einer überzeugten Stadtpflanze mit Glamour-Tick ein Mensch mit Ecken, Kanten und einem großen Herzen steckte, nahm sie deren zur Schau getragene Oberflächlichkeit meist mit trockenem Humor zur Kenntnis.

Einen Tag später klingelte das Telefon. Herr Fiala war dran.

Der Morgen fing ja gut an.

»Frau Fischer, ich habe eine Stelle für Sie«, rief er erfreut.

»Ach was? Als Kuhdompteuse?«, argwöhnte sie. Dem Kerl war schließlich alles zuzutrauen.

»Sie sind lustig«, kicherte er. »Nein, als PR-Mitarbeiterin.«

Karla glaubte, sich verhört zu haben. »Tatsächlich? Als PR-Mitarbeiterin?«

»Ja, ja!«, Herr Fiala schnaufte zuversichtlich wie ein alter Dudelsack in den Hörer.

»Für wen?«

»Für einen Schuhproduzenten!«

Karla verschlug es die Sprache.

»Sind Sie noch dran?«, fragte Herr Fiala unsicher.

»Natürlich! Und wie ich dran bin«, antwortete Karla und grinste von einem Ohr zum anderen. Wenn es in ihrem Leben eine echte Leidenschaft gab, dann waren das definitiv Schuhe! Schöne Schuhe, viele Schuhe, teure Schuhe – egal: *Schuhe!*

»Das heißt, Sie nehmen diese Stelle an?«

»Was für eine Frage!«, rief sie. »Natürlich!«

PR-Mitarbeiterin bei einem internationalen Schuhkonzern! Wer würde da auch nur eine Sekunde zögern?

»Gut. Dann leite ich die Sache ein, und morgen kommen Sie zu mir ins Amt, damit ich Ihnen alle weiteren Unterlagen vorlege.«

»Ja, so machen wir das, Herr Fiala. Danke, und bis morgen!«

Karla rannte zu Ellie ins Zimmer.

Ellie freute sich für ihre Freundin.

»Nicht nur, dass ich garantiert ordentlich Geld verdienen

werde, ich werde sicherlich auch Gratisschuhe bekommen! Grahaaaatis-Schuheee! Vielleicht sogar Schuhe aus der Prêt-à-porter-Kollektion?!« Karla blickte in ihre neuerdings strahlende Zukunft und tänzelte begeistert durch Ellies Zimmer. »Ich sehe schon die ganzen Szene-Zicken, wie sie mit vor Neid bleichen Gesichtern auf meine Schuhe schielen …«

»Sie werden alles über dich sagen können – aber nicht, dass deine *Schuhe* zweitklassig sind.« Ellie konnte sich mal wieder ein Lachen nicht verkneifen. Karla tat so, als hörte sie die leise Kritik nicht.

»Sag mal, für wen arbeitest du eigentlich?«, unterbrach Ellie Karla, während die ihr all die Vorteile aufzählte, die so ein PR-Job bei einem international angesagten Schuhlabel mit sich brachte.

»Keine Ahnung«, antwortete Karla fröhlich. »Aber irgendein klingender Name wird das auf jeden Fall sein. Wer könnte sich sonst eine PR-Mitarbeiterin leisten?«

3

Gosauer«, sagte Herr Fiala und strahlte Karla an.

»Wer?«

»Gosauer. Das sind diese wunderbaren Schuhe aus dem Salzkammergut.«

Ein Moment der Stille trat ein. Ein Vakuum machte sich in Karlas Kopf breit.

Dann hörte sie sich aus einiger Entfernung fragen: »Wooo?«

»Salzkammergut. Eine schöne Gegend. Naturbelassen. Gemütlich und rustikal. Wie die Schuhe«, plapperte Herr Fiala drauflos.

Durch Karlas Kopf donnerte eine unerfreuliche Assoziationslawine, die so gar nicht zu ihren Vorstellungen des vorigen Tages – Stichwort »internationales Label« – passen wollte.

Sie versuchte, die Informationen, die da aus Fialas Mund munter hervorsprudelten, zu ordnen und vor allem: zu verstehen. Das war gar nicht so leicht. Die Faktenlage sah nämlich so aus: Herr Fiala hatte Karla bereits beim Arbeitsamt abgemeldet und Rupert Graupner, dem Chef der Schuhfabrik, ihren Arbeitsbeginn zugesagt. Der hatte nach Zusendung von Karlas Lebenslauf auf ein Vorstellungsgespräch verzichtet.

»Er hat sich sehr gefreut, dass jemand aus der Bundeshauptstadt ins Salzkammergut zieht«, berichtete Herr Fiala.

»Wieso? Wer zieht ins, äh … Salzkammergut?«

»Na, Sie!«, rief Fiala, als würde er ein kleines Kind darauf aufmerksam machen, dass auf seiner Stirn ein roter Punkt klebte.

»Ich??« Karla war fassungslos. Das durfte doch wohl nicht wahr sein! Das war ein böser Traum, und sie musste jetzt, sofort und auf der Stelle aufwachen. »Niemals!«, rief sie und sprang vom bulgarischen Grenzpostenstuhl auf.

»Aber Sie haben doch gesagt, dass Sie zusagen«, Herr Fiala kratzte sich ein wenig ratlos den Bart und sah Karla an.

»Aber doch nicht bei irgendeiner Bauernfabrik in St. Nirgendwo an der Garnix!« Karla fuchtelte unkoordiniert mit den Armen herum.

»Was? Wie? Wo?«

»Ja, genau! *Wo* soll ich da wohnen? Ich kann doch hier nicht mein Leben aufgeben?!«

»Sie bekommen eine Firmenwohnung …«

»Ach ja? Ein Baumhaus? Oder was?«, kreischte Karla, mittlerweile panisch und hocherbost.

»Na, na, jetzt aber schön ruhig, Frau Fischer! Nachdem Sie keinen anderen Beruf möchten, müssen Sie wohl hier und da ein paar kleine Abstriche machen.«

»*Kleine Abstriche* nennen Sie das? Ich werde gezwungen, ins Nichts zu reisen, zu Halbwilden, die irgendwelche hässlichen Töffler machen, die niemand will und niemand braucht?!«

»Diese Firma hat einen erstklassigen Ruf!«, warf Herr Fiala fast ein bisschen beleidigt ein.

»Wo? Beim Viehzüchterverband im Hinterwald?« Karla

tippte sich auf die Stirn. Wie gesagt: Manche Worte bedürfen großer Gesten …

»Jetzt sind Sie aber sehr ungerecht! Auch ich habe Gosauer in meinem Schuhschrank«, sagte Fiala, streckte sein linkes Bein aus und wackelte mit dem Fuß.

»Kann ich die Zusage noch zurückziehen?«, fragte Karla matt.

»Na ja. Nun. Unter bestimmten Umständen. Eigentlich nicht. Außer … Sie bekommen dann ein halbes Jahr lang kein Geld von uns. Also gar kein Geld.«

Karla lachte. Zum Weinen reichte es noch nicht. »Sagen Sie, warum zur Hölle braucht dieser Verein eine PR-Mitarbeiterin?«, fragte Karla.

»Oh … ähm … Keine Ahnung.«

»Das ist alles nicht wahr, oder?« Karla hatte mittlerweile feuchte Augen.

Herr Fiala schwieg. Angemessen, in Anbetracht ihrer Verzweiflung, wie Karla dachte.

Sie blickte aus dem Fenster.

Was hatte sie bloß getan, um in eine derartige Situation zu kommen? Sie war niemals absichtlich böse oder niederträchtig, hatte ein normales, angenehmes Leben geführt, wie es eben alle so führen. Job, Freunde, Ausgehen, Shopping, und einmal im Monat zu den Eltern auf Kaffee, Kuchen und Ratschläge. Wo zum Teufel hatte sie dazwischen so viel mieses Karma angehäuft, dass sie jetzt selbiges abrackern musste?

»Erst mal für ein halbes Jahr?«, schlug Fiala vorsichtig vor. »Wenn es Ihnen dort nicht gefällt, können Sie sich dann – und das sage ich jetzt unter der Hand, weil Sie so lustig sind – bei mir wieder arbeitslos melden.«

Karla blieb wohl keine Wahl.

4

Ellie war zuerst überrascht und dann ratlos, als Karla ihr ihren Lebensweg für die nächsten sechs Monate skizzierte.

»Und dann komme ich sofort zurück, lass mich in eine Nervenheilanstalt einweisen, beantrage Invaliditätspension, und davon kann ich dann weiterhin meinen Teil der Miete bezahlen.«

»Außerdem kommst du dann rechtzeitig zum Sommerschlussverkauf«, warf Ellie ein.

Karla begann leise zu weinen.

»Das Leben geht weiter. Die Wege des Herrn …« – Ellie versuchte es mit Behelfsreligiosität – »… führen direkt ins Tal der finsteren Schatten.«

»Ach, leck mich doch«, schniefte Karla. »Ich soll nächste Woche in diesem Kuhdorf anfangen. Keine Ahnung, wie man dort überhaupt hinkommt.«

»Vielleicht musst du ja eingeflogen werden? Mit einem Hubschrauber der Bergrettung?«, kicherte Ellie und versuchte mit Ironie und Humor Karlas Endzeitstimmung ein wenig aufzuhellen.

»Haha.«

Anscheinend wirkte der Plan.

»Sag, wo genau bist du dann? Wie heißt der Ort?« Ellie griff nach ihrem Laptop.

»Hinter-Russbach.«

Ellie konnte ein Lachen nicht unterdrücken.

Karla warf ihr einen Blick zu, der einen handelsüblichen Reaktorstab zum sofortigen Einfrieren gebracht hätte. »Hinter-Russbach«, wiederholte sie.

Ellie surfte im Netz.

»Na, da haben wir es schon. *Der wunderschön idyllische Ort Hinter-Russbach liegt im oberösterreichischen Salzkammergut und beeindruckt mit großen Aussichten auf die Zacken des Gosaukammes und den berühmten Dachstein-Gletscher* ...«, las sie vor. »Klingt doch gar nicht so übel. Manche fahren absichtlich dorthin.«

Karla steckte sich den Finger in den Hals und imitierte einen spontanen Brechreiz.

»Betrachte es als Urlaub auf dem Land«, schlug Ellie vor.

»Bin ich irre?«

»Vielleicht als Alternative zum Jakobsweg?«

»Bin ich Hape Kerkeling?«

Ellie überlegte.

»Na ja, so ganz ohne Make-up ... «, sagte sie und kicherte heiser, dass es nach »chrchrchr« klang, als würde jemand an einem Ast sägen.

»Ich kann mir schon vorstellen, wie das Leben dort läuft«, fing Karla an. »Verhärmte Bauern, die an jeder Ecke Hirschgeweihe montieren; Sechsjährige, die auf alten Traktoren zur Dorfschule rattern; Frauen, die mit Kopftüchern rumlaufen, jede zehn rotznasige Kinder an der Hand ... Und der einzige Höhepunkt in ihrem langweiligen Leben ist sonntags die Messe in einer unbeheizten Kapelle, wo sie dann ihre geschmacklosen Trachtenkleider spazieren tragen ...«

»... und alle singen sie – so wie die Trapp-Familie«, führte Ellie Karlas Aufzählung fort.

»Genau. Aber die singen nicht, die jodeln. Tagaus, tagein jodeln die. Und warum tun sie das? Weil es egal ist. Versteht ohnehin kein Mensch ein Wort. Was soll ich dort machen? Wo trinke ich dort meinen Caffè Latte? Meinen Mojito mit doppelt Minze? Wo geh ich am Abend aus? Was machen die Menschen dort eigentlich, außer Holz hacken und Kinder zeugen?«

»Du wirst es mir bald sagen können. Ich ruf dich ganz oft an, okay?«, versprach Ellie.

»Sofern ich Empfang habe …«, merkte Karla düster an.

Dann fiel ihr ein, dass es dort möglicherweise wirklich kein Wireless LAN geben könnte. Und ihr wurde siedend heiß. Ihr halbes Leben fand online statt. Online oder im Innenstadtgetümmel. Das würde sich künftig wohl ändern.

Last Exit Hinter-Russbach.

Im Reisebüro beim Bahnhof fand die Dame am Kartenschalter den Ort »Hinter-Russbach« nicht.

»Beim Dachstein«, erklärte Karla entnervt.

»Ach? Da bin ich mir nicht sicher, ob da ein Zug hinfährt«, sagte die Ticketfrau.

Nach zehn Minuten war dann klar: Hinter-Russbach war nicht mal eine eigene Gemeinde, sondern quasi nur ein Gesäuse mit ein paar Häusern rundherum und einer Schuhfabrik. Es gab keine Direktverbindung dorthin. Sie würde in Salzburg umsteigen und danach einen Bummelzug nehmen müssen und eine weitere, schnarchsackige Fahrt mit dem Postbus überleben, um nach sechs Stunden Odyssee ihr Ziel zu erreichen. In den Jemen zu reisen ging schneller.

Die Kartenfrau druckte Karla zwei verschiedene Fahrscheine aus, legte ihr einen Zettelstapel mit Abfahrtszeiten hin und wünschte gute Reise. So musste sich Meryl Streep gefühlt haben, als sie ins Jenseits von Afrika reiste. Nur dass es dort wenigstens warm war.

Zuhause angekommen, schrieb Karla der Schuhfabrik »Gosauer« eine E-Mail, in der sie dem Geschäftsführer Rupert Graupner ihre Ankunftszeit mitteilte und ihm ihr Dienstzeugnis von Leitner & Partner sendete.

Sofort kam eine Antwort. Der Toni – Haha! – werde sie am Bahnhof Vorder-Russbach abholen, um ihr die Fahrt mit dem Postbus zu ersparen. Und sie, Rupert und seine Mannschaft, würden sich sehr auf ihre Ankunft freuen.

Nein, Karla freute sich nicht. Gar nicht!

Ihre Eltern wiederum fanden die aktuelle Entwicklung, dass sie kurzfristig »aufs Land zog«, wie sie es ausdrückten, gar nicht mal so übel. Eltern eben. »Frische Luft hat noch niemandem geschadet«, dozierte ihre Mutter und riet, ganz die praktische Hausfrau, eine dicke Jacke und feste Schuhe einzupacken.

»Der Berg ruft!«, krähte ihr Vater aus dem Wohnzimmer, von wo aus er das Gespräch mitverfolgte.

Ihre Mutter wies sie darauf hin, einen Nachsendeauftrag bei der Post einzurichten: »Sonst glauben die, du wärst ausgewandert!«

»… oder verstorben«, brüllte ihr Vater in Richtung Küche.

Ach, hatte der Mann ein Gefühl für Situationskomik! Seine Kunden bei Werkzeugfachmann Schneider mussten ihn wirklich vermissen, seit er in Rente gegangen war.

Den Hinweis ihrer Mutter nahm Karla widerwillig zum Anlass, ihrem Bankberater Paul Lenz einen längst überfälligen Besuch abzustatten. Er schrieb ihr regelmäßig Mahnbriefe, und es wäre möglicherweise kontraproduktiv, wenn Karla diese durch ihre Abwesenheit ignorierte.

Mann, wie war die Werbung doch verlogen! Kreditinstitute wurden dargestellt, als handle es sich um Orte der Freude – glückliche Menschen vor und hinter den Kassenschaltern. Die Wirklichkeit sah anders aus. Das wusste Karla. Zumindest *vor* den Kassenschaltern. Und dann erst die Mitarbeiter der Banken! Pfah! Bankmenschen wurden in TV-Spots ständig als »Bester Kumpel«-Typ dargestellt: gut aussehend, zuvorkommend, hilfsbereit, humorvoll. Menschen, die einem die Löcher am Konto flickten, aus wenig Geld – schwupps – verdammt viel machten, nebenbei dem geschätzten Kunden einen Kuchen backten und sich mit ihm bei Sonnenuntergang fröhlich betranken.

Nein, die Wirklichkeit sah anders aus. Sie hieß Paul Lenz, war unauffällig, bieder, spröde, langweilig, nichtssagend und verströmte den Charme eines antiquierten Rechenschiebers. Niemals hatte Karla den Drang verspürt, ihren Bankberater außerhalb seiner Wirkungsstätte zu sehen, ihm mehr Beachtung als nötig zu schenken oder ihn gar als besten Kumpel zu betrachten.

Gut, er war jetzt nicht hässlich wie Medusa, er war kein offensichtlicher Charakter-Arsch, hatte sogar etwas Ähnliches wie Humor, und unhöflich war er auch nie. Er war nur der totale Anti-Typ. »Das« Mann, quasi. Wahrscheinlich hatte er sein Testosteron irgendwo auf einem Sparbuch angelegt und hoffte, irgendwann mehr davon zu bekommen. Haha.

Allein schon das Gebäude, in dem sich die Bank befand, wirkte auf Karla abschreckend. Das monumentale Gründerzeit-Haus drückte durch seine Architektur jene Macht aus, die dem Geld innewohnt. Paul Lenz, der in seinem verglasten Beratungskobel gerade mit einem Herrn mittleren Alters irgendwelche Unterlagen durchging, bemerkte Karla, und sein Gesichtsausdruck hellte sich für den Bruchteil einer Sekunde auf, ehe er ihr den obligatorischen vorwurfsvollen Blick zuwarf.

Karla winkte ihm schwach und wartete. Ihr Blick schweifte durch die Bank. Nein, hier war sie nicht sehr gerne. Ihre Hände wurden feucht, denn unangenehme Erinnerungen stiegen auf. Sie fühlte sich hier drinnen immer schuldig. Schuld! Allein schon das Wort »Schulden«, die sie eigentlich immer hatte – mal mehr, mal weniger –, war groß und negativ belastet. Möglicherweise hing es damit zusammen, dass schon der Begriff aus dem katholischen Konzept der Schuld hervorging. Die Briten waren da wesentlich lockerer. Dort hatten Schulden nichts mit *guilt* zu tun, sondern hießen sehr sympathisch *debt*.

Während Karla ihren Gedanken nachhing, ging die Tür zu Paul Lenz' Kobel auf, und der Kunde verabschiedete sich mit einem Packen Unterlagen und einem breiten Grinsen. Arsch!

Paul bat Karla mit einer einladenden Handbewegung, auf dem betongrauen Sessel neben seinem Schreibtisch Platz zu nehmen.

»Schön, Sie zu sehen, Frau Fischer«, begrüßte er sie, leicht verlegen, und richtete sich seine ebenso betongraue Krawatte.

»M-hm«, murmelte Karla und zwang sich zu einem tapferen Lächeln.

Paul Lenz tippte ihren Namen in die Tastatur seines Computers ein, und sein Blick verdüsterte sich.

»Jaaaa, Frau Fischer«, sagte er gedehnt und räusperte sich kurz. »Wir haben ein kleines Problem.«

»Sie etwa auch?«, fragte Karla boshaft – sie hasste es, wenn Menschen wie er, die in gewisser Hinsicht auf dem längeren Ast saßen, mit einem verbindenden »Wir« eine Einigkeit herzustellen versuchten, die es definitiv nicht gab.

Paul Lenz war sofort verunsichert. Er legte den Zeigefinger auf sein schmales Oberlippenbärtchen, als würde er sich die Lippen verschließen wollen. Anscheinend bedauerte er das plump-vertrauliche »Wir«, das ihm entschlüpft war.

»Wie mir aufgefallen ist – und Ihnen sicher auch –, haben sich die monatlichen Eingänge seit mehr als zwei Monaten auf Ihrem Konto verändert«, teilte er Karla mit. »Und mir ist auch aufgefallen, dass Ihr ... ähm ... Einkommen von einer neuen Stelle überwiesen wird.« Er warf Karla einen kurzen Blick zu. Dann setzte er zartfühlend nach. So als gelte es, ihr die hochnotpeinliche Nachricht über eine bei ihr diagnostizierte Geschlechtskrankheit zu überbringen: »Sie erhalten ja neuerdings Geld vom Arbeitsamt.«

Karla schossen gefühlte fünfzig Liter heißes Blut in die Wangen. Sie fühlte sich ertappt, denn sie hatte der Bank nicht mitgeteilt, dass sie arbeitslos geworden war.

»Und deswegen sollten ... wir ...«, Herr Lenz dachte anscheinend kurz darüber nach, ob das »Wir« hier angebracht war, »sollten wir über Ihren Überziehungsrahmen reden.«

Karla wollte nicht sollen. Sich an einem frischen Maimorgen mit Bankberater Lenz über Geldstress zu unterhalten war ihr etwa so angenehm wie ein Schluck Putzmittel. Eigentlich war sie ja hauptsächlich gekommen, um ihren baldigen Umzug bekannt zu geben.

»Ja, gerne«, schwindelte sie unverschämt, um ihn milde zu stimmen. »Was stimmt denn damit nicht?«

»Na ja, der Rahmen ist ja an Ihre Eingänge angepasst, und die waren bis vor Kurzem noch passabel, aber jetzt …« Lenz fühlte sich offensichtlich unwohl. »Kurz, wir müssen Ihren Rahmen herabsetzen.«

Karla ging in Gedanken routiniert ihre Möglichkeiten durch: Flehen? Feilschen? Flirten? Sie entschied sich für eine oft erprobte Mischung.

»Herr Lenz«, sie neigte den Kopf ein wenig und senkte die Stimme, »das wird nicht nötig sein, denn sehen Sie: Ich habe einen ganz, ganz tollen neuen Job bekommen.«

»Das ist eine gute Nachricht«, zeigte sich Banken-Paul erfreut. »Darf ich fragen, um welche Tätigkeit es sich dabei handelt?«

Karla lehnte sich zurück und verschränkte die Arme. Wie sollte sie ihre unfreiwillige Landpartie erfolgreich schönreden?

»Ich arbeite im Marketing eines Schuhherstellers«, fing sie an und hoffte, Lenz würde nicht nachfragen.

Tat er aber.

»Ah! Oh! Und bei welchem?«, wollte er wissen und lehnte sich interessiert vor.

Mist, dachte Karla und sagte: »Nun, es handelt sich dabei um einen Traditionsbetrieb im Outdoor-Sektor.«

Paul Lenz verharrte in seiner erwartungsvollen Haltung. Er blickte Karla an. Es kam ihr vor, als würde er in ihren Augen versinken.

Schnell wechselte sie das Thema. »Wegen des Überziehungsrahmens …«, begann sie.

Lenz fasste sich schnell. »… Leider müssen wir warten, bis

die erste neue Gehaltsüberweisung auf Ihr Konto eingeht. Bis dahin liegt Ihr Überziehungsrahmen bei …« – er sah kurz auf den Monitor – »also, er liegt bei null.«

»Null??« Karla wurde kurz schlecht. Also doch flehen! »Aber Herr Lenz! Das geht nicht! Ich bin ja jetzt schon um zweitausend Euro drüber!«, jammerte Karla und machte ein fürchterlich trauriges Gesicht.

Das tat seine Wirkung. Paul Lenz strich sich nachdenklich über sein Bärtchen, wiegte den Kopf hin und her und schaute sie ehrlich mitfühlend an.

»Ja, natürlich. Das ist ein Problem. Hmhm. Na ja …«, überlegte er laut, »man könnte ja eine Art … hmhm … Überbrückungslösung finden, bei der wir, sagen wir mal, zwei, drei Monate warten, bis sich die Lage stabilisiert hat, und dann machen wir aber Nägel mit Köpfen.«

Karla hatte keinen Tau, wie diese Nägel mit Köpfen finanziell betrachtet aussehen sollten, reagierte aber schnell und dankte Banken-Paul überschwänglich.

Dass ihr Lohn bei den Gosauern nur knapp über ihrem Arbeitslosengeld liegen würde und sie zudem so schnell wie möglich aus der sicherlich lähmenden Einöde zurück in ihr wirkliches Leben wollte, verschwieg sie vorsichtshalber. Sie wollte die entspannte Stimmung nicht zerstören. Jetzt fehlte nur noch ein sympathischer und vor allem schneller Abgang.

Sie reichte ihrem Berater die Hand und stand auf.

»Ja, dann besten Dank, und man sieht sich – oder so.«

Paul Lenz' Ohren wurden rot, er sprang auf und nahm ungeschickt die ihm hingestreckte Hand entgegen. »Ja, das würde mich, äh … sehr freuen, Frau Fischer, wenn wir einander wiedersehen«, stammelte er und schenkte ihr ein verlegenes Lächeln.

5

Ellie half Karla beim Packen ihrer Sachen, was in Anbetracht der Dauer ihres geplanten Aufenthaltes – ein halbes Jahr – eine logistische Meisterleistung war. Sie brauchte ihre Hosenanzüge, ihre Pullis, Shirts und Jeans – in dunklen und hellen Blautönen –, ihre Schals, die Jacken, die Accessoires, die Plateauschuhe, die Sneakers, die Ballerinas, die Peeptoes, natürlich auch die Slingpumps … Wenn Karla bei Leitner & Partner etwas gelernt hatte, dann, dass das Outfit die halbe Miete war. Und nur weil sie nun bei diesen Halbwilden arbeiten musste, wollte sie nicht ihre Prinzipien aufgeben!

Schlussendlich standen zwei riesige Koffer, zwei Reisetaschen und ein Beautycase, so groß, dass ein zusammenklappbares Fahrrad darin Platz gehabt hätte, abfahrbereit im Flur.

Den Rest würde Ellie nach Bedarf nachschicken. Sie fuhr außerdem die halbe Strecke mit dem Zug mit, half Karla in Salzburg beim Umsteigen mit dem Gepäck und trat nach einem tränenreichen Abschied die Heimreise in die Zivilisation an.

Nun saß Karla allein in einem Abteil der Westbahn und betrachtete sehr niedergeschlagen die Landschaft, die am Zugfenster vorbeizog.

Wenn in Filmen Menschen mit einem Zug durch die Gegend fahren, dann weiß der Zuschauer: Entweder kommt es jetzt krass schlechter – oder viel besser. In Rosamunde-Pilcher-Filmen kommt es vorhersehbar immer besser. Im Viererabteil findet während der Reise stets ein innerer Monolog statt, ehe die junge Frau einen tendenziell verdorbenen Kerl aus der Vergangenheit oder einen harmlos-liebenswerten Mann aus der Zukunft trifft. Weil vorhersehbar, mochte Karla die Pilcher-Filme sehr gerne. Blöd nur: Das hier war kein Pilcher-Film, sondern das Drehbuch ihres eigenen Lebens. Und das sah gerade nicht nach einem Happy End aus.

Irgendwie klappte in ihrem Leben seit Monaten so gar nix. Auf der Karriereleiter waren die untersten drei Sprossen, auf denen sie die vergangenen Jahre hinaufgeklettert war, durchgebrochen. Ihr Liebesleben war aufregend wie eine Wassertrinkkur in Bad Sauerbrunn. Und die finanzielle Lage? Die war so heiter wie ein Wolkenbruch. Eigentlich konnte es doch nur besser werden. Wobei das ja kein Indiz dafür sein musste, dass sich das Blatt zum Positiven wenden könnte. Vielleicht war der Talboden – im doppelten Sinne – noch gar nicht erreicht? Vielleicht kam es noch schlimmer?, fragte sich Karla und blickte mit düsterer Miene nach draußen. Die Landschaft wurde immer bergiger, und als nach insgesamt fünfeinhalb Stunden bis auf Bäume, Berge und viel Himmel gar nichts mehr zu sehen war, war sie in Vorder-Russbach angelangt.

Sie schleppte die Koffer zur Zugtür, blickte nach draußen und entdeckte einen Mann, der mit seinem rot-weiß karierten Hemd genauso aussah, wie man sich einen Toni vorstellte. Er sah Karla aber nicht, weil er stur auf den Boden glotzte.

Autistisches Landvolk, dachte sie und spürte, wie Groll in ihr hochstieg. Das fing ja gut an.

»Hallo?«, rief sie in seine Richtung. Er reagierte nicht.

»Hallo! Sie! Äh … Herr *Tooniii?*«

»Ja. Des bin i, aber des ›Herr‹ kannst dir sparen«, tönte es hinter Karla. Ein weiterer kleinkarierter Toni, diesmal in Blau-Weiß, war plötzlich aufgetaucht und grinste ihr ins Gesicht.

Karla erschrak so sehr, dass sie ihre schwere Reisetasche, die sie als letzte aus dem Zug auf den Bahnsteig hievte, auf seine Füße fallen ließ.

Er verzog keine Miene. »Stahlkappen«, sagte er, »Gosauer. Schön, dass du da bist. Herzlich willkommen.«

Ja, ihr mich auch, dachte sie, schüttelte ihm die Hand, versuchte, ein schales Lächeln auf ihr Gesicht zu zwingen, und reichte ihm wortlos ein Gepäckstück nach dem anderen.

»Wie viele sind denn mit dem Zug gekommen?«, fragte Toni, während er das Gepäck in seinem Lieferwagen verstaute.

Karla überhörte seine Frage großzügig. Wahrscheinlich war es hier unüblich, mehr als eine Hose und zwei kleinkarierte Hemden zu besitzen.

Als sie losfuhren, schaute Karla Toni genauer an. Er war um die fünfzig, hatte einen Schnauzbart, und seine Haare waren unter einer bunten Mütze versteckt. Die Mütze sah extrem doof aus, aber Karla hatte nichts anderes erwartet. Auf seiner Nase saß eine Nickelbrille, die so aussah, als hätte sie der Kerl selber bei einem Bastelkurs zurechtgebogen. Sie war rund und vergrößerte Tonis Augen auf Liz-Taylor'sche Dimensionen, wenn sie Richard Burton wegen eines Brillant-Colliers anschnorrte. Nur dass das bei diesem Fahrer mit Mütze nicht charmant wirkte, sondern äußerst irritierend. Wie ein Zyklop mit zwei Augen.

Sie tuckerten im Schneckentempo die Straße entlang. »Ist das Auto kaputt?«, fragte Karla.

»Nein, warum?«

»Weil es so langsam fährt.«

»Ach so. Nein, das ist ein Elektromotor. Wir fahren nur mit E-Motoren, und die brauchen halt ein bissl, bis sie auf Touren kommen. Dafür hauen's ned tonnenweise Dreck in die Luft. Außerdem hamma Zeit, ned wahr? Bei uns is alles a bissl langsamer«, sagte Toni und grinste.

Aha. Ein bisschen langsamer. Anscheinend war Karla nicht nur in einer neuen Raum-, sondern auch in einer neuen Zeitdimension gelandet. Sie würde es herausfinden. Obwohl es nur wenige Dinge auf der Welt gab, die zu erforschen sie weniger interessierten als die Lebensart dieses eigentümlichen Bergvolkes hier.

»Warum gibt es hier eine Schuhfabrik?«, fragte sie Toni, um ein wenig Small Talk mit Informationswert zu betreiben. Sie wollte schließlich … höflich bleiben.

»Warum nicht?«, fragte der im Gegenzug.

»Ist ja nicht wirklich ein … äh … Industriegebiet hier, oder?«, merkte Karla an.

»Müssen Schuhe was mit Industrie zu tun haben?«

»Wo werden hier die Schuhe verkauft?«, fragte Karla unbeirrt weiter.

»Wo werden anderswo die Schuhe verkauft?«, konterte er.

»Na, in Geschäften oder über den Versandhandel.«

»Eben.«

Es entstand eine Pause. Das Prinzip »Frage – Antwort« hatte der wohl noch nicht ganz verinnerlicht.

6

Die Gegend sah genauso aus, wie der Ortsname klang. Klein, öd und leer. Mehr oder weniger leer. Hinter-Russbach war eine Persiflage auf den Begriff »Ort«. Nach ungefähr zwanzig Minuten Fahrzeit bog Toni mit dem Lieferwagen von der Bundesstraße, von der Karla nicht wusste, wo sie eigentlich hinführte, nach rechts ab. Fast hätte sie das kleine Ortsschild übersehen, das bei der Abzweigung stand und den Weg nach Hinter-Russbach/Ortsmitte zeigte. Es war nicht einmal ein richtiges Ortsschild – also groß und eckig –, sondern eher ein verschämter Wegweiser. Angemessen, wie Karla befand. Sie lachte bitter auf. Toni drehte sich zu ihr und sah sie mit fragendem Blick an. Karla winkte ab. Was sollte sie dem Seppel denn sagen? Dass das alles nur ein großes Missverständnis war? Dass sie hier in diesem Lieferwagen saß, weil die Alternative dazu jene war, in der Gosse zu landen? Wobei: Vielleicht war das tatsächlich eine Alternative?

Die Straße wurde schmaler, und nach einigen Minuten tauchten die ersten Häuser auf. Dann stieg Toni jäh auf die Bremse, legte den Rückwärtsgang ein und parkte den Lieferwagen bei einem Gebäude, das direkt an der Ortsstraße lag.

»Willkommen bei den Gosauern«, sagte er und strahlte Karla wie ein zweiäugiges Zyklopen-Honigkuchenpferd an. Hatte er das einstudiert?

»Ah ja. Danke«, antwortete sie höflich und öffnete die Wagentür.

Da war sie nun. In Hinter-Russbach. In the middle of nowhere, am sprichwörtlichen Arsch der Welt. Und der Arsch, der war nicht knackig.

Doch wo war die Schuhfabrik?

Das unauffällige, quaderförmige, schmucklose Gebäude vor ihr konnte es ja nicht sein. Nirgendwo war ein Logo zu erkennen, oder irgendein anderer Hinweis, dass hier Schuhe produziert wurden. Der Parkplatz, auf dem vier Autos standen, war nicht einmal asphaltiert, sondern nur mit Schotter bestreut.

»Mir nach!«, rief Toni fröhlich, nachdem er Karlas Koffer und Reisetaschen aus dem Lieferwagen gehoben hatte. »Vorsicht!«, sie deutete auf ihren Alu-Trolley. »Der ist empfindlich. Das ist eine limitierte Sonderedition von Samsonite. Die Steine am Boden machen ihn kaputt!«

Toni ging einen Schritt von ihrem Koffer weg und betrachtete ihn eingehend. Dann sagte er »Aha« und grinste. »So. Das lassen wir hier mal stehen und holen es nachher, wenn der Rupert dir den Schlüssel gegeben hat.«

»Wie bitte? Hier stehen lassen? Unbeaufsichtigt?«, fragte Karla entsetzt. »Was ist, wenn das jemand nimmt?«

»Wer sollte das nehmen?«

»Keine Ahnung«, sagte Karla und deutete auf die umliegenden Häuser. »Irgendwer …«

»Wer?«

»Ich weiß es nicht«, sagte Karla.

»Ich auch nicht«, antwortete Toni und grinste. Na, wenigstens war er mittlerweile in der Lage, eine Antwort zu geben.

»Gehen wir doch in die Küche. Die anderen warten schon auf dich«, schlug er vor und zeigte auf das Gebäude. Karla warf noch ein paar unsichere Blicke auf ihre teuren Koffer und stakste ihm dann schwankend nach. Das Gehen mit ihren Stöckelschuhen auf dem Schotterparkplatz war unangenehm. Natürlich war es zart-dämlich von ihr gewesen, mit Heels anzureisen, aber dort, von wo sie herkam, gab es keine archaischen Schotterpisten, sondern normale, asphaltierte Wege. Außerdem wollte sie sich nicht mit diesen Hinterwäldlern auf eine optische Stufe stellen und hatte für ihren Antrittsauftritt einen dunkelgrauen Hosenanzug von St. Emile ausgesucht, zu dem eben nur die mittelgrauen Nubuk-Pumps mit halb hohem Absatz passten. Ihre dunkelblonden schulterlangen Haare hatte sie sich zu einem Zopf gebunden – very sleek –, und weil die Nachmittagssonne schien, setzte sie sich ihre schwarzblaue Tom-Ford-Sonnenbrille auf. Die hatte sie ein kleines Vermögen und damit verbunden ein längeres Schreiben an Banken-Paul bezüglich Konto-Überziehung gekostet.

Zu ihrem Erstaunen war das schmucklose Gebäude der Gosauer durchaus zivilisiert gestaltet – auf den zweiten Blick. Rechts schien sich eine Halle zu befinden, links ein Teil mit großer Glasfront und – du lieber Himmel – tibetischen Gebetsfähnchen! Auch das noch! Esoterische Ökos, die ihre Provinzialität relativieren wollten, indem sie hässliches Flickwerk aufhingen von irgendwelchen Mongoleneskimos oder irgendeinem anderen Volk, das man hin und wieder in Reisedokus auf SAT1 oder RTL sah.

Als Karla und Toni den alten Trakt betraten – anscheinend ein renoviertes Bauernhaus –, der die beiden neueren Gebäude links und rechts miteinander verband, hörte sie aus dem Raum gegenüber der Eingangstür Gelächter. Die Tür ging auf.

»Toni«, rief eine Frau um die vierzig und kam auf die beiden zu. »Grüß dich! Ich bin die Sandra«, sagte sie und reichte Karla die Hand.

»Ich heiße Karla«, sagte Karla und dachte sich: Mein Gott! Warum sind die alle so freundlich? Glauben die, ich brächte Geschenke mit? Kulis oder Süßigkeiten?

Sandra wandte sich zu Toni und schilderte ihm irgendein Problem mit irgendeinem Termin. Während die beiden redeten, schaute sich Karla die Zettel an, die auf der Tür zu dem Raum klebten, aus dem fröhliches Geplapper drang.

»Nie ist zu wenig, was genügt – Seneca«, stand da geschrieben.

Aha. Wenn er meint, dieser Seneca.

Daneben waren mehrere Postkarten aufgeklebt, auf denen irgendwelche Menschen diesen Rupert, den Geschäftsführer der Schuhfabrik, von weit her grüßten. Einer hatte seine Schuhe fotografiert und notiert, dass er mit denen nun tausend Kilometer hingelegt hatte und jetzt am Amazonas stünde.

Wohl den Anschlussflug verpasst.

Karla ging näher heran, weil sie entziffern wollte, was der Mensch beim Amazonas noch dazugekritzelt hatte, als die Tür unerwartet von innen geöffnet wurde.

Sie erschrak und wich einen halben Meter zurück.

Vor ihr stand ein Mann mit grauen, abstehenden Haaren und einem dichten Bart und schaute sie genauso überrascht an wie sie ihn.

Du lieber Himmel! Was war das? Der Yeti! Reinhold Messner hatte doch recht gehabt …

»Grüß dich«, sagte der Yeti. »Kann ich dir helfen?«

Karla warf Toni einen schnellen Blick zu, doch der war ins Gespräch mit Sandra vertieft.

»Nun …«, fing sie zögerlich an. »Ich suche den Chef hier, den *Chef*«, betonte sie das letzte Wort sehr klar und deutlich.

»Den *Chef*«, wiederholte der Yeti und lachte glucksend. Dann reichte er ihr die Hand und sagte: »Ich bin der Rupert.«

Eine Pause entstand. Rupert? Rupert?

»Graupner?«, fragte sie nach – ungläubig, denn diese überdimensionale Wurzel in Menschenform konnte ja wohl nicht der Chef sein. Vielleicht war es ja sein Namensvetter, der vor dreißig Jahren in den Hinterwald abgebogen und dort vergammelt war?

»Ja ja. Genau der bin ich. Und du bist die Karla?«

»Nein!«, rief Karla entsetzt und klammerte sich an ihre Handtasche.

»Nein?«, wiederholte Rupert, der Yeti, fragend.

Karla dachte angestrengt nach.

Sie könnte sich verleugnen.

Sie könnte davonlaufen.

Sie käme nicht weit.

Rupert-Yeti lächelte.

Sie gab auf.

»Nein, äh, doch … Bin ich, glaube ich«, stammelte sie und hielt sich noch heftiger an ihrer Handtasche fest.

Rupert Graupner lächelte weiter.

»Na, dann komm doch gleich rein, wir machen nämlich grad Brotzeit, und da lässt es sich am besten kennenlernen, nicht wahr?«, ignorierte er ihre sichtliche Erschrockenheit sehr galant, öffnete die Tür, schob Karla in den Raum und rief: »Schaut's, die Karla ist da!«

7

Vier Gesichter schauten Karla an. Drei Männer und eine Frau.

»Herzlich willkommen! Ich bin die Eva«, sagte eine junge Frau. Sie hatte nussbraune, wilde Locken, die sich in einer Flut über ihre Schultern ergossen, und auffallend schöne fast veilchenblaue Augen. Ihre Bräune war von der Art, wie man sie in viel frischer Luft erwirbt. Die Höhensonne hatte wohl emsig daran mitgearbeitet und für die vielen Sommersprossen gesorgt, die sich auf den breiten Wangenknochen und auf der Nase verteilten. Eva erhob sich von ihrer Bank und beugte sich über den Tisch, hielt Karla die Hand hin und schenkte ihr ein warmes Lächeln.

»Karla«, sagte Karla, erwiderte den Gruß und blieb kurz an Evas sympathischem Blick hängen.

»Peter«, sagte der Mann neben Eva, nachdem er einen Bissen runtergeschluckt hatte, und streckte ihr ebenfalls seine Rechte hin.

Danach folgten Hans und Josef.

»So, Karla, und jetzt setz dich einmal her zu uns, hier hast ein Brettl, und nimm dir was. Die Fahrt von Wien war sicherlich anstrengend und lang«, sagte Rupert.

»Hm«, murmelte Karla, wandte ihren Blick von Hans und Josef ab und tat, wie ihr geheißen.

Kaum saß sie neben Rupert auf der Bank, wurden ihr von

links und rechts Käse, Brot, Speck, Tomaten und anderes Grünzeug hingeschoben.

»Magst ein Bier? Spezialität aus Salzburg«, fragte Rupert und hielt ihr ein leeres Glas vor die Nase. Karla wehrte ab. Bier? Wie stillos!

»Nein, nein. Ich trinke nicht.«

»Ah so. Dann vielleicht einen frisch gemachten Apfelsaft?«

»Wasser reicht, danke.«

»Das freut uns sehr, dass du bei uns bist«, rief Eva und prostete ihr zu. »Wir beide werden viel zusammenarbeiten.«

Karla nickte, kaute und schluckte – nicht nur, um das Brot runterzubekommen.

»Die Eva zeigt dir dann, wo du wohnen wirst. Das Haus liegt ein paar Gehminuten von hier entfernt, und du hast einen fantastischen Blick über den Ort«, erklärte ihr Rupert, nachdem die ganze Combo ausgiebig und lange gejausnet hatte.

Ein Haus? Das klang zur Abwechslung mal positiv.

»Schmeckt's dir?«, fragte Rupert und schob Karla ein Stück Kuchen hin.

»Ja, danke. Sehr gut«, antwortete sie und versuchte, sich die Namen und Gesichter der anwesenden Personen zu merken.

»Und morgen früh kommst du einfach zu uns runter in die Küche, und die Eva zeigt dir dann, wo wir einen schönen Platz für dich gefunden haben«, sagte Rupert und deutete auf Eva. Die winkte lachend zurück. »Aber lass dir Zeit! Nur keine Hektik. Des gibt's bei uns nicht«, sagte er und griff nach einer Gitarre.

Das durfte nicht wahr sein! Würde er sie jetzt als Draufgabe mit irgendeiner unmelodischen Plage quälen? Karla begann sich auf der Stelle für ihn fremdzuschämen und schaute betreten an die Decke. Rupert schien nicht zu wissen, dass der Griff zur Gitarre, sofern man nicht Keith Richards hieß, global einfach nur peinlich war. Er zupfte ein paar Takte, schaute durch die großen Glastüren in den Garten hinaus, der vor der Küche lag, und sinnierte. Karla blickte in die Runde und bemerkte, dass niemand ob der Darbietung laut auflachte oder sich daran stieß, und biss sich auf die Lippe, um nicht loszuprusten. Der eingetretene Moment der, äh … Besinnlichkeit gab ihr die Möglichkeit, sich in der sogenannten Küche umzusehen. Rechts nahmen der riesige, schlichte Tisch und die mit bunten Kissen belegten Bänke den Raum ein. Links stand über die ganze Länge eine Art Anrichte mit Schubladen, in den Hängeregalen darüber stapelten sich Ordner und Aktenschuber. Überall lagen Gemüse, Obst und anderes Zeugs herum. Von Ordnung zu sprechen wäre übertrieben gewesen. An den Wänden hingen Plakate, die Naturmotive zeigten.

Karla wusste eines: Sie wollte hier weg.

Als hätte er ihre Gedanken gelesen, wachte Rupert aus seiner Brotzeit-Meditation auf, lächelte sie an und fragte, ob sich Karla ihre Wohnung ansehen wolle. »Du wirst sicher schon müde sein, oder? Wir sehen uns dann morgen früh beim Frühstück hier, ja?«, schlug er vor.

Karla bejahte, und er bat Eva, sie »ins Haus« zu bringen.

»Gerne«, sagte Eva und stand auf.

Gemeinsam durchquerten die beiden den Innenhof, und siehe da: *Ihr Gepäck war weg!*

Sie hatte es gewusst! »Gestohlen«, hauchte sie mit zittriger Stimme, schaute Eva entsetzt an und zeigte mit dem Finger auf die leere Stelle am Schotterparkplatz, wo vor einer Stunde noch ihre teuren Koffer gestanden hatten.

»Ach herrje!«, sagte Eva und schaute nach links und rechts. »Das ist hier noch nie passiert. Seltsam.«

Dann holte sie ihr Handy aus der Hosentasche und rief Toni an.

»Hm. Ahsooo. Danke dir«, sagte sie, legte auf und grinste. »Der Toni hat alles schon ins Haus gebracht.«

Karla kam sich ein wenig blöd vor.

»T'schuldigung«, sagte sie und schaute betreten auf ihre Schuhe. Eva folgte ihrem Blick.

»Die sehen sehr schön aus!«, sagte sie.

»Hm. Danke«, antwortete Karla knapp. Was wusste dieses Landei schon von schönen Schuhen?

Sie überquerten die Ortsstraße und gingen auf einem kleinen Seitenweg, der zwischen ein paar Häusern vorbeiführte, einen Hügel hinauf.

»Du wohnst im Haus von der Tante von Sandra«, nahm Eva einen neuen Gesprächsfaden auf.

»Und wo wohnt die nun?«, fragte Karla.

»Bei Sandra. Sie ist zu alt, um allein zu wohnen. Und bevor das Haus leer steht … Hier ist die Nachfrage nicht so groß, weil die Menschen fortziehen. Die Jungen wollen alle in die Stadt. Schad' ist das.«

»Hm-hm«, murmelte Karla, konnte aber vollstes Verständnis für die Jungen aufbringen.

Nach drei Minuten Fußweg blieb Eva stehen, zeigte nach links und sagte: »Angekommen! Gefällt's dir?«

Vor ihnen stand ein kleines, altes Haus. Rundherum erstreckte sich ein prächtiger Garten mit satter Rasenfläche und mehreren Bäumen.

»Du kannst von hier aus sehen, wie die Sonne über dem Dachstein aufgeht.«

»Hinter wem?« Karla hörte nicht richtig hin.

»Der Dachstein. Der Gletscher.«

»Aha«, sagte Karla.

»Gibt's hier Internet?«, fragte sie Eva. *Das* war nämlich wirklich wichtig.

»Hier heroben nicht, aber unten in der Firma.«

Haha, hier heroben nicht. Was sollte sie den ganzen Abend machen? Den Mond anheulen?

Eva schaute sie erwartungsfroh an. »Mach doch auf!«, ermunterte sie Karla.

»Ich hab doch keinen Schlüssel.«

»Is eh offen. Bei uns sperrt nie wer ab«, klärte Eva sie auf und öffnete die knarrende Haustür.

Musste Karla jetzt jeden Abend die Haustür verbarrikadieren?

»Es gibt aber einen Schlüssel, nicht wahr?«

»Sicher. Hier ist er«, sagte Eva und griff nach einem großen, altertümlich aussehenden Schlüssel, der an einem Nagel am Türstock hing.

Beide traten in den schmalen Flur, wo Karlas Gepäck in Reih und Glied stand. Rechts lag eine Art Küchenstube, spartanisch eingerichtet mit Anrichte, einem Tisch, Sessel, einer Couch mit Flickendecke obenauf und einer Eckbank aus Holz. Ein alter Herd sprang ihr unangenehm ins Auge.

»Was ist das?« Karla zeigte auf den altertümlichen Ofen.

»Na, der Herd. Zum Kochen. Und Einheizen.«

»Wie? Heizen? Ist die Zentralheizung kaputt?«

»Welche Zentralheizung?«, wollte Eva wissen. »Hier gibt es nur den Ofen. Holz findest du hinten an der Hausmauer.

Es ist genügend da. Wir haben das extra kontrolliert. Und vorgeheizt haben wir auch schon. Schau, du musst nur zwei Holzscheite nachlegen – das reicht für einen halben Tag.«

Karla schaute sie groß an. Die wollte sie auf den Arm nehmen. Haha. Sie nahm die Aufforderung zum Scherzen an und wandte sich zum hinteren Ausgang, der gegenüber der Eingangstüre lag: »Und was ist da hinten?«, wollte sie wissen. »Der Stall mit den Ziegen?«

»Stimmt genau. Die musst du jeden Tag melken.«

Fassungslos starrte Karla Eva an. Das hier war ein Albtraum.

Eva lachte lauthals: »Natürlich ist da kein Ziegenstall! Was dachtest du? Du bist ja hier nicht abseits der Zivilisation. Aber Zentralheizung gibt's wirklich keine.«

Karla fühlte sich erleichtert. So weit war es mit ihr gekommen: Es stimmte sie schon zuversichtlich, wenn sie nicht täglich melken musste. Glück war tatsächlich relativ.

»Hier drüben«, fuhr Eva fort, »ist dein Schlafzimmer.«

Sie verließen die Küchenstube und betraten den Raum links neben dem Flur.

An den Wänden hingen ein paar Bilder, vergilbte Schwarz-Weiß-Fotografien aus den Fünfzigerjahren, die Bergsteiger auf Bergen zeigten. Neben der Tür war ein Geweih montiert, an dem ein Strauß Trockenblumen hing. Das würde sie sofort entfernen. Ansonsten war das Schlafzimmer weniger schlimm als befürchtet. Auf dem Doppelbett, aus schwerem Holz und am Kopfende mit Blümchen bemalt, lag fein säuberlich aufgeschlagen blau-weiß kariertes Bettzeug.

Jetzt wusste sie, woher Toni sein Hemd hatte.

Das Badezimmer war wohl kurz nach dem Zweiten Weltkrieg eingebaut worden – abgesehen von der klapprigen

Duschkabine, die wahrscheinlich in den späten Siebzigern neben der alten Badewanne installiert worden war. Der Heizstrahler, der sich als Lampe tarnte und an der Decke montiert war, ließ immerhin darauf schließen, dass es Strom gab.

8

Nachdem Eva gegangen war, schloss Karla die Haustür zweimal ab.

Sie brauchte jetzt einen Schluck Wasser und ging in die Küche. Die bestand aus einem lindgrünen Büfett aus Holz, in dem sich Geschirr und Töpfe befanden, einem Spültisch, dem Monster-Ofen und einem Kühlschrank, der sich neben der Anrichte im hintersten Winkel versteckte. Ja, sie konnte mit dem Kühlschrank mitfühlen. Kaffeemaschine gab es keine, dafür eine Mokkakanne. Karla öffnete den Kühlschrank und war fast ein wenig gerührt, als sie sah, dass dieser mit Essen und Getränken vollgeräumt war. Wenn sie diese Nacht überlebte, müsste sie morgen wenigstens nicht verhungern.

Sie nahm sich eine Flasche Mineralwasser und blickte sich um. Nun, dass das fröhliche Landvolk nicht gastfreundlich wäre, konnte man wirklich nicht sagen. Das Haus war zwar gewöhnungsbedürftig, aber wenigstens sauber.

Karla bedauerte, nichts Hochprozentiges im Haus zu sehen, und schleppte ihr Gepäck ins Schlafzimmer. Doch wo war der Kleiderschrank? Das bemalte Ding in der Ecke konnte es ja wohl nicht sein, oder? Das würde maximal für ihre Schuhe und Jacken reichen. Oder nur für die Schuhe?

Zu müde, um sich darüber aufzuregen, ging sie zurück in die Küchenstube, um den Fernseher anzuschalten. Doch da war kein Fernseher. Dort nicht, im Schlafzimmer nicht, und auch woanders nicht. Mangels alternativer Unterhaltung ließ sie sich ein heißes Bad ein und lag zehn Minuten schweigend in der Wanne.

Als sie sich abtrocknete und ein paar Klamotten in den Schrank räumte, nahm sie sich vor, am nächsten Tag einen weiteren Kleiderkasten in dieses Haus hineinzureklamieren. Dann legte sie sich auf die Couch und rief Ellie an.

»HALLO? HALLO? HÖRST DU MICH?«, schrie Karla ins Telefon.

»Spinnst Du? Mein Trommelfell zerreißt!«, rief Ellie zurück.

»Hörst du mich?«, fragte Karla in Zimmerlautstärke.

»Ja klar. Warum nicht? Wo bist du?«

»Auf den Bahamas. Haha. Wo werde ich schon sein? In Hinter-Russbach, wo es keinen Fernseher gibt«, antwortete Karla dumpf.

»Und? Erzähl!«

»Ich habe kein Internet, ich habe keinen Fernseher, und wenn ich es warm haben will, muss ich Holz hacken«, fasste Karla das Wesentliche zusammen.

»Oh, mein Gott!«, zeigte sich Ellie mitfühlend. »Aber Sauerstoff hast du dafür genug, oder?«

»Zu viel. Mir ist schon ganz schlecht von dem Zeug«, parierte sie.

»Haben sie Hüte und Lederhosen?«, wollte Ellie wissen.

»Nein, sie sehen ganz normal aus. Ich meine, normal für dieses Bergdings, das hier läuft.«

»Verstehst du, was sie reden?«

»Ja, zum Großteil schon. Aber ich habe heute nur mit Rupert Graupner und ein paar anderen kurz gesprochen. Zum Abendessen sagen sie übrigens ›Brotzeit‹. Und anfallartig, mitten im Gespräch, spielen sie Gitarre. Stell dir das mal vor!«, erzählte Karla.

Ellie lachte. »Brotzeit. Sehr gut! Das hat was. Und wie ist dieser Graupner?«

»Pffff … Er sieht aus wie der Yeti. Und hat wie alle anderen auch einen Knall.«

»Warum?«, wollte Ellie wissen.

»Na ja, die wirken, als wären sie ständig eingeraucht. Alle so chillig, freundlich … jeder freut sich über alles und jeden. Dabei haben die echt keinen Grund, so gut drauf zu sein. Also, mir fiele jetzt kein Grund ein«, antwortete Karla und berichtete über ihren Tag am Land.

»Und? Wie läuft's daheim?«, fragte sie abschließend und spürte großes Heimweh – etwas, das sie in dieser Stärke noch nie wahrgenommen hatte.

»Och, wie immer. Ralph hat übrigens heute ein paar Klamotten von dir, die er noch in seiner Wohnung gefunden hat, vorbeigebracht. Er zieht bald um und räumt deswegen seine Wohnung aus. Er hat erzählt, dass Leitner und seine Partner ziemlich Stress machen, weil die Hausverwaltung die Mietpreise erhöhen will. Außerdem ist ihnen ein großer Kunde abgesprungen, aber frag mich nicht, welcher …«, erzählte sie.

Ralph. Karlas Exfreund. Die Beziehung zu ihm, der noch immer bei L & P als Kundenberater arbeitete, war oberflächlich gewesen. Man ging viel aus und gab viel aus. Wo bei anderen Paaren die gemeinsamen Kinder, Hobbys oder Schulden die Verbindung waren, war es bei Karla und Ralph die Freude am Konsum gewesen. Ein als hinreichend erfolgreich bekanntes Beziehungsmodell, dessen Haltbarkeitsdatum aber nach vier Jahren abgelaufen war, wonach sich Ralph, ein attraktiver Egozentriker, eine knackig-frische 23-jährige Nachwuchsschauspielerin gönnte. Karla hielt es pragmatisch mit Zsa Zsa Gabor: »Nie habe ich einen Mann so gehasst, dass ich ihm seine Diamanten zurückgegeben hätte.« Sie behielt daher den iPod, ein Paar Louboutains und mehrere schicke Armreifen, die Ralph ihr geschenkt hatte, und grollte ihm nicht.

»Bist du noch dran?«, fragte Ellie.

»Ja klar«, seufzte Karla.

»Sei nicht traurig. Die Wege … «

»Ellie, halt deine Klappe … «, unterbrach Karla sie. »… und erzähl die Geschichte mit den Wegen nicht jemandem, der heute sechs Stunden gefahren ist, um in *Hin-ter-Russ-bach* zu landen.«

»Du bist ja nicht gekommen, um zu bleiben«, versuchte Ellie sie zu trösten. *»Everything will be okay in the end. If it's not okay, it's not the end.«*

Mit dieser tröstlichen Vorstellung schlief Karla eine halbe Stunde später ein.

9

Ihr Handy klingelte, als Karla versuchte, mit der Mokkakanne so etwas wie Kaffee zu brühen. Sie hatte es tatsächlich geschafft, ein respektables Feuerchen im Monster-Ofen zu entfachen, und in der Küchenstube wurde es mollig warm.

»Guten Morgen! Hier ist die Eva. Hast du gut geschlafen? Wir würden uns sehr freuen, wenn du zum Frühstück runterkommst.«

»Wohin?«

»Zum Frühstück. In die Kuchl, äh Küche«, lachte Eva.

»Ist das die Kantine?«

»Nein, die Kuchl ist eigentlich das Besprechungszimmer.«

»Ja klar. Ich komme gleich«, antwortete Karla und tippte sich an den Kopf. Eine Kantine und eine Küche als Konferenzraum. Wie doof war das denn?

Mit ihrem selbst gebrühten Kaffee, der gar nichts mit dem perfekten Take-away-Latte-macchiato zuhause gemein hatte, stand sie an einem der kleinen Fenster in der Küchenstube und schaute hinaus. Draußen schien die Sonne, und aus den Wäldern ringsum stieg Morgennebel auf. Karla sah tatsächlich einen sehr hohen Berggipfel, der blau schimmerte und wie eine Majestät über der Gegend thronte. Wenn sie Hinter-Russbach nicht so verabscheut hätte, hätte die Szenerie sie vielleicht sogar beeindruckt.

Als sie die Haustür öffnete, wäre sie fast umgefallen. Ein

Luftstoß, kalt wie Eis, fror ihr beinahe das Gesicht weg. In welcher Klimazone war sie? Laut Kalender war es Frühling, Anfang Mai, und es hatte überall angenehme 18 Grad oder so. Überall, bis auf Hinter-Russbach am Polarkreis. Haha.

Passend zu den Temperaturen und ihrer Stimmung schlüpfte Karla in ihren grauen Kaschmir-Rolli, ihre schwarzen Jeans und die schwarzen Stiefel von Boss Orange – ohne Absatz. Schließlich kannte sie ja nun die Tücken, die da in Form von Schotterpisten auf ihre Heels lauerten. Dann schnappte sie sich ihren Anorak und marschierte zu den Gosauern in die »Konferenz-Kuchl«.

Dort war die ganze Mischpoke schon versammelt und – natürlich – erfreut, sie zu sehen.

Man hatte ihr schon einen Platz am Tisch reserviert, Teller, Besteck und Kaffeebecher hingestellt, und Rupert hielt ihr, kaum dass sie sich gesetzt hatte, einen Brotkorb hin.

»Bitte greif zu!«, sagte er. »Frisches Brot von der Mirli.«

»Von der Mirli«, echote Karla und nahm sich ein Stück. Wer war Mirli, und wann hatte Karla zum letzten Mal gefrühstückt? Normalerweise trank sie, quasi im Vorbeigehen auf dem Weg ins Büro, einen schnellen Caffè Latte.

»Die Mirli ist die Tante von der Eva.«

Eva zwinkerte und zeigte mit dem Daumen nach oben.

»Die macht das beste Brot. Dreimal in der Woche beliefert sie uns«, erklärte Rupert.

»Und täglich kommt der Hubert mit dem Gemüse«, fuhr Hans fort.

»Der Hubert ist der Cousin vom Hans«, erklärte Rupert.

Abgesehen davon, dass es Karla reichlich egal war, wer wessen Tante, Cousin oder sonst was war und was von denen an Lebensmitteln gebracht wurde, fragte sie sich, was das Theater hier sollte. Spielten die hier Supermarkt? Oder Gasthaus? Sie wollte später Eva danach fragen.

Nach dem Frühstück, bei dem übrigens kein Wort über die Arbeit gesprochen wurde, sondern nur über private Geschichten – vor allem von nicht anwesenden Leuten aus der Gegend –, drehte sich Rupert zu ihr.

»Was hältst du davon, wenn die Eva dir zeigt, welches Platzerl wir für dich ausgesucht haben?«

Karla nickte und sprang auf.

Eva neben ihr und Rupert erschraken. »Was ist los?«, fragte er.

»Na, ich dachte …«, sagte Karla und deutete auf die Tür. Sie war schließlich zum Arbeiten da und wollte außerdem so schnell als möglich online gehen. Sie hatte am Handy nicht ausreichend Empfang, um ins Internet einzusteigen, und daher seit fast vierundzwanzig Stunden keine E-Mails mehr gecheckt.

»Komm, Karla. Ich zeig' dir alles«, schlug Eva vor.

Sie gingen in den Innenhof.

»Eva, warum gibt's hier so viel Gemüse?«

»Wo?«

»Na beim Essen und so.«

»Ah so. Deswegen«, sagte sie und zeigte auf den verglasten Trakt der Firma – die Tibetfähnchenabteilung –, dem eine Veranda vorgelagert war.

»Komm! Das ist unsere Kantine. Da wird jeden Tag frisch gekocht. Und zwar mit den Lebensmitteln, die die Bauern hier in der Region produzieren. Das Essen kostet zwei Euro …«

»Nur zwei Euro?«

»Nur zwei Euro, weil der Rupert den Rest dazuzahlt.«

»Dazuzahlt? Aha«, wunderte sich Karla.

»Er macht mit der Firma keinen Gewinn im herkömmlichen Sinn. Alles, was überbleibt, wird in eine Art Kreislauf investiert. Er ist quasi immer auf null«, erklärte Eva.

Karla zog die linke Augenbraue hoch. Null! Was gäbe sie dafür, Banken-Pauls Gesicht zu sehen, würde er das hören.

Eva öffnete die Tür zu einem großen Nebenraum in der Kantine und zeigte auf Kisten voll Gemüse, Eier, Flaschen und Kartoffeln. »Das hier kauft der Rupert von den Bauern und gibt es an die Mitarbeiter weiter – entweder als Essen oder zum Mitnehmen für daheim.«

Karla kam nicht ganz mit.

»Wieso tut er das?«, wollte sie wissen.

Eva grinste. »Weil er spinnert ist.«

»Wo kommt das ganze Zeugs her?«, fragte Karla.

»Na, von unseren Bauern.«

»Habt ihr keine Supermärkte?«

»Oh ja. Aber die Sache ist ja die: Die Bauern haben es sehr schwer, weil die großen Supermärkte ihnen entweder nichts oder viel zu wenig für ihre Produkte geben. Sie müssten eigentlich 50 Cent für einen Liter Milch bekommen, damit sie überleben können. Aber sie bekommen maximal 38 Cent. Oder gar nix, wenn sie sich dagegen wehren. Und mit dem Obst, dem Gemüse und dem Getreide ist 's genauso. Sagt halt der Rupert.«

Eva reichte Karla einen Apfel. »Jeder vierte Bauer hat im vergangenen Jahrzehnt Hof- und Stalltür für immer zugesperrt. Und wenn du schaust, mit wie viel Einsatz, Liebe und Stolz die Bauern ihre Arbeit machen, dann ist das schon sehr traurig.«

»Traurig, m-hm«, wiederholte Karla, mittelmäßig am

Landwirtsdrama interessiert, und begutachtete misstrauisch den fleckigen Apfel in ihrer Hand. Die aus dem Supermarkt schauten definitiv appetitlicher aus.

»Soso. Und deshalb kauft Herr Graupner diese Sachen?«, fragte sie.

»Genau. Er zahlt den Bauern das, was ihre Produkte wirklich wert sind, und unterstützt sie damit. Ihre Produkte landen dann in unserer Kantine, wo sie weiterverarbeitet oder eben an uns Mitarbeiter verteilt werden. Der Rupert hat einmal ausgerechnet, dass der große Supermarkt in Gosau jeden Tag einen Umsatz von zehntausend Euro macht. Dieses Geld wandert aber nicht in die Region, sondern in die Kassen des Supermarktkonzerns, der irgendwo in Belgien seinen Sitz hat. Dort verdienen ein paar wenige einen Haufen Geld damit. Wenn diese zehntausend Euro täglich in die Betriebe wandern würden, die hier bei uns erstklassige Produkte herstellen, dann wären wir keine Krisenregion. Dann würden nicht alle wegziehen wollen.«

So hatte Karla die Dinge noch nie betrachtet. Erstaunlich, wie viele Gedanken man sich über so etwas Banales wie Gemüsekauf machen konnte.

»Das ist aber nett von ihm«, zeigte sich Karla positiv beeindruckt.

»M-hm …«, murmelte Eva, zögerte kurz und setzte nach: »Dafür zahlt er aber weniger Gehalt. Das finden nicht alle so klasse. Die hätten lieber mehr Geld.« Eva machte eine Pause. »Aber g'scheit is' es schon, was er tut«, schloss sie und wechselte das Thema. »Ich zeig' dir jetzt deinen Arbeitsplatz.«

Sie gingen von der Kantine zurück in den alten Haupttrakt und darin in ein verwinkeltes Stiegenhaus. Karla dachte an L & P, an ihr stylishes Bürozimmer mit den verglasten

Wänden, dem ultraschicken Glasschreibtisch und dem Blick über die Dächer der Innenstadt, in der das Leben pulsierte. Sie folgte Eva die Treppen aufwärts in Richtung Dachgeschoss. Eva öffnete eine Holztür und winkte Karla, ihr zu folgen.

Sie gingen ein paar Schritte in den weiträumigen Dachboden, wo sich zahlreiche Ledermuster stapelten, Papierrollen in den Ecken lehnten und Schuhentwürfe an den Wänden aufgehängt waren.

»Und, was sagst du?«, fragte Eva erwartungsfroh.

»Wie? Wozu?« Karla war verwirrt.

»Na, hier arbeite ich!«, sagte Eva und zeigte mit ausladender Geste auf einen derben Holztisch, der versteckt zwischen zwei großen Lederbergen neben einem Dachfenster stand.

Mein Gott, die Ärmste!, dachte Karla und spürte eine Woge von ehrlichem Mitleid für Eva in sich aufsteigen. An so einem Ort arbeiten zu müssen hatte wirklich *niemand* verdient. Oder gab es vielleicht einen Grund, warum man Eva hierher wegsperrte, an diesen Ort der Einsamkeit, des Staubes und der Überreste von toten Tieren?

Ergriffen von Evas Schicksal legte Karla voller Mitgefühl ihre Hand auf Evas Ellbogen. Noch ehe sie ihr sagen konnte, wie unendlich leid sie ihr tat, rief diese enthusiastisch: »Und das Beste ist: Wir arbeiten ab jetzt gemeinsam hier. Dein Schreibtisch kommt genau hierher«, und zeigte auf einen – noch – leeren Platz vor dem zweiten Fenster.

Karlas Hand fiel von Evas Ellbogen ab wie das letzte welke Blatt von einer erfrorenen Birke an einem eisigen Wintertag. Sie war nicht in der Lage, einen klaren Gedanken zu fassen, geschweige denn zu sprechen. Jetzt brauchte sie ihre ganze

Selbstbeherrschung, um nicht laut und würdelos in Tränen auszubrechen, auf die Knie zu fallen und sich ein Grab zu buddeln. Das war einfach alles zu viel.

»Oh, du bist ja richtig gerührt!«, bemerkte Eva und freute sich. »Ich weiß, das ist der gemütlichste Arbeitsplatz der Welt. Und sooooo inspirierend …«, frohlockte sie und schritt tänzelnd durch den Raum. »Dieser Duft nach Leder!«

Um ihre Fassung wiederzufinden biss Karla sich auf die Lippe und ließ ihren Blick über die Stapel mit Ledermustern schweifen, bis er bei einem mittelbraunen Fellstück, das auf einem der Stapel lag, hängen blieb. An dem Fell waren noch Ohren dran!

Es schüttelte sie. Was waren das nur für verrohte, verrottete Menschen!

Plötzlich begann das Fell mit einem Ohr zu zucken.

Karla traute ihren Augen kaum. Ihr ramponiertes Nervenkostüm war offensichtlich komplett überlastet.

Das Ohr zuckte wieder. Karla suchte Evas Blick.

»Siehst du das?«, hauchte sie und deutete mit dem Zeigefinger auf das zuckende Fell.

»GUIDOOOOOOOO …«, schrie Eva freudig auf. Karla erschrak. Tickte die jetzt auch komplett aus?

»… hier bist du also!«, rief Eva und ging auf das Fell zu.

Das Fell bekam einen Schwanz und begann damit zu wedeln.

»Hast du geschlafen?«, säuselte Eva, nahm das pelzige Etwas in die Arme und hielt es Karla hin. »Das ist Guido, mein Dackel.«

»Aha«, sagte Karla schwach.

Guido blinzelte, gähnte und leckte sich mit der kleinen rosa Zunge über die feuchte Nase. Anscheinend noch müde, knurrte er ein wenig, wandte seinen Kopf ab und schloss majestätisch seine dicht bewimperten dunkelbraunen Augen.

»Oh, spielst du jetzt den Mürrischen?«, fragte ihn Eva und kraulte ihn hinter dem linken Ohr.

Guido rollte sich in Evas Armen auf den Rücken und hielt ihr seinen Bauch zum Streicheln hin. Eva fischte von ihrem Schreibtisch ein paar Erdnüsse aus einer kleinen Dose und hielt sie Karla hin.

»Danke, ich hab schon gefrühstückt«, lehnte diese ab.

»Die sind für Guido!«, erklärte Eva und grinste. »Er ist süchtig nach Erdnüssen. Gib ihm die, und du wirst mit nur einer Tat einen Freund fürs Leben gewinnen.«

Karla fragte sich kurz, ob sie diesen Freund fürs Leben überhaupt wollte. In Anbetracht der Tatsache, dass sie hier noch keinen anderen in Aussicht hatte, nahm sie dann aber doch die Nüsse und hielt sie dem Hund vor die Nase.

Guido stellte beide Ohren auf, sog den für ihn offenbar betörenden Duft der gerösteten Nüsse ein und näherte sich Karlas Hand. Vorsichtig und voller Genuss knabberte er mit seinen kleinen Zähnen jede Nuss einzeln von ihrer Handfläche. Es sah so entzückend aus, dass Karla lachen musste. Sie vergaß für einen Moment das ganze Drumherum.

»Guido erobert jedes Herz«, kicherte Eva zufrieden. »Weißt du was? Jetzt zeig ich dir die Werkstatt«, schlug sie vor und setzte Guido auf seinem Lederstapel ab.

10

Klopfen, Hämmern und das Rattern von Nähmaschinen wiesen Karla und Eva am späten Vormittag den Weg in die Werkstatt. Voller Elan öffnete Eva die Tür und ließ Karla den Vortritt.

Der Geruch nach Leim, Leder und Maschinenöl stieg Karla in die Nase. Sie ließ ihren Blick über die Fertigungshalle schweifen. Sie war kleiner als erwartet. Sieben Leute arbeiteten an Schuhen in verschiedenen Fertigungszuständen, hohe Holzregale, die bis zur Decke reichten, waren vollgeräumt mit Schuhkartons und Lederflecken. Obwohl sämtliche Maschinen in Betrieb waren, war die Lautstärke so dezent, dass sich die Leute unterhalten konnten. Durch die großen Fenster, die den Blick auf den Garten freigaben, fielen die Strahlen der Frühlingssonne in die Werkstatt und machten den Staub, der in der Luft tanzte, sichtbar.

Eva nahm Karla am Arm und schob sie zu einem Arbeitstisch, an dem einer der Männer, den Karla beim Frühstück in der »Konferenz-Kuchl« gesehen hatte, hellbraunes Leder über einen Leisten zog. Sie hatte sich seinen Namen nicht gemerkt und war froh, als Eva ihn noch einmal vorstellte.

»Den Peter kennst du ja schon.«

Peter hob den Kopf und lächelte Karla an.

»Schau einmal: Das ist der Leisten, und da zieh ich jetzt den Schaft drüber. Das ist der obere Schuhteil. Wir sagen

Zwicken dazu. Und unten, dort wo dein Fuß einmal aufliegen wird, kommt die Brandsohle, also die Innensohle, drauf«, erklärte er ihr.

Karla bezweifelte, dass ihr Fuß jemals auf dieser Brandsohle liegen würde.

Sie nickte scheinbar interessiert.

»Unsere Schuhe werden genäht! Und zwar doppelt! Mit denen kannst du zwanzig Jahre lang durchgehend auf und ab wandern«, ergänzte er stolz.

Karla war überzeugt: Auch das würde sie nie tun.

»Und dort drüben«, warf Eva ein und zeigte auf eine junge Frau, die vor einer Art Nähmaschine saß, »dort macht Maria grad die Sohle drauf.«

Karla verabschiedete sich höflich von Peter und folgte Eva zu Maria, die ihre Arbeit unterbrach und beide freundlich begrüßte.

Recht eilig haben es die Leutchen hier nicht, dachte Karla. Sie hatte sich die Arbeit in einer Schuhfabrik viel hektischer, lauter und dreckiger vorgestellt.

»Maria hat ein wunderbares Gespür dafür, wie die Naht bei einem Schuh verlaufen muss«, erklärte Eva und klopfte Maria auf die Schulter.

Die lehnte sich lachend zurück und antwortete: »Ich probiere gerade eine neue Stichtechnik mit einem speziellen Faden aus. Die hab ich selber entwickelt.«

»Und? Wie kommst du voran?«, fragte Eva neugierig.

»Ich bin noch nicht ganz zufrieden. Aber du weißt ja: Gut Ding braucht Weile. Wo wir bei der Weile sind: Mein Magen knurrt, und ich geh jetzt Mittagessen. Kommt ihr mit?« Maria klopfte sich mit der Hand auf den Bauch.

»Superidee!«, rief Eva und schaute Karla erwartungsvoll

an. »Heute hat die Tante vom Hans frischen Bärlauch geliefert.«

»Die sieht hoffentlich gut, die Tante«, gab Karla zu bedenken. Sie war in Sachen Grünzeug nicht sehr beschlagen, wusste aber, dass Bärlauch gelegentlich mit den Blättern des Maiglöckchens verwechselt wurde, was dem Mittagessen meist eine Obduktion folgen ließ.

Eva und Maria schauten Karla fragend an.

»Sie hat eine Brille«, merkte Maria an, anscheinend amüsiert darüber, wofür sich Stadtmenschen interessierten.

Rupert stand am Herd und rührte leidenschaftlich in einem riesigen Topf. Genüsslich fächelte er sich den aufsteigenden Dampf in die Nase und zwinkerte verheißungsvoll Sandra zu, die bereits am langen Tisch vor ihrem leeren Teller saß. Als er die drei Hereinkommenden bemerkte, rief er fröhlich »Mahlzeit!« und bedeutete ihnen, sich ebenfalls hinzusetzen.

Eva und Maria schnappten sich jede einen Teller und Löffel von der Anrichte und setzten sich. Karla tat es ihnen nach und nahm gegenüber Sandra Platz. Rupert stellte den Bottich mit Suppe in die Mitte des Tisches, tauchte einen großen Schöpflöffel ein und füllte die Teller, die ihm hingehalten wurden.

Alle bis auf Karla begannen sofort zu essen und gaben ein genießerisches »Mhmmmm!« von sich. Karla wartete ein paar Minuten ab, ob irgendwer in der Runde tot umfallen würde. Niemand kollabierte, und so tauchte auch sie – nachdem sie eine kurze Lebensbilanz zog, die zum Ende hin mittelungünstig ausfiel – ihren Löffel in die Suppe.

Es schmeckte gar nicht übel. Konnte anscheinend kochen, der Yeti.

Rupert setzte sich neben Karla, nahm sich einen riesigen Laib Brot zur Brust und ein Messer, das die Größe einer Machete hatte. Kam jetzt der Teil mit dem rituellen Töten vor dem Hauptgang?

Mit einem beherzten Schnitt trennte er einen Brotkeil ab, der locker als Ration für eine komplette Fußball-Elf hätte durchgehen können, und reichte ihn Karla.

»Oh, danke, aber das ist viel zu viel. Ich bin nicht so sehr der Kohlenhydrate-Typ«, wehrte sie ab.

»Ah so«, sagte Rupert erstaunt und streckte Peter, der ebenfalls zu Tisch gekommen war, das Brot hin. Der nahm den Brocken, ohne mit der Wimper zu zucken, und tauchte ihn in seine Suppe.

Nachdem alle gegessen und ihr Geschirr in die Spüle geräumt hatten, bat Rupert Karla, noch ein wenig sitzen zu bleiben.

»Na, wie gefällt es dir? Hast du schon ein bissl was gesehen?«, fragte er.

»In der Tat«, antwortete Karla und beschloss, den ersten Teil seiner Frage geflissentlich zu übergehen – sie wollte nicht unhöflich wirken. Das hatte sie bei L & P gelernt …

»Ich habe von Ihrer …«, fing Karla an.

»Sag bitte du«, unterbrach Rupert sie. »Ab 500 Meter gibt's kein Sie.«

»Äh, ja. Du, also. Ich habe von deiner Firma nirgendwo eine Website gefunden«, begann Karla.

»Ja, weil's keine gibt«, informierte sie Rupert fröhlich.

Wie? Keine Website? Lebte der am Mond?

»Wie schaut es mit Social Media aus?«

»Was?«

»Na, Twitter, Facebook, Blogs …«, zählte Karla auf.

Rupert kratzte sich am Bart und überlegte.

»Weißt du, wir machen Schuhe«, sagte er dann.

»Na und?«, konterte Karla. »Jeder, der Business macht, braucht Online-Marketing-Tools.«

»Aha. Das ist ja interessant.« Rupert schien erstaunt.

Karla gab nicht auf. »Wie sieht es aus mit b2c-Kommunikation? Advertorials? Claims? Testimonials? ABC-Kundenanalyse? Wer sind eure Kunden? Die Woofies?«

»Wer?«

»*Woo-fies!*«, wiederholte sie langsam.

Rupert blickte sie verwirrt an.

Er schüttelte den Kopf. »Wuffis? Nein, mit Hunden hat das nix zu tun. Oder meinst du jetzt … wegen dem Guido?«

»Guido??« Dieses Gespräch drohte ihr zu entgleisen. »Woofies – *well off over fifties* – sind gut betuchte Kunden über fünfzig.«

Rupert schwieg.

»Okay«, sagte sie gedehnt und holte tief Luft. »Also noch mal von vorne: Wie macht ihr *Werbung* für eure Schuhe, und *wer* kauft sie?«

»Ah so!«, Rupert schien erleichtert, nun im Bilde darüber zu sein, was Karla eigentlich von ihm wissen wollte. »Wir machen eigentlich keine Werbung. Ich bin davon überzeugt, dass unsere Schuhe im Prinzip so gut sind, dass sie keine Werbung brauchen«, erklärte er im Brustton der Überzeugung. »Wer sie kauft? Menschen, die unsere Qualität schätzen. Aber die werden leider immer weniger.«

Dann dachte er kurz nach, grinste und ergänzte mit verhaltener Heiterkeit: »Da ist sicher auch der eine oder andere Wuffi dabei.«

Karla fand die Anspielung nicht witzig.

»Wir haben natürlich Werbebroschüren und Produktinformationen über die verschiedenen Schuhmodelle. Einen Katalog halt.«

»Und was macht ihr mit den Sachen?«, wollte Karla wissen.

»Na ja. Die schicken wir mit der Post an unsere Vertriebspartner, die suchen sich dann die Modelle aus, die sie uns abkaufen. Mehr haben wir eigentlich nicht. Haben wir bisher auch nicht gebraucht. Aber die Zeiten ändern sich, das ist mir schon bewusst. Damals, vor fünfzig Jahren, als mein Onkel begonnen hat, spezielle Bergschuhe zu schustern, hat es sich herumgesprochen, wie gut die Gosauer sind. So haben sie in der Gegend hier und rauf bis Salzburg einen guten Ruf bekommen. Als mein Onkel in Rente ging, hab ich das Geschäft übernommen und in seinem Sinne weitergeführt«, erzählte Rupert.

Karla hörte zu und dachte nach. »Wie bezeichnet ihr euch?«

»Wir sind halt die Gosauer. Eine Schuhfabrik.«

»Hm«, überlegte Karla laut. »Schuhfabrik klingt irgendwie größer und nach Industrie. Vielleicht könnte man beim Namen ansetzen?«

»Was? Warum?«, wollte Rupert wissen.

»Na, ich bin ja wohl hier, um mir etwas einfallen zu lassen, oder?«, entgegnete Karla.

Rupert räusperte sich.

»Ja, schon. So könnte man das sehen«, antwortete er zögerlich.

Karla verstand nicht ganz. So könnte man das sehen? Rupert-Yeti hatte doch nach einer PR-Fachfrau gesucht. Hatte der überhaupt eine Ahnung von ihrem Job-Profil? Dachte der, sie würde durch den Ort gehen und Flugzettel mit Schuh-Sonderangeboten verteilen? Nein, nein! Dem würde sie mal zeigen, was ein richtiger PR-Profi auf dem Kasten hatte.

»Dann schlage ich vor, ich mache mir mal ein Bild davon, was ihr an Material und Strategie habt, und überlege mir was dazu, und morgen präsentiere ich einen ersten Konzeptentwurf. Ich denke da an Buzz-Marketing, kombiniert mit Internetpräsenz, natürlich einen Online-Store – ohne den geht gar nichts, wenn man, so wie ihr, abseits vom Schuss ist – und ein komplettes Facelifting für die Firma«, übernahm Karla die Initiative.

Rupert kratzte sich nachdenklich an seinem struppigen Bart. Er warf einen langen Blick auf seine Kochtöpfe und verfiel anscheinend in einen Tagtraum.

»Rupert?«

»Jaaaa«, gab er sich einen Ruck und legte beide Hände auf den Tisch. »Schau' ma mal, dann seh'n wir schon.«

»Was sehen?«

»Na jaaaa. Das kann man jetzt natürlich noch nicht so genau sagen.«

Versuchte der sich gerade irgendwie rauszuwinden? Oder was sollte diese lauwarme Dödel-Nummer? Karla fixierte Rupert mit wachem Blick. Der hieß so viel wie: Ich übernehme hier das Kommando! Widerspruch ist zwecklos!

Rupert verschränkte die Hände ineinander und schaute konzentriert auf irgendeinen Punkt an der Decke.

Nach dem Mittagessen wurde Karlas Arbeitsplatz eingerichtet. Toni und Peter brachten einen schlichten Schreibtisch aus Holz und platzierten ihn auf dem Dachboden neben Evas Tisch. Sandra, die Sekretärin der Gosauer, brachte

Karla ein Telefon und einen Computer – nicht das neueste Modell, aber wenigstens zu gebrauchen. Nachdem Sandra das Internet installiert hatte, fühlte sich Karla wieder halbwegs wie ein zivilisierter Mensch – nämlich online!

Um diesen elenden Speicher, in dem sie hier saß, zu ertragen, lud sie sich als Erstes einen tröstlichen Bildschirmhintergrund aus dem Netz: eine Luftbildaufnahme von Wien – prachtvolle Gebäude, schicke Hochhäuser, so weit das Auge reichte. Ach, tat das gut. Sie atmete tief durch und blickte aus dem Fenster, direkt zum blöden Dachstein, der immer noch da war und sie noch immer nicht vom Hocker riss. Was die alle mit ihren Bergen hatten.

Sie loggte sich in ihre Webmail ein und schrieb Ellie.

»Online! Melde mich am Abend! Lauter Verwirrte um mich. Komme mir vor wie eine Entwicklungshelferin im tiefsten Süd-Sudan – PR-mässig gesehen. Arbeite in einem staubigen Dachboden, Cinderella hatte es schöner! KOTZ!«

Kurz nachdem sie die E-Mail gesendet hatte, kam auch schon die Antwort von Ellies Blackberry.

»Stay tuned: Dann kann's ja nicht mehr schlimmer kommen. Bis später, Aschenputtel.«

Wie tröstlich. Ellie hatte das Einfühlungsvermögen einer Kettensäge. Dennoch war sie seit der gemeinsamen Schulzeit Karlas Fels in der Brandung, und sie wollte nie mit jemandem anderen als ihr zusammenwohnen. Trotz der herben und manchmal sehr schonungslosen Art, wie Ellie mit ihr umging, schätzte sie ihre Ehrlichkeit und treue Freundschaft. Und auch Ellie hing, obwohl sie es nie ausgesprochen hatte, an Karla. Nicht einmal Detlev, Ellies Kollege und E-Mail-Bekanntschaft, der als Hydrologe an der Uni in Mainz unterrichtete und forschte, konnte sie dazu bewegen, aus Wien wegzuziehen, um in Mainz einen Forschungsauftrag anzunehmen. Karla wusste das, weil Ellie ihr regelmäßig Detlevs intellektuellen und vorsichtig emotionalen Mails vorlas. Indiskret, aber so sind Freundinnen nun mal. Sie erzählen einander Dinge, über die Männer überpeinlich schweigen würden. Sogar ihrem Arzt gegenüber.

Ein Trappeln auf der Holztreppe riss Karla aus ihren Gedanken. Eva kam mit Guido im Schlepptau zur Tür herein. »Oh, du hast dich schon eingerichtet«, sagte sie und legte ihr einen bescheidenen Stapel Zettel auf den Tisch. »Rupert hat mich gebeten, dir diese Werbebroschüren zu bringen«, erklärte sie.

»Ach ja, danke!«, sagte Karla, warf einen kurzen Blick auf die wenigen Folder und schüttelte ungläubig den Kopf. Süd-Sudan, wirklich.

Sie spürte ein vorsichtiges Reiben an ihrem rechten Bein und blickte hinunter. Guido saß zu ihren Füßen und hechelte sie freudig an. Sein kleiner Schweif, der mit den langen Haaren wie ein Mini-Palmwedel aussah, fegte rhythmisch über den Holzboden.

»Ich glaub, er mag dich«, bemerkte Eva.

»Ich glaub eher, der will nur was von mir«, vermutete Karla und warf einen Blick auf die Erdnussdose auf Evas Tisch. Eva reichte ihr ein paar Nüsse, die Karla grinsend an Guido verfütterte – es sah einfach zu lustig aus, wenn er mit seinen kleinen Beißerchen das Nagetier raushängen ließ.

»Was machst du heute Abend?«, fragte Eva, während sie es sich auf ihrem Schreibtischsessel bequem machte.

»Schlafen«, sagte Karla. Was sollte sie hier sonst auch machen?

»Hast du Lust, zu mir und meiner Tante zum Abendessen zu kommen?«, fragte Eva.

»Ähm …«, zögerte Karla. Sie hatte eigentlich keinen großen Bock drauf, Anschluss an das Bergvolk zu finden. Erstens würde sie hier ohnehin bald wieder weg sein, und außerdem …

»Okay, gern«, hörte sie sich sagen. Anscheinend hatte sich sogar ihr Unterbewusstsein gegen sie gewandt.

»Super!«, freute sich Eva. »Ich hol dich einfach um sechs ab. Mirli macht Erdäpfelsterz mit Blunzen.« Sie schnalzte genießerisch mit der Zunge.

»Erdäpfelsterz mit Blunzen« klang in den Ohren von jemandem, der sich vorzugsweise von Salat, Sushi oder schneller italienischer Küche ernährte, befremdlich. Karla fragte daher vorsichtshalber nach: »Was ist das?«

Eva schaute sie überrascht an.

»Na, wie soll ich das erklären? Der Sterz, das sind halt zerdrückte Kartoffeln, herausgebraten und gewürzt, und dazu Blutwurst.«

»*Blutwurst??*« Karla wurde schlagartig übel.

»Lass dich überraschen. Wenn es dir nicht schmeckt, dann musst du eh nicht z'ammessen«, beruhigte Eva sie.

Diese Karla rang sich ein dünnes Lächeln ab und hoffte, dass das Rustikal-Dinner vorübergehen werde, ohne bleibenden Schaden in ihr anzurichten.

11

Während Eva diverse Ledermuster, die sich am Dachboden stapelten, unter die Lupe nahm, verschaffte sich Karla einen Überblick über die Werbeunterlagen der Gosauer. Es war wirklich ein Jammer. Der Produktkatalog war fantasielos, schmucklos und nicht zeitgemäß. Die Bergschuhe waren unvorteilhaft abfotografiert worden, der Beschreibung der Schuhe fehlte es an Aussagekraft und Esprit. Erstens hatten die Treter unglaublich langweilige Namen: »Herbert« hieß das robusteste Modell, das aussah, als hätte bereits Luis Trenker vor 150 Jahren damit die Berge bestiegen. »Manfred«, wieder so ein Fehlgriff in der Namensgebung, bestach durch eine extra dicke Sohle. Falls jemand über glühende Kohlen, durch Säurelacken oder auf dicken Glasscherben gehen musste. Die paar Leute waren mit dem Teil hier sicher gut bedient. Der Rest der Menschheit konnte getrost auf »Manfred« verzichten. Zweitens waren die Abbildungen der Schuhe zum Davonlaufen – am besten mit »Hyronimus«, dem »praktischen Schuh zum Laufen«.

Karla holte tief Luft. Hier musste sie wirklich ganz von vorne anfangen. Warum hatte sich Rupert nicht schon längst um die Vermarktung gekümmert?

»Sag, Eva, wie läuft das hier herinnen?«

»Wie meinst du das?«

»Wenn ich mir eure Werbeunterlagen so ansehe, dann

kommt es mir vor, als habe die Firma vor dreißig Jahren zu existieren aufgehört, so altmodisch, wie die Sachen hier aussehen«, stellte Karla fest und hielt die Broschüren hoch.

»Tja«, seufzte Eva, »ich weiß, was du meinst. Das hab ich mir auch schon gedacht. Aber die Sache ist die: Rupert will keine Veränderungen.«

»Warum nicht?«

Eva zuckte mit den Schultern.

»Warum hat er mich dann überhaupt eingestellt?«

Eva zuckte erneut mit den Schultern. »Na ja, das fragen sich hier alle ... hinter dem Rücken vom Chef. Es passt halt so gar nicht zu seiner Denkweise, verstehst?«

Karla nickte, verstand aber nicht. Wenn der keinen an der Klatsche hatte!

Eva fuhr fort: »Einerseits ist da die Sache mit der Tradition. Die ist ihm wichtig. Andererseits will er mit der Wegwerfgesellschaft nicht mitspielen. Schau, unsere Schuhe sind so robust, dass du sie locker zwanzig Jahre tragen kannst. Das ist gut, heißt aber auch, dass die Kunden nicht so oft kommen.«

»Alle zwanzig Jahre, oder?«, spann Karla den Faden weiter.

Eva musste grinsen. »Stimmt. Aber es wäre trotzdem blöd, wenn wir schlechtere Schuhe herstellen würden, nur damit wir mehr verkaufen. Und deshalb ...«, Eva öffnete die Schublade ihres Schreibtisches und zog einen Stapel Papierbögen heraus, »hab ich mir schon vor längerer Zeit Gedanken gemacht, wie man dieses Problem lösen könnte.«

Sie nahm die Bögen, ging zu Karla und breitete sie vor ihr aus.

»Ich dachte mir, man könnte den Spagat schaffen, indem

man die Produktpalette erweitert. Und deshalb habe ich viele Entwürfe gemacht. Schau doch mal.«

»Das ist gar nicht so übel!« Und das meinte Karla ernst. Im Gegensatz zu den braunen und klobigen Bergschuhen der Gosauer waren die Schuhe, die Eva gezeichnet hatte, originell koloriert. Es waren auch keine Wanderschuhe, sondern lässige Sneakers, die in der Auslage eines jeden Outdoorgeschäftes hätten stehen können.

Eva schien sich über das verhaltene Lob zu freuen.

»Warum werden die Schuhe nicht produziert?«, fragte Karla nach.

»Weil Rupert kein Interesse daran hat. Ich habe ihm die Entwürfe gezeigt, hab auch schon alles berechnet, was Material und so weiter betrifft. Aber er findet immer einen Grund, warum er alles beim Alten lässt.«

Karla schüttelte den Kopf. Je länger sie die Entwürfe betrachtete, desto mehr Details fielen ihr auf, desto besser gefiel ihr das, was Eva da gezeichnet hatte.

»Sag, woher kannst du das? Wo hast du das gelernt?«

»Na, ich hab eine ganz normale Schusterausbildung. Außerdem war ich ein Jahr lang in München bei einem Schuhmacher, der ein großes Sortiment hatte. Bei dem habe ich viel gesehen und gelernt.«

Karla hörte interessiert zu. Wer hätte gedacht, dass dieses rundliche Landei mit den blauen Augen so viel Talent hatte? Es nutzte ihr nur leider nichts. Nicht hier in Hinter-Russbach.

»Und warum bist du nicht in München geblieben, sondern …«, Karla machte eine ausladende Bewegung mit ihrem ausgestreckten Arm, »… wie soll ich das jetzt sagen … *hierher*gekommen?«

Eva schaute Karla verständnislos an: »Na, ich bin hier daheim!«

Was war das denn für ein Grund? Um aus Hinter-Russbach *wegzukommen*, egal aus welchem Grund, hätte Karla viel in Kauf genommen. Und die kam aus München *zurück*? Der war nicht zu helfen. Mit dieser Einstellung warf sie ihre gesamte Zukunft weg und die sprichwörtlichen Perlen vor die Säue.

Schweigend verstaute Eva ihre Entwürfe wieder im Schreibtisch und widmete sich erneut den braunen Ledermustern.

Als es dunkel wurde, holte Eva Karla zum Abendessen ab. Karla hatte sich umgezogen – sie wählte eine dunkle, enge Jeans von Guess und einen royalblauen Pulli mit Wasserfallkragen, den sie vorher noch nie getragen hatte. Eigentlich wollte sie ihre dunkelrote Lieblingsbluse von Strenesse anziehen, aber bei deren Anblick musste sie an Blutwurst denken, und es wurde ihr gleich wieder übel. War das wirklich eine gute Idee, Evas Einladung anzunehmen?

Aber was wäre die Alternative? Allein, ohne Fernseher und Internet in diesem Hexenhäuschen zu sitzen und zu hoffen, dass die Zeit verging?

»Zieh dir lieber feste Schuhe an«, riet Eva, als sie einen Blick auf Karlas beigefarbene Mary-Janes warf. »Wir müssen ein kleines Stück durch den Wald.«

Karla holte Luft, verschwand im Schlafzimmer und kam mit glänzenden dunkelblauen Regenstiefeln zurück.

»Oh, das sind die von Dockers, nicht wahr?«, rief Eva.

»Ja.«

»Die sind teuer!«, bemerkte Eva.

»Ausverkauf. Bloß hundertfünfzig Euro«, entgegnete Karla cool und schloss die Haustüre hinter sich ab. Zweimal.

Eva beobachtete sie amüsiert und raunte ihr zu: »Wenn ich so viele schöne Schuhe hätte, würde ich auch absperren!«

»Da seid ihr ja endlich!«

Die kräftigen Hände in die breiten Hüften gestemmt, stand die alte Dame wie ein Denkmal im Türrahmen. »Und du bist die Karla«, stellte sie fest und gab Karla einen ordentlichen Händedruck. »Ich bin die Tante Mirli.«

Hätte sie behauptet, sie sei der Großglockner, hätte Karla ihr das auch geglaubt. Oh, was hatte die Frau für eine kraftvolle Ausstrahlung! Die konnte sicher mit der Faust einen Nagel einschlagen. Oder mit Daumen und Zeigefinger eine Walnuss knacken.

Mit ihrer sonoren, fast tiefen Stimme, dem grauen Dutt, den blauen Augen, die Eva anscheinend über zwei Ecken von ihr »geerbt« hatte, und dem breiten Lächeln war sie in der Tat eine imposante Erscheinung. Das von Luft und Sonne gegerbte Gesicht verriet mit den vielen Lachfalten eine gehörige Portion Humor.

Karla grüßte und zog sich artig die Stiefel aus.

»Und so gut erzogen!«, rief Tante Mirli erfreut und lachte kehlig. »Da merkt man, dass du aus der Stadt kommst.«

Karla folgte den beiden in die gute Stube, wo der rustikale Holztisch bereits gedeckt war. In dem gedrungenen, holzverkleideten Raum roch es intensiv nach Essen. Karla wurde trotz des Gedankens an Blutwurst schlagartig hungrig. Gott sei Dank tischte Mirli als Erstes eine Nudelsuppe auf, von der Karla reichlich nahm – auch um später eine gute Ausrede zu haben, die eklige Wurst auszuschlagen.

Doch Mirli bestand darauf, dass die blasse Karla etwas »Anständiges« essen müsse, und setzte ihr die Wurst und den Kartoffelsterz vor die Nase.

Eva grinste, fast ein wenig schadenfroh, und langte ordentlich zu. Karla stierte auf ihren Teller.

Sie nahm einen Bissen, schloss die Augen, ließ vor ihrem inneren Auge einen Traumstrand entstehen, konzentrierte sich auf den gut gebauten Kerl, der halb nackt dem Wasser entstieg … und schluckte. Sie wartete auf einen Brechreiz, doch der kam nicht.

Um sich von der Blutwurst abzulenken, fragte Karla, wo Guido sei.

»Och, der schläft in meiner Sockenlade.« Eva zeigte mit dem Finger nach oben.

»Die Eva hat unterm Dach eine kleine Wohnung«, erklärte Mirli.

Na klar, wo sonst. Eva hatte anscheinend einen Dachboden-Tick.

»Dort oben hat sie ihre Ruhe vor mir.« Mirli kicherte und kniff ihre Nichte in den Oberarm.

»Du kannst ja auch manchmal ganz schön lästig sein«, erwiderte Eva.

»Ich mein' es doch nur gut mit dir.«

»Sie stopft mich mit Essen voll. Ich habe schon ein richtiges Doppelkinn«, seufzte Eva.

Zugegeben, Eva war tatsächlich ein wenig pummelig, was aber zu ihrer femininen Art passte. Mit den kastanienbraunen Locken, den Sommersprossen und den schönen Augen strahlte sie eine gewisse Attraktivität aus.

»Ach was, Doppelkinn. Das hat jeder«, sagte Karla daher und drückte ihren Kopf mit aller Kraft in Richtung Brust.

»Schiiiieesst Duuu? DhhaaaassschhaaatjäädrrrMnsch«, presste sie heraus, als ihr Kopf unterhalb der Schultern steckte.

»Bei mir klappt's auch, wenn ich geradeaus schaue«, sagte Eva resigniert.

Karla kam aus ihrer Schildkrötenhaltung wieder raus. Sie wollte ja nur nett sein.

Mirli strich Eva zärtlich über den Kopf. »Ich weiß, ihr seid eine andere Generation. Zu unserer Zeit hat man eine richtige Frau noch zu schätzen gewusst – viel Arsch, viel Freud!« Mirli lachte schallend. Als Einzige.

Während des Essens plauderten sie über Gott und die Welt, die in Hinter-Russbach ein Dorf war. Schließlich räumte Mirli die Teller ab.

»Du hast ja was übriglassen?!«, stellte sie fest und zeigte gespielt streng auf die halbe Blutwurst, die zerstochert auf Karlas Teller lag.

Karla warf Mirli einen bittenden Blick zu: »Tut mir leid, aber es war einfach zu üppig.«

»Des bissl Wurst?«, wunderte sich die Tante und nahm Karlas Teller. Uff! Endlich war das Zeug vom Tisch.

Nach dem Abwasch, den Mirli partout allein erledigen wollte, holte sie Spielkarten aus der Anrichte und legte sie auf den Tisch. »Mau-Mau«, kündigte sie mit einer Selbstverständlichkeit an, als würden Blutwurst und Mau-Mau ebenso zwingend zusammengehören wie Austern und Champagner.

Blutwurst und Mau-Mau, wiederholte Karla in Gedanken und dachte an ihre Ausgehabende in Wien: Edelitaliener, danach ein paar Mojitos in der Onyx-Bar und zum Schluss abshaken mit Blick über die Stadt. Highlife mit Open End.

Ihr Leben hatte sich offensichtlich in sehr kurzer Zeit verändert. In Richtung Blutwurst. Verdammt!

Während sie spielten, erzählte Mirli sehr launig über das Leben in Hinter-Russbach. Später, als das Gespräch über den Austausch von Kleinigkeiten hinausging, berichtete Mirli über Evas Kindheit. Sie hatte mit erst fünf Jahren ihre Eltern bei einem Bergunfall verloren und lebte seitdem bei ihr.

Karla hörte fasziniert zu. Also, erzählen konnte sie wirklich gut, diese Tante. Und als sie dann auch noch warme Heidelbeerkipferl und Tee mit ordentlich Schnaps servierte, begann sich Karla richtig wohlzufühlen.

»Welche Medizin derf i dir denn reingeben?«, fragte Mirli und zeigte verschwörerisch auf Karlas Teetasse.

»Medizin?«

Eva unterbrach die beiden: »Tante, die Karla trinkt nicht.«

»Medizin?«, fragte Karla erneut, und ein leicht hysterischer Tonfall schwang mit. Musste die Blutwurst im Magen mit einem Gegengift neutralisiert werden?

»Na, a Schnapserl halt! Das ist doch Medizin, nicht wahr?«

»Die Karla mag keinen Alkohol«, wurde Eva deutlicher.

Mirli schaute Karla fragend an.

Die überlegte. So ein Gläschen Desinfektionsdigestif würde sicher nicht schaden. Sie hielt ihre Tasse hoch und warf Mirli einen auffordernden Blick zu.

»So gefällst du mir!«, kicherte die alte Dame und schenkte ordentlich ein.

Mit der Menge könnte sie wahrscheinlich eine halbe Sau verdauen, dachte sich Karla und nahm einen ordentlichen Schluck.

Eva schaute überrascht.

Als sie sich verabschiedeten, herrschte eine fröhliche

und gelöste Stimmung. Die Medizin hatte ihren Teil dazu beigetragen.

Vor dem Schlafengehen rief sie Ellie an.

»HALLOOOO? HÖRSSSSU MICH?«, schrie Karla in den Hörer und hielt sich mit einer Hand am bunt bemalten Bettpfosten fest. Mann, war ihr schwindlig. Die Bergluft hatte es wirklich in sich.

»Spinnst du? Weißt Du, wie spät es ist?«

»Nö. Warum?«

»Es ist halb eins! Was zum Teufel treibst du um diese Uhrzeit?«

»Hab Mau-Mau gessspielt«, lallte Karla und lachte laut auf.

»Sag, hast du getrunken oder was?«

»Kooorrekt!«, antwortete Karla und grunzte zufrieden.

Ellie schwieg einen Moment lang. Dann erhob sie ihre alttestamentarische Stimme, die Karla so gut kannte, und begann einen ihrer moralinsauren Vorträge: »Karla, ich weiß, du bist in einer schwierigen Situation. Es ist für dich sicher nicht leicht, aber Alkohol ist *keine* Lösung.«

»Aber!«, setzte Karla umständlich an: »*Kein* Allohoool isss auch *keine* Lööööössssung. Unausserdem: Wer Sooooorgen hat, der hattauch Likööööör«, brummte Karla, zufrieden mit ihrer Argumentation, in den Hörer.

Ellie schnaufte.

»Nimm sofort ein Aspirin und leg dich schlafen!«

»YESS, MÄÄÄM!«, schrie Karla, schlug die Hacken zusammen, salutierte und kippte zur Seite, wo sich zum Glück ihr Bett befand.

12

Am nächsten Morgen verzichtete Karla darauf, den Monster-Ofen zu befeuern, und schleppte sich direkt nach dem Aufstehen zum Frühstückstisch der Gosauer in die »Konferenz-Kuchl«.

»Na, du schaust aba drein, als wärst unter einer Kuh aufg'wacht«, stellte Peter fest und lachte laut auf. Karlas Kopf dröhnte wie ein Trafo im Regen.

»Leiser!«, stöhnte sie und griff sich an die Stirn.

»Hast g'soffn, ha?«, wollte Hans wissen und biss kräftig in sein Speckbrot.

Karla wurde schlagartig übel. »Ich war bei Mirli, der Tante von Eva.«

»Ah soooooo!«, riefen die beiden im Chor und nickten verständnisvoll.

Karla kannte sich nicht aus und machte – soweit es ihre begrenzte Mimik zuließ – ein fragendes Gesicht.

»Tee mit Schnaps, gell?«

Karla nickte schwach.

»Doppelt Gebrannter«, wusste Hans.

Karla zuckte mit den Schultern.

»Ja, der doppelt Gebrannte, des is a Hund! Und der von der Mirli, des is a rechter Sauhund.«

»Aber mach dir nix draus. Nur die Harten kumman in den Garten«, krähte Peter.

»Du mit deiner Restfett'n könntest jedes Fest retten«, brüllte Hans, und beide schlugen sich begeistert auf die Schenkel. Dann saßen sie da und wussten nicht recht, was sie nach ihrem Gag-Feuerwerk machen sollten. Sie nahmen jeder gleichzeitig einen Schluck von ihrem Milchkaffee und blickten Karla zufrieden an.

Einfaltspinsel, dachte die. Sie beschloss, den beiden Seppeln nicht mehr zuzuhören, und schlürfte vorsichtig ihren Milchkaffee. Der tat seine Wirkung, und als sie nach oben auf den Dachboden ging – in ihr Büro, korrigierte sie sich –, fühlte sie sich nicht mehr wie verdaut und ausgespuckt. Heute wollte sie Rupert ihre ersten Ideen für die Vermarktung seiner hässlichen Töffler unterbreiten.

Sie schaltete ihren PC ein und surfte eine Zeit lang im Internet herum. Weil es den Gosauern PR-technisch an allem fehlte, notierte sie die Marketing-Basics und stierte unmotiviert aus dem Fenster. Der Dachstein stierte zurück. Da stand er, der blöde Berg, direkt neben den Gosauern, die Schuhe machten, mit denen man hinaufwandern konnte … Oha! Na, wenn das kein Anfang war …

Karla schnappte sich ihre Notizen und machte sich auf die Suche nach Rupert. Vielleicht konnte sie hier früher aufhören, wenn sie ihm so bald wie möglich ein fix und fertig ausgearbeitetes Konzept hinlegte und der Eumel sie dann nicht mehr brauchte.

Sie fand ihn – natürlich – in der »Konferenz-Kuchl«, wo er versonnen an seiner Gitarre herumzupfte.

»Morgen!«, verkündete sie in knappem Ton, um keinen Zweifel aufkommen zu lassen, dass *jetzt* Business auf dem Programm stand. Und nicht »Take me home, country roads«.

Rupert erschrak. »Mei, bist du auf Zack. Ich begrüße grad den Tag. Und da ist mir ein schönes Lied untergekommen …«

»Schön«, unterbrach Karla, um sich elegisches Geschwafel zu ersparen. Es war ihm ja durchaus zuzutrauen, dass er hier vor ihr seine Klampfe anwarf und ein Ständchen sang. *Superpeinlich!*

»Ein Film! Ein Imagefilm«, ging Karla sofort medias in res und schnippte ungeduldig mit den Fingern.

Rupert blickte sie mit seinen großen braunen Augen an, seine Gitarre im Arm haltend.

»Es geht ums Visualisieren. Du weißt schon: Emotion! Ihr braucht Emotion! Man muss eine Klammer schaffen zwischen Produkt und Environment. Der Ursprung! Dieses Back-to-the-roots-Feeling beim Kunden anzünden. Country! Berge! Freiheit!«, ratterte Karla ungerührt herunter und ging energiegeladen in der Küche auf und ab.

Rupert folgte ihr mit seinem Blick – zick, zack, zick, zack.

»Na? Das isses doch, oder?«, forderte sie ihn auf.

Rupert stützte sich auf seine Gitarre, schob nachdenklich die Unterlippe vor und schnaubte leise.

»Hmmmmm. Tja, tja. Das ist natürlich alles sehr interessant, was du da sagst.«

Karla reagierte schnell: »Gut. Dann machen wir es so, dass ich mit meinem iPhone einen kurzen Imagefilm drehe, also nur damit du eine Idee hast, wie das in etwa aussehen könnte.«

Noch ehe er irgendetwas dagegen einwenden konnte, war sie schon bei der Tür hinaus.

Als Karla eine kleine Drehvorlage für ihren Handy-Film tippte, kam Eva mit Guido im Schlepptau herein. Der Hund rieb sich kurz an Karlas Beinen, ehe er sich von Eva auf seinen Lieblingslederstapel heben ließ, um dort sein Nickerchen zu halten.

»Na, wie geht's heute Morgen?« Eva war neugierig. »Was vertragt ihr Stadtmenschen denn so an Selbstgebranntem?«

»Wolltet ihr mich testen oder was?«

»Nein, nein. Das ist Mirlis Begrüßungsritual. Sie sagt immer: ›Die Guten halten's aus, und um die Schwachen is es eh nicht schad'.‹«

Karla schüttelte verständnislos den Kopf. Seltsames Landvolk!

»Aber es hat dir gefallen, oder?«, hakte Eva nach.

»Doch, ja, es war ein netter Abend. Abgesehen davon, dass ich mich so fühle, als hätte mich ein Tankwagen angefahren.«

Eva kicherte: »Du bist lustig.«

Nicht schon wieder, dachte Karla und wechselte das Thema. Sie erzählte Eva von der Idee, einen Imagefilm zu machen.

Die war sofort Feuer und Flamme, doch dann fiel ihr ein: »Was hat der Rupert dazu gesagt?«

»Er meinte, dass er es sich nicht vorstellen kann.«

Eva schüttelte den Kopf.

»Deshalb mach' ich auf die Schnelle mit meinem Handy einen kurzen Film.«

»Ich mach mit!«

»Hast du nicht selber Arbeit zu erledigen?«

»Nicht arg viel. Im Moment ist der Absatz nicht so … reißend …«

Mit dem Handy bewaffnet, drehten Karla und Eva in der Schuhwerkstatt ihre Runde. Sie filmten zum Erstaunen der Mitarbeiter die Produktionsschritte, die Firma, die Umgebung und die gefertigten Schuhmodelle. Nach dem Mittagessen wollten sie Interviews mit ein paar der Gosauer-Kollegen machen.

Auch an diesem Tag hatte Rupert groß aufgekocht und kredenzte Dinkelauflauf mit Mangold. Hochmotiviert erklärte er bei Tisch lang und breit, wer welches Grünzeug geliefert hatte, und verstieg sich in Details über den Anbau des Gemüses.

Wie? War der jetzt Chef einer Schuhfabrik oder emsige Küchenschabe? Wenn er über seine Schuhe so gut Bescheid wüsste und so viele salbungsvolle Worte finden würde, hätte er sicherlich kein Absatzproblem. Was lief da bloß? Und vor allem: Warum war Karla anscheinend die Einzige, die sich darüber wunderte?!

Nachdem sich alle wieder an ihre Arbeitsplätze verzogen hatten, gingen Karla und Eva los. Peter, der den oberen Schuhteil über den Leisten zog, war der erste Interviewpartner.

Er verstand nicht ganz: »Warum soll ich in dein Telefon schauen?«

»Weil ich dich damit filme. Erklär einfach dem Handy, wer du bist, was du hier machst und warum.«

Peter überlegte lange.

»Was ist jetzt?«, wurde Eva ungeduldig.

»Eins, zwo, drei … Bitte los«, zählte Karla runter und drückte auf die Aufnahmetaste.

»Grüß Gott«, fing Peter feierlich an und schnaubte. Er näherte sich dem Handy, bis er fast mit der Nasenspitze anstieß, und starrte hinein. »Ich bin der Reisinger Peter, der Sohn vom Reisinger Alois vulgo Huberbauer.«

»Deine Familiengeschichte brauchen wir nicht«, unterbrach ihn Eva.

»Das ist aber wichtig!«, insistierte Peter ein wenig beleidigt.

Karla und Eva holten tief Luft.

»Das ist ja nur ein Probefilm. Also bitte weiter – ohne Stammbaum«, forderte Karla ihn zum Weitermachen auf.

Peter richtete sich auf und begann von vorne:

»Grüß Gott. Ich bin der Reisinger Peter.« Pause. Eva deutete hektisch auf seinen Arbeitsplatz.

»Genau! Das ist der Leisten, wo ich das Leder darüberziehen tue. Da kommt dann das Schuhoberteil drauf«, bemühte er sich um eine klare und verständliche Sprache.

Weil aus Peter nicht mehr rauszuholen war, dankten die beiden ihm und marschierten zu Maria weiter. Sie filmten auch Hans, Franz, Sandra und Toni, den Fahrer mit seiner bunten Mütze.

»Toni, bitte sag uns doch, warum du die Schuhe gut findest«, forderte Karla ihn auf.

»Warum?«

»Weil wir das für einen Werbefilm für die Firma brauchen.«

Toni überlegte lange, schob seine Mütze nach hinten und starrte auf seine Schuhe.

»Welche Firma?«

»Na, die eure … ähm, unsere. Die Gosauer.«

»Ach so.« Dann überlegte er weiter. »Muss ich was sagen?«

Karla ließ ihr Handy entnervt sinken. »Nein, du kannst die Botschaft natürlich auch in Gebärdensprache bringen.«

Toni richtete seinen Blick auf die Decke und sagte lange nichts.

»Ich glaube, das kann ich nicht«, stellte er schließlich sachlich fest.

»Dann vielleicht doch reden? Sprechen? Etwas sagen? Mit Wooooorten?«, schlug Karla mit leicht gereiztem Ton vor.

Der Vorschlag kam mittelgut bei Toni an. Er räusperte sich, blickte konzentriert auf den Boden und nuschelte mit monotoner Stimme: »Die Schuhe sind gut.« Dann drehte er sich um und ging davon. Karla drückte auf die Stopp-Taste. Das war mindestens eine Nominierung für die beste Nebenrolle beim Golden Globe wert.

Als Karla Rupert den Rohentwurf des Imagefilms auf dem Computer vorspielte, zeigte dieser weder Ablehnung noch sonderliche Begeisterung. Er lobte verhalten Karlas und Evas Engagement, freute sich ehrlich über die Sequenzen, in denen der Dachstein zu sehen war, und ließ es damit gut sein.

»Schau' ma mal, dann seh'n wir schon«, strapazierte er Karlas Nerven.

»Was jetzt? Sollen wir den Film umsetzen? Oder nicht?«, hakte sie nach.

Rupert legte den Kopf auf die Seite. »Nur nicht hudeln.«

Karla kochte innerlich.

»Gut, dann kümmere ich mich zuerst um die Website.«

Rupert nickte. »Das ist sicher auch eine gute Idee.«

»Und? Was hat er gesagt?«, wollte Eva wissen.

»Nichts. Dass es anscheinend nicht eilig ist«, knurrte Karla und legte demonstrativ die Beine auf den Schreibtisch. »So ein Saftladen«, zischte sie leise.

»Was?«

»Nichts.«

Erst drei Tage da, und sie hatte bereits resigniert. Was sollte sie die restlichen Monate hier machen? Beim Kochen helfen? Kühe melken? Mit Mirli und Eva doppelt Gebrannten trinken? Apropos Alkohol: Heute Abend würde sie am liebsten »zuhause« bleiben und fernsehen. Dafür müsste sie sich aber ein TV-Gerät organisieren. Genau! Wenn dieser Rupert schon nicht in der Lage war, ihr eine sinnvolle Aufgabe zu geben, dann sollte er ihr wenigstens die Freizeit halbwegs erträglich machen. Und dazu gehörte nun einmal ein Fernseher.

Karla stand auf, ging wortlos in Richtung Tür und stieß dort mit einem Kerl zusammen.

»Hoppla«, rief der Mensch aus, augenscheinlich der Briefträger.

»Sorry«, murmelte Karla und musterte ihn kurz. Im Gegensatz zu ihm, der Karla mit unverhohlener Neugier angaffte, als hätte sich vor ihm ein großes Rätsel aufgetan.

»Grüß dich, Julius!«, rief Eva. »Hast du was für mich dabei?«

Julius löste seinen Blick von Karla und wandte sich Eva zu. Ein Strahlen überzog sein durchaus attraktives Gesicht – braungebrannt, blonde Locken, grüne Augen und ein Dreitagebart rund um das kantige Kinn –, und er schenkte Eva ein offensichtlich anzügliches Grinsen.

»Sicher, Mädel! Für dich hab ich immer was dabei«, schnurrte er, lachte zweideutig und ließ seinen Kaugummi im Mund von links nach rechts wandern.

Eva errötete und winkte ab. »Geh, Julius. Du immer mit

deinen …« Der Rest des Satzes verlor sich in verlegenem Hüsteln.

»Und du? Wer bist denn du eigentlich, ha? Eine Neue?«, wandte er sich an Karla und parkte seinen Blick unverschämt auf ihrer Bluse.

»Das ist die Karla«, erklärte Eva und kam ein paar Schritte näher.

»Na, gar nicht schlecht«, kommentierte er, schnalzte mit der Zunge und zwinkerte Karla zu.

So eine plumpe Anmache hatte sie schon lange nicht mehr erlebt.

»Und ich bin …«, begann er und stemmte seine muskulösen Arme in die Hüften.

»… der Deckhengst von Hinter-Russbach?«, vervollständigte Karla trocken seine Vorstellung.

Eva prustete los.

Julius' frischer Teint wechselte zu einem feurigen Rot, und sein kantiges Kinn klappte nach unten.

Karla verschränkte die Arme vor der Brust, lehnte sich demonstrativ entspannt an den Türrahmen, musterte ihn von oben bis unten und fokussierte angriffslustig seinen Hosenschlitz.

Diesem Testosteron-Seppel würde sie zeigen, wo der Hammer hing.

Eva schaute dem Schauspiel überrascht und amüsiert zu.

Julius versuchte, aus der Nummer rauszukommen und seine alte Fassung wiederzugewinnen. Wie ferngesteuert griff er in seine Briefträgertasche und zog ein paar Postsendungen für Eva heraus.

»Für dich.« Dann warf er Karla einen schnellen, fast ängstlichen Blick zu, machte auf dem Absatz kehrt und eilte die Treppe hinunter.

»Weißt, der Julius ist in Wirklichkeit gar nicht so, wie er tut. Er ist eigentlich ein lieber Kerl, der hin und wieder den wilden Hund raushängen lässt«, sprang Eva für ihn in die Bresche.

»Bisschen viel Hormone im Blut, der gute Junge, hm?«

»Er weiß halt, dass er bei den Frauen hier gut ankommt.«

»Was ja nicht unbedingt was heißen muss«, konterte Karla und grinste schief.

13

Die Fernseherbeschaffung ließ sich schwieriger an als gedacht. Rupert wollte Karla davon überzeugen, dass Fernsehen oberflächlich sei und am selbstständigen Denken hindere. Karla hörte, eine TV-Zeitschrift in der Hand, seinen intellektuell-hysterischen Ausführungen zu, nickte dann und wann, bestätigte das eine oder andere Argument mit einem »Ähäääää« und bestand nach dem – grob geschätzten – 23-minütigen Monolog Ruperts auf einem Gerät. Was wollte der denn mit seinem moralinsauren Vortrag? Sie sah ohnehin nur … kluge Sendungen. Wie zum Beispiel … Sie blätterte während seiner Ausführungen in der TV-Zeitschrift … und da, genau:

Arte! Sonntags um 12.30 Uhr. Raphaël Enthoven diskutiert mit Elie During zum Thema »Zeit«: *»›Halt ein mit Deinem Flug, oh Zeit!‹, rief Alphonse de Lamartine aus. ›Ja gut, aber für wie lange?‹, antwortete der Philosoph Alain. Eine geniale Frage. Aber was bedeutet sie? Dass der Mensch die Verkörperung der Zeit oder, wie Bergson sagte, ›die Zeit auf zwei Beinen‹ sei. Der Mensch entkommt der Zeit ebenso wenig wie sich selbst oder dem Himmel, unter dem er weilt. Wir sind zugleich Subjekt und Objekt in der Erfahrungswirklichkeit der Zeit.«*

Ha! Wenn das nicht intellektuell genug war, um die Glotze im Wohnzimmer zu rechtfertigen? Karla wiederholte laut Alphonse de Lamartine. *»Halt ein mit Deinem Flug, oh Zeit«*, rief sie klagend und streckte die rechte Hand in Richtung Garten. Rupert riss die Augen auf und starrte sie überrascht an.

Eins zu null für Karla.

Dann dämmerte ihr, dass sie eigentlich das Gegenteil wollte: Je schneller die Zeit hier verging, desto besser. Eins zu null für die Gosauer?

Blöde Sendung! Dann doch lieber wieder »Lindenstraße«, »Schick & schön« auf ZDF und sonntags »Exklusiv – Das Starmagazin« mit Frauke Ludowig. Egal, ein Fernseher musste her. Rupert gab letzten Endes nach und delegierte die Angelegenheit flugs an Toni.

Karla erwischte Toni beim Beladen des Lieferwagens. Gemächlich und höchst konzentriert schichtete er einen Schuhkarton nach dem anderen in den Wagen. Seine bunte Häkelmütze hatte er trotz der mittlerweile sehr warmen Maisonne auf dem Kopf. Er bemerkte Karla, nickte ihr freundlich zu und machte unbeirrt weiter.

»Toni?«, versuchte Karla seine Aufmerksamkeit auf sich zu lenken.

»Ja?«, antwortete er und setzte seine Arbeit, ohne zu unterbrechen, fort.

»Hast du kurz Zeit?«

»Ja.«

»Ich brauche einen Fernseher.«

»Aha.«

Es folgte eine Pause, Toni schlichtete weiter, ohne Karla auch nur anzusehen.

»Toni?«

»Ja?«

»Was ist jetzt mit dem Fernseher?«

»Was soll mit dem sein?«

»Na, krieg ich jetzt einen?«

»Das weiß ich nicht.«

»*Toni!* Es ist wichtig, und Rupert hat gesagt, ich soll *dich* fragen.«

»Aha. Der Rupert. Na, wenn das so ist.« Sprach's, ließ die Türen des Lieferwagens zufallen, drehte sich zu Karla hin, kratzte nachdenklich seinen Bart, lächelte sie verhalten an, stieg wortlos in den Wagen und fuhr weg.

Aha?!

Karla machte sich auf eine längere Wartezeit gefasst. Schlechte Laune kroch in ihr hoch.

Aufgrund mangelnder Alternativen verbrachte sie den Abend damit, Bücher, die sie sich aus der »Konferenz-Kuchl« ausgeliehen hatte – *Sonnenkraft – unsere Zukunft* und *Genossenschaften! Gemeinsam sind wir stark* – durchzublättern und mit Ellie zu telefonieren. Sie berichtete von ihrem erfolglosen Versuch, Rupert einen Imagefilm aufzuschwatzen; von Hans und Peter, den zwei Nebelgranaten; von Julius, dem Deckhengst von der Post, und vom Abend mit Mirli und Eva – soweit sie sich daran erinnerte.

Ellie hörte zu, lachte öfter, als es Karla passend fand, und erzählte ihr den neuesten Tratsch von der Uni. Die beiden vermissten einander, doch nur Karla fühlte sich total allein.

Die Tage in Hinter-Russbach plätscherten so dahin. Rupert kochte, Eva zeichnete Entwürfe, Mirli brachte das Brot, Guido fraß dosenweise Erdnüsse, und Karla versuchte, ein Marketing-Konzept für die Gosauer zu entwerfen. Vergebens bisher, denn Rupert schmetterte alle Ideen auf seine freundlich-ignorante Art ab. Um genau zu sein, plätscherten die Tage nicht, sondern flossen zäh wie Leim. Ellies Vorschlag, Karla solle auf Erlebnisurlaub für ein Wochenende nach Wien kommen, war zwar verlockend. Aber bei sechs Stunden Fahrzeit hin und sechs Stunden zurück würde nicht mehr viel vom Wochenende bleiben.

Daher blieb Karla nichts anderes übrig, als in Hinter-Russbach die Zeit totzuschlagen. *Tot!*

Als sie gerade dabei war, sich lebhaft auszumalen, wie tot die Zeit in den Bergen noch verlaufen könnte, klingelte ihr Handy. Sie äugte auf das Display. Ein Schrecken fuhr ihr in die Glieder, und ihre Hände wurden sofort schweißnass. Banken-Paul! Du lieber Himmel! Nicht das noch. Abheben? Außerdem: Es war schon nach Dienstschluss – was rief der komische Vogel noch an? Andererseits: Wenn sie nicht abhob, würde er garantiert die Mailbox vollquatschen. Dann hätte sie das personifizierte schlechte Gewissen *in* ihrem Handy drinnen und würde es ständig mit sich herumtragen. Außerdem müsste sie dann zurückrufen.

Ha! Sie könnte keinen Empfang haben. Natürlich hatte sie keinen Empfang hier! Ein schneller Blick aus dem Fenster in Richtung Berg bestätigte ihr das. Das Klingeln erstarb. Karla wartete kurz mit zittriger Hand und glotzte das Display an. Laberte Banken-Paul ihr jetzt die Mailbox voll? Er war ihr sicher auf die Schliche mit der kleinen Lüge bezüglich ihres Einkommens gekommen. Und nun würde er wieder mit seiner Bankenberaterstimme herumeiern – von wegen Überziehungsrahmen, Relationen, Sicherheit. Pfah!

Piep, pieeep. Tatsächlich! Hatte der Kerl ihr doch *tatsächlich* eine Nachricht hinterlassen. Als würde sie ein ekliges Insekt abschütteln, warf sie ihr Telefon schnell auf das Sofa.

Ihr innerer Widerstand, sich das, was Paul Lenz zu sagen hatte, anzuhören, schwoll an. Sie hatte es so satt, sich ständig wegen irgendwelcher Kontostände rechtfertigen zu müssen. Was dachte der eigentlich, wer sie war? Ja, glaubte der denn, er könne sie hier maßregeln wie ein minderbemitteltes Kind? Es ging außerdem nicht um Millionen Euro, sondern um ein paar läppische Hund... äh, Tausender, die der Bank nicht fehlen würden. Oder waren die wegen der ominösen Wirtschaftskrise jetzt schon auf *ihr* Geld angewiesen? So weit käme es noch! Da haben diese Ärsche jahrelang mit ihrem Geld spekuliert, fette Zinsen kassiert, und haben dann die Chuzpe, *ihr,* der Investorin – jawoll! – ein schlechtes Gewissen anzuhängen? Oh nein! Sollten sich diese Aasgeier im Anzug ihren ... Wie sagte Rupert immer? Genau, sollten sich ihren Scheißkapitalismus sonst wohin stecken.

Mittlerweile hocherbost, schnappte sie sich das Handy, aktivierte Paul Lenz' Nummer und drückte die Rückruftaste. Seine Nachricht würde sie sich garantiert nicht anhören. Hatte er umsonst Zeit und Atemluft investiert, als er ihre Sprachbox vollgelabert hatte. Haha. Man musste seine Feinde einfach ignorieren.

»Hallo?« Paul Lenz war am anderen Ende der Leitung.

Kurz wankte Karla in ihrem gerechten Zorn. Ganz kurz! Denn kaum war der erste Atemzug vorbei, fasste sie sich und schnappte mit schneidender Stimme ins Telefon: »Guten Tag, Herr Lenz! Ich habe zwar keine Ahnung, was Sie dazu treibt, mich nächtens *an-zu-ru-fen,* aber ich gehe doch davon aus, dass es von überaus großer *Wich-tig-keit* ist.« Sie betonte jede Silbe, als würde sie mit einem Hammer auf die Tischplatte seines Schreibtisches schlagen.

Ha! Dem hatte sie jetzt die Latte hoch gelegt.

Paul Lenz schwieg betreten. »Frau Fischer, es tut mir sehr leid ...«

Nicht schon wieder, dachte Karla. Wenn er mit diesem Satz ein Gespräch eröffnete, war sie nachher meist nicht froher als vor dem Gespräch.

»… sehr leid, dass ich Sie störe … um, äh, diese Uhrzeit … da es aber erst 17 Uhr ist, dachte ich, ich könnte es wagen …«

Huch? Erst 17 Uhr? Karla nahm ihr Handy vom Ohr und schaute auf das Display. Tatsächlich. Hatte sich hier in Hinter-Russbach nicht nur der Horizont – sie sah weiter als bis zur nächsten Hauswand –, sondern auch die Zeit verschoben? Nachdem die Gosauer auf Geheiß von Rupert pünktlich um vier den Laden dichtmachten, um »vom Leben« – Bruhahaha! *Hier?* – »auch noch was mitzukriegen«, war ihre innere Uhr, die den Feierabend wie gehabt um 21 Uhr wähnte, etwas verwirrt. »Nach Dienstschluss« war für Karla automatisch spät am Abend.

»Wenn es denn sein muss«, ignorierte Karla huldvoll sein schlüssiges Argument, dass 17 Uhr für einen geschäftlichen Anruf noch im Rahmen des Annehmbaren sei.

Paul Lenz zögerte. Das brachte Karla Vorteile. Sie gefiel sich in ihrer Rolle der tonangebenden Bankenkundin, die sich genau *nichts* mehr gefallen ließ.

»Ich hoffe für *Sie,* dass es wichtig ist, wenn Sie mich hier stören«, setzte sie noch eins drauf. Gut für ihn, dass sie weit, weit weg war …

»Frau Fischer, mir ist das so unangenehm, aber der Zentralcomputer hat Ihren Überziehungsrahmen gesperrt«, seufzte Paul Lenz.

Gut für Karla, dass sie weit, weit weg war, ein Dach über dem Kopf hatte und täglich etwas zu essen vorgesetzt bekam.

»Hm«, sagte Karla, räusperte sich und ging – mal wieder – routiniert ihre Möglichkeiten durch: Flehen? Feilschen? Flirten? Sie entschied sich für etwas Neues: Frech werden.

»Herr Lenz« – sie neigte dabei wie immer den Kopf und senkte wie immer die Stimme – »das ist mir scheißegal.«

Am anderen Ende der Leitung machte sich Schweigen breit. Damit hatte Paul Lenz wohl nicht gerechnet. Karla stemmte die rechte Hand in die Hüfte, während sie mit der linken das Handy ans Ohr presste und lauschte. War er ohnmächtig geworden? Oder setzte er sie gerade auf die schwarze Liste? Oje … vielleicht hatte sie doch ein wenig übertrieben? Hatte ihn der Schlag getroffen? Ein Herzinfarkt? Das konnte nicht sein. Bankmenschen hatten kein Herz.

Sie hörte ihn leise schnaufen. Aha, er lebte noch.

»Liebe Frau Fischer«, fing Paul Lenz leise an, »ich wollte Ihnen nicht den Abend verderben. Und ich verstehe, dass Sie wütend sind. Wenn ich eine Möglichkeit finde, den Überzugsrahmen wiederherzustellen, dann tu ich das ganz sicher … und gebe Ihnen gleich Bescheid, ja?«

Karla war überrascht. Banken-Paul hatte anscheinend doch ein Herz. War daraus zu schließen, dass Banken-Paul gar kein Bankmensch war?

Verwirrt ob seiner Hilfsbereitschaft, dankte sie kurz und knapp und legte auf. Sie starrte das Display ihres Handys an und überlegte. War der eigentlich immer schon so nett gewesen? »Gentleman«, assoziierte sie und schüttelte daraufhin schnell den Kopf. Nein! Oder doch – Paul Lenz, der Retter in der Not? Wenn er sie jetzt sehen könnte, hier am Ende der Welt, allein und verlassen, einsam und … ohne Geld – genau! –, er würde sie sicherlich trösten.

Wie sah der wohl aus, wenn er jemanden tröstete? Karla versuchte angestrengt, sich sein Gesicht in Erinnerung zu rufen. Komisch, da kam irgendwie nix. Bis auf seine Augen. Deren Farbe wollte ihr jetzt zwar nicht einfallen, aber ihr warmer Ausdruck war wohl in Karlas Gedächtnis haften geblieben. Paul Lenz hatte definitiv einen intensiven und herzlichen Blick. Was noch? Ach ja, der Bart! Wie der von Rhett Butler. Na ja – wie die Sparvereinsversion von Rhett Butler. Karla musste lächeln. Sie stellte sich Paul Lenz in der Pose von Clark Gable vor, wie er mit einem Kontoauszug in der Hand und einem verwegenen Lächeln auf den Lippen … unter dem Bart. Ja, genau, dieser Bart! Der hatte irgendwie was. Ach, Paul Lenz. Karla sehnte sich so sehr nach der Stadt, dass sogar die Vorstellung, Banken-Paul würde sich hier und jetzt zu Tee mit Schnaps à la Mirli einfinden, etwas Aufmunterndes hatte.

Mann, was war bloß los mit ihr?!

Eines Morgens rumpelte und polterte es an Karlas Haustür. Karla schoss hoch. *Angst*! Versuchte sich da jemand gewaltsam Zutritt zu verschaffen? Von wegen keine Kriminalität am Land. Mein Gott, jetzt ging es ihr an den Kragen! Vielleicht, jedenfalls. Nein, so wollte sie nicht sterben. Nicht hier und nicht jetzt. Wenn, dann hätte es sich beim Arbeitsamt ausgezahlt. Beim ersten Beratungstermin. Oder auf der Bank. Dann hätten die Zeitungen geschrieben: *Arbeitsamt/Bank trieb junge Frau in den Tod!* Daneben hätten sie ein Foto des Bankdirektors oder des Arbeitsamtleiters veröffentlicht – ein besonders hässliches Foto, von unten fotografiert, wo jeder Mensch aussieht wie Klaus Kinski im Blutrausch. Im Vergleich dazu würde direkt daneben ein sehr vorteilhaftes Bild von Karla abgedruckt werden. Mit offenen Haaren und freundlichem Blick, unschuldig in ihrem weißen Leinenkleid von René Lezard, das sie im Ausverkauf für nur 129 Euro ergattert hatte und das Banken-Paul zu einem seiner entbehrlichen Briefe veranlasst hatte. Mein Gott, warum musste die junge Frau sterben? Wie tragisch war das alles?!

Es polterte erneut.

Karla überlegte fieberhaft, wie sie den oder die Einbrecher überwältigen könnte, als Evas Kopf vor dem Stubenfenster auftauchte.

»Sperr auf!«, brüllte sie und drückte mit der Hand eine unsichtbare Klinke nach unten.

Karla schlug sich mit der Hand gegen die Stirn. Sie vergaß ständig, die Tür *nicht* abzuschließen. Eilig ging sie in den Flur und öffnete.

»Was machst du am Wochenende?«, fiel Eva gleich mit der Tür ins Haus, ehe sie und Guido dieses noch betreten hatten.

»Was soll ich schon groß machen?«, entgegnete Karla, während sie Guido streichelte und lobte, weil er Männchen machte. Das hatte sie ihm in den vergangenen Tagen beigebracht. Irgendetwas Sinnvolles musste sie ja tun, um nicht überzuschnappen. Warum also nicht einen Hund dressieren?

»Also, sag schon. Wollen wir etwas unternehmen? Wir könnten zum Moosteich wandern, es ist schon warm genug zum Schwimmen, hat der Rupert gesagt«, schlug Eva vor.

Karla zuckte mit den Schultern. Warum nicht? Das Wochenende lag vor ihr wie eine lange, karge Wüste, wo genau gar nichts war, was Spaß machen könnte. In Wien, ja, in Wien, da war das anders. Da war alles möglich, da wusste sie gar nicht, was sie zuerst unternehmen sollte. Kino im Augarten? Oper am Rathausplatz? Laute Beats in der Pratersauna? Schöne Klänge im Theater am Spittelberg? Oder durch die Kärntnerstraße ziehen und Geld ausgeben?

Und hier? Nix. Nada. Oder Moosteich. Also auf zum Moosteich!

Mit Guido im Schlepptau und einem Rucksack voller Jause von Mirli, die anscheinend gedacht hatte, sie würden eine Woche unterwegs sein, marschierten Karla und Eva am nächsten Frühsommervormittag zum Moosteich.

Während sie durch den lichten Wald gingen, plauderte Eva munter vor sich hin, erzählte von ihrer Tante, dem Ort, dem Leben, orakelte über Wien und die Wiener. Die seien als Sommergäste ja nicht so beliebt, weil arrogant, vor allem den Leuten vom Land gegenüber. Sie würden ihren Mist überall liegen lassen, und man könne sie auch sonst nicht so gut leiden, weil sie einen sehr überheblichen Dialekt hätten. Sie seien aber durchweg gut angezogen, und nirgendwo in Österreich gäbe es so viele und tolle Schuhgeschäfte wie in Wien. Die Politiker, ja, die säßen alle in Wien und träfen dort heimlich Entscheidungen. Und auch die Popstars würden, wenn sie denn ins Land kämen, immer nur in der Hauptstadt auftreten. Das sei doch schade, dass immer nur die Wiener zum Zug kommen, oder?

Karla hörte nur mit halbem Ohr zu und genoss, entgegen ihrer Erwartung, das milde Sonnenlicht, das durch das Blätterdach brach und sanft ihre Wangen kitzelte. So weit der Blick reichte, erstreckte sich der Wald mit groß gewachsenen Laubbäumen, deren hellgrünes Laub den Blick auf den blauen Himmel freigab und im Wind leise raschelte.

»Schau, dort drüben machen wir es uns gemütlich!« Eva zeigte auf eine kleine, bemooste Lichtung, die oberhalb des dunkeljadegrün glitzernden Teiches lag. »Ist es hier nicht wunderschön? Geh'ma gleich schwimmen, gell?« Sie wies mit einer ausladenden Geste über das dunkle Wasser.

»Ja, wirklich schön. Und wo sind hier Steg und Leiter?« Karla blickte sich suchend um.

»Was?«

»Steg und Leiter. Oder Leiter alleine. Wie willst du denn sonst ins Wasser kommen?«

»Einfach hier runterspringen«, rief Eva und deutete eine Hüpfbewegung an.

Karla ging langsam zum Rand des Felsens, auf dem sich ihr Liegeplatz befand, beugte sich vorsichtig nach vorne und blickte zweifelnd hinunter auf die Wasseroberfläche. Das Wasser schimmerte geschätzte zwei Meter unter ihren Füßen.

»Hier springe ich sicher nicht runter!«, stellte sie mit einer Überzeugung fest, als gelte es, die Zehn Gebote nochmals vor Ort in Stein zu meißeln.

»Wieso ned? Is ja nur Wasser.«

Ein Rascheln lenkte Karlas Aufmerksamkeit auf das gegenüberliegende Teichufer. Da war etwas!

»Gibt's hier Tiere?«, fragte sie, wich ein paar Schritte zurück und krallte sich an Evas Arm fest.

Die schüttelte Karla ab. »Na geh, gar nix is da. Ned amal a Eichkatzerl.«

Doch! Da war etwas! Karla nahm eine Bewegung wahr. Da war ganz sicher was. Und zwar größer als ein Hund. Oder ein Wildschwein. Sie duckte sich und starrte konzentriert auf die gegenüberliegende Seite des Teichs in den Wald. Du lieber Himmel!

»Ein Spanner!«, zischte sie Eva zu, die gerade dabei war,

sich aus ihren Klamotten zu schälen, und zeigte aufgeregt auf die Stelle, an welcher der widerliche Lustmolch, sprich Triebtäter, stand und seinen … *bääääh* … nackten Po in die Sonne hielt.

Wie krank war das hier alles? Säufer, Spinner und jetzt auch noch Spanner!

Eva stellte sich neben Karla, runzelte die Stirn, blickte konzentriert auf die gegenüberliegende Seite – und lachte auf.

»A mei, des ist doch nur der Rupert.«

»Graupner?«

»Jo, so heißt der.«

»Der *Rupert*? Was macht der da? Ist uns der gefolgt?«

»Bleedsinn. Der war sicher vorher schon da. Der schwimmt ja jeden Tag da heroben.«

»Aber doch nicht nackt?!« Die Vorstellung – wie Rupert, der Yeti, bepelzt wie ein Biber, durchs Wasser wedelte – war einfach zu viel.

»Gaaahhh! Nein!«, stöhnte sie, schloss die Augen, um ja nichts von dieser abartigen Szenerie sehen zu müssen, und griff sich an den Kopf.

Eva schaute Karla fragend an. »Na sicher nackert. Warum auch ned. Der meint, des is' natürlich.«

»Natürlich, meine Liebe, sind auch Haare auf den Beinen, und man muss sie dennoch nicht zur Schau tragen«, gab Karla angewidert zurück, immer noch den Blick auf den Waldboden gerichtet.

Eva zuckte mit den Schultern und brüllte quer über den Teich: »Juhuuu, Rupert! Hose anziehen! Es sind Damen anwesend!«

Rupert bemerkte die beiden, hielt sich sofort sein Handtuch vor das Hinterteil und winkte in einer Halbdrehung erfreut zurück. »Bin schon am Heimweg, die Damen! Schönes Plantschen noch, ihr zwei!«

Den Blick konzentriert abgewandt, deutete auch Karla ein dezentes Winken an und hoffte, dass Biber-Yeti seinen Rückzug unverzüglich antreten würde. Was er auch tat.

»Auf geht's«, brüllte Eva und sprang beherzt vom Felsen ins Wasser.

Karla tat es ihr unter Aufbringen all ihres Mutes gleich. Allerdings kreischte sie dabei zart-würdelos. »Ääääähhhhhhhhhh«, scholl es von den umliegenden Felsen zurück. Kurz bevor sie ins schimmernde Wasser eintauchte, fiel ihr siedend heiß ein, dass es erst Anfang Juni war, und das Wasser deshalb vermutlich noch ziemlich …

Unter Wasser brüllen wie eine Verrückte, das ging gar nicht, so viel wusste sie jetzt. Es war, als ob eine Riesenfaust ihre Lunge zusammendrückte, und in ihre Haut bohrten sich viele kleine Nadeln. Schnell machte sie ein paar hektische Schwimmbewegungen, und bald ließ der Schmerz nach. Sie gewöhnte sich an die Kälte, und ihr Blut kehrte an die dafür vorgesehenen Stellen zurück. Sie war eine Heldin!

Und Eva war anscheinend immun gegen Kälte. Hardcore, dieses Landvolk. Eva tauchte wie ein Otter und lachte. Hatte die kein Kältegefühl? Sicher hackten die Russbacher im Winter das Eis auf, um ein paar Runden drehen zu können. Oder sie warfen die Neugeborenen ins Wasser – zur Abhärtung. Oder zur Taufe. Das merkte man sich dann ein Leben lang, und das Immunsystem lachte sich über Kleinigkeiten wie einen Ebola-Virus schlapp.

Karla würde jetzt auch unsterblich werden! Mit kräftigen

Zügen durchmaß sie das glitzernde Wasser, das sich trotz der Kälte weich anfühlte. Blütenstaub und kleine grüne Blätter, die auf der Wasseroberfläche trieben, begannen förmlich zu tanzen, wenn sie vom Strudel, der durch ihre ausladende Armbewegung entstand, erfasst wurden. Erfrischt kletterte sie auf der gegenüberliegenden Uferseite an Land, hielt sich mit kleinen Sprüngen auf der Stelle warm und wartete, bis Eva aus dem Wasser kam. Ihre blauen Lippen standen ihr ganz vorzüglich. Gemeinsam trabten sie über den kühlen Waldboden zum Liegeplatz zurück, ließen sich auf ihren Badetüchern trocknen und fielen über Mirlis Picknickkorb her. Gott sei Dank war keine Blutwurst dabei, dafür Leberwurst, Verhackertes und ein anderer Fleischaufstrich mit Kräutern. Komisch, dachte Karla, alle hier essen Fleisch und Wurst, nur Rupert tischt jeden Tag Gemüse auf. Er war wirklich ein seltsamer Vogel.

»Sag, was macht Rupert eigentlich den ganzen Tag so?«, wollte sie von Eva wissen.

Die zuckte mit den Schultern und überlegte: »Er führt halt die Firma.«

»Aber ich seh' ihn nie hektisch rumlaufen oder so.«

Eva schaute sie fragend an. »Er hat's ja nicht eilig.«

Es folgte eine Pause.

»Sandra macht die ganzen Rechnungsangelegenheiten, oder?«, bohrte Karla weiter.

»Jop«, stimmte Eva zu, steckte sich den Rest des Brotes mit Fleischaufstrich in den Mund und kaute mit vollen Backen. »Sccchmitdrrr Rechng isch ned scho desch Ding vom Ropert«, klärte sie Karla auf.

»Wie bitte?«

»Das mit den Rechnungen ist nicht so das Ding vom

Rupert. Der hat's nicht so mit dem finanziellen Zeug. Er entwirft lieber Strategien.«

»Strategien?«, echote Karla spitz und erinnerte sich an seine vorsteinzeitlichen Ansichten in Sachen Marketing und PR.

»Na in dem Sinn, wie er es anstellen kann, die Firma anders laufen zu lassen, als das halt sonst so gemacht wird.«

Eva nahm sich eine neue Schnitte, tauchte ihr Messer in das Töpfchen mit Leberwurst, hielt inne und sah Karla direkt an.

»Weißt, ich will ehrlich sein: Ich glaub, er ist einfach kein Geschäftsmensch. Wenn er sich für die Firma so interessieren würde wie für sein Grünzeug, die Bauern und die … wie soll ich sagen … Probleme der Gesellschaft, dann würden die Gosauer sicher besser laufen.«

Karla nickte. Eva bestrich ihr Brot.

»Morgen ist Sonntag«, stellte sie später schläfrig fest. »Da findet bei uns der Kirtag statt. Wir gehen gemeinsam hin, oder? Da ist es immer lustig. Mit Musik und Tanz und Würsteln und überhaupt.«

Karla hatte keine Lust, einen auf Folklore zu machen. Sie hatte sich via TV-Programm schon ein Bild darüber gemacht, wie solche Feiern abliefen. Prädikat: Nicht sehenswert! Wenn sich das ausgelassene Publikum in Trance geschunkelt hatte, tauchte immer aus irgendeiner Ecke Florian Silbereisen auf, und Karla musste sich über seine Frisur wundern. Diese Frisur! Anscheinend war so ein Styling bei den Berglern en vogue. Die hatten wirklich abartige Vorstellungen von gepflegter Abendunterhaltung. Aber wie konnte sie das Eva höflich und elegant beibringen?

»Eva, hör zu: Ich finde es nett, dass du dich so um mich

kümmerst. Aber du musst das nicht. Geh da ruhig mit deinen Freunden hin.«

Eva schwieg betreten.

Da wurde Karla klar, dass sie einen wunden Punkt getroffen hatte. Oje.

»Es klingt vielleicht komisch, aber ich habe hier viele Verwandte und Bekannte – aber keine wirklichen Freunde. Also, Freunde in dem Sinn, dass ich mich mit ihnen regelmäßig treffe«, fing Eva an und rollte verlegen einen kleinen Tannenzapfen auf ihrer Handfläche hin und her.

Aha. Jetzt schnell die Kurve kriegen, dachte Karla, sonst könnte das Gespräch schnell ins allzu Private abgleiten. Sich der Probleme anderer Leute anzunehmen zählte nicht zu ihren Stärken. »Dafür ist die Telefonseelsorge zuständig. Und das ist gut so«, hatte Ralph, ihr Exfreund, stets gekontert, wenn ausnahmsweise mal Kummer auf der Tagesordnung der glänzenden PR-Welt stand. Das hatte sie sich gemerkt.

»Schon okay«, bremste sie Evas Einsamkeits-Outing ab und wechselte verlegen das Thema. »Auf den Kirtag geh' ich natürlich gerne mit.«

»V-E-R-M-E-I-N-T-L-I-C-H-K-E-I-T. Doppelter Wortwert! Das sind … eins, vier … hm … acht, hm-hm-hm … 12, 16 … Hurra! 32 Punkte … Du schreibst mit, Eva, ja?« Mirli linste durch ihre Lesebrille auf den Punktestand und triumphierte. Endlich hatte sie ihre Nichte, die in Hinter-Russbach als die ungekrönte Scrabble-Prinzessin galt, abgehängt!

»Das Wort gibt's ja gar nicht!« So schnell gab Eva nicht auf, sie gab Karla einen kräftigen Stoß in die Rippen: »Oder?«

Karla war nicht ganz bei der Sache. Nach der Frostbeulen-

Schwimmrunde hatten sie sich bei Mirli mit Heidelbeerkipferln aufgewärmt. Und nun war sie damit beschäftigt, entspannt zu sein. Schläfrig sah sie sich im Garten um, sie brauchte schließlich ein wenig Futter für ihre nächste E-Mail an Ellie: Die drei saßen in der Nachmittagssonne im Garten unter dem uralten Birnbaum, den Mirlis Großvater vor dem Haus gepflanzt hatte, und alles war wie immer. Ein »immer«, an das sie sich ansatzweise gewöhnt hatte. Fast so, als wäre es plötzlich *ihr* »immer« geworden. Was die Einsamkeit aus einem Menschen machen kann.

Hier war nichts los, nur … Idylle aus dem Wanderkatalog: der Tisch mit dem karierten Tischtuch und die Sessel aus verblichenem Holz, die knarrten, wenn Mirli ihr Gewicht verlagerte; die blühenden Büsche, die von Myriaden aggressiv-bissiger Insekten umschwärmt wurden, die später in Karlas Holundersaft ihr frühes Ende finden würden; der Komposthaufen, der gleichmäßig vor sich hin gärte und dabei zart nach Verwesung roch; die alte Katze, die gerade ins Gemüsebeet pinkelte und dafür gleich von Guido japsend auf die Birke gejagt würde.

»Und was ist mit Julius?«

Karla schrak hoch. Anscheinend hatte sie etwas versäumt, und die Wortklauberei war nicht mehr Mittelpunkt des Interesses. Stattdessen hatte Mirli neckisch grinsend ihr Strickzeug aufgenommen, und Eva versuchte vergeblich, ihre roten Backen hinter dem Saftglas zu verbergen.

Karla sprang für Eva in die Bresche: »Mirli, was wird denn das?« Sie zeigte auf das Gewirr von roter, grüner und weißer Wolle und den vielen Nadeln auf Mirlis Schoß.

»Eine Kuscheldecke für Guido, er mag die italienischen Farben, aber das kannst mir glauben, viiiel liiieber würd ich was Hellblaues stricken, oder was Rosafarbenes!« Sie zwinkerte Eva zu.

Diese verdrehte die Augen: »Nicht schon wieder!«

»Aber Zeit würd's schon werden. Jünger wirst nimmer … und ich auch nicht. Sollen's mich auf einer Bahre zu deiner Hochzeit tragen?«

Eva schüttelte genervt den Kopf.

»Karla, wie siehst du das?«, fragte Mirli und zwinkerte erneut.

»Was?«, wollte Karla wissen, die nicht ganz verstand, worum es in diesem obskuren Dialog ging.

»Na, heiraten, Kinder kriegen. Das, was man halt macht«, präzisierte Mirli nachdrücklich.

Eva wandte sich zu Karla: »Ginge es nach Mirli, würde ich ewig hier leben, am besten im selben Haus oder maximal zwei Kilometer entfernt – in einem Haus, das so aussieht, wie es ihr gefällt, mit einem Mann, den sie mag. Das wäre vorzugsweise Matthias, der nach der Handelsschule zum stellvertretenden Leiter der Sparkassenfiliale in Oberwang aufgestiegen ist und in unserer Musikkapelle Trompete spielt.«

Mirli zog Eva am Ohr und lachte: »Na, soll dir niemand Schlechterer reinrennen. Die Auswahl is halt ned so groß. Und Oberwang gehört schließlich zu unserer Familienchronik …«

Eva führte aus: »Oberwang ist sogar für unsere Verhältnisse ein Kuhdorf. Es gibt ein paar Bauernhöfe und Häuser, nicht mehr als zwanzig, einen kleinen Supermarkt, eine Feuerwehr und eine Kapelle, in der über der Sakristei die Bahre des heiligen Konrad hängt. Der wurde von meinen Vorfahren im 18. Jahrhundert erschlagen. Allein schon deswegen könnte ich dort nicht leben. Ich hätte ein so schlechtes Gewissen!«

Karla lachte. »Wahre Geschichte?«

»Wahre Geschichte!«

»Zetermordio aber auch! Und das ist der Grund, warum du dem Matthias einen Korb gegeben hast?«, fragte Karla amüsiert und überrascht ob der blutrünstigen Vergangenheit der beiden Damen.

»Nein, er war ein Langweiler, und hässlich war er obendrein.«

»War er gar ned!«, widersprach Mirli lahm.

Eva warf Karla einen langen Blick zu – einen Hör-nicht-auf-sie-er-war-genauso-hässlich-wie-ich-sage-Blick.

Karla grinste.

»So fesch wie der Julius ist er natürlich nicht. Aber dafür hat er mehr …«, warf Mirli ein – und traf genau ins Schwarze. Evas Wangen hatten nun die Farbe von Ketchup Light angenommen.

Karla überlegte kurz: Julius? Der Testosteronbomber vom Postamt? Lief da was zwischen der bodenständigen Eva und dem Dorfgigolo? Wenn sie Eva heil aus dem Verhör mit Mirli rausbrachte, würde die es ihr vielleicht erzählen. Also Themenwechsel. Über Philosophie reden? Botox? Oder das Wetter?

»Ähm, ich merke grade, mir ist ein wenig kühl geworden. Wollen wir ins Haus gehen?« Karla zitterte demonstrativ in ihrem dünnen Strenesse-Kleidchen.

Mirli reagierte sofort – und natürlich nicht nach Plan: »Aber geh! Deswegen müssen wir nicht gleich reinrennen. Lass uns doch hier heraußen weitertratschen.« Sie warf Eva einen schadenfrohen Seitenblick zu. »Is' ja grad so interessant, ned wahr? Ich sag immer: Es gibt kein schlechtes Wetter, nur falsches G'wand. Zieh das da an, ich borg's dir gern!« Sprach's und kramte aus ihrem Strickkorb eine Jacke heraus.

Etwas Graubraunes, wollig Selbstgestricktes kam in Karlas Richtung geflogen. Wer zog denn freiwillig diesen Mopp an?

Wie sie bei Leitner & Partner aber gelernt hatte, blieb sie höflich, zog eine Grimasse und schlüpfte langsam in die Strickjacke. Das Ding kratzte doppelt so sehr wie erwartet. »Danke! Und schon ist mir ganz warm!«, flötete sie und zog die Jacke schnell wieder aus.

Eva kicherte: »Das macht sie mit mir auch. Gell, Mirli? Dauernd läuft sie mir mit Hauben, Westen, Socken und anderem hinterher …«

»Damit du dich nicht verkühlst, Kind. Ohne Socken ist das schnell passiert. Und essen müsst ihr jetzt auch was, sonst fallt ihr mir noch vom Fleisch! Vor allem du, Karla, du Grischpindl!«

Karla, völlig erschlagen von Mirlis Lebensweisheit, und in ängstlicher Erwartung von Blutwurst mit Sterz, drückte schnell ihren Bauch heraus.

»Keine Angst«, lachte Eva, »heute gibt es Kaaspressknödel-Suppe.«

Das klang ja schon besser. Haha.

Tante Mirli stapfte zielstrebig ins Haus, um die Suppe vorzubereiten.

Kurz saßen die zwei jungen Frauen still am Tisch, dann hielt es Karla nicht mehr aus. Lief da was mit Eva und dem Briefträger?

»Und was ist jetzt?«, fragte sie Eva.

»Wie, ›jetzt‹?«

»Ist was? Du weißt schon.«

»Irgendwas ist immer«, wand sich Eva.

»Eva, jetzt sag schon, ich sag's auch nicht weiter.«

»Was sagst nicht weiter?«

»Na, die Neuigkeiten von der Briefträgerfront! Liebestechnisch und so …«

»Ach so, das meinst du …«, versuchte Eva Zeit zu schinden und fingerte in ihren Locken herum.

Karla war kurz davor zu platzen. Mittlerweile hatte sie aber kapiert, dass die Leute hier – Eva eingeschlossen – nicht die schnellsten waren. Wenn sie etwas aus ihnen herausbringen wollte, musste sie geduldig sein wie eine Perlenzüchterin. Infos waren hier nicht auf die Schnelle zu bekommen. Wenn sie also etwas über das Liebesleben am Land, konkreter zwischen Eva und dem balzenden Brieftäuberich, bekommen wollte, hieß es jetzt: Warten, warten, reden lassen, zuhören.

»Also, der Julius …«, wagte sich Eva nach gefühlten drei Stunden vor. Und machte dann sofort auch wieder eine lange Pause, in der sie wahllos mit den Würfeln Wörter zusammenstellte.

Karla war genervt. Sie ertappte sich bei dem Gedanken, der zögerlichen Eva mit einem Schlag auf den Rücken auf die Sprünge zu helfen. »Ja, also der Julius …?«, versuchte sie den Gesprächsfaden weiterzuspinnen.

»Der ist gar nicht so übel wie sein Ruf.«

Pause.

»Weißt du, wir waren in derselben Klasse.«

Pause.

»Und hier im Haus, wenn was kaputt war, hat er mir schon oft geholfen.«

Oh Mann, wann kam sie endlich zur Sache?

»Und wobei half er dir da?« Karla zog ihre linke Augenbraue vielsagend hoch und räusperte sich zweideutig. Eva sah sich nach ihrer Tante um, die man im Haus mit den Töpfen klappern hörte.

»Na ja … wenn du das unbedingt wissen willst …«

Wieder eine Pause.

Karla versuchte es erneut: »Hat der Postmann zweimal geklingelt, häääää?«

Eva drapierte eine Strähne ihrer Haare als Bart vor den Mund und brummte mit tiefer Stimme: »Der kann mehr, als nur die Post bringen!« Sie kicherte und schlug mit der flachen Hand anerkennend auf den Tisch.

»Ahhhh … okay, danke, bin voll im Bild«, lachte Karla und versuchte, schnell das Bild von Julius im Hormonrausch aus ihrem Kopf zu kriegen. Schrubb-Schrubb mit Lederhose war ein bisschen zu viel.

14

Unschlüssig stand Karla vor ihrem Mini-Kleiderschrank und versuchte, etwas Adäquates für den Kirtag – die rustikale Fress- und Tanzparty – zu finden. Das, was sie zum Abtanzen in der Stadt anzog, würde wohl eindeutig overdressed wirken. Sie entschied sich für 7/8-Chinos, cremefarben, Peeptoes mit dezentem Plateau-Absatz aus geflochtenem Hanf, ein weißes Shirt mit auffälligem Rückenausschnitt, darüber ein Leinensakko und die dazu passende Clutch von Guess. Das war nicht zu viel und nicht zu wenig. Andererseits: Ein Kartoffelsack mit Gürtel täte es wohl auch – hier.

Mirli und Eva machten große Augen, als Karla im Türrahmen stand.

»Oh, du hast dich aber sehr fein gemacht«, bemerkte Mirli, hüstelte, strich vorsichtig über den Stoff der Chino-Hose und warf Eva einen vielsagenden Blick zu.

»Nö«, antwortete Karla und blickte verwundert an sich herab. Was hatten die? Unauffälliger ging's ja wohl nicht. Außerdem: Die zwei mussten reden! Sahen aus, als hätten sie im LSD-Rausch ihre Kleidchen geschneidert. Sie trugen bunt gemusterte Trachtenkleider mit Rüschen und Spitzenschürzen. Die mit opulenten Silberknöpfen besetzten Mieder trugen zwei Dekolletés zur Schau, neben dem Sophia Loren wie Hungerhaken Kate Moss aussah. Nur ein ganzer

Karnevalszug in Mainz konnte es an Auffälligkeit mit den beiden Ladys aufnehmen.

Eva zupfte an ihrer Bluse, warf einen Wie-sag-ich-es-nur-Blick zu Mirli und fing vorsichtig an: »Ähm, weißt du, beim Kirtag tragen alle Tracht. Alle!«

Pause.

Karla legte den Kopf schief und warf Eva einen langen Blick zu.

»Ich bin aber nicht alle«, parierte sie kühl. Schön, wenn die Einheimischen ihrem Hang zu überladener, unästhetischer und – sie warf einen Blick auf die gewagten Ausschnitte der Dirndl – beinahe obszöner Kleidung frönten, aber *sie* musste da nicht mitmachen.

»Dir würde ein bissl Busen auch nicht schlecht stehen«, stellte Mirli fest und stieß Karla lachend in die Seite.

»Bitte?«

Mirli feixte: »Nein, versteh' das nicht falsch. Aber Kirtag heißt bei uns ›volle Auslage‹ in jeder Hinsicht. Da essen wir, dass sich die Tische biegen, da trinken wir, dass sich der Dorfheilige im Grab umdreht, und da zeigen wir, was wir haben.« Sie lachte so schallend, dass ihr mächtiger Busen wogte.

Karla wurde ein bisschen schlecht. Sie wollte nicht bei dieser Bauernorgie mitmachen.

»Du solltest auch ein Dirndl tragen«, warf Eva bittend ein, »das ist bei uns so Tradition. Und du willst ja nicht als schwarzes Schaf auffallen, oder?«

»Genau!«, rief Mirli enthusiastisch. »Ich habe noch ein paar schöne im Kasten.«

Karla hielt die Luft an.

Tante Mirli war etwa doppelt so breit wie sie selber.

Hatten die Sehstörungen? Oder wollten sie sich mit ihr einen Spaß erlauben? Sie in so ein schrilles Zelt mit Schürze wickeln und zum Gaudium der Meute auf den Dorfplatz treiben? Vielleicht war sie ja so was wie die unfreiwillige Mitternachtseinlage? Der Tanzbär-Ersatz? Sie musste hier weg!

Eva zog sie am Arm in Mirlis Schlafzimmer.

»Nein, nein, echt nicht. Vergesst das mit dem Kleid. Das muss wirklich nicht sein«, wehrte Karla vergeblich ab.

Doch da hielt ihr Mirli schon ein dunkelgrünes, halbwegs dezentes, schmales Kleid vor die Nase.

»Mirli war früher gertenschlank«, erklärte Eva, als sie Karlas verwunderten Blick sah.

»Das wurde mir genäht. Mit viel Liebe«, schwelgte Mirli in Erinnerungen, schloss lächelnd die Augen und summte eine italienische Melodie.

»Probier es an!«, ermunterte Eva Karla und sah sie bittend an.

›Schwarzes Schaf!‹, hallte es in Karlas Kopf wider. Sie warf Mirli einen schnellen Blick zu. Die Sentimentalität, mit der sich diese alte Frau an vergangene, offenbar schöne Zeiten erinnerte, berührte sie. Nun gut. Man konnte das Kleid ja kurz einmal anprobieren – und dann weglaufen. Ohne Kleid.

Zu ihrem eigenen Erstaunen stand Karla das Dirndl wirklich gut. Der dunkelgrüne, seidige Stoff war eng an den Oberkörper geschnitten und betonte so ihre schmale Figur. Der fast laszive, aber nicht ordinär wirkende eckige Ausschnitt zauberte ihr ein Wahnsinnsdekolleté. Ab der Hüfte bauschte sich der schwingende Rock des Kleides. Die schwarze Schürze hatte ihr Mirli auf der linken Seite gebunden. »Damit die Burschen sehen, dass du noch zu haben bist.«

Karla würde bei der nächsten Gelegenheit die Schürze rechts binden.

Untermalt von Mirlis und Evas begeisterten *Ahs* und *Ohs*, drehte sie sich vor dem Spiegel. Noch ehe sie darüber nachdenken konnte, ob sie als achtes Kind der Familie Trapp aus dem Haus gehen wollte, blies Mirli schon zum Aufbruch.

Weglaufen ging nicht mehr. Also lief Karla mit.

Am Dorfplatz steppte der Bär. Die Blasmusikkapelle hatte sämtliche Stühle des Gasthauses »Zum Schwarzen Adler« vor den Dorfbrunnen geschleppt und blies nun mit roten Backen den Einheimischen den Marsch. *Humpa-humpa, Popp-popp-popp.* Das dankbare Publikum – anscheinend war hier von Krethi bis Plethi alles da, was im Umkreis von zehn Kilometern zwei Beine hatte – tanzte, lachte und prostete sich zu. Grillhuhngeruch, vermischt mit dem gärigen Gestank von Bier, waberte über dem Platz und hing wie eine feuchte Wolke über der enthemmten, feierwütigen Meute.

Es war unfassbar. Wie im Film. Karla zückte ihr Handy, um Fotos zu machen und diese auf Facebook zu posten. Andererseits: Eindruck würde sie damit wohl nicht machen. Eher Mitleid ernten, was auf ihrer ramponierten Imageskala, die nach unten hin offen war, noch ein paar Punkteabzüge bringen würde.

Mirli und Eva schüttelten gefühlte hundert Hände und stellten in einer Art rustikalem Meet & Greet Karla die Prominenz von Hinter-Russbach vor. Die da waren: der Dorfarzt, welcher auch der Freiwilligen Feuerwehr vorstand; der Amtsleiter des Gemeindeamtes vom Nebenort; der Pfarrer, der auch Leiter des fünfköpfigen Kirchenchors war; der Direktor der Raiffeisenbank, der nebenbei auch Kassier des Bauernbundes war. Fast alle Nachnamen endeten auf -berger, -roither, -hofer oder -baumer. Den Namen Josef – so hießen hier die meisten Männer, wenn sie denn nicht Johann hießen – gab es in mehrfacher Variation: Sepp, Pepi, Seppi, Pepperl. Bei den Frauen rangierten die Marias weit vor den Hannerls, Gretels und Annas.

Die Gesichter zu den Namen rauschten an Karla vorbei, ebenso wie die Schnapsgläser, die bei jeder Begrüßung gereicht und gleich geleert werden mussten. Dabei brüllten sie »Auf ex!«, freuten sich sehr und gossen sich den »Selbstgebrannten« in den Hals. Als Karla der Lehrerin, die auch als Obfrau des Trachtenvereins und als Vorsitzende des Sparvereins waltete, vorgestellt wurde, hatte sie schon ein paar Begrüßungsrituale hinter sich und fing an, Gefallen am ländlichen Kennenlerntheater zu finden.

»Sie san aba fesch bei'nand. A richtig zinftig's Moidl«, sagte die Lehrerin-Obfrau, deren Name entweder Maria oder Anna war, anerkennend und zeigte auf Karlas Outfit.

Karla legte den Kopf schief und überlegte fieberhaft, was die Gute wohl meinen könnte.

»Sie sind *ab-er fesch. Schööö-hööön*«, wiederholte diese überdeutlich.

»Mirrrrrlllli!«, erklärte Karla präzise mit dezentem Zungenschlag die Herkunft ihres Kleides.

Ein kräftiger Tusch ließ alle Köpfe in Richtung Blasmusik herumfahren. Der Direktor der Raiffeisenbank, laut Eva mächtiger als jeder Politiker weit und breit, atmete schwer in ein Mikrofon und fing an, über Land, Leute und Traditionen zu schwadronieren. Unterbrochen von leidenschaftlichen »Prost!«-Rufen und Trommelwirbeln, wurden diverse Josefs, Johanns und eine Maria geehrt. Karla fand das überaus langweilig und nutzte die Rede, um sich unter dem anwesenden Festvolk umzusehen – bis sie von Eva in die Seite gestoßen wurde.

»DUUUU!«, johlte Eva und zeigte abwechselnd auf Karla, den Bankdirektor und den Tanzboden, der neben der Blasmusik beim Brunnen aufgebaut war.

Karla verstand nicht ganz. Offensichtlich hatte sie etwas überhört, und offensichtlich hatte es etwas mit ihr zu tun.

»Dir wird der Watschentanz gewidmet«, freute sich Eva und rieb sich vergnügt die Hände.

»Watschentanz?«, echote Karla.

»Äh, Ohrfeigentanz heißt das auf Hochdeutsch«, kicherte Eva und schob Karla durch die Menge vor den Tanzboden.

Oh Gott! Würde sie nun verhauen werden? Okay, sie war nicht immer nett gewesen, und ihre Meinung von dem vertrott... äh ... Bergvolk war nicht immer die beste ... aber musste man sie deswegen gleich schlagen? Vor aller Augen? Zuzutrauen war es ihnen, analysierte Karla im Schnelldurchlauf ihre Lage. Da wuchs schon der Bankdirektor, der aussah wie Sancho Pansa, nachdem er seinen eigenen Esel gefressen hatte – stiernackig, schwitzend und mit hervorquellenden Augen – direkt vor ihr aus dem Boden. Als er ihr die Hand entgegenstreckte, wich sie schnell zurück. Die erste Ohrfeige vom Watschentanz?? Doch zu ihrer Überraschung schlug der Banken-Sancho-Pansa nicht zu, sondern reichte ihr mit einem breiten Grinsen ein – na, was wohl? – Gläschen Schnaps.

»Prost! Auf unsere Neue«, dröhnte er, näherte sich ihrem Ohr und raunte vertraulich: »Und wenn Sie ein Konto brauchen ... wegen der Konditionen könnten wir da schon was machen.«

Erleichtert, dass es statt Zores Zinsen geben würde, stieß Karla mit ihm an und leerte ihr Glas in einem Zug. Waren immer für eine Überraschung gut, die Leutchen hier, die frenetisch zu klatschen begannen. Warum? Karla konnte es kaum glauben, aber der Grund für den tosenden Applaus waren Hans und Peter, die sich breitbeinig, verpackt in rustikale Lederhosen, auf der Tanzfläche postiert hatten und Karla zuwinkten.

»Der Watschentanz – für dich!«, flüsterte ihr Eva verheißungsvoll ins Ohr.

Und schon ging's los. Hans und Peter hüpften, begleitet von Ziehharmonika-Musik, enthusiastisch im Takt in die Luft und stampften mit den Beinen auf den Boden, dass es nur so krachte. Dazwischen schlugen sie sich mit den Händen abwechselnd mit lautem Klatschen auf die Oberschenkel, die Schuhsohlen und mit durchdringendem Johlen scheinbar ins Gesicht: »Juhhhhaaaaaahahahahaaa!«

Benebelt durch die zahlreichen Schnäpschen, die ihr von links und rechts gereicht worden waren, fand Karla das Gespringe und Gebrüll der beiden Tanzbären durchaus lustig. Und diese Musik! Dieses *Rumpta-rumpta-didl-didl-ramptamtam* fuhr ihr in die Beine, und sie begann, eingehakt bei Krethi links und Plethi rechts, im Takt mitzuschunkeln.

Doch, ja, feiern konnten sie hier. Zugegebenermaßen etwas gewöhnungsbedürftig, aber zünftig allemal. Und wegen des Kontos … Wenn Banken-Paul wegen ihres forschen Telefonates ungehalten wurde, könnte sie ja hier ihr nicht vorhandenes Geld … äh, anlegen. Ein zartes Gefühl der Euphorie stieg in ihr auf. Hier war sie anscheinend jemand. Wenn auch nur die Einäugige unter den Blinden. Dennoch fühlte es sich gut an, geschätzt zu werden – besonders von einem Bankdirektor. Wer hätte gedacht, dass dieser Tag jemals kommen würde? Bilder von Klein-Bukarest im Arbeitsamt und der Kündigung bei Leitner & Partner zogen an ihr vorbei, und sie fand es plötzlich gar nicht mehr so schlimm, jetzt hier zu sein. Prost!

15

Der Kirtag blieb vorerst der einzige Höhepunkt im Partyleben von Hinter-Russbach. Gut, alle zwei Tage so eine Sause würden nicht mal die hartgesottensten Kerle zwischen Grimming und Dachstein aushalten. Vielleicht, so dachte Karla, war die Zeit zwischen den Kirtagen so ruhig wie der Puls eines Braunbären im Winterschlaf, damit danach wieder gefeiert werden konnte, als gäbe es kein Morgen. Immerhin kannte Karla nach der Dorfparty fast das gesamte Dorf.

Besser gesagt: Das Dorf kannte sie. Erstens: Karla konnte sich nur mehr schemenhaft an die Namen und Gesichter jener erinnern, die nach 21 Uhr ihren Weg gekreuzt hatten. Und nein, Karla litt nicht an Spätprogrammamnesie. Die Schnäpse waren schuld.

Zweitens: Klar waren alle in Hinter-Russbach neugierig auf die Frau aus Wien, die für Rupert, das Urgestein, irgendwas mit Werbung wegen der Schuhe machen sollte. Rupert und Werbung! *Haha*! Und dann noch eine aus der *Stadt*! Haha! Nach dem Kirtag waren sich die Dorfbewohner einig, dass »dem Rupert seine Fischer Karla« gar nicht mal so übel war, wie es »der Stadtingerin« a priori attestiert worden war. Und fesch, so munkelten Krethi und Plethi, war sie auch. Und ein Dirndl hatte sie an! Und saufen konnte die … Ja, Grüß Gott!

Kurz: Karla war akzeptiert worden.

Sie wiederum hatte akzeptiert, dass ihre Bemühungen, die Gosauer PR-technisch ins 21. Jahrhundert zu bringen, sinnlos waren. Also verbrachte sie ihre Zeit damit, diese totzuschlagen: Nachdem sie endlich einen Fernseher bekommen hatte, zappte sie durch alle fünf Kanäle, die empfangen werden konnten – *arte* war nicht dabei. Sie spielte mit Guido und versuchte, ihn zu dressieren.

Langsam überkam sie die sprichwörtliche Leichtigkeit des Seins.

Die Tage zogen sich dahin, und träge schlichen die Nachmittage auf die Abende zu. Freizeit und Arbeit gingen nahtlos ineinander über und waren nicht wirklich klar auseinanderzuhalten. Der Nachteil dabei: Das eine war so eintönig wie das andere. Dienstzeit in dem Sinn gab es nicht, denn zu viel wurde in der Firma geplaudert, diskutiert – wenn Rupert zugegen war –, miteinander gegessen – wenn Rupert kochte – und gelacht. Außerdem traf Karla ständig dieselben Menschen: die Gosauer-Belegschaft. Sandra, die Unauffällige, trabte dreimal am Tag mit irgendwelchen Lieferscheinen und Rechnungen zu Rupert. Der unterbrach daraufhin wahlweise sein Gitarrenspiel, seine Kocherei oder irgendwelche launigen Telefonate und nickte alles, was Sandra ihm reichte, mit einem desinteressierten Lächeln ab. Toni war zweimal in der Woche zugegen, um Schuhkartons in seinen klapprigen Lieferwagen zu schichten, und das lustige Duo Hans und Peter kalauerte sich durch die Schuhwerkstatt und schoss sich gegenseitig intellektuell fragwürdige Steilpässe zu.

Der Vorteil: Karla brauchte keinen einzigen Cent, weil sie

quasi rund um die Uhr voll versorgt wurde. Auch abends. Da saß sie meistens mit Mirli und Eva im Garten unter den Obstbäumen, spielte Karten, aß warme Heidelbeerkipferl – die Spezialität des Dorfes – und lauschte Mirlis schwarzhumorigen Geschichten aus deren Jugendzeit. Hätte ihr jemand vor Monaten gesagt, dass ein für sie gelungener Abend darin bestünde, in der Einöde mit einer alten Frau und deren Nichte Mau-Mau zu spielen, hätte sie ungläubig gelacht.

Überschaubar, insgesamt. Aber die ländliche Laissez-faire-Haltung hinterließ Spuren in Karlas hektischem Gemüt. Sie betrachtete sich zwar immer noch als Außenseiterin, weil sie nicht dazugehörte und auch nicht wirklich dazugehören wollte, aber sie begann die Leute und ihre Eigenheiten zu mögen.

Mit Wien war sie via E-Mail verbunden, beschränkte ihre Kommunikation mit der »Außenwelt« aber nur auf Ellie, die als Einzige wusste, wo Karla gelandet und wie weit sie von dem entfernt war, was man Karriere nannte.

»Ellie! Wer bin ich?«, begrüßte sie ihre beste Freundin beim abendlichen Telefongespräch.

»Ähm, *Karla* vielleicht?« Ellie klang verwirrt.

»Nein! So meinte ich das nicht.«

»Greta Garbo? Marilyn Manson? Karel Gott?«, riet Ellie weiter und kicherte.

»Das ist nicht witzig«, unterbrach Karla mit ernster Stimme.

»Weil …?«, wollte Ellie wissen.

»… ich eine Sinnkrise habe. *Wer* zur Hölle bin ich? Jetzt, wo ich ein Niemand bin. Nein, halt! Ich bin hier eine Randgruppe, nur aus mir selbst bestehend.«

»Na, das ist ja schon was«, bemerkte Ellie knochentrocken. »Hast du *arte* gesehen?«

Karla überhörte den ironischen Unterton und lamentierte entschlossen weiter.

»Früher, Ellie, da war ich wer. Ich hatte einen lässigen Job, ich hatte Freunde …«

Ellie hüstelte.

»… ich war gut angezogen und hatte Spaß am Leben. Das war die Karla. Und wer ist Karla jetzt? Was bleibt von mir, wenn all das, womit ich bisher gepunktet habe, nichts mehr zählt?«

»Dieselbe, die du früher warst. Nur ohne stressigen Job, ohne hysterischen Lifestyle und ohne oberflächlichen Bekanntenkreis. Deine Klamotten hast du ja noch … und mich!«, zählte Ellie auf.

Karla dachte nach. Hatte Ellie recht? Reichte das als Trost? Musste sie sich überhaupt trösten lassen?

»Karla – das, *was* du bist, ist, *wie* du bist. Und das hatte für mich nie etwas mit deinem Job, deinem Image oder deinem Partyverhalten zu tun. Du bist meine beste Freundin, weil du ehrlich, großherzig, liebenswert und komplett verrückt bist. Dir fehlt zwar hin und wieder ein gesundes Verhältnis zur Wirklichkeit, aber dafür hast du so viel Fantasie, Mut, Fröhlichkeit und Begeisterungsfähigkeit, dass alle deine Schwächen damit wettgemacht werden.«

Karla stiegen Tränen in die Augen. Sie war gerührt. Ihre Wangen fingen zu brennen an, und sie schluckte den Kloß, der ihr im Hals steckte, runter. Eigentlich war sie also ein netter Mensch. Fand Ellie jedenfalls. Ob Eva das auch dachte? Wohl nicht. Ihr gegenüber war Karla, wenn sie ehrlich war, oft sehr herablassend gewesen. Das hatte Eva nicht verdient. Ehrlich, großherzig, liebenswert … so war sie, Karla.

Und so würde sie ab jetzt auch den Gosauern gegenüber sein. Ehrlich? Das vielleicht nicht unbedingt jeden Tag zu jeder Stunde – es war eine Frage der Großherzigkeit. Und verrückt? Karla dachte an Hans und Peter und musste grinsen. Sollte Ellie noch mal behaupten, sie, Karla, hätte einen an der Tasse.

»Und du bist so gefühlvoll, weich und sensibel. Auch wenn du gerne die coole Sau raushängen lässt. Ach ja, und du kannst total schlecht schauspielern«, schloss Ellie ihre Charakterstudie.

Karla musste grinsen. Sie wischte sich die Tränen der Rührung fort, die ihr in den Augen standen. Doch so schnell gab sie nicht auf: »Und Kohle habe ich auch keine. Und keine Zukunft … und ein Kerl ist auch weit und breit nicht in Sicht!«

»Apropos«, warf Ellie ein, »Ralph hat dir eine Einladung geschickt. Auf Papier! Hat wahrscheinlich in irgendeinem Lifystyle-Magazin gelesen, dass das sophisticated rüberkommt.«

Karla grinste schief. Typisch Ralph.

»Er hat sich eine superteure Wohnung mit zwei Dachterrassen gemietet und schmeißt eine Einweihungsparty. Dresscode casual … Warte mal, ich les' dir schnell vor: *Come as you are / as you were / as I want you to be / as a friend / as a friend / as an old enemy* …«

»Wie praktisch. Kann man auch als Loser kommen?«

»Nein, davon steht hier nichts. Du musst wohl zuhause bleiben.«

»In Hinter-Russbach«, präzisierte Karla und stöhnte.

Sie überlegte. Wenn sie ganz ehrlich war: Sogar wenn sie in Wien wäre, hätte sie keine Lust, bei diesem Schaulaufen mit Mojito, Sushi und Fingerfood aufzutauchen. Es waren dort immer dieselben Gesichter, die Geld ausgaben, das sie zum Teil nicht hatten, um Dinge zu kaufen, die sie nicht brauchten, damit sie Leuten imponieren konnten, die sie nicht mochten.

Hatte sie jemals wirklich dazugehört? Nein, eigentlich nicht. Sie *wollte* dazugehören, und an Ralphs Seite war es ihr fast gelungen. Und nun? Sie musste hier niemanden beeindrucken und sparte auf diese Weise eine Menge Geld, das sie ohnehin nie hatte, wie ihr Banken-Paul gerne zu verstehen gab.

Interessanterweise gab es in Hinter-Russbach auch niemanden, den sie dezidiert nicht leiden konnte. So wie etwa Wiltrud – *»as an old enemy«* –, ihre ehemalige Mitschülerin, die zu jener Sorte von Menschen gehörte, denen alles gelang und die das auch hemmungslos raushängen ließen, indem sie andere demütigten. Vorzugsweise auf solchen Partys, wie Ralph sie gerne gab.

»Ich glaube, mir entgeht nichts, wenn ich nicht dabei bin«, entschied Karla.

»Das klingt erschreckend, wenn man bedenkt, wo du gerade bist«, lachte Ellie, »Aber ganz ehrlich: Ich hab nie verstanden, was du an diesen Events gefunden hast.«

Karla nickte und beschloss, irgendwann eingehender darüber nachzudenken – vor einer lebensbedrohlichen Operation etwa. Oder während eines Staus. Da beides nicht in Sicht war, würde sich diese Unternehmung noch hinziehen. Oder doch lieber jetzt gleich eine kritische Innenschau halten? War sie auf dem Weg, eine freudlose, kopflastige

Spaßbremse zu werden? Und wenn ja: Wohin mit ihren wunderbaren Schuhen?

Sie verabschiedete sich von Ellie, ging ins Schlafzimmer, nahm jeden Schuh einzeln in die Hand und versank in melancholischen Gedanken. Ihr Leben war früher irgendwie … bunter gewesen. War es ihr zu bunt geworden?

»Come as you are.«

Blöd, dass sie nicht wusste, wer sie grad war. Ach ja: Großherzig, verrückt, liebenswert. Möglicherweise war der Zeitpunkt gekommen, das auch Eva und den Hinter-Russbachern zu zeigen.

16

Neuer Tag, neues Spiel. Auch wenn Rupert sich gerne taub stellte – sobald Karla ihn mit Vorschlägen zur Verbesserung der Marktstrategie bombardierte, ließ sie sich nicht entmutigen.

»Eva, wie ist Hinter-Russbach eigentlich positioniert?«

»Wir liegen beim Dachsteinmassiv im Salzkammergut«, gab Eva eifrig Auskunft.

»Nein, so meine ich das nicht.«

»Ah, warte … ich weiß schon.« Engagiert tippte sie etwas in die Tastatur. »Nördliche Breite, 47 Grad, 31 Minuten, 43 Sekunden …«

»*Eva!* Ich will nicht die Temperatur und die Uhrzeit wissen …«

»Die Uhrzeit? Das ist keine Uhrzeit, sondern die Koordinaten, wo Hinter-Russbach positioniert ist.«

»Ach soooo. Nein, ich meinte, wie die Gemeinde PR-technisch positioniert ist. Marketing, Werbung, gibt's irgendwelche Folder, Unterlagen, wer hat die Website gemacht? Wer macht den Content?«

Eva dachte nach und zeichnete mit ihrem angeknabberten Bleistift Kreise auf ihre Papier-Schreibtischunterlage.

»Die Website ist irgendwann vom Tourismusverband in Salzburg gekommen. So eine Seite haben alle Orte bekommen. Mehr weiß ich nicht.«

»Und was ist mit Foldern? Prospekten? Werbematerial?«

»Ach das? Das Zeug liegt bei uns am Postamt aus. Da gibt's Wanderkarten und Informationen, wo man übernachten kann.«

»Kann man doch ohnehin nur im Schwarzen Adler.«

»Ja eh«, zuckte Eva mit den Schultern. »Aber wennst das nicht weißt, schaust auch blöd drein. Oder?«

Das war natürlich ein bestechendes Argument. Da das Postamt anscheinend die Drehscheibe für Informationen aller Art war, beschloss Karla, sich dort umzusehen.

»Dort gibt's auch Ansichtskarten, Souvenirs, Haushaltswaren, Papiersachen und … einen Bankomaten!«, rief ihr Eva im Hinausgehen nach.

Ja super. Karla biss sich auf die Lippe. Leider würde ihr der Bankomat nicht viel bringen, denn ihr Konto war wegen des gesperrten Überziehungsrahmens nicht gedeckt und die Karte somit unbrauchbar. Und Banken-Paul, der versprochen hatte, sich der Sache anzunehmen, hatte sich auch nicht mehr gemeldet. Gott sei Dank hatte sie vor ihrem Auswandern genug Bargeld eingesteckt – das letzte, was sie hatte – und war bisher damit gut über die Runden gekommen.

Karla spazierte hinunter ins Dorf. Das Postamt war schnell gefunden, obwohl es unscheinbar war – ein kleines, mausgraues Haus, der einzige Farbtupfer waren die Blumenkästen mit leuchtend roten Pelargonien vor den Fenstern, die jedes Haus in Hinter-Russbach zierten. Anscheinend gehörten üppig überwucherte Blumenkästen zur Grundausstattung, so wie anderswo Toilette, Dusche und Küche.

Karla stieg die drei Stufen zur Eingangstür hinauf, öffnete und hörte, wie ein zart blechernes Bimmeln ihre Ankunft ankündigte.

Sie blickte sich kurz um und entdeckte hinter dem schmucklosen Schalter eine Frau, so um die vierzig, mit einem blonden Pagenkopf.

Neugierig sah das Postfräulein auf, stellte fest: »Ah, die Neue!« und lächelte.

Karla blickte nach links und rechts und zeigte dann mit hochgezogenen Brauen fragend auf sich.

»Ja ja, die Fischer Karla vom Rupert, gell?«

Karla nickte. Als Besitzung vom Rupert Graupner behandelt zu werden, war zwar zu hinterfragen, aber sie wollte hier und jetzt keine Grundsatzdiskussion vom Zaun brechen.

Die Frau erhob sich und reichte ihr die Rechte über den Tresen. »Griaß di, i bin die Widlroither Resi vom Gaderbauer Hias. Mir kennen uns eh vom Kirtag«, stellte sie sich schwungvoll vor und grinste verschwörerisch.

»Vom Gaderbauer Hias?«, wiederholte Karla und beschloss, auf den Wink in Richtung Kirtag nicht einzugehen.

»Jojo, die Tochter von eam, bei uns sogt ma des so.«

Karla war im Bilde.

»Wos hättest denn 'braucht?«

»Haben Sie vielleicht Flyer, Folder oder Prospekte von Hinter-Russbach da?«

»*Sieee!* Hahaha, des is guad. Mia san do ned per *Sie* miteinander.« Resi patschte Karla jovial auf den Oberarm. »Bei uns kennt a jeder jed'n, und da is ma per Du. Und außerdem: Mir zwaa san jo quasi noch jung.« Und zwinkerte Karla verschwörerisch zu.

Karla lächelte hilflos.

»Oiso, schaun wir einmal, wegen deinen Prospekten.« Resi bückte sich hinter dem Schalter und begann, geräuschvoll zu kramen. Bald tauchte sie mit einem kleinen, staubigen Karton wieder auf und stellte ihn energisch vor Karla ab. »Do is alles bei'nander«, sagte sie zufrieden. »Mir ham quasi alles und noch viel mehr …«, sie machte eine feierliche Pause, als gelte es, das fünfundzwanzigste Weltwunder oder zumindest einen fliegenden Bagger anzukündigen, »so auch einen Bankomaten!«

Karla warf einen schnellen Seitenblick auf den Geldautomaten, nickte ein paarmal ehrfurchtsvoll, bedankte sich artig und begann, den Inhalt des Kartons durchzusehen.

Resi sah ihr dabei zu und gab schnarchende Geräusche von sich. »Des ist wegen mei'm Heuschnupfen. Halt i ned aus. Drum arbeit i in der Post und ned am Hof«, erklärte sie und patschte Karla noch mal auf den Arm.

In der Schachtel lagen fein säuberlich sortiert verschiedene Werbeprospekte von Hinter-Russbach, die, wie Karla am altmodischen Layout erkannte, sicher schon vor zwanzig Jahren gemacht worden waren; kopierte Einladungen zu Feuerwehrfesten, die im Dorf im Jahre Schnee stattgefunden hatten, und ein Bündel Veranstaltungskalender von der Landesausstellung 2008, die noch nie geöffnet worden waren.

»Etwas Aktuelleres gibt es nicht?«, fragte Karla und zeigte auf die Schachtel.

»Naaaaa«, antwortete Resi leichthin, »bei uns ändert sich eh nie was, und außerdem kommt sowieso keiner, der sich hier nicht auskennt.«

Karla nickte verständnisvoll, bedankte sich noch einmal und wandte sich zum Gehen. »Danke, Resi!«

Sie hatte die Klinke schon in der Hand, da stach ihr der Bankomat ins Auge.

Ob der lange Arm ihrer Bank tatsächlich bis hierher, in das

hinterste Bergdorf, reichte? Vielleicht wusste dieser Bankomat gar nichts von ihrer Kartensperre. Außerdem: Das hier war ja nicht einmal eine richtige Bank, sondern eine Post, und auch das nicht ganz. Karla hielt inne und griff zögerlich nach ihrem Portemonnaie. Sie sah sich vorsichtig nach Resi um. Die war in ihre Arbeit vertieft und stempelte schnarchend und röchelnd mit einem rhythmischen *Tok-Tok* etwas ab. Karla stellte sich vor den Geldautomaten und steckte aufgeregt ihre Karte in den grün leuchtenden Schlitz. So musste sich jemand fühlen, der in Monte Carlo am Roulettetisch auf Null setzte.

Der Automat fragte sie via Display, ob sie Bargeld abheben wolle. Natürlich! Was sonst?! Hastig drückte sie auf die hierfür vorgesehene Taste. Der Automat fragte sie nun, wie viel sie denn haben wolle. Volles Risiko – 300 Euro! – oder berechnende Bescheidenheit – 50 Euro? Jetzt galt es, messerscharf zu kalkulieren und schnell zu entscheiden. Einerseits: Im schlechtesten Falle würde sie gar nichts bekommen. Andererseits: Im besten Fall schon. Und dann lieber so viel wie möglich. Angespannt tippte sie ihren Code, dann 3-0-0, hielt die Luft an und wartete.

Am Display erschien der Verweis, dass der Bankomat den »Auftrag« bearbeiten würde, und aus dem Inneren des Gerätes kam ein rotierendes Geräusch – wie beim Roulette, wenn der Croupier das Rad drehte und die Kugel über die Zahlenfelder hüpfte. Rouge ou noir? Rot oder schwarz? Geld oder keines? Jetzt kam der Moment der Wahrheit! Und – Karla konnte es kaum glauben – der Automat spuckte tatsächlich Karte und Geld aus.

Guter Automat! Sie tätschelte die Maschine, was Resi mit einem skeptischen Blick quittierte. Noch ehe diese aber etwas sagen konnte, steckte Karla in Jubellaune eilig Geld und Karte ein, verabschiedete sich überschwänglich und ließ die Postamtstür mit einem leisen Bimmeln hinter sich ins Schloss fallen. Glück gehabt.

Aber war Hinter-Russbach wirklich so weit vom Schuss, oder hatte Banken-Paul ihren Überziehungsrahmen gerettet? Realistischer erschien ihr Letzteres.

Sie überwand ihren Stolz und die Abneigung gegen die Bank und rief Paul Lenz an. Die Nummer wusste sie auswendig – leider. So wie die Konfektionsgröße, die man eigentlich nicht haben will; so wie die Fahrstuhlmusik, die eigentlich an den Nerven zehrt, und die Adresse des Exfreundes, den man seit zehn Jahren vergessen will. Zuerst hörte Karla einige Takte Donauwalzer, *ta-da-da-da-ram, tamtam, tamtam,* und sie wollte gerade irgendwie erleichtert auflegen – so gern rief sie nun auch wieder nicht bei ihrer Bank an, wer wusste schon, welch strenger Ratschlag ihr da wieder aufgetischt wurde –, da hörte sie Paul Lenz' geschäftliche Stimme.

»Guten Tag, Paul Lenz, Privatkundenservice.« Karla unterdrückte die aufsteigende Reaktion, feige, aber eben noch rechtzeitig wieder aufzulegen.

»Guten Tag, ich bin's, Karla …«

»Frau Fischer, das freut mich aber!« Täuschte sie sich, oder klang der spröde Kerl auf einmal verbindlich?

Vorsichtig setzte sie fort: »Ich will Sie gar nicht lange stören …« Wobei eigentlich? Was tat der Lenz den lieben langen Tag, außer arglose Menschen in Angst und Verlegenheit zu versetzen? Für kurze Zeit fühlte sie sich, als würde sie in einem der betongrauen Sessel in Banken-Pauls Kobel sitzen.

»Aber nein, liebe Frau Fischer, Sie stören überhaupt nicht, eigentlich stören Sie nie!«

Was war denn mit dem los? Hatte er gerade einer neureichen Russin ein ladenhütendes Aktienpaket angedreht?

»Ich war eben beim Bankomaten – und da habe ich bemerkt, dass mein Überschreitungslimit anscheinend angehoben worden ist. Danke schön.«

»Gerne, gerne, Frau Fischer. Es hat sich herausgestellt, dass wir als Überbrückungslösung einen kleinen Spielraum ausnützen konnten, nicht der Rede wert. Es freut mich sehr, wenn ich Ihnen damit … äh … aber wie geht es Ihnen denn in … ähm … Ober … Hinter … Groß … dort?«

»Super!« Karla, gleichermaßen erstaunt und froh über den schnellen Themenwechsel, trug schwungvoll dick auf. »Es ist eine tolle Stelle, spannende Aufgaben, Aufstiegschancen, und das alles in einer Wellness-Umgebung, Natur pur.«

»Das klingt ja großartig. Bitte halten Sie mich auf dem Laufenden.«

Karla versprach es und kreuzte dabei Zeige- und Mittelfinger.

17

Beflügelt vom erfolgreichen Ausflug zum Bankomaten, dankbar, dass am Konto nicht mehr die totale Ebbe herrschte, und gleichzeitig fassungslos über die uralten Werbefolder, die im Postamt unter Ausschluss der Öffentlichkeit herumdümpelten, hüpfte Karla die Treppen zum Dachboden hinauf. Voller Schwung betrat sie das gemeinsame Arbeitszimmer und rief mit einer Stimme, aufrüttelnd wie die Posaunen von Jericho: »Hier wird sich was ändern!«

Eva, die über ein Stück Leder gebeugt war und darauf herumzeichnete, schrak auf und steckte das Leder schnell in die Schublade ihres Schreibtisches. Guido kläffte und sprang an Karla hoch.

»Was?«

»*Hier* wird sich was *ändern*!«

»Und das wäre?«, wollte Eva wissen und verdeckte mit beiden Händen die Schublade, die sie vorher schnell geschlossen hatte.

»Rate!«, forderte Karla auf und lehnte sich mit verschränkten Armen an ihren Schreibtisch.

Guido stupste sie mit der Schnauze, hinterließ einen kleinen feuchten Fleck auf ihrer Jeans, legte den Kopf schief und schaute sie treuherzig mit seinen Knopfaugen an. Karla griff nach unten und streichelte ihn. Eva kaute an ihrem Bleistift herum und überlegte.

»Hier wird sich was ändern?«, fragte sie gedehnt. »Das wäre ja mal ganz was Neues.«

»Um das geht's ja. Um was Neues!«

»Stichwort?«

»Postamt.«

»Den Bankomaten kenn i schon«, entgegnete Eva und kaute weiter.

»Nein. Nicht so. Stichwort: Braune Schachtel.«

Eva drehte die Augen nach oben, als wollte sie in ihrem Oberstübchen nach der Schachtel suchen. »Braun, sagst du?«

Karla schnalzte ungeduldig mit der Zunge. »Ja, es geht jetzt aber nicht um die Schachtel an sich, sondern um das, was drinnen ist.«

Eva breitete die Arme fragend aus und deutete ein tonloses »Häääää?« an.

Karla richtete sich auf, ging – gefolgt von Guido – ein paar Schritte im Speicher umher und hob zu einer Erklärung an. Sie berichtete Eva vom Gespräch mit Resi von der Post, von deren Werbeunterlagen für Hinter-Russbach, den paar verstaubten Foldern und Zetteln, die in der braunen Schachtel seit Jahrzehnten darauf warteten, von neugierigen Touristen in die Hand genommen zu werden. »Und das kann doch so nicht weitergehen, oder?«, schloss sie ihren Vortrag.

»Oh ja. So geht das schon seit Jahrzehnten immer weiter«, widersprach Eva.

Das beeindruckte Karla gar nicht, und sie plapperte entschlossen drauflos: »Ich habe mir gedacht: Wenn das Dorf keine Werbung macht, dann machen wir, also die Gosauer, Werbung, und fangen zwei Fliegen mit einer Klappe. Wir haben als Thema die Natur, Berge, blablabla«, Karla deutete aus dem Fenster in Richtung Dachstein, »und bringen als weitere Informationskomponente die Gosauer rein. Quasi aktueller oder … sagen wir mal … wirtschaftlicher Aufhänger.«

Karla schaute sehr zufrieden drein und nickte Eva um Zustimmung heischend zu.

Eva stützte ihren Kopf mit dem Arm ab, lehnte sich auf die Schreibtischplatte und dachte nach. Dann schüttelte sie den Kopf und sagte wenig euphorisch: »Wennst meinst.«

»Wie? ›Wennst meinst‹?«

»I versteh davon nix. I kann Schuhe zeichnen, aber von Werbung versteh' i nix.«

»Aber prinzipiell ist es doch eine gute Idee, oder?«

»Ja schon. Aber wie stellst dir das vor? Und was sagt wohl der Rupert dazu?«

»Rupert, Rupert … Den werde ich schon dafür begeistern.« Sprachs und setzte sich an den Computer.

»Was machst jetzt?«, wollte Eva wissen und reckte ihren Hals neugierig zu Karlas Tisch.

»Ich formuliere eine Presseaussendung und eine Presseeinladung nach Hinter-Russbach. Vielleicht kommen Journalisten, und denen kann man vor Ort zeigen, was es hier gibt.«

»Und des warat?«, fragte Eva.

»Na, die Berge? Die Gegend? Unsere Schuhe? Die Heidelbeerkipferl? Und Resi von der Post ist allein schon eine Geschichte wert.«

Eva grinste. »Des g'freit mi, dass du des so siehst.«

»Wie viele Menschen wohnen hier?«, fragte Karla und stierte dabei konzentriert auf ihren Bildschirm.

»Alles z'amm wohl um die 200.«

»Wie lange gibt's das Dorf schon?«

»Keine Ahnung. Lang halt. Frag lieber den Rupert. Der

kennt sich da total gut aus. Ich glaube, er hat sogar an einer Chronik herumgebastelt. Außerdem kannst ihn damit dazu kriegen, dass er die Idee ned sofort auf den Misthaufen haut.« Eva zwinkerte und ließ ihren Zeigefinger neben der Stirn kreisen.

»Ahaaaa! Charme-Offensive!«, raunte Karla, »Dann wollen wir den Guten mal einkochen.«

Mit Stift und Zettel bewaffnet, machte sie sich auf die Suche nach Rupert. Es war bereits früher Nachmittag, also war er nicht in der Küche. In der »Konferenz-Kuchl« war er auch nicht. Karla ging in den Innenhof und hörte Toni laut pfeifen. Der wusste garantiert, wo Rupert war. Zu finden war Toni auch leicht – er hielt sich meist in der Nähe seines Lieferwagens auf. Karla folgte der unmelodiösen Plage, die da vom Parkplatz herdrang, und fand Toni auf einem Rollbrett unter dem Auto liegend vor.

»Toooooni«, rief Karla.

»Hier!«, antwortete der dumpf. Steckte wohl mit dem Kopf im Benzintank.

»Weißt du, wo Rupert ist?«

Toni pfiff weiter.

»TOOOONI!«

Er unterbrach sein Pfeifen. »Ich denke, ja, schon«, antwortete er, kam langsam unter dem Wagen hervorgerollt, rückte seine bunte Mütze zurecht und kratzte sich am Kopf.

»Was machst du da?«, fragte Karla und zeigte auf den Lieferwagen.

»Herumzangeln.«

Karla verstand nicht, nickte aber.

»Der Motor g'fallt mir ned.«

»M-hm.«

Dann folgte eine Pause. Karla wartete.

»Im Garten«, sagte Toni nach einer Weile und richtete sich seine Brille zurecht.

»Was?«

»Im Garten! Do drüben!«

»*Was* ist im Garten?«, fragte Karla und schaute ihn eindringlich an. Konnte der Vogel keine normale Antwort geben?

»Der Chef natürlich. Wolltest du ja wissen.«

Karla stöhnte und bedankte sich für den Tipp. Toni legte sich wieder rücklings auf sein Brett und rollte pfeifend unter den Wagen. Zielstrebig schlug Karla den Weg außen um die Produktionshalle herum in Richtung Garten ein. Sie öffnete das kleine quietschende Gartentor und blickte sich um. Wo war Rupert?

Da raschelte es zwischen den Johannisbeersträuchern, und etwas Graubraunes kam hervorgekrochen. Rupert.

Karla ging auf ihn zu und beugte sich zu ihm hinunter. »Was machst du da?«

Triumphierend hielt er ihr ein mickriges Pflänzchen mit gezackten Blättern hin. »Schau, was ich gefunden habe!«, rief er stolz.

»Grünzeug?«, fragte Karla. Davon gab es hier im Garten ja wohl genug. Worüber freute er sich so?

»Pimpernelle! Eine junge Pimpernelle«, freute sich Rupert und richtete sich auf. Er hielt das grüne Etwas in seiner Hand, als hätte er die Kronjuwelen der Habsburger ausgegraben. Karla kniff die Augen zusammen und beäugte es skeptisch.

»Der Kleine Wiesenknopf«, präzisierte Rupert und frohlockte. »Der Kleine Wiesenknopf, im Lateinischen heißt er

Sanguisorba minor, ist ein Rosengewächs. Die Blätter und Blüten schmecken ein bisserl nach Gurke. Sehr erfrischend!«, dozierte er und gab ein zufriedenes Schmatzgeräusch von sich. »Wenn ich mehr davon finde, dann kommt's morgen gleich in den Salat. Aber das Kleine hier, das nehme ich zum Anbauen.«

Karla wedelte mit ihren Zetteln. »Jaaah, das ist natürlich sehr interessant, aber was ich sagen wollte …«, versuchte sie, das Thema zu wechseln.

»… Ja, interessant, nicht wahr?«, unterbrach er sie und fuhr gnadenlos mit seiner Schwärmerei fort: »Die Pimpernelle gehört zu den Kräutern einer richtigen Bauerngartenbepflanzung. Und weil sie so schön ist, kannst du sie auch als Zierpflanze ziehen.«

Karla räusperte sich und tippte auf ihre Zettel. »Apropos Zierpflanze …«, versuchte sie erneut, dem Gespräch eine andere Wendung zu geben – wenngleich die Zierpflanze mit ihrem Thema gar nichts zu tun hatte. Aber egal – Hauptsache, Rupert würde seine Jubelgesänge unterbrechen. »Sollte man das nicht vermarkten, dass Hinter-Russbach so schön, ähm, Zierpflanzen …«

»Nicht nur!«, fiel ihr Rupert ins Wort. »Man kann die Pimpernelle auch als Viehfutter verwenden. *Und* …«, verschwörerisch senkte er die Stimme und hielt sich den Zeigefinger vor die Lippen: »Es ist ein kleines Wundermittel, wenn's um die Gesundheit geht. Stärkt die Nerven!«

Karla hatte zwar gerade das Gefühl, dass das elende Kraut an ihren Nerven zog, nickte aber dennoch anerkennend. »Wo wir gerade dabei sind«, erhob sie verzweifelt ihre Stimme und blickte Rupert fest in die Augen. »Ich sag's jetzt einfach frei heraus und nenne die Dinge beim Namen …«

»Ja ja! Man kennt die Pimpernelle auch unter ganz anderen Namen«, ereiferte sich Rupert und zupfte mit seinen riesigen Fingern vorsichtig an den zarten Blättchen herum. »Blutstillerin, Blutströpfchen, Braunelle … haha, sogar Drachenblut! Aber auch – und jetzt pass auf! – Falsche Bibernelle oder Wurmkraut.«

Er kicherte in seinen dichten Bart, überlegte und ratterte weitere Bezeichnungen runter: »Becherblume, Kleine Bibernelle, Welsche Bibernelle, Gartenbibernelle …«

Woher wusste der das alles? Hatte er alle Gartenratgeber dieser Welt auswendig gelernt?

Als er eine Atempause einlegte, stoppte sie ihn energisch und rief pathetisch: »ICH BRAUCHE DEINE HILFE!«

Rupert horchte auf. Wenn jemand seine Hilfe brauchte, dann war er zur Stelle.

»Moment«, sagte er und legte die Pimpernelle behutsam in eine kleine Schüssel. Dann drehte er sich zu Karla um und schien, sie zum ersten Mal so richtig wahrzunehmen. »Wo brennt's denn?«, fragte er und machte große Augen.

Charme-Offensive!, dachte sich Karla und schenkte Rupert ein gewinnendes Lächeln.

Er lächelte breit zurück.

»Es gibt ja so viele tolle Dinge in Hinter-Russbach, die … äh, NATUR … die Menschen, die Vergangenheit …«, versuchte Karla sein Interesse zu wecken und die Dinge in die richtige Richtung zu lenken.

Rupert nickte eifrig.

Wenn sie ihn jetzt mit der Presseaussendung konfrontierte, wäre es womöglich zu früh. Sie musste noch ein wenig um den heißen Brei herumreden.

»Eva meinte, du bist ein großer Kenner der Geschichte

von Hinter-Russbach«, fuhr sie fort und zückte Stift und Zettel.

Es war ein guter Tag für Rupert. Motiviert bis in die Bartspitzen, legte er sofort los. »Ja ja, die Geschichte von unserem Tal, die ist wirklich recht interessant! Das Tal am Russbach wurde im 13. Jahrhundert von Mönchen aus dem Stift St. Peter in Salzburg besiedelt. Die erste urkundliche Nennung von Vorder- und Hinter-Russbach erfolgte im Jahr 1279. Die meisten Menschen lebten damals von der Waldwirtschaft und lieferten das Holz nach Hallstatt für die Salzgewinnung. Viele Bauern haben Almen betrieben, die sind heute noch größtenteils erhalten. Eine ganz schöne ist oben am Preiner Kogel, wo der Brucker Sepp …«

Ehe sich Rupert in Details verlieren konnte, bremste ihn Karla: »Weil du gerade ›Waldwirtschaft‹ gesagt hast … also, mit Betonung auf Wirtschaft«, fing sie an. »Ich hätte da so eine Idee, die damit zusammenhängt.«

Mittlerweile schaute Rupert ängstlich.

»Ich werde eine Presseinformation und eine Presseeinladung an Journalisten schreiben, damit die kommen und Hinter-Russbach, sprich: die Gosauer, kennenlernen.«

Rupert schaute zweifelnd, dachte nach und wiegte das Schüsselchen mit seinem Kraut mit beiden Händen.

Karla räusperte sich und holte Luft. Es brauchte wohl noch etwas Überredungskunst.

Doch Rupert fiel ihr ins gedachte Wort. »Ich weiß nicht«, sagte er gedehnt und legte den Kopf schief.

»Doch, doch! Glaub mir! Das ist eine feine Sache«, war Karla sofort zur Stelle.

Rupert lächelte sie dünn an und hob entschuldigend die Schultern.

»Na ja, eh, aber so eilig haben wir es dann auch nicht … grad jetzt im Sommer …«

»Was ist mit dem Sommer?«

»Na, warm is halt«, präzisierte Rupert und deutete eine Wischbewegung über der Stirn an.

Karla schaute ihn bohrend an. »Und wo liegt das Problem, Pressearbeit zu machen, wenn es warm ist?«

Rupert setzte seinen Ich-bin-ein-unschuldiges-Yeti-Kind-Blick auf. »Na, g'sund ist halt ned.«

»*Gesund!?*«, echote Karla mit sarkastischem Unterton in der Stimme, »keine Angst, ich werde bei 25 Grad keinen Hitzestau bekommen, nur weil ich eine Presseaussendung schreibe.«

Ha! Der wollte sie nur vom Thema abbringen. Aber nix da! Karla setzte einen geschäftsmäßigen Blick auf, richtete sich auf und schaute Rupert fest in die Augen. »Pressearbeit ist eine außergewöhnlich effektive Methode, um auf etwas aufmerksam zu machen. Eine Studie von Forrester Research hat ergeben, dass Pressearbeit um 21 Prozent effektiver als Printwerbung und um 46 Prozent effektiver als der Einsatz von Werbebannern ist«, redete sie sich in Schwung.

Rupert schlief sichtlich das Gesicht ein. Er versuchte, Karlas Worten zu folgen, die wie ein Gebirgsbach an ihm vorbeirauschten. Hin und wieder streichelte er über die Pimpernelle und kniff die Lippen zusammen.

»… und was sagst du dazu?«, beendete Karla ihren Monolog.

Rupert sagte erst mal gar nichts. Er schob die Schüssel zur Seite, vergrub die Finger im Bart und schaute zum Himmel, ehe sein Blick unauffällig in Richtung Johannisbeersträucher wanderte.

»Na ja, da hast du dir ja viel überlegt. Und das hört sich alles sehr gescheit an …« Er erhob sich langsam und machte einen Schritt auf die Johannisbeersträucher zu.

»Rupert! Bitte!« Der würde jetzt keinen Abgang in die Sträucher machen, ehe er zugestimmt hatte. Karla war wild entschlossen, ihre Idee durchzusetzen. Und wenn sie bis spät in der Nacht hier mit ihm sitzen und ihn volllabern würde.

Also noch mal von vorne: »Es ist sehr wichtig, das Interesse auf bestimmte Aspekte eines Unternehmens zu lenken, und ich bin überzeugt, dass ihr hier … Qualität … Tradition … Handwerk … Schneeballeffekt … Journalisten … Einblick nehmen …«

»Wie war das im Mittelteil?«, fragte Rupert mäßig interessiert.

Karla wusste nicht, was er meinte. Aber allein schon die Tatsache, dass er nachfragte und nicht wie immer freundlich abwiegelte, ermutigte sie.

»Das mit dem Schneeballeffekt? Dass einer berichtet, und alle anderen ziehen nach?«

Rupert nickte schwach.

Karla holte tief Luft. »Also, das Ganze läuft meistens so ab: Wir schicken eine Presseinfo raus …«

Rupert winkte ab. »Ja ja … dann mach das halt«, stimmte er lahm zu und beeilte sich, wieder unter die Johannisbeersträucher zu kriechen.

Karla stand da, die Zettel in der einen Hand, den Stift in der anderen, und wusste nicht recht, ob sie das Ganze als Erfolg werten konnte. Egal. Sie hatte das Okay, eine Presseeinladung auszusprechen. Und ja, es würde sich hier was *ändern*! Was genau, war ihr allerdings noch nicht ganz klar.

»Ich brauche einen Aufhänger!«, erklärte sie Eva, als sie wieder in ihr Büro zurückkehrte.

Die blickte sie ernst an. »War's so schlimm?«

»Hä?«

»Na, weilst di aufhängen willst.«

»Einen *inhaltlichen* Aufhänger! Eine Geschichte. Eine Neuigkeit. Irgendeinen Grund, *warum* ich eine Presseaussendung an die Redaktionen schicken werde. Irgendwas Erzählenswertes. Und nein, so weit bin ich noch nicht. Noch nicht ganz. Aber wenn der Kerl da unten so weitermacht, dann braucht's nicht mehr viel, damit … egal. Also: Was Erzählenswertes, bitte.«

»Lass mi überlegen … Vielleicht: Wir machen Schuhe?«, schlug Eva vorsichtig vor und blickte Karla mit ihren veilchenblauen Augen so treuherzig an, dass diese lachen musste.

»Eva! Halt mich nicht zum Narren! Das ist ja hinlänglich bekannt, dass wir Schuhe machen – oder nicht?« Karla dachte nach. War das bekannt? Nun ja, sie hatte bis vor Kurzem von den Gosauern noch nichts gehört. Aber holte das irgendeinen Redakteur hinter dem Ofen hervor? Schuhfabriken gab es schließlich viele.

»Gibt es in unserer Kollektion irgendwelche neuen Artikel? Oder irgendwelche Neuerungen hinsichtlich des Materials?«

Eva dachte nach. »Die Maria experimentiert gerade mit den Nähten herum. Is des a gute Geschichte?«

»Das könnte interessant sein«, überlegte Karla laut und formulierte den Einstiegstext in die Presseinfo: »INNOVATIVES aus den Bergen! Gosauer Schuhe mit neuer Nähtechnik!«

Schweigen. Eva legte die Arme hinter den Kopf und lehnte sich in ihrem Schreibtischstuhl zurück. »Na ja, ich weiß ned, ob das so stimmt.«

»Warum nicht?«, wollte Karla wissen.

»Weil der Rupert ja eh nicht zulassen wird, dass die Maria irgendwas großartig ändert. Und besonders innovativ san mir aa ned. Wir machen halt das, was schon immer g'macht worden is'.«

»Schon wieder die alte Leier!« Karla stand abrupt auf und schnappte sich ihre Zettel. »Kommst du mit?«

»Wohin? Magst mit dem Rupert streiten?«

»Nein! Mit dem kann man gar nicht streiten. Ich will zu Maria, damit sie mir erklärt, was sie da genau plant – mit ihren Nähten. Und du kannst übersetzen, was sie sagt.«

»Aber die redet ja eh Deutsch.«

»Im Prinzip – ja«, Karla grinste. »Ich dachte aber eher daran, dass du mir Zusammenhänge fachlicher Art anschaulich machen kannst. Schließlich ist das eine Presseinfo, die für jedermann verständlich sein soll, und kein Rundschreiben an die Schuhmacher-Gewerkschaft.«

Eva lachte. »Na, dann«, rief sie Guido zu und schlug mit den Händen ambitioniert auf ihre Oberschenkel. Doch der Dackel gähnte bloß und rollte sich auf seinem Lederstapel in die andere Richtung. Fühlte sich für die Pressearbeit wohl nicht zuständig.

Als sie die Fertigungshalle betraten, saß Maria bei Hans und Peter und plauderte.

Karla und Eva gingen zu den dreien und begrüßten sie.

Hans lugte sie argwöhnisch an. »Oha, wenn die zwei auftauchen, dann is' irgendwas«, stellte er fest.

»Habt's heut gor ned euer Telefonkamera dabei?«, fragte Peter und blickte suchend auf ihre Hände.

»Nein. Heute haben wir was anderes vor und fassen uns die Maria«, sagte Karla lachend und wandte sich ihr zu. »Hast du einen Moment? Ich bräuchte da ein paar Informationen wegen deiner neuen Nähte.«

»Aha. Na, dann komm mit.«

Sie gingen zu dritt zu ihrem Arbeitsplatz. Maria nahm einen halb fertigen Schuh aus dem Regal und hielt ihn Karla hin.

»Schau: Ganz wichtig bei einem Schuh ist die Machart, also die Verbindung von Oberteil – wir sagen Schuhschaft dazu – und Schuhboden, sprich Sohle. Die Machart ist sehr entscheidend für Preis, Haltbarkeit, Reparaturfreundlichkeit und Passform. An ihr kannst du sehen, ob ein Schuh ein Klumpert ist oder was G'scheites. Man könnte sagen, das ist alles wichtiger als das Aussehen«, erklärte Maria und stieß Eva freundschaftlich in die Seite.

»Bei uns sagt man: A Schuster is schnell wer, aber a Schuhmacher ned«, ergänzte Eva.

Karla schrieb mit.

»Ganz alt ist die Flechtnaht. Schon die Kelten haben die Laufsohle mit so einer seitlichen Naht mit dem Oberteil verbunden. I hab mir 'dacht, dass i an des anknüpf'.«

Karla verstand nur Bahnhof.

Eva sprang ein und erzählte ihr von den Techniken des Schuhmachens. »In den 1920er-Jahren sind die Schuhmacher dazu übergegangen, dass sie die Sohlen mit dem Schaft verkleben. Damit werden die niedrigpreisigen Schuhe zusammengesetzt. Wir aber nähen noch immer.«

»Zwiegenäht, also mehr oder weniger doppelt«, übernahm wieder Maria das Gespräch und zeigte mit dem Finger auf die Schuhsohle.

»Bisschen viel Aufwand, hm?«, warf Karla ein, nahm den Schuh in die Hand und drehte und wendete ihn.

»Jo, des stimmt«, erklärte Maria. »Die Zwienähtechnik wurde vor etwa 200 Jahren für Leute entwickelt, die unter extremen Bedingungen arbeiten mussten. Es sind richtige Klassiker für Bergsteiger, Förster, Waldarbeiter und alle, die ein stabiles Schuhwerk brauchen.«

»Und was macht der durchschnittliche Mountainbiker damit?«, wollte Karla wissen und betrachtete den Schuh in ihrer Hand.

»Der könnte rein theoretisch nebenbei ein paar Bäume fällen«, antwortete Eva trocken.

Maria nahm Karla sanft den Schuh aus der Hand und zeigte auf die Sohle. »Zwiegenähte Schuhe erkennst am Sohlenschnitt. Da ist das Oberleder des Schafts nach außen geschlagen. Unsere Gosauer zählen zu den stabilsten und strapazierfähigsten Schuhen, die heute hergestellt werden.« Sie schaute Karla dabei über die Schulter. »Was schreibst denn da?«, wollte sie wissen.

»Ich formuliere eine Presseaussendung. Sag, kannst du das, was du mir da erzählt hast, auch Journalisten erzählen?«

»Na! Journalisten? Na, gor ned! Auf koan Fall«, wich sie zurück und schaute entsetzt.

»Warum nicht?«, fragte Karla nach.

»I kenn koane Journalisten«, antwortete Maria.

»Und das ist der Grund, warum du mit ihnen nicht reden willst?«

»Genau«, sagte Maria im Brustton der Überzeugung.

Eva lachte. »Maria, die beißen jo eh ned.«

»Sagt wer?«

»Ich.«

Maria blickte Eva sehr lange und intensiv in die Augen. So als würde sie dort nach einem Ausweg aus ihrer verzwickten Lage suchen. Langsam, wie in Zeitlupe, begann sie zu nicken, um dann abrupt den Kopf zu schütteln: »Naa! I wü ned!« Klopfte Karla aufmunternd auf die Schulter und drehte sich auf dem Absatz um.

»Trotzdem danke!«, murmelte Karla verwundert und blickte Eva hilfesuchend an. »Und jetzt?«

»Nur ned hudeln«, kicherte Eva und zuckte mit den Schultern. »Schau' ma mal, dann seh'n wir schon.«

Landvolk!, dachte Karla und trottete Eva nach.

18

Drei Tage lang arbeitete Karla an ihrer Presseinformation für die Gosauer. Sie formulierte eine vierseitige Pressemappe, zitierte Rupert mit ein paar launigen und informativen Sätzen, die er nie gesagt hatte, fotografierte Maria beim Nähen, beschrieb die Machart der Schuhe, lobte die Handwerkskunst und setzte über alles die inhaltliche Klammer der idyllischen Bergwelt. Klischee, aber gut. Zum Schluss gestaltete sie, ohne um Erlaubnis zu fragen, das Gosauer-Logo um, indem sie den dunkelgrünen Schriftzug um einen Slogan erweiterte: »Gosauer. Der Gipfel des Schuhhandwerks.«

»Über den Slogan können wir noch reden. Aber mir ist auf die Schnelle nichts Besseres eingefallen. Normalerweise arbeitet eine ganze Agentur einen Monat daran, einen knalligen Satz zu erfinden«, schloss sie ihre Präsentation, zu der sie Rupert und die Belegschaft in die »Konferenz-Kuchl« geladen hatte.

Alle schwiegen.

»Und?«, forderte Karla ein Feedback ein und schaute erwartungsfroh.

»Also, mir g'fallts!«, rief Sandra und klatschte in die Hände.

»Super is g'worden!«, lobte Eva und grinste Karla zu.

»Mir san ja gor ned so guat«, meldete Peter leichte Zweifel an.

»Warum hast nix über die Lieferungen g'schriebn, ha?«, wollte Toni wissen.

»Natürlich sind wir so gut. Hier steht's ja schwarz auf weiß«, sagte Karla in Richtung Peter und lächelte. Und an Toni gewandt: »Wenn Du mit einem Hubschrauber die Schuhe bei den Kunden einfliegen würdest, dann könnt ich was drüber schreiben.«

Toni schaute verwirrt: »I hab koan Hubschrauber.«

»Eben.«

Dann richteten sich alle Blicke auf Rupert. Der saß versonnen in der Ecke bei der Tischkante, hielt seine Gitarre in der Hand und schien über irgendetwas nachzudenken.

»Chef?!«, krähte Hans, »was sagst? Ha?«

Rupert schrak auf, blickte in die Runde und richtete einen unschuldigen Blick zu Karla. »Jaaaaaaaa«, begann er gedehnt. »Des war sicher viel Arbeit.« Pause. »Schön hast du des alles g'sagt.« Pause. Bedächtig zupfte er an einer Saite.

Karla krampfte sich zusammen. Der würde doch nicht *jetzt* …?

Sie durchbohrte Rupert mit einem fragenden Blick. Der hielt sofort inne. »Jaaaaaaaa. Des schickst jetzt weg, oder?«, fragte er.

»Exakt. Wenn ich dein offizielles Okay bekomme und alle einverstanden sind?«

Rupert schaute seine Mitarbeiter an. Die grinsten, und Eva nickte heftig: Ja! Ja!

»Also guat. Mach' ma des halt so«, gab er seinen Segen.

Karla grinste. Stufe eins des Hier-wird-sich-was-ändern-Plans war erreicht.

»Gut. Dann schick ich die Aussendung jetzt raus an die Journalisten. Vielleicht nimmt ja jemand meine Einladung an, hier vor Ort die Gosauer kennenzulernen – dann müsste ich euch noch mal briefen.«

»Brief?«, fragte Sandra.

»Nein, briefen … äh, mit euch durchsprechen, wer was sagt.«

Doiiing. Rupert zupfte eine Saite, schaute an die Decke und dann demonstrativ auf die Küchenuhr, die über dem Türrahmen hing.

»Mahlzeit«, riefen Peter und Hans gleichzeitig, was Rupert zum ersten Mal seit Beginn des Vortrages zu einem breiten Grinsen animierte.

»So isses recht«, brummte er und erhob sich.

Karla warf Eva einen Blick zu – diese schüttelte verständnislos den Kopf.

»In einer halben Stund!«, rief Rupert und griff nach der Kiste mit Tomaten, die neben der Spüle stand.

Der Mann hatte Prinzipien. Wenn auch die falschen, dachte Karla und packte ihre Zettel ein.

Es vergingen drei Tage – kein Journalist reagierte auf Karlas Presseinformation. Am vierten Tag wartete sie, bis sie allein am Dachboden war, und rief persönlich in den verschiedenen Redaktionen an, um sich zu erkundigen, ob die Pressemappe eingegangen sei und die Medienvertreter noch Informationen bräuchten. Zwei Lokalzeitungen, eine aus Salzburg und eine aus der Steiermark, wollten einen kleinen Bericht über die Gosauer bringen. Die Wiener Redakteure waren alle gänzlich uninteressiert. Nicht mal Doreen Kley, eine befreundete Journalistin des Modemagazins *Style*, konnte etwas für Karla tun.

»Ich hab mit der Chefredakteurin gesprochen, aber es ist

für uns einfach nicht interessant. Nicht böse sein, aber das ist einfach zu wenig fashionable. Wenn die was total Neues, anderes machen würden – okay. Aber Bergtreter, so schön sie auch gemacht sind, sind nicht gerade der Brüller«, entschuldigte sie sich. »Übrigens, wie kommst Du eigentlich dazu, für diese äh … Gosauer, die Presse zu machen? Arbeitest du dort?«, wollte Doreen wissen.

Karla wurde feuerrot, und Hitze stieg in ihr auf. Doreen war zwar nett – aber ihr die Wahrheit sagen? Ihr gesamter Bekanntenkreis würde von Karlas Strafexpedition erfahren und sich kaputtlachen. Von L & P zu einem Bergschuhmacher am Arsch der Welt – wenn das kein Abstieg war?!

Sie hielt sich an ihr oft erprobtes Credo: Wenn der Tag der Wahrheit kommt, dann heißt es lügen, lügen, lügen.

»Nein, nein«, wehrte sie ab und hüstelte. »Ich bin nur ein paar Tage auf dem Land … zum Chillen sozusagen … Hab aus Zufall hier Verwandte, und deren Freunde machen diese Schuhe … wollte nur was Gutes tun, Karmapunkte und so …«, log sie und wand sich wie ein Fisch im Trockenen, um nur ja nicht die Dinge so erscheinen zu lassen, wie sie waren.

»Das find ich aber nett von dir, dass du da gratis Pressearbeit machst. Du bist ja eigentlich anderes gewöhnt«, streute Doreen Karla Rosen.

Die freute sich nur mäßig – neben einer ausgeprägten Fantasie verfügte sie auch über ein schlechtes Gewissen und beeilte sich, das Gespräch zu beenden.

Doch Doreen ließ nicht locker. »Man sieht dich ja gar nicht mehr. Was machst du jetzt nach Leitner & Partner?«

Ja, was machte sie denn jetzt? *Was?*

Studieren!

»Ich studiere«, rief Karla.

»Was? Jetzt im Sommer? Da sind doch Ferien?«

Mist. Das hatte sie nicht bedacht. Karla versuchte, Zeit zu schinden, indem sie künstlich lachte – ihr Gehirn lief auf Hochtouren.

»Ahhh, ich meinte, ich bereite mich vor. Aufs Studieren. Ich sichte mal das Angebot und … so.«

»In welche Richtung soll es denn gehen?«, wollte Doreen wissen.

Gab die denn gar nicht auf? Welche Richtung? Panisch blickte sich Karla um – da fiel ihr Blick auf den Dachstein.

»Berg … kunde!«, rief sie.

»Was? Bergkunde?«

»Ja ja, Geo … äh, Geo … Geomontanistik!« Gab's das überhaupt?

»Noch nie gehört«, wunderte sich Doreen. »Wo gibt's das?«

Aha, gab's also nicht.

»Ach, das ist so ein, ähm, spezieller Zweig, der nur in … ähm, Salzburg unterrichtet wird«, hantelte sich Karla von einer Ausflucht zur nächsten.

»Ach so! Deswegen bist du in der Gegend?«, fragte Doreen.

»*Ja!* Ja, genau deswegen!!«, rief Karla erleichtert.

Als Doreen aufgelegt hatte, lehnte sich Karla mit dem Kopf gegen die kühle Holztischplatte. Mann, war das anstrengend, ständig irgendeinen Scheiß erzählen zu müssen. Und warum kam ihr gerade jetzt Paul Lenz in den Sinn?

19

Auch wenn die Reaktion auf ihre Presseaussendung verhalten war, bemühte sich Karla, engagiert zu sein. Irgendjemand in diesem Land würde sich doch für die zwiegenähten Schuhe für baumfällende Mountainbiker erwärmen lassen? Man könnte vielleicht einen Wettbewerb machen? Holzhacking & Mountainbiking? Für die Extremsportler, die dachten, sie hätten schon fast alles erlebt. Sollte sie Rupert darauf ansprechen? Später vielleicht. In mittelnaher, sehr diffuser Zukunft.

Zuvor verfasste sie noch ein anständiges Firmenprofil, sortierte Angebote von Internet-Providern für eine Website, entwarf mehrere Konzepte, wie sie gestaltet werden könnte, und legte eine schöne Bildergalerie an. Das Auge kaufte schließlich mit. Nein, falsch! Das Auge allein war, das kaufte. Anders war es nicht zu erklären, dass bei einer aktuellen Katzenfutterwerbung Eva Longoria durchs Bild lief, in einer sehr schön eingerichteten Wohnung tanzte, sich vor dem Kamin räkelte … und die Katze schaute zu. Verstört, wie Karla überzeugt war. Was dachte sich das arme Tier, das auf Fressen – blutig und fleischig – wartete, und auf einmal kommt eine verzweifelte Hausfrau ins Zimmer gestürmt und macht einen auf Softporno. *Das arme Tier!*

Andererseits: Fehlte den Gosauern der Sex-Appeal? Sollte man …? Könnte man …? Vor Karlas geistigem Auge tauchte

Rupert mit seinem Struppi-Bart und lüsternem Blick auf … Nein, man konnte nicht, und man sollte ganz sicher nicht. Also doch lieber Fakten, Fakten, Fakten.

Wissend, dass Rupert sich für ihre Arbeit nicht wirklich begeisterte, informierte sie ihn nicht darüber, was sie tat, sondern werkelte kontinuierlich und ohne jede Hektik vor sich hin. Nur mit Eva tauschte sie sich gerne und oft aus, da sich diese als patente Kritikerin herausgestellt hatte.

Womit Eva sonst beschäftigt war, war Karla nicht ganz klar. Sie sah sie zwar eifrig zeichnen, wenn sie aber nachfragte, wich Eva aus, räumte ihre Entwürfe weg und grinste. Auch die verschiedenen Leder- und Stoffmuster, die sich neuerdings hinter ihrem Schreibtisch stapelten, wollte sie nicht erklären. Sie würde wohl einen Grund haben, dachte Karla und ließ die Sache auf sich beruhen.

»Mahlzeit«, murmelte Rupert und schob einen Topf mit Gemüserisotto für die zum Mittagessen versammelte Belegschaft in die Mitte des Tisches.

The same procedure as every day – mit einem kleinen Unterschied: Das Essen roch angebrannt.

Peter und Hans, dezent wie immer, zogen erst die Nasen kraus und beugten sich dann mit angewidertem Gesicht über den Topf.

»Chef! Du mit deinem Grünzeug – und stinken tut's auch!«, krähte Peter.

»Mir san jo koane Viecher ned, die Heu fressen«, ergänzte Hans die sachte Kritik.

Rupert ignorierte die beiden, schöpfte kommentarlos großzügig eine Kelle aus dem Topf und ließ den Inhalt in die Teller der beiden platschen. »Gegessen wird, was auf den Tisch kommt«, brummte er und teilte unbeirrt weiter aus.

Fragend sahen sich alle an.

Hans tauchte zögerlich den Löffel in den gelben Brei und probierte.

»Wäääh! Des is ja an'brennt!«, beschwerte er sich.

Peter tat es ihm nach, schluckte und verzog den Mund: »Chef! Wann's versalzen warat, dann möcht ma glauben, du bist verliebt. Aber an'brennt …?«

Rupert schwieg.

»Bist leicht grantig, ha?«

Rupert schwieg weiter. Und weil er schwieg – was sehr untypisch war –, schwiegen alle anderen auch, und keiner begann zu essen.

»Alsooooo«, sagte Rupert in die angespannte Stille hinein. »Des, was ich euch sagen muss, wird euch ned schmecken.«

Peter und Hans äugten in den Topf hinein.

»Es geht um die Firma.«

Alle Blicke richteten sich auf Rupert.

Schweigen.

»Die Bank macht Mucken. Der Kapitalismus schlägt zu.«

Verständnislose Blicke wurden gewechselt. Bank? Mucken? Kapitalismus?

Sandra fasste sich als Erste. »Chef, was heißt das?«

Rupert überlegte lange, schaute nach links, nach rechts, an die Decke und dann auf seine Schuhe.

»Gemma pleite, oder wos?«, fragte Hans, der seinem Blick gefolgt war.

»Müssen wir zusperren?«, wollte Eva wissen.

»Is' der Lieferwagen kaputt?«, sorgte sich Toni.

Rupert griff ausnahmsweise nicht nach der Gitarre, sondern holte tief Luft.

Die Sache war die: Die finanzielle Situation der Gosauer war prekär! Da die Umsätze der Firma laufend sanken, standen schon seit längerer Zeit Einnahmen und Ausgaben in keinem Verhältnis mehr zueinander. Ruperts Unternehmensphilosophie hatte sich in den vergangenen Jahren katastrophal auf das Firmenkonto ausgewirkt, und so hatte er bereits vor einigen Monaten bei der Salzburger Landesbank einen Überbrückungskredit aufnehmen müssen, um die Produktion am Laufen zu halten.

Rupert, der von Minute zu Minute mehr in sich zusammengesunken war und gar nichts mehr von dem fröhlichen Yeti hatte, stützte seine Stirn mit dem Arm ab.

»Nun ist die Bank nervös geworden und will das Geld zurück.«

»Warum?«, fragte Sandra.

»Was für ein Geld?«, wollte Peter wissen.

»Und der Lieferwagen?«, blieb Toni hartnäckig.

»Trottel!«, schimpfte ihn Hans. »Um deinen blöden Wagen geht's jetzt nicht.«

»Sondern?«, fragte Toni erleichtert und schaute in die Runde.

Rupert gab das wieder, was ihm von der Bank mitgeteilt worden war. Er griff in die Gesäßtasche seiner ausgeleierten braunen Cordhose, die wie ein Kartoffelsack an ihm herabhing. Umständlich faltete er ein Schreiben auseinander, kniff die Augen zusammen, blickte in den Brief und dann auf seine Belegschaft: *»Sehr geehrter Herr Graupner … blablabla … wegen des von der Regierung vorgeschriebenen Bankenstresstests …«*

»Was? Was is a Bankenstresstest?«, fragte Peter nach.

»Ha, des is interessant. Wann ma ›Bankenstresstest‹ ganz schnell ausspricht, dann hurcht si' des so an: *Banknstressst-ssssss*«, krähte Hans.

Alle lachten. Dann mahnte Rupert mit traurigem Blick zur Ruhe. »Leitln, horcht's zu: *Wegen des Bankenstresstests … blabla … musste die Landesbank ihr Eigenkapital aufstocken und …*« Er legte den Brief auf die Tischplatte und fuhr ohne Spickzettel fort. »Sie fordern ohne Rücksicht auf uns, dass ich sofort und auf der Stelle den gesamten Kredit zurückzahle.«

»Und was heißt das jetzt?«, wollte Eva Fakten hören.

»Leitl'n, ich kann des ned!«

»Und was heißt *das* jetzt?«, fragte Karla.

»Die von der Bank werden a bissl ang'fressen sein, wenn's ihr Geld für'n *Banknstressstssssss* ned kriag'n. Von uns«, skizzierte Peter die Lage und schaute fragend zu Rupert.

Dessen Kopf hing mittlerweile noch ein wenig tiefer als vor zehn Minuten. Er sah aus wie eine Kerze, die zu lange im beißenden Wind gebrannt hatte. »Die Gosauer müssen zusperren«, flüsterte er kaum hörbar.

Es war totenstill. Alle waren schockiert, gelähmt, nicht in der Lage, auch nur irgendwie zu reagieren. Eva schüttelte den Kopf. Bleich saß sie da, wie ein kleines Gespenst mit wilden Locken.

Leises Schluchzen kam aus der linken Ecke, wo Sandra saß. Karla griff nach ihrer Hand. Die arme Sandra. Wer hätte gedacht, dass sie, die kantige und forsche Frau für alles, so nah am Wasser gebaut hatte?

»Aber … was wird aus dem Lieferwagen?«, warf Toni verzweifelt ein.

Sogar Peter und Hans verschlug es die Stimme – kurzzeitig. Denn kaum war die erste Schockwelle über die Gosauer hinweggerollt, fiel den beiden sogleich etwas Geistreiches zur Lage der Firma ein:

»Sei es, wie es sei – stirbt die Kuh, bleibt das Heu«, sinnierte Peter und kratzte sich an seinem Dreitagebart.

»Stirbt eine Kuh mehr, ist der Stall leer«, vollendete Hans. Und schaute kritisch.

Wortlos räumten alle ihre Teller ab und verschwanden an ihre Arbeitsplätze. Karla folgte Eva die Treppen zu ihrem Büro hoch. Guido hatte anscheinend das Gespräch von seinem Platz aus mitverfolgt, denn kaum betrat Eva den Speicherboden, sprang er ihr entgegen und stupste sie winselnd mit seiner kleinen feuchten Nase an – fast so, als wolle er sie trösten.

Gedankenabwesend streichelte Eva seinen braunen Kopf und ging zu ihrem Schreibtisch.

Karla wusste nicht, was sie sagen sollte. Sie dachte nach. Vielleicht ein lockeres »Na, das sind ja mal Neuigkeiten«? Oder doch lieber ein einfühlsames »Jetzt bist du arbeitslos. Ich weiß, wie das ist – echt beschissen«? Karla entschied sich, die Klappe zu halten, und begann, ihren Schreibtisch zusammenzuräumen.

»Was machst du da? Packst du schon deine Sachen zusammen?«, fuhr Eva sie mit scharfem Ton an.

Karla hielt abrupt inne.

»Nein«, kalmierte sie die aufgebrachte Eva und hielt beide Hände hoch.

Guido kläffte. Musste der immer alles kommentieren?

Eine Pause trat ein. Dann brach es aus Eva hervor. »*Jahre*-

lang! Jahrelang hab ich auf ihn eingeredet, dass sich was ändern muss. Und was hat sich geändert? *Was?* Nichts hat sich geändert. Er hat alle meine Entwürfe links liegen lassen. Er hat sich immer nur für dieses Scheißgrünzeug interessiert! Es ist so … so … zum …«, redete sie sich in Rage und stampfte durch den Speicher.

»Und das hier? Da schau: ein Sportschuh! Zum Vergessen, wie er gemeint hat. Zu modern, zu bunt … weg damit!«, sie zerfetzte einen Bogen Papier mit einer aufwendigen Skizze, den sie von der Wand gerissen hatte, und warf ihn Karla vor die Füße.

»Oder das hier: Ledermuster, die günstig und gut sind. Hätten die Produktionskosten gesenkt. War ihm auch egal«, zürnte sie, warf den Lederpacken zu Boden und begann, darauf herumzutrampeln.

»Aber Hauptsache, sein blödes Essen kommt auf den Tisch. Und die Nachhaltigkeit! Und die Region! Und bloß nicht aufs Geld schauen, sondern auf die Qualität. Und jetzt sind wir *pleite*! Und niemand hat mehr was.« Sie ballte die Fäuste. »*Nie-mand!*«, wiederholte sie wutentbrannt und schlug dazu im Takt der Silben zweimal auf Karlas Schreibtisch.

Mann, konnte die ausrasten. Das hätte Karla ihr gar nicht zugetraut.

Anscheinend war mit dem Faustschlag die erste Welle der Wut verraucht, und Evas Zorn verwandelte sich in Verzweiflung und Traurigkeit, denn sie sank über Karlas Schreibtisch zusammen und begann haltlos zu weinen.

Guido winselte mit.

Karla war überfordert. Was sollte sie nun machen? Eva in den Arm nehmen? Oder lieber an die Vernunft appellieren und ein paar gute Ratschläge geben? Aber was waren jetzt gute Ratschläge?

»Nimm's nicht so tragisch. Ist ja nur ein Job«, versuchte Karla ihr Bestes.

Eva heulte noch mehr auf.

Aha. Das war der falsche Ratschlag.

»Hey, es tut mir echt total leid. Aber ich kann dir jetzt auch nicht helfen«, wählte Karla den ehrlichen Weg.

Eva schniefte und nickte. »Isch weiß ....« Sie zog geräuschvoll die Nase hoch.

Karla kramte aus ihrer Schreibtischlade ein Taschentuch hervor und hielt es Eva hin.

»Awa du wirst auch geeeeeehn. Und was ist dann mit miiiiiiaaaaaa?«, greinte Eva weiter.

Karla hielt inne. Genau! Komisch, der Gedanke war ihr noch gar nicht gekommen: Die Strafexpedition würde schneller vorbei sein als gedacht. Endlich würde sie wieder zurück nach Wien können, in die Stadt, in ihr altes Leben, in ihre Wohnung. Endlich wieder mit Ellie ins Kino gehen, endlich wieder Latte macchiato, endlich wieder *Geschäfte*!

Im zweiten Moment aber machte sich in ihr Beklemmung breit. Wenngleich Rupert einen ordentlichen Knall hatte und das fidele Bergvölkchen äußerst gewöhnungsbedürftig war – verdient hatten sie das nicht! Außerdem waren ihr Eva und Mirli mittlerweile ans Herz gewachsen.

Was sollte sie tun? Sie musste mit Rupert reden. Und zwar auf der Stelle. Weil sie Eva nicht wortlos in ihrem Elend zurücklassen wollte, erklärte sie ihr, was sie vorhatte, und dass sie gleich zurück sei.

»Muuuäähhhhchrrrrpffffff«, antwortete Eva, was wahrscheinlich so viel hieß wie: *Ja, einverstanden! Das halte ich für eine sehr gute Idee, und ich bin darüber hinaus dezent optimistisch, dass du mit diesem zielführenden Gespräch an der doch etwas kritischen Situation etwas ändern kannst.*

Karla ließ die Tür hinter sich ins Schloss fallen.

20

Als Karla an der »Konferenz-Kuchl« vorbeiging, hörte sie Gitarrenklänge. Traurige Gitarrenklänge. Sie klopfte und erhielt ein maues »Herein«. Da saß er, der Yeti, wie ein Häuflein Elend auf einem Sessel vor der Glastüre, die in den Garten führte.

Karla holte tief Luft, dachte an Ellie und ihre unvergleichlichen Predigten:

»Rupert, ich bin entsetzt! Wochenlang bringe ich einen Vorschlag nach dem anderen, um deine marode Firma PR-technisch aus der Einöde ins Geschäftsleben zu holen. Und *du? Duuuu?* Du schmetterst jeden Vorschlag ab, ignorierst jede gute Idee, lässt hier alle blöd sterben und fährst die Firma gegen die Wand. Dein bio-öko-basisdemokratisches Dings in Ehren, aber ist dir jemals die Idee gekommen, dass die Leute auf dein Gemüse pfeifen und lieber regelmäßig fette Kohle haben wollen?«

Nein, sagte sie natürlich nicht.

Sie sagte: »Blöd gelaufen, hm?«

Rupert nickte, legte seine Gitarre vorsichtig ab und drehte sich zu Karla um. »Es ist meine Schuld. Ich hab alles den Bach runtergehen lassen, ich Trottel.«

Karla überlegte. Sollte sie zustimmen? Eigentlich schon. Aber wie sie bei Leitner & Partner gelernt hatte, blieb sie höflich – und diplomatisch: »Na ja, die Wirtschaftslage ist natürlich nicht rosig für Betriebe wie die Gosauer«, heuchelte sie und schob die Verantwortung für die Pleite dem sogenannten »Markt« zu. Und ganz falsch war es ja nicht: Märkte waren laut Zeitung generell böse, böse, böse und eigneten sich daher hervorragend als Sündenböcke. Sogar für die Gosauer.

Rupert nickte eifrig: »Das seh ich ganz genauso! Der Kapitalismus, wie Marx schon sagte …«

Wie? Wollte der jetzt die Schuld wem anderen in die Schuhe schieben? Nicht mit ihr! Nein, so ungeschimpft kam er nicht davon. Eine ganze Region stand an der Kippe, weil der Kerl wirtschaftlich so dachte wie die Heilsarmee.

»Wenn du ohnehin gewusst hast, dass die Firma kurz vor dem Ruin steht, warum hast du alle meine Ideen ignoriert?«

Rupert zuckte mit den Schultern.

»Ich hab mir verdammt noch mal *Mühe* gegeben«, wurde Karla lauter. Dann fiel ihr Eva ein. »Und andere haben sich auch Mühe gegeben, innovativ zu sein und etwas zu bewegen.« Sie merkte, wie Wut in ihr aufstieg. Ihre Stimme begann leicht zu zittern, sie hob angriffslustig das Kinn und trat einen Schritt nach vorn. »Und jetzt?«

»Ehrlich gesagt, war's ned meine Idee, dich für die Werbung zu holen«, fing Rupert an und warf Karla einen schnellen Seitenblick aus seinem Bartgesicht zu. »Es war eine Bedingung der Bank, dass ich da was machen muss und jemanden anstellen sollte. Hätte ich das nicht gemacht, hätten die mir kein Geld gegeben.«

Aha! Sie war also nur ein Mittel zum Zweck. Ein billiger Trick, ein Bauernopfer im wahrsten Sinn des Wortes, denn sie hatte sich Mühe gegeben und war von Anfang an zum Scheitern verurteilt gewesen. Und das, obwohl sie für diesen

Seppel-Job eindeutig überqualifiziert war. Sie kam schließlich von Leitner & Partner und wusste, was sie konnte. Beleidigt verschränkte sie die Arme vor der Brust.

Rupert bemerkte ihren frostigen Blick nicht. Im Gegenteil: Naiv legte er noch ein Schäuflein nach.

»Ich persönlich halt nicht viel von dem ganzen Marketingtheater. Es ist ein Auswuchs des Aggressivkapitalismus, wo der Mensch und der Wert seiner Arbeit nichts mehr zählen. Es geht nur darum, schlechte Qualität schönzureden, und das haben wir hier nicht nötig.«

Karla lachte hämisch auf. Rupert hielt inne. Anscheinend dämmerte es ihm, dass seine Sicht der Dinge wohl auch nicht der Weisheit letzter Schluss sein konnte.

»Ich dachte, du würdest schon sehen, dass man auch anders wirtschaften kann. Menschlich. Rücksichtsvoll. Nachhaltig«, sagte er, blickte in den Garten und setzte nach: »Aber mir ist das wohl nicht recht gelungen. Vielleicht hängt es aber auch damit zusammen, dass mein Herz mehr für die Natur schlägt als für die Schuhproduktion.«

Karla schaute ihn verdutzt an.

»Es war immer klar, dass mein Onkel mir die Firma überschreibt. Keiner hat mich gefragt, ob ich das wirklich möchte. Bei uns am Land nimmt man automatisch das, was die Verwandtschaft aufgebaut hat und dir weitergibt. Es ist deine Pflicht, die Tradition am Leben zu erhalten. Ich wäre aber viel lieber Gärtner geworden.«

Du lieber Himmel! Der hatte nicht nur eine veritable Pleite gebaut, sondern nebenher auch noch die Midlife-Crisis aufgerissen. Ihm war echt nicht mehr zu helfen. Andererseits: Irgendwie tat er ihr leid. Der arme Grünzeug-Yeti.

»Wie sieht das jetzt mit mir aus? Bin ich jetzt gekündigt?

Oder wie geht das hier weiter?«, wollte Karla wissen und schaute ihn forsch an.

Rupert wich ihrem Blick aus. »Na ja, so wie es aussieht, wird die Produktion bis Ende des Monats, also bis zum ersten August, auslaufen. Danach übernimmt ein großes Sportgeschäft in Salzburg die Ware zum Schleuderpreis. Meine Leute …«, weiter kam er nicht.

Karla beschloss, nicht mehr darauf herumzureiten, sondern Sandra nach den Details zu fragen. Anscheinend war ihr Engagement hier nicht mehr lange von Dauer.

Sandra kam eine Stunde später auf den Dachboden und erklärte Eva und Karla, die schweigend aus dem Fenster glotzten und Guido kraulten, die Situation. In zwei Wochen würden die Gosauer den Betrieb ein- und alle Mitarbeiter freistellen. Eva bekäme natürlich noch Resturlaub und eine Abfindung und solle sich bereits jetzt beim Arbeitsamt melden. Da Karla nach weniger als drei Monaten noch keine finanziellen Ansprüche hatte, war für sie die Sache somit gelaufen. Sandra versprach, ihr ein gutes Dienstzeugnis auszustellen, und riet ihr ebenfalls, sich mit dem Arbeitsamt in Verbindung zu setzen.

Karla wurde ein bisschen übel. Nicht schon wieder!

Sandra bemerkte, wie Karla das Gesicht einschlief, legte ihr die Hand auf die Schulter und sagte: »Wir sitzen alle im selben Boot. Aber du hast es noch am besten. Wo willst hier bei uns eine neue Arbeit finden? Und auch wenn der Rupert a bissl spinnert war mit seiner Überzeugung – schön war's schon bei uns, gell?«

Eva nickte zustimmend und begann wieder zu weinen. Draußen stand der Dachstein – wie immer – und kriegte wie immer nichts mit. Blöder Berg.

Als Karla »nach Hause« kam – sie kramte in ihrer Tasche nach dem altertümlichen Schlüssel, weil sie sich nicht daran gewöhnen konnte, dass man hier die Türen unversperrt ließ –, wurde ihr bewusst, dass sie nicht mehr lange in diesem inzwischen vertrauten, alten Häuschen wohnen würde. Tat ihr das leid? Ein wenig. Gut, die Sache mit dem Ofen, den sie anfangs anheizen hatte müssen, um nicht zu erfrieren, war entbehrlich. Aber ansonsten ... Sie öffnete das Fenster in der Stube und blickte über den Garten hinweg in die Gebirgslandschaft, die majestätisch vor ihr aufragte. Die frische Abendluft füllte die Stube. Sie drehte sich mit dem Rücken zum Fenster und blickte sich um.

Sentimental werden? Ellie anrufen!

»Du glaubst es nicht!«, raunte sie mit verschwörerischer Stimme ins Telefon.

»Du bist schwanger?« Ellie stöhnte dramatisch.

»Genau. Und jetzt rate mal, von wem.«

Schweigen. Im Hintergrund hörte sie etwas scheppern.

»Ellie?«

»Mir ist mein Glas aus der Hand gefallen. *Nicht wirklich, oder??*«

Okay, das konnte sie Ellie nicht antun. Andererseits: Sie hatte nicht damit angefangen.

»Nö, war nur ein Scherz. Noch mal von vorne: Rate!«, forderte Karla ihre Freundin auf.

»Du bist befördert worden?«

»Ganz falsch, ganz falsch. Andere Richtung.«

»Du bist nicht befördert worden.«

»Schlaues Mädchen. Jetzt wissen wir, warum du an der Uni bist.«

»Jetzt sag schon«, wurde Ellie ungeduldig.

Karla holte tief Luft und kreischte in den Hörer: »ICH KOMME HEIIIIIM!«

»NICHT WAHR!«, schrie Ellie zurück und fragte sofort darauf: »Warum schreien wir eigentlich?«

Karla sparte sich eine schlüssige Erklärung und erzählte ihr von der Pleite der Gosauer.

»Was? In zwei Wochen? Oh, das freut mich!«, war Ellie begeistert. »Jetzt hast du den Wahnsinn bei den Halbwilden hinter dir.«

»Ähm, also, sooo dämlich sind die hier auch nicht.«

»Gesinnungswandel, oder wie?«, fragte Ellie erstaunt. »Hat nicht jemand vor Kurzem noch über Land und Leute geätzt?«

Karla wurde verlegen.

»Na ja, sie sind schon schräg. Aber auch herzlich.« Szenen vom Kirtag, dem verfressenen Guido, den Abenden bei Mirli und Eva zogen an ihrem inneren Auge vorbei. »Und wenn ich die Partys hier mit diesen langweiligen Cocktail-Schnarchpartien bei Ralph vergleiche, dann steht's aber ganz eindeutig eins zu null für Hinter-Russbach.«

»Na, mir musst du das nicht erzählen. Ich war ja nicht diejenige, die so tat, als müsstest du in die Wüste Gobi abwandern.«

Karla kicherte: »Du bist lustig.«

»Ich weiß. Und vor allem: Bald nicht mehr allein in unserer Wohnung. Hey, ich freu mich echt, dass du wieder da bist. Es war langweilig ohne dich. Keine losen Haare, die in der Badewanne herumdümpeln, keine offenen Joghurts tagelang auf dem Tisch, keine Pakete mit Schuhen oder Klamotten, die dann wieder wochenlang im Flur herumstehen, weil du zu faul bist, um sie zurückzuschicken. Ach ja: Und keine Mahnbriefe, weil du ständig vergisst, diese Pakete zu bezahlen.«

»Haha«, schnappte Karla. »Gott sei Dank bist du ja fehlerfrei, meine allerliebste Freundin.«

Ellie machte ihr Säge-Kichern: »Chchchchchch.«

Die Welt kam wieder ins Lot.

21

Am nächsten Tag kam Eva nicht zur Arbeit. Das war noch nie passiert. Karla suchte die ganze Firma nach ihr ab. Vielleicht half sie den anderen beim Verpacken der Ware, die an das Sportgeschäft in Salzburg geliefert werden sollte. Aber Fehlanzeige.

Auch Peter und Hans wussten nicht, wo Eva stecken könnte, gaben aber bereitwillig Auskunft über mögliche Aufenthaltsorte.

»In der Küche?«, riet Hans.

»Nein. Da darf nur der Chef rein. Vielleicht im Lager?«, dachte Peter laut nach.

»Nein, da ist die Eva auch nicht. Ich war grad dort. Da ist alles leer.«

»Aber wenn alles leer ist, hätte sie dann genug Platz.«

»Für was?«, fragte Hans neugierig.

»Keine Ahnung. Aber Platz hätte sie«, raunte Peter, sah sich verschwörerisch um und nickte.

Hans nickte mit. So viel Scharfsichtigkeit rang ihm anscheinend Respekt ab.

Nachdem Eva trotz der heißen Tipps von Peter und Hans nirgendwo zu finden war und ihr Handy ausgeschaltet blieb, beschloss Karla, bei Mirli nachzusehen. Sie informierte Sandra über ihren geplanten Spaziergang und erntete lediglich ein Achselzucken: »Gibt eh nix zum Arbeiten. Lass dir Zeit.«

Schon von Weitem sah sie Mirli im Garten. Ihr bunter Kittel und die noch buntere Schürze hoben sich auffällig vom einheitlichen Grün der Büsche ab. Als Mirli Karla kommen sah, winkte sie mit einer kleinen Schaufel und ging ihr entgegen. In der rechten Hand schwenkte sie ein kleines Körbchen voller Kirschen. »Ja mei, die Karla! Das freut mich aber. Magst a Maraschka?«

»Was?«, fragte Karla und äugte in den Korb.

»Maraschka – Sauerkirschen. Die haben ein besonders würziges Aroma und werden im Süden zur Herstellung des berühmten Maraschino-Likörs verwendet.«

Typisch, dachte Karla und lachte in sich hinein: Immer nur an Likörchen denken.

Sie nahm dankbar eine Hand voll und lächelte Mirli an. Wann hatte ihr jemand in der Stadt Kirschen angeboten? Einfach nur so?

Mirli wusste anscheinend schon Bescheid.

»Du suchst die Eva, gell?« Sie nickte in Richtung Haus und flüsterte: »Sie verkraftet das nur schwer. Vielleicht magst mit ihr reden? Ihre alte Tante kann sie nicht so recht trösten, weißt?!«

Karla nickte und marschierte ins Haus. Sie stieg die knarrenden Treppen zu Evas kleinem Reich hinauf und blieb mal wieder an einem der Hirschgeweihe im Stiegenhaus hängen.

»Verdammich, du Scheißvieh!«, fluchte sie und überprüfte, ob ihr kurzer Ärmel einen Schaden davongetragen hatte.

Sie klopfte an Evas Zimmertür. Weil niemand antwortete, trat sie vorsichtig ein. Eva lag zusammengerollt auf dem Sofa und Guido – ebenso zusammengerollt – neben ihr. Mit verquollenen Augen sah sie zu Karla hoch. Elend war noch zu wenig für das, was Eva ins Gesicht geschrieben stand. Karla setzte sich zu ihr ans Bett und drückte ihre Hand.

Die beiden unterhielten sich fast zwei Stunden über Evas Möglichkeiten, was sie denn nun beruflich machen könnte. Sie kamen zu keiner guten Lösung. Fakt war: Hier in der Gegend, wo Eva lebte und weiterleben wollte, gab es keine Arbeit für eine Schuhdesignerin. Sie hatte also die Wahl zwischen Not oder Elend: Wegziehen oder den Beruf wechseln. Beides war für Eva unvorstellbar.

Mirli unterbrach die Grübelrunde, indem sie zum Essen rief. Sie hatte Evas Lieblingsessen gemacht: Brathähnchen mit Erbsenreis und danach warme Heidelbeerkipferl. Eva, dankbar ob der Fürsorge ihrer Tante und gleichzeitig so gar nicht hungrig, schluckte tapfer Bissen für Bissen.

»Ich hab da so eine Idee«, rief Mirli und klatschte unternehmungslustig in die Hände. Hielt wohl nichts von karrieretechnischen Begräbnisritualen, dachte Karla und schaute von ihrem Teller hoch.

»Ein bisschen Bergluft würde euch guttun.« Mirli hob ihren Zeigefinger, blickte weise und zog die grauen Augenbrauen hoch. »Wir werden auf den Preiner Kogel marschieren und dort den Sepp besuchen. Hm?«

»Den wen?«, fragte Karla und stellte sich einen verlausten Eremiten vor, der in lichten Höhen hauste.

»Den Brucker Sepp. Ein Hüttenwirt. Ein Freund. I kenn' ihn seit über fünfzig Jahren. Der bewirtschaftet am Preiner Kogel eine Alm mit einer Schutzhütte. Kennst du das, Karla?«

Karla schüttelte den Kopf.

»Was sagt ihr dazu? Wär des nicht fein, wenn wir alle zusammen … vielleicht ein bisserl als Abschluss dieser schönen Zeit …?«

Eva reagierte verhalten. »Schön« war für sie anscheinend grad gar nichts.

Karla überlegte. Warum nicht? Außerdem wollte sie Mirli, die sich anscheinend tierisch auf die Wanderung freute, nicht enttäuschen. »Von mir aus gerne«, stimmte sie dem Vorschlag zu und schaute Eva auffordernd an. Die nickte nur schwach.

»Bravo! Na, das freut mich«, rief Mirli und klatschte abermals in die Hände. »Dann auf, auf – gehen wir kommendes Wochenende los, ja? Decken hat der Sepp eh oben. Handtücher nehm ich mit.«

Decken? Handtücher?

»Äh, Mirli, wie lange soll denn diese Wanderung dauern?«, fragte Karla vorsichtig.

»Jo mei, zwei Tag halt. Aufi gehst gute vier Stunden, und runter san's aa gute drei.«

Karla wurde schwindlig. *Sieben Stunden latschen?*

Mirli bemerkte Karlas Zweifel: »Mei, Dirndl! Wann i des schaff mit meine fast 70 Jahr' auf dem Buckel, dann wirst ja du do leicht aufikumma.«

Das Argument hatte was.

Nach dem Essen halfen Eva und Karla Mirli im Garten. Sie zupften Unkraut aus den Gemüsebeeten, ernteten noch zwei Körbe Kirschen, aus denen Mirli Marmelade machen wollte, und lagen danach im Gras, wo sie selbst gemachte Holunderlimonade tranken.

Als beide fast eingedöst waren, hörten sie das penetrante Knattergeräusch eines Mofas. Sofort war Eva auf den Beinen und zupfte ihr T-Shirt zurecht.

Karla blinzelte sie verwundert an. »Königlicher Besuch, oder wie?«

Eva wurde rot.

Das Knattern kam näher. Und kurz darauf war er schon da – der königliche Besuch, besser gesagt: der Prinz aus der Provinz.

Julius, die Testosteron-Brieftaube, stoppte sein gelbes, klappriges Mofa direkt vor der Gartentür und drehte noch einmal kurz das Gas hoch. Anscheinend war ihm nicht klar, dass er *nicht* auf einer 100 PS starken Harley saß, was dem Theater einen unfreiwilligen, sehr hohen Komikfaktor verlieh.

»Julius! Nein, so eine Überraschung«, hauchte Eva und winkte ihm huldvoll zu.

Karla war baff. Vor einer halben Stunde noch hatte Eva im Tal der finsteren Schatten vegetiert und wähnte sich des Lebensendes nahe – und jetzt? Eine Spontanheilung?

Julius schwang seinen – zugegeben knackigen – Hintern vom Mofasitz und näherte sich breitbeinig den beiden. Hatte er sich ins Höschen gemacht?

Karla lag noch immer auf der Decke. Wegen dem würde sie jetzt nicht extra aufstehen.

Eva hingegen war richtig zappelig, als Julius ihr zuerst die Hand reichte, sie dann schüchtern auf die Backe küsste und schließlich mit seiner Schuhspitze verlegen über das Gras fuhr. Wäre er, als er einen Schritt zur Seite machte, nicht fast über Karla gestolpert, hätte er sie wohl gar nicht bemerkt.

»Holla!«, rief er erschrocken und hielt Karla von oben die kräftige Hand hin.

»Selber holla«, grüßte Karla zurück und grinste eindeutig zweideutig Eva an.

Mitten in den Moment der Verlegenheit platzte Mirli, die mit einem neuen Krug Limonade aus dem Haus kam.

»Jössas, der Julius«, rief sie aus. »Gibt's heute zwei Mal Post?«, fragte sie keck und grinste schelmisch.

Eva und Julius warfen sich einen schnellen Blick zu.

Julius reichte Mirli höflich die Hand: »Grüß Gott, Frau Steinlechner. Äh, nein, ich habe keine Post … ich wollte nur, weil ich mir gedacht habe … also …«

»Ach, deswegen. Ich verstehe.« Mirli konnte sich ein lautes Lachen kaum verkneifen.

Julius blickte konzentriert vor sich auf den Boden.

Wie schüchtern der sein konnte, wunderte sich Karla. Sonst immer große Klappe und Mordstheater ob seiner Manneskraft, und nun das Schäfchen im Wolfspelz? Määäh.

»Julius, du bist doch ein kräftiger Kerl, oder?«, fragte Mirli und musterte ihn von oben bis unten.

Wie auf Befehl kehrte er zu seiner alten Form zurück. Er zog die Luft ein, richtete sich auf, streckte die Brust heraus und brummte ein selbstbewusstes: »Aber sicher!« Es fehlte nur noch, dass er ein »ROOOOAAAARRRRRR« losgelassen hätte.

»Fein«, sagte Mirli. »Dann kommst du zu unserer Wanderung auf den Preiner Kogel mit! Wir haben viel Jause dabei. Da brauchen wir einen starken Mann zum Tragen …«

… Und um Eva zu beglücken, dachte Karla bei sich und grinste. Mirli war wirklich schlau. Und selbstlos. Karla wusste, dass Evas Tante ein paar Vorbehalte gegen Julius' zur Schau getragene Macho-Nummer hatte. Aber um Eva wieder lachen zu sehen, nahm sie den Kerl wohl in Kauf. Anscheinend ging der Plan auf, denn Eva strahlte wie ein Honigkuchenpferd nach einer Haschisch-Zigarette.

22

Herr Fiala, Sie werden es nicht glauben, aber ich bin bald wieder arbeitslos.«

Nein, das war zu direkt.

»Lieber Herr Fiala, die Gosauer sind pleite. Und ich sag's gleich: Ich war's nicht!«

Nein, das ging auch nicht. Das lenkte seine Aufmerksamkeit nur in die falsche Richtung. Womöglich bekäme sie dann kein Geld, denen vom Arbeitsamt war ja alles zuzutrauen.

»Herr Fiala! Ihre Idee, mich zu den Gosauern zu stecken, war nicht so gut!«

Genau! Wem hatte sie denn den ganzen Schlamassel zu verdanken? Wer hatte sie denn unbedingt hierher vermitteln wollen? Sollte er nun schauen, wie er die Sache ausbaden würde. Außerdem: Ein wenig schlechtes Gewissen zu machen, würde ihr vielleicht einen kleinen Vorteil verschaffen. Entschlossen griff sie zum Hörer des Firmentelefons und wählte die Nummer ihres Arbeitsamts, die sie vorher gegoogelt hatte. Solche Nummern merkte man sich aus Prinzip nicht.

Natürlich hob ihr Berater beim Arbeitsamt nicht ab, sondern sie landete in einer elend langen Warteschleife, wo ihr eine schmeichelweiche Frauenstimme zehnmal hintereinander erklärte, dass sie sofort weiterverbunden würde, dass sich das Arbeitsamt über ihren Anruf freue, stets zu

Diensten und hilfreich sei und als »Partner« zu betrachten, der »Arbeitskräfte auf offene Stellen« vermittle sowie für »Beratung, Information, Qualifizierung und finanzielle Förderung« sorge. Unterlegt wurde das Gesülze von den Klängen des Wiener Walzers, dargebracht auf einer nervtötend verstimmten und blechern klingenden Bontempi-Orgel.

Sofort erinnerte sie sich an die Atmosphäre des Amtes, die der eines bulgarischen Grenzpostens glich, hatte den Gestank des Linoleumbodens und des abgestandenen Kaffees aus dem Automaten in der Nase und fragte sich, ob der verdorrte und staubige Gummibaum inzwischen das Zeitliche gesegnet hatte.

»Fiala?«, unterbrach unerwartet ihr Berater die kontemplative, weil unglaublich redundante Warteschleifen-Suada.

Karla erschrak und musste sich kurz sammeln: »Herr Fiala, ja?«

»Jaaaaaa«, tönte es fröhlich in ihr Ohr. »Mit wem spreche ich?«

»Fischer, Karla Fischer.«

Fiala dachte kurz nach. Dann sagte er: »Gosauer, stimmt's?«

»Ja, aber nicht mehr lange«, ging sie gleich medias in res.

»Wie meinen Sie das?«

»Ich sag's gleich: Ich habe damit nichts zu tun.«

Fiala war verwirrt. »Da bin ich aber froh. Was meinen Sie eigentlich?«

»Die Gosauer sind pleite, und ich komme wieder nach Wien zurück.«

»Oje«, war Herr Fiala bestürzt. Wahrscheinlich glotzte er jetzt wieder seine hässlichen Alternativtreter an und wackelte mit den Füßen. »Gibt's einen Räumungsabverkauf?«, fragte er erwartungsfroh und hatte anscheinend die Bestürzung schon wieder überwunden.

Karla verstand nicht ganz. »Hä? Warum wollen Sie das wissen?«

»Na, da gibt's die Schuhe viel, viel billiger«, erklärte er, und sie sah in Gedanken, wie er sich die Hände rieb. Das konnte ja wohl nicht wahr sein!

»Hören Sie mal! Da verlieren eine Menge Leute ihren Job! Die haben mit Herz und Seele diese Schuhe gemacht. Jeder Handgriff von denen hatte nur ein Ziel: Qualität zu machen. Und die hat wohl ihren Wert. Und der Wert hat seinen Preis. Das finde ich ja das Allerletzte, dass sich jetzt alle wie die Aasgeier auf die Treter stürzen wollen, nur weil sie billiger zu haben sind. Das ist genau der Grund, warum die Firma so schlecht dasteht ...«

Fiala versuchte, Karla mit einem Hüsteln zu bremsen. Doch sie hatte sich gerade in Schwung geredet. »*Nach-hal-tig-keit*«, hörte sie sich selber sagen. Und »*Fairness*« und »*Ausbeutung*« ...

Was sagte sie da eigentlich? War sie in den vergangenen zwei Monaten die Schutzpatronin der Öko-Schuhfraktion geworden?

Fiala glaubte es zumindest.

Er entschuldigte sich wortreich für seinen Fauxpas und zeigte sich von seiner einfühlsamen Seite. Er bedaure es sehr, dass Karla, wo sie sich dort anscheinend so wohlfühlte, ihr Engagement beenden musste. Und ja ja, natürlich sei das eine blöde Sache, dass Qualität heute keinen Absatz finden würde. Und nein, natürlich sei er nicht einer von denen, die nur auf den Preis schauen ... Es wäre nur eine günstige Gelegenheit ... Beratungstermin ... Rückkehr ... neuer Antrag.

»Heißt, ich bekomme weiterhin meine Kohle, auch wenn ich vor der vorgesehenen Frist, also den sechs Monaten, zurückkehre?«

»Natürlich«, beruhigte Herr Fiala. »Aber wir sollten einen Branchenwechsel andenken.«

Nicht schon wieder! Karla sah ihn erneut vor sich, wie er eifrig, ständig seine Zeigefingerspitze ableckend, im gottverdammten Branchenindex blätterte.

»Wenn ich Ihnen so zuhöre, dann wäre doch irgendwas im Ökologiebereich das Richtige«, schlug er begeistert vor. »Da! Da haben wir zum Beispiel einen Ausbildungskurs zur ökopädagogischen Kinderbetreuerin …«

Der hat wohl einen Knall, dachte Karla und sagte tonlos: »Sie sind lustig.«

In der »Konferenz-Kuchl« hatte sich, wie immer, ein Teil der Belegschaft zum gemeinsamen Frühstück versammelt. Das Brot kam – wie immer – von Mirli, der Schinken – wie immer – von irgendeinem Cousin vom Bruder des Schwagers von Peters Frau. Den Käse brachte – wie immer – irgendein Lieblingsbauer von Rupert. Für die Milch sorgte Sandra, und Ruperts Freundin Melinda, eine Gärtnerin, brachte eine Kiste voll Tomaten, Paprika und frischer Kräuter.

Für Karla überraschend, langten alle kräftig zu und kommentierten die schwarzen Wolken am Firmenhorizont mit ebenso schwarzem Humor.

»Wir machen vielleicht einen Traktorhandel auf. Mit gebrauchten Maschinen, weil die san viel billiger. Chef, machst mit?«, schlug Hans vor und zeigte auf sich und Peter.

»Der Chef mag koane Traktoren. Dafür mag er Grünzeug«, stellte Peter fest.

»Aber des mag a nur er«, sagte Hans unbekümmert, biss herzhaft in sein Schinkenbrot, kaute ein paarmal und ergänzte mit vollem Mund: »SCHÄÄF, desch isch desch Guate an der bleden Gschicht: Mia brauchen nie wieder dein Grünzeug essen.«

Rupert grinste. »Wenn du dich da mal nicht täuschst.«

Alle lachten.

Nur Eva war bedrückt, saß mit hängenden Schultern am Ende der Bank und rührte lustlos in ihrem Kräutertee.

»Geh Eva, nimm's doch ned so schwer«, bemühte sich Sandra, Evas Stimmung ein wenig aufzuheitern.

Die schüttelte den Kopf.

»Du findest sicher was anderes«, ergänzte Maria, die bislang die Schuhe genäht hatte.

Eva richtete sich auf: »Ich will Schuhe machen! Wo, bittschön, soll ich da was Neues finden? Bei der Post-Resi?«

»Dann gehst halt mit der Karla nach Wien«, riet Toni. »Ich könnt' dich mit dem Lieferwagen hinbringen.«

Eva schüttelte energisch den Kopf. »Was soll i in Wien? Da bringen mich keine zehn Pferde und auch ned dein Lieferwagen hin.«

Karla sah Eva mit fragendem Blick an. Was hatte sie gegen Wien?

»Erstens stinkt es dort«, fing Eva mit einem Seitenblick auf Karla an, »nicht bös' sein, aber ich habs nicht so mit den Großstädtern. Sie liegen mir nicht. Ich finde sie arrogant, oberflächlich, hektisch und launisch.« Und direkt an Karla gewandt: »Du warst immer ganz anders. Drum hast du von Anfang an so gut zu uns gepasst.«

Karla riss die Augen auf. Hä? Redete Eva von ihr? Litt die

Gute an selektiver Wahrnehmung? So wie Saint-Exupéry, der lieber mit dem Herzen schaute als mit den Augen?

Eva stand auf, räumte ihr Geschirr weg und zupfte Maria am Ärmel: »Komm, wir haben noch was zu erledigen.«

Hans und Peter, bislang schweigend, weil sie den Mund mit Brot, Schinken und Käse voll hatten, sprangen ebenso auf und nickten Eva komplizenhaft zu.

Karla schaute verwirrt von einem zum anderen. »Gibt's irgendwas zu tun?«

Hans und Peter schüttelten energisch die Köpfe und stammelten: »Neinneinneineinnein!«

»Nichts, wo du helfen könntest«, sagte Maria schnell, worauf ihr Eva einen Rempler in die Seite gab.

Was lief denn da? Sie würde Eva später danach fragen und trottete auf den Speicher. Langsam ließ sie ihren Blick über das Dachbodenbüro schweifen und erinnerte sich daran, wie erschrocken sie gewesen war, als Eva sie das erste Mal hier heraufgeführt hatte. Und jetzt, wo sie wegmusste, stellte sie fest, dass sie sich hier wohlfühlte. Und der Dachstein, der »blöde Berg«, würde noch immer vor diesem Fenster stehen, wenn sie schon längst weg war. Wer sollte sich dann über ihn ärgern? Karla würde ihm wohl fehlen.

Sie fuhr ihren Computer hoch und surfte ein wenig im Netz herum. Vielleicht sollte sie sich schon mal nach einem neuen Job umsehen? Jetzt ging dieses unwürdige Theater wieder von vorne los. Wenn sie jetzt dreiunddreißig war und immer wieder einen neuen Job suchen müsste, wie oft würde sie den Gang zum Arbeitsamt antreten müssen? Vielleicht doch die Branche wechseln? Aber was?

Sie klickte sich durch den Karriereanzeiger einer Tageszeitung. Das wäre doch was: »Talente-Casting – Banking.«

Da suchte eine renommierte und internationale Retailbank in Wien, bei der sie keine Schulden hatte, weil sie sie nicht kannte, »ambitionierte Talente, die ab sofort ihre Karriere beginnen möchten.« Ja, ambitioniert war sie, ein Talent auch irgendwie – vor allem, wenn es um Bankangelegenheiten ging. Die Aufgaben:

»Höfliche Begrüßung und Erstkontakt der Kunden in den Filialen. Hilfestellung in der SB-Zone (Bankomat, Zahlscheinscanner, Kontoauszugsdrucker). Beratung einfacher Bankprodukte und Überleitung an die Kundenberater bei komplexen Produktfragen. Unterstützung des Beraterteams bei diversen Backoffice-Tätigkeiten.«

Haha, das wär's. Wenn sich jemand in diesem Land mit Bankomaten auskannte – dann wohl *sie*! Warum nicht den Feind untergraben, den abgebrannten Kunden Tipps und Tricks verraten und dafür auch noch Geld bekommen? Andererseits: Nicht überall waren die Geldausgabeautomaten so hinterm Berg wie in Hinter-Russbach. Apropos Geld: Was zahlten die eigentlich? Nachdem sie die Qualifikationen überflogen hatte, entdeckte sie ganz kleingedruckt das Gehalt: EUR 1636,49 brutto monatlich. Na ja. Viel war das nicht, aber immer noch mehr, als sie bei den Gosauern verdiente. Nein, natürlich kam das nicht infrage. Sie und bei einer Bank?! Das wäre so, als würde die Kuh freiwillig zum Metzger spazieren.

Ach, sollte doch Herr Fiala vom Arbeitsamt sich den Kopf darüber zerbrechen!

Ein leises Schnauben kündigte an, dass Guido, der bisher auf seinem Lieblingslederstapel geschlafen hatte, aufgewacht war. Verschlafen blinzelte er in ihre Richtung, riss gähnend sein kleines Maul auf und schleckte sich mit der rosa Zunge über die feuchte Schnauze. Karla lachte: Er sah einfach zu süß aus. Guido richtete sich auf und bellte einmal auffordernd. Karla wusste genau, was er wollte: seine Nüsschen.

»Ja ja. Ich bin ja schon am Suchen«, antwortete sie und ging zu Evas Schreibtisch. Die Dose, die neben Evas Computer stand, war leer, und deshalb zog Karla die oberste Lade auf. Sie kramte zwischen den losen Blättern herum und stieß dabei auf einen zusammengeklebten Bogen Papier. Guido kläffte ungeduldig. »Ja, ich mach ja schon!«, beruhigte ihn Karla, zog den zusammengefalteten Bogen aus der Lade und breitete ihn auf Evas Schreibtisch aus. Was war denn das? Das war doch der Schuhentwurf, den Eva vor ein paar Tagen zerrissen hatte.

Guido kläffte erneut. Karla ignorierte ihn und begutachtete den Entwurf. Es war ein ausgefallener Freizeitschuh, ein Sneaker, im Vintage-Look. Gar nicht schlecht, dachte Karla. Eigentlich sogar ziemlich begabt, das Mädel.

Jetzt wurde es Guido aber zu viel. Beleidigt sprang er vom Lederstapel, trapste zielstrebig auf Karla zu und bellte sie laut und deutlich an: Her mit den Nüssen!

Karla lachte, faltete den Entwurf zusammen und legte ihn zurück in die Lade. In der untersten fand sie ein Päckchen Nüsse, von denen sie Guido einige abgab.

Der Entwurf ging ihr nicht aus dem Kopf. Es wäre eine Schande, wenn Eva, die anscheinend wirklich was drauf hatte, keine Möglichkeit mehr bekäme, ihr Talent zu zeigen. Aber es stimmte schon: Hier am Land war mit dem Ende der Gosauer für Eva kein Platz mehr. Sie beschloss, das Thema noch einmal anzusprechen.

Eine E-Mail von Ellie blinkte auf ihrem Bildschirm.

Hey, Bergziege. Ralph wartet auf Zu- oder Absage zu seiner Ich-habe-zwei-Dachterrassen-und-will-sie-allen-zeigen-Party. Ja oder Nein? Gross oder klein? … Äh … Sorry, reimt sich nix mehr.

Freu mich auf dich, juhuuuu. Bussi, deine Ellie.

Karla grinste. Ja, sie freute sich auch auf Ellie. Aber sie war auch irgendwie traurig, hier alles zurückzulassen. Am liebsten hätte sie sich zweigeteilt. Eine Karla blieb hier, die andere ging nach Wien. Oder ganz hierbleiben? Und regelmäßig nach Wien fahren? Nein, das ging auch nicht. Hier gab's null Perspektive für sie, genauso wenig wie für Eva. Sie antwortete Ellie.

Selber hey! Gehe nur zu Ralphs Parvenü-Schaulauf, wenn du auch mitkommst und alle Anwesenden mit deinem Umweltzeugs nervst. PARTY-BOMBING! Ergo: Ich geh nicht hin, werde Ralph absagen.

Meckermecker, deine Bergziege.

Sie öffnete eine neue E-Mail und gab Ralphs Mail-Adresse ein: rdleitner-partner.com. Wie oft hatte sie diese Adresse mit ihren Initialen buchstabiert? »Karla Fischer – kf-at-leitner-minus-partner-dot-com.« Komisch, es kam ihr alles so weit weg vor. Als wäre sie eine andere geworden. Oder sie selber geworden? Egal.

Was sollte sie ihm schreiben?

Eine höfliche Mail? Keine ehrliche Mail! Wahrscheinlich klickte er seine Mailbox an, würde Karlas Namen im »Eingang« sehen und eine hochemotionale »Bitte-kommzurück«-Litanei erwarten. Ralph hatte nie verstanden, warum sie ihn verlassen hatte. Ralph hatte generell kein Verständnis dafür, verlassen zu werden.

Nach langem Nachdenken schrieb sie:

ALSO! WENN DU GLAUBST, DASS ICH JETZT HERUMHÄNG …

Nein, das war nicht gut. Noch mal:

HALLO RALPH!

Der Anfang war geschafft. Sie sah schon: Das würde schon werden. Nicht zu viel und nicht zu wenig. Und weiter?

ICH KOMME NICHT. MIT FREUNDLICHEN GRÜSSEN, ICH.

Nein. Das war ein bisschen sehr leer. Fast nihilistisch. Und Nihilismus ist ja auch nur eine Pose. Also wieder löschen. Was wollte sie ihm sagen?

RALPH, ICH HABE ÜBERHAUPT KEINE LUST, BEI DEINER DÄMLICHEN IN-CROWD-PARTY ALS EINZIGE ARBEITSLOSE HERUMZUSTEHEN, MIR VERLOGENE ERFOLGSSTORYS ANZUHÖREN UND MICH DABEI MINDERWERTIG UND BLÖD ZU FÜHLEN.

Nun, das sollte sie etwas subtiler formulieren. Also:

HALLO RALPH! ICH HABE MICH WAHNSINNIG ÜBER DEINE EINLADUNG GEFREUT, ABER LEIDER, LEIDER LÄSST ES

MEIN STRAFFER ZEITPLAN SO GAR NICHT ZU, BEI DIR VORBEIZUSCHAUEN. WÜNSCHE FROHES FEIERN & STAY TUNED, KARLA.

Kaum war die E-Mail abgeschickt, kam auch schon die Antwort von Ralph.

SCHÄTZCHEN! SCHÖN, VON DIR ZU HÖREN! DACHTE SCHON, DU WÄRST IRGENDWO VERSCHOLLEN.

Karla schluckte.

STRAFFER ZEITPLAN? LASS HÖREN! IMMER VERY BUSY, WIE GEHABT?! EGO DETTO. SEUFZ. PLANEN GERADE RIESEN-IMAGEKAMPAGNE FÜR LASZLO-SHOES. KENNST DU WILTRUD HOCHEGGER? SIE KENNT JEDENFALLS DICH (STICHWORT SCHULE). BYE-BYE, DARLING, WIR SEHEN UNS – SOMETIMES, SOMEWHERE. R.

Karla schluckte erneut. »Straffer Zeitplan? Lass *hören*?« Oje. Was sollte sie erzählen? Von Hinter-Russbach? Den Gosauern? Rupert? Dem Kirtag? Den Mau-Mau-Abenden? Nie im Leben!

Und dann noch schlimmer: *Wiltrud – »as an old enemy«*. Musste ihr diese Kackbratze ständig über den Weg laufen? Reichte es nicht, dass ihr diese arrogante Pissnelke die halbe Schulzeit versaut hatte, indem sie sie immer wieder demütigte und vor allen bloßstellte? Dass dieses boshafte Luder auch noch erfolgreich und hochbezahlt als Chefeinkäuferin bei Laszlo-Shoes – *Laszlo!!!* Das beste Label Wiens! – arbeitete, war das eine. Dass sie auch noch Kohle ohne Ende hatte, mit Immobilienkaiser Phillip Hochegger verheiratet war und die Hochglanzmutterrolle für ihr gemeinsames Kind mimte – das war das andere und insgesamt einfach zu viel.

Also. Zurückschreiben? Lügen! Es war zwar nur ein sehr dürftiger Ersatz für die Wahrheit, aber der einzige bisher entdeckte.

Andererseits: Sie müsste ihre gesamte Kreativität in Anspruch nehmen, ihm eine Erfolgsstory aufzutischen … und dazu hatte sie ganz einfach keine Lust.

Also: Nicht zurückschreiben. Sie löschte den Mailentwurf und lehnte sich zurück.

23

Als sie am Morgen in die Firma zum Frühstücken ging, fielen Karla die Bierbänke und Tische auf, die sich im Innenhof stapelten. Toni war gerade dabei, weitere Sitzgelegenheiten aus seinem Lieferwagen zu räumen. Karla grüßte mit einem freundlichen Nicken und schaute ihm ein Weilchen zu. Sie hatte sich daran gewöhnt, dass es hier normal war, einfach nur zu schauen und nicht zu fragen.

Irgendwann hielt sie es dann aber doch nicht mehr aus.

»Toni, was machst du da?«

»Siehst du doch.«

»Du räumst Bänke aus deinem Lieferwagen.«

»Stimmt.«

»Und warum?«

»Weil der Chef mir des auf'tragen hat.«

»Dass du Bänke herumfährst?«

»Jo.«

»Aha. Und gibt's einen Grund dafür?«, fragte sie.

»Jo, sicher.«

»… der da wäre?«

»Für's Abschiedsfestl«, gab er Auskunft und drückte Karla einen Sack mit Schrauben in die Hand. »Magst des in die Kuchl legen, ha?«

Karla sackte wegen des Gewichts der vielen Schrauben

der Arm hinunter. Ein Abschiedsfest? Gab's hier irgendwas zu feiern?

»Sicher doch«, sagte sie und machte sich mit dem Sack davon. Mehr würde aus Toni ohnehin nicht rauszukriegen sein.

In der »Konferenz-Kuchl« herrschte reges Treiben. Auf dem Tisch stapelten sich allerlei Fressalien, im Garten Getränkekisten, Sandra und Maria schnitten Brot auf, und Peter suchte verzweifelt nach irgendetwas. »Wo is mei Feitl?«, rief er verzweifelt und suchte jede Ecke ab.

»*Was* suchst du?«, wollte Karla helfen, nachdem sie alle anderen begrüßt hatte.

»Mei Feitl. A recht schönes mit einem Hirschknauf. Is grad no am Tisch g'legen.«

»Was bitte ist ein Feitel?«, erkundigte sich Karla und blickte unter den Tisch, ob sich dort etwas Hirschhaftes versteckte.

»A Messer! Mei, Karla, jetzt bist scho so lang da und verstehst nu alleweil ned, was mir sagen«, brummte Peter und grinste Karla an.

Sie grinste zurück.

»Dooo is ja!«, krähte Peter, als Rupert mit einem Sträußchen Grünzeug vom Garten in die Kuchl spaziert kam. »*Du* hast mei Feitl g'nommen!«

Rupert schaute auf das Messer in seiner Hand. »Is' draußen am Tisch g'legen.«

»Ein Abschiedsfest?«, richtete Karla ihre Frage an Rupert und zeigte auf die Lebensmittel in der Küche.

»Aber sicher«, antwortete Rupert und legte sein Grünzeug neben die Spüle, was Maria beim Arbeiten störte.

»Gehst weg mit deine Blümeln!«, rief sie und stemmte mit übertriebener Verärgerung die Hände in die Hüften.

»Blümeln«, ächzte Rupert und hielt ihr etwas von den Kräutern vor die Nase. »Pimpernellen!«, klärte er Maria auf. »Des kimmt in Salat eini.«

Maria betrachtete das Kraut und schüttelte den Kopf. »Mei, du mit deinem spinnerten Zeug.«

Pimpernellen, stöhnte Karla bei sich und erinnerte sich an das Trara, das Rupert gemacht hatte, als er das Zeug unter dem Johannisbeerstrauch entdeckt hatte. Genau! Da hatte sie ihn wegen der Presseinformation beackern wollen. Damit sich hier was änderte. Dabei hatte er doch damals schon gewusst, dass alles vergebens und umsonst war. Sie lachte bitter und wandte sich Rupert zu.

»Okay, also ein Abschiedsfest«, wiederholte sie, legte ihren Kopf schief und sah Rupert mit bohrendem Blick an. Was zwischen den Zeilen lag – dass es gar nichts zu feiern gäbe, im Gegenteil –, war somit förmlich hörbar.

Rupert zog die Luft ein und schenkte ihr ein Lächeln – wenn auch ein trauriges. »Es hat da amal an deutschen Schriftsteller geben«, fing er an.

Karla ortete ein Graupner'sches Ablenkungsmanöver und bohrte ihren Blick noch weiter in Rupert.

Der verstand. »Na, na … wart a bissl«, wehrte er ab. »Der Schriftsteller hat was G'scheits gschrieben …«

»Gegen alles is a Kraut g'wachsen?«, fragte Maria laut dazwischen und wedelte mit den Pimpernellen.

Alle lachten.

Rupert drohte ihr mit dem Zeigefinger. »Naa, des war die selige Hildegard von Bingen.«

»Aber gegen unsern Konkurs is koa Kraut g'wachsen«, murmelte Sandra und ließ mit einem lauten *Rumms* das Messer in das Brot sausen.

Rupert legte ihr die Hand auf die Schulter. »Es is, wia's is. Und is ned leicht, is halt so«, tröstete er sie, nach althergebrachter Art.

»Und der Schreiberling aus Deutschland hat jetzt was gschrieben?«, wollte Maria wissen.

Rupert drehte sich um und sah jedem fest in die Augen. »Arbeit und Feier vollenden einander – des hat er geschrieben. Mir ham gearbeitet, und jetzt tun wir feiern. Damit vollenden mir des da« – er wies mit dem Arm durch den Raum – »und hoffen auf was Neues. Und weil i grad dabei bin: A Haus ohne Geselligkeit is wia a Blume ohne Duft.«

Alle nickten, Peter erhob seinen abgestandenen Milchkaffee und rief: »Prost!«

Eines musste man Rupert lassen: Er ließ sogar die größten Katastrophen wie vorübergehende Regenschauer aussehen, die man mit einem Picknick im Trockenen aussitzen konnte.

Weil es in der Schuhwerkstatt keine Arbeit mehr gab, beteiligten sich alle Mitarbeiter am Aufbau des Festes. Eva, die gemeinsam mit Mirli – sie brachte noch mehr Brot – eingetrudelt war, deckte die Biertische mit karierten Tischtüchern.

»Wer kommt alles?«, wollte Karla wissen.

»Eh alle – und vielleicht a paar mehr«, gab Eva Auskunft.

Aha. »Und wer sind alle?«

»'s Dorf und a paar mehr.«

»Die Kirtagsparty?«, wollte Karla wissen.

»Stimmt genau. Wer anderer is ja ned do. Des is der Vorteil, wannst bei uns lebst. Du brauchst dir nie Gedanken machen, wen du einladst, weil eh immer alle und immer dieselben kommen. Und manchmal a paar mehr«, lachte Eva.

Karla dachte an den Kirtag. Mannomann, war das eine Party gewesen. Und diese Trachtenkleider. Sollte sie zum Abschied …?

Als könne Eva Gedanken lesen, drehte sie sich zu Karla um: »Du, magst vielleicht des Dirndl wieder anziehen? Als Abschieds… na, halt zum letzten Mal?«

»Unbedingt!«, rief Karla. Wenn feiern, dann aber richtig.

»I sag's der Tante und brings dir vorm Festl vorbei, ja?«

Karla nahm Eva in den Arm und drückte sie. Alles war insgesamt so traurig, und gleichzeitig herrschte eine Atmosphäre von Leichtigkeit, Fröhlichkeit – heiterer Resignation. Die taten so, als ginge das Leben einfach weiter. Sie schüttelte den Kopf.

Am späten Nachmittag, als die Sonne sich hinter den Dachstein verzog und es allmählich kühler wurde, erwachte bei den Gosauern das Leben. Im Innenhof steppte – wie sonst am Dorfplatz – der Bär. Sogar eine Abordnung der Blasmusikkapelle hatte sich eingefunden und heizte mit ihrem *Humpa-humpa, Popp-popp-popp* ein. Und ebenso wie beim Kirtag waren von Krethi bis Plethi alle da. Resi von der Post – diesmal mit einem karierten Haarreifen, passend zu den Tischtüchern; der Dorfarzt und Feuerwehrleiter; der Pfarrer, den Rupert nötigte, seinen Garten zu segnen; der Direktor der Raiffeisenbank, der lautstark über die Salzburger Landesbank schimpfte und nebenbei zugeben musste, dass er Rupert gar keinen Kredit gegeben hätte; Alle -bergers, -roithers, -hofers und -baumers; Seppis, Pepis, Hansis, Franzis, Marias, Hannerls, Gretels und Annas ließen beim beliebten Begrüßungsritual – begrüßt wurde übrigens jeder, der irgendwann irgendwo auftauchte – die Schnapsgläser tanzen und griffen danach zu Most und Bier. Im Innenhof hatten Peter und Hans eine Art Tanzboden eingerichtet, auf dem Karla mit den Seppis, Peppis, Franzis und Eva mit Julius zum Takt der Musik herumwirbelten.

»Die Eva und der Julius, ha?«, raunte Sandra Karla ins Ohr, als sie sich eine Tanzpause gönnte und abseits des Trubels ein Glas Wasser trank.

Karla lächelte.

»Passen eh guat z'amm, die zwei. Die Eva wird ihm schon die Wadl nach vorn richten!«, stellte Sandra fest, presste die Lippen aufeinander und nickte anerkennend.

Karla schaute sie fragend an.

»Geh, des weiß doch a jeder, dass der Julius a bissl a wilder Hund war. Aber die Eva, die hat ihn scho fest am Zügel. Der traut sich koa andere mehr anschau'n. So guat kenn i die Eva«, grinste Sandra. »Außerdem is er ganz narrisch nach ihr. Schau, wie er sie anschaut. Mei, so liab.«

Karla beobachtete die beiden eine Weile. Und ja, es stimmte. Die waren wirklich total verliebt. Eva, eng umschlungen mit Julius, versank förmlich in seinen Augen. Er hatte seine kräftigen Arme um ihre Hüften gelegt, drückte sie fest an sich, und gemeinsam drehten sie sich wie in einem Ringelspiel der Gefühle im Kreis. Ach, war das schön.

Und was war mit ihr? Wer umarmte sie? Niemand, stellte Karla desillusioniert fest und hatte kurz das Gefühl, ganz allein auf der Welt zu sein. Warum hatte sie eigentlich keinen Freund? Vor Ralph, ihrer einzigen längeren Beziehung, hatte es bloß ein paar nichtssagende Affären gegeben – danach ebenso. Und Ralph – na ja. Sie hatte in den vergangenen zwanzig Jahren noch keinen Mann kennengelernt, der ihr Herz berührt hatte, der sie selig schweben ließ und im

Ringelspiel der Gefühle gedreht hatte. Hatte sie zu hohe Ansprüche?

Eigentlich nicht. Gut, ein Mindestmaß an Körpergröße. Das durfte sie doch von einem Kerl erwarten, dass er so groß war wie sie. Und 1,72 Meter waren jetzt nicht sooo das Gardemaß, das nur die ausgewachsenen Männer dreier Völker weltweit und ein paar Verteidiger russischer Eishockeyclubs erreichten. Oder? Natürlich sollte er nicht wesentlich jünger oder älter sein als sie. Da fielen doch nur jene weg, die jünger als 32 und älter als 37 waren. War das zu eng begrenzt? Sicher nicht! Und der Name! Sie könnte keinen Mann begehren, der Horst hieß. Sie kannte keinen Ernst, keinen Wendelin, keinen Fritz, keinen Hermann – und das war gut so. Wie hörte sich denn das an, wenn in der Hitze der Nacht, olàlà, Karla »Hoooooooorst« stöhnen sollte. Und Tischmanieren! Ganz, ganz wichtig. Wenn einer, wenn er auch noch so gut aussah und vielleicht Christian oder … oder Lord Wilberforce hieß, beim Essen schmatzte wie ein Eber beim Futtertrog, sich nach dem Essen mit einer Gabel oder mit dem Finger die Essensreste aus dem Gebiss puhlte, dann ging das gar nicht. Ernst und Horst würden sich sicher über ihre, Karlas, nicht sehr ausgeprägten Kochkünste auslassen und auf Mutterns Braten verweisen. Wendelin wäre der Typ Mann, der ständig seine Wohnung aufräumte und pedantisch mit spitzen Fingern jeden Fussel von seiner Kleidung zupfte.

Apropos Hände: Einen Mann erkannte Karla an seinen Händen. Groß, breit, gepflegt und trocken. Fester Händedruck. Handschlagqualität. Ein Mann wie ein Fels. Anders als die windigen Kreativ-Kasperles, die sie bisher kennengelernt hatte: Die verfügten alle in einem hohen Maß über Unterhaltsamkeit, Fantasie und Exaltiertheit, kamen aber selten darüber hinaus, mehr als heiße Luft zu verbreiten. Spinner, Spießer, Muttersöhnchen, Machos und Langweiler waren generell *no-go*.

Wer blieb übrig? Karla zuckte resigniert mit den Schultern. Anscheinend keiner. Sie nahm einen kräftigen Schluck Wasser, als ihr von der Seite ein Krug mit Most vors Gesicht gehalten wurde. Prost, Mirli.

»Übermorgen gemma am Berg, gell?«, sagte Evas Tante und schaute Karla erwartungsfroh an.

Karla ließ den Kopf nach hinten sinken und mimte einen Schwächeanfall. »Und was, wenn ich auf der Hälfte schlappmache?«, fragte sie matt.

»Dann tragt dich halt der Julius auffi«, schlug Mirli vor.

Karla richtete sich wieder auf. »Der trägt wohl eher wen anderen?«, mutmaßte sie und zeigte auf Eva und Julius.

Mirli richtete ihren Blick auf die beiden. »Na, werden wir mal schaun, wie ernst der Bub das meint«, raunte sie und zwinkerte. »Und was er gibt, um mei Mädl zu kriegen.«

Hä? Wurde hier gegen Tiere oder was auch immer getauscht? Zehn Hühner für die Nichte? »Wie meinst du das?«, wollte Karla wissen.

»Schau'n wir mal, dann seh'n wir schon«, entgegnete Mirli und nahm einen kräftigen Schluck Most. »So leicht kriegt keiner die Eva. Da muss er schon was machen …«, setzte sie nach und grinste. Was, das ließ sie offen.

Um Mitternacht kündete der Trompeter eine Rede an. Das Stimmengewirr wurde leiser und ging zu einem neugierigen Murmeln über. Rupert stieg auf einen Sessel und blickte in die Runde.

»Freunde!«, hob er mit dröhnender Stimme an, als wolle er auch noch die letzten Murmeltiere im Hinterwald wecken.

»Allaweil, wennst uns a Jausen hinstellst«, rief einer aus der Menge – die anderen lachten und klatschten.

Auch Rupert lachte. »Bist ruhig«, rief er dem Spaßvogel zu und drohte ihm mit dem Zeigefinger. »I weiß gar ned, wo i anfangen soll. Erst einmal möcht i mi bedanken.«

Die Bläser zückten ihre Trompeten und ließen einen Tusch folgen.

Rupert winkte ab. »Ihr wisst, dass mir die Gosauer von meinem Onkel übertragen worden sind.« Er hielt inne. Die Trompeter wollten zum nächsten Tusch ansetzen, doch er hob die Hand. »I hab mir da a paar schöne Sachen z'ammg'schrieben. Zum Beispiel, dass die Zukunft nur dann möglich sein kann, wenn wir lernen, auf Dinge, die machbar wären, zu verzichten, weil wir sie nicht brauchen. I hab glaubt, i kann des da bei uns umsetzen. Aber es hat ned g'reicht. Vielleicht rennt a G'schäft ned ohne gewisse Sachen, auf die i gern verzicht hätt. Vielleicht hat's aber a nur einen Grund: I hätt's besser machen können … I hab mir dacht, i kann meinen Kopf in den Sand stecken. Jetzt weiß i, dass man nachher mit den Zähnen knirscht.«

Alle schwiegen.

Rupert schaute seinen Mitarbeitern, jedem einzelnen, ins Gesicht. »I weiß, es is ned leicht für euch, für uns, was Neues zu finden. Aber um des Neue müss' ma uns keine Sorgen machen« – ein Grinser huschte über sein Gesicht – »des Neue kommt ganz von selbst. A jeder muss was haben, auf des er sich freut. Und i bin fest überzeugt, dass wir was finden werden, worauf wir uns freuen. Deswegen machen mir heut ein Fest. Freud und Leid liegen ja oft beieinander. Mei Freud is, dass ihr alle gekommen seid, dass wir lustig sind und dass wir wissen, des Glück hat nix mit Geld zu tun. I brauch mir um euch alle keine Sorgen machen. Und samma ganz ehrlich: I hinterlass a Lücke, die mich ersetzt.«

Ein Kichern war zu hören. Rupert lächelte. Dann wurde er wieder ernst.

»Es tut mir so leid, dass ich euch gehen lassen muss. Ihr wart's eine Super-Mannschaft. Mit euch könnt ma an jeden Gipfel besteigen, a jedes Unwetter überstehen. Ihr warts immer treu und herzlich …«

»Mir ham sogar dein Grünzeug gegessen«, krähte Hans, und wieder lachten alle laut auf.

»Ja, ich weiß«, sagte Rupert. »I hab Radieschen g'sät und wollt Kürbisse ernten.«

Fragende Gesichter tauschten Blicke.

»Was i damit sagen will: I bin fürs Schuhgeschäft einfach ned g'macht. Mei Herz schlagt fürs Grünzeug, wie der Hans so gern sagt. I möchts in Zukunft besser machen. Ich möcht des tun, was mir am Herzen liegt. Und ich wünsch euch, dass auch ihr des machts.« Er suchte Karlas Blick – alle folgten ihm. »Wohin ihr auch geht, geht mit eurem ganzen Herzen«, sagte er und lächelte.

Karla lächelte zurück. Eine feierliche Stille trat ein.

Dann ließ plötzlicher Tusch die Hinter-Russbacher aufschrecken, und als wäre nichts gewesen, ging die laute Feierei weiter.

Gläser wurden schnell nachgefüllt, mit Schnäpsen jene begrüßt, die schon längst da waren, und mit *Humpa-humpa, Popp-popp-popp* bekam die Feier übergangslos wieder den Drive, den sie vor der Ansprache hatte.

»Watschentanz«, brüllte Peter, und gemeinsam mit Hans schob er Rupert auf den Tanzboden. »Jetzt kriegt er sein Fett ab, der Blümerl-Seppel«, scherzte Maria, woraufhin alle im

Takt zu klatschen begannen. Vom Rhythmus mitgerissen, legten die drei Männer einen zünftigen Plattler auf die Bohlen, dass das Holz nur so ächzte.

Karla war hingerissen. Wie konnte man nur so vergnügt etwas zu Grabe tragen? Noch nie hatte sie eine derartige Verabschiedung erlebt. Es war doch eigentlich immer so, dass jemand, der einen Karren in den Dreck fährt, sofort danach mit selbigem beworfen wird. Also, nicht mit dem Karren, sondern mit dem Dreck. Und hier? Hier verbrüderten sich alle mit dem Verursacher der Misere, verziehen ihm alle Fehler und richteten konsequent ihren Blick nur auf das Schöne, das sie gemeinsam erlebt hatten. Lag das am Schnaps oder an der Lebenseinstellung? Würde ihr das dort, wohin sie mit ihrem ganzen Herzen gehen sollte, fehlen?

Sie war nicht gekommen, um zu bleiben. Aber sie hatte das Gefühl, dass ein Teil von ihr darauf gewartet hatte, hier zu sein, um das zu erleben, was jetzt war.

24

Heb ab!«, knurrte Karla in ihr Handy. Nach gefühlten 75-mal Klingeln meldete sich, ziemlich verschlafen, Ellie am anderen Ende der Leitung.

»Hääääächhhrrrr.«

»Ebenfalls guten Morgen«, säuselte Karla.

»Weißt du, wie spät es ist?«

Karla nahm das Handy vom Ohr und blickte auf das Display. »Es ist genau 5 Uhr 37.«

»Es ist mitten in der Nacht!«

»Der frühe Vogel fängt den Wurm«, trällerte Karla aufgekratzt.

»War schon wieder doppelt gebrannter Kirtag? Oder drehst du ohne Grund komplett durch?«

»Na, na. Wer wird denn da gleich böse werden …?«

»… wer Schlaf braucht und geweckt wird!«, schnappte Ellie zurück. »Also, warum rufst du mich um diese Zeit an? Ist etwas passiert?«

»Nein«, sagte Karla, »ich wollte dir nur sagen, dass ich übermorgen wieder heimkomme.«

»Und das musst du mir gerade jetzt erzählen?«

»Jahaaa! Ich bin dann telefonisch nicht mehr erreichbar.«

»Hää? Wird das Kuhdorf vom Netz entfernt?«

»Nein« – Karla lachte – »ich geh auf den Berg, und da gibt's keinen Empfang.«

»Du? Auf den Berg? Hallo? Aufwachen! Aufwaaaaachen!«

»He, jetzt halt mal den Ball flach. So unsportlich bin ich dann auch wieder nicht.«

»Na gut. Wann kommst du? Ich hol dich vom Bahnhof ab.«

»Ich werde etwa am frühen Nachmittag ankommen, okay? Ich ruf dich vom Zug aus an.«

»Ich freu mich auf dich«, sagte Ellie, schon deutlich milder gestimmt. »Vor allem deswegen, weil du mich dann nicht mehr in der Nacht anrufst. Hals- und Beinbruch, übrigens«, gähnte sie und legte schnell auf.

Karla stellte den fertig gepackten Rucksack, den ihr Eva am Vortag gebracht hatte, neben die Haustür. Sie schlüpfte in die Bergschuhe, die sie sich von den Gosauern ausgeliehen hatte und die ihr wie angegossen passten. Gut, sie sahen zwar hässlich aus, aber bequem waren die Dinger, das musste man ihnen lassen. Um keine Blasen zu bekommen, hatte sie vorher ihre Füße an allen Ecken und Enden mit Pflastern gut abgeklebt.

Als sie ihre Teetasse ausspülte, hörte sie schon die Stimmen von Mirli, Julius und Eva. Bei dem Gedanken an den vierstündigen Aufstieg zum Preiner Kogel verspürte sie schon jetzt das dringende Bedürfnis nach einer Verschnaufpause.

Guido stürmte durch die geöffnete Tür laut hechelnd in die Stube, sprang an ihr hoch und kläffte unternehmungslustig. Karla lachte, tätschelte ihn und griff nach dem Rucksack. Sie hievte sich das Ding auf den Rücken. Komisch, sie hatte doch nur das Nötigste eingepackt?! Woher kam das Gewicht?

»Der Berg ruft«, brüllte Mirli und klopfte an das Fenster. Sie hatte sich ein buntes Kopftuch umgebunden, das am

Hinterkopf verknotet war. Ihre Knickerbocker ließen einen seltenen Blick auf ihre drahtigen Waden frei, die gebräunten Arme schauten aus einem kurzärmligen Männerhemd heraus. Dass sie Gosauer-Bergschuhe trug, verstand sich von selbst.

Karla schloss die Tür *nicht* hinter sich ab und begrüßte die Wandertruppe. Julius, den größten Rucksack am Buckel, reichte Karla zwei Stöcke: »Die wirst brauchen.«

»Um dich zu schlagen, falls du mir auf den Geist gehst?«

Dann ging's los: Etwa einen Kilometer direkt in den Wald hinein, und dann kam die erste Steigung. Was von der Ferne noch wenig anstrengend aussah, stellte sich nach fünfzig Metern als astreine Quälerei heraus. Karlas Rucksack wurde mit jedem Schritt schwerer.

»Könnten wir nicht eine kleine Pause machen?«, keuchte sie vernehmlich.

»Sicher. In zwei Stunden«, rief Mirli gnadenlos und grinste.

»Ich kann aber nicht mehr«, japste Karla. Schweiß trat ihr aus den Poren, und am Rücken spürte sie schon das verschwitzte T-Shirt kleben. Sie würde das nicht überstehen. Nein, Nein! Was war das doch für eine blöde Idee gewesen, dieser Tour der Tortur zuzustimmen.

»Du gewöhnst dich dran«, tröstete Eva sie. »A jede Wanderung hat den gleichen Verlauf. Erst gehst frisch dahin, nach a paar Meter wird der Rucksack schwer, dann glaubst, deine Beine sind aus Beton, und dann, wennst glaubst, du musst sterben, dann geht's auf einmal ganz leicht dahin.«

»Es is wie des Leben – ned mehr und ned weniger«, philosophierte Mirli fröhlich.

»Wie tröstlich«, gab Karla sarkastisch zurück. Sie atmete

tief ein, richtete sich auf, nickte Eva, Mirli und Julius zu und marschierte tapfer weiter. Wenn sie das hier überlebte, würde sie alles überleben. *If you can make it there, you'll make it everywhere.*

Vorbei an den letzten Bauernhöfen, überquerten sie mehrere Wiesen und gingen zielstrebig auf den von Weitem sichtbaren Preiner Kogel zu. Karla konnte sich beim besten Willen nicht vorstellen, dort oben tatsächlich anzukommen, so weit weg war der Berg, so hoch schien er zu sein. Der Gipfel berührte beinahe die dünnen hellgrauen Wolkenfetzen, die am Himmel dahinzogen und vom Regen der vergangenen Nacht Zeugnis ablegten. Das satte grüne Gras auf der Wiese war noch nass, und die blauen Bergflockenblumen, die büschelweise am Wegesrand wuchsen, nickten in der kühlen Brise, die Karla über die Stirn strich. Nur die Hähne der Bauernhöfe, die sie bereits hinter sich gelassen hatten, unterbrachen aus der Ferne mit ihrem Krähen die Stille, die sie umgab. Wie Eva prophezeit hatte, hatte sie bereits nach kurzer Zeit das Gefühl, sterben zu müssen, überwunden, und schritt mit mehr Leichtigkeit dahin – bis sie den Wegweiser erblickte.

»Preiner Kogel, 4 Stunden«, las sie und war schlagartig wieder mit dem unschönen Wanderzustand – Nahtoderfahrung durch Erschöpfung – konfrontiert. »Nein!«, rief sie. »Müssen die das auch noch hinschreiben?«

Mirli lachte. »Wirst sehen, das schaut schlimmer aus, als es ist! Bist eh so g'schwind und kräftig!«

Kräftig? Karla schüttelte den Kopf. »Kräftig« sagte man üblicherweise zu den Frauen, denen sich man nicht ins Gesicht zu sagen traute, dass man sie für unförmig hielt.

Mirli schien Karlas Verzweiflung zu spüren und zückte

schnell ein kleines Fläschchen, das sie in einem Lederetui am Gürtel hängen hatte. Sie schraubte es auf, schnupperte am Inhalt und intonierte: »In die Berg bin i geeeeern, weil da gfreut sich mein Gemüüüüüt, wo die Almröserl wachsen …« – sie hob den kleinen Flachmann aus Emaille hoch – »… und der Enzian blüüüüüüüht! PROST!« und reichte Karla die Flasche.

»Was ist das?«

»Enzian. Doppelt gebrannt. Ganz was Gutes.«

»Warum frage ich überhaupt noch?« Karla grinste und nahm einen Schluck.

Der Schnaps floss sanfter als erwartet ihre trockene Kehle hinunter, und sie fühlte eine Wärme in der Magengegend aufsteigen. Noch ein Schluck! Als die Flasche einmal die Runde gemacht hatte, trank Karla erneut. Ihre Augen schienen ein wenig aus den Höhlen zu treten.

»Na, Mädl, jetzt is' genug! Des is' nur zum Warmwerden und ned zum Überhitzen«, sagte Mirli und nahm ihr die Flasche ab.

Sie schnauften noch ein paarmal durch und nahmen die zweite Etappe, die sie über die Baumgrenze führen sollte, in Angriff. Schweigend marschierten sie drei Stunden im Zickzack durch die schon lichter werdenden Wälder, über Almböden, auf denen verstreut einzelne Felsbrocken lagen. Ihre Schritte wurden von den weichen Almwiesen dumpf abgefedert. Guido sprang herum, schnüffelte an jedem Stein und jagte Schmetterlingen, die hochflatterten, kläffend hinterher. Die Sonne versteckte sich gnädigerweise hinter den dünnen hellgrauen Wolken, und die umliegenden Berge, die immer näher heranrückten und sich zu vermehren schienen, schotteten die vier Wanderer vom Rest der Welt ab.

»Komm, ich zeig dir was«, sagte Mirli, nahm Karla an der Hand und führte sie zu einem Felsvorsprung, der den Blick auf weite Täler und Bergkuppen freigab. Die Wälder, nah und dunkelgrün, wurden immer blauer, je mehr sie sich dem Horizont näherten. Karla schien es, als würde ihr die Welt zu Füßen liegen, und ihr wurde zum ersten Mal bewusst, dass es wichtig war, die Natur nicht mit denselben zu treten. Sie konnte plötzlich ansatzweise verstehen, was Rupert, den Öko-Apostel, antrieb. Eine Kiefer mit dicken grünen Nadeln, zwischen denen eine zarte Blume ihre violetten Blüten bettete, wuchs aus den gesprungenen Felsen hervor. Auch am Boden, einer Wiesenmatte, durchzogen von Felsbrocken und Steinen, entdeckte sie zahllose Blümchen.

»Heilkräuter«, sagte Eva und zeigte auf eine Schafgarbe, deren Blüten strahlend weiß leuchteten und einen hübschen Kontrast zu den kleinen dunkelgrünen, gefiederten Blättchen darstellten. Hummeln summten, und eine kleine grüne Eidechse flitzte von einem Felsversteck zum nächsten. Fehlte nur noch, dass ein Käuzchen schrie. Tat es aber nicht.

Dafür schrie Mirli.

»Juuuuuhhhuuuuuhuuuuu«, tönte es aus ihrer Kehle, dass Karla vor Schreck zusammenfuhr.

Was war geschehen? Hatte Mirli eine Panikattacke? Noch ehe Karla nach der Bergrettung brüllen konnte, stimmte auch Julius in das Gejohle ein, allerdings zwei Oktaven tiefer. Nach ein paar Sekunden schien das Geschrei so etwas wie eine Melodie anzunehmen: »Hodarooooo-Iohodraehoo-ooo-Holadaittijooooooo.« Die beiden gaben sich einem gleichermaßen ruhigen wie lauten, durchdringenden, wortlosen Gesang hin, der irgendwo aus der Magengrube herausströmte.

Die jodelten! Das durfte doch wohl nicht wahr sein! Ließen die denn gar kein Klischee aus?

»Magst auch jodeln?«, fragte Eva – und gab damit Mirli das Stichwort.

»Jetzt bringen wir dir das bei!«

Karla wehrte ab. »Nein, ich kann das nicht.« Jodeln! Jetzt fehlte nur noch, dass Florian Silbereisen und Hansi Hinterseer um die Ecke bogen. Karla schüttelte es. »Nein, nein ... ich kann das wirklich nicht!«

»Blödsinn. Jeder kann des«, pflichtete Julius Mirli bei, blickte aber ein wenig skeptisch.

»Wichtig ist das Schnackeln, der Übergang von der Brust- zur Kopfstimme. Wenn'st dann noch ein paar Töne triffst, hast du es quasi schon heraußen«, erkärte Mirli. »Tief Luft holen, grad hinstellen, Bauch anspannen – und jetzt holst tief aus deinem Inneren, da, wo du Freude und Angst spürst, einen Ton raus. Sagen wir, ein Aaaaaaaa!«

Karla – wissend, dass Mirli nicht nachgeben würde – stellte sich vor, an einer Mandelentzündung zu leiden. Sie streckte, wie beim Arzt zwecks Diagnose, die Zunge weit heraus und intonierte ein mattes »A«.

»Nein, nein. So nicht! Das kommt aus deiner Kehle. Das ist die Kopfstimme. Die brauchen wir noch nicht. Und deine Zunge kannst auch wieder reinholen.« Sie kniff Karla in den Bauch. »Da! Das isses drin, das Jodeln. Also, auf geht's.«

Karla glotzte ungläubig auf ihren Bauch. Da war definitiv kein Jodeln drin. Das hätte sie bemerkt, den Bauch hatte sie schließlich schon ihr ganzes Leben. Aber Widerspruch war zwecklos. Sie holte Luft und presste verzweifelt das geforderte AAAAAA heraus. Nein, war auch nix. Mirli wollte noch mehr hören. Mindestens zehnmal sang Karla ihr AAAAA, bis sie tatsächlich das Gefühl hatte, der Magen würde sich aufmachen, ein »A« aus ihrem Bauch in den Hinterkopf strömen und von dort aus in den Mund. Das klappte doch vorzüglich! Noch geschätzte dreiunddreißig Wanderungen, und sie könnte als Haupt-Act bei Marianne und Michael im ZDF auftreten.

Mirli freute sich: »Ich hab's ja gleich gesagt, dass du auch jodeln kannst. Und jetzt das E. Sing mit mir ›AAAA-EEE-EE—IIII-OOOOOO‹.«

Karla schüttelte verlegen den Kopf: »Ach, ich weiß nicht …«

»*Los! Raus damit!*«, wurde Mirli nachdrücklich, postierte sich hinter Karla und hielt ihre Hand auf Karlas Rücken.

»Was tust du da?«, wollte Karla wissen.

»Ich will spüren, ob dein Körper die Schwingungen transportiert.«

»Aha. Ich singe aber nicht mit dem Rücken.«

»Glaubst *du*«, tat Mirli geheimnisvoll und klopfte ihr aufmunternd aufs Kreuz. Karla gab nach. AAAAAA*!*

Bei so viel Enthusiasmus begann sogar Guido sein musikalisches Talent zu entdecken, und sobald die beiden Frauen die ersten Töne anstimmten, jaulte er fröhlich mit. Eva und Julius bogen sich vor Lachen. Karla und Mirli stimmten mit ein.

»Wer so schön jodelt, hat sich eine Jause verdient«, rief Mirli und eröffnete somit das mobile Büfett.

Nach der Rast – Mirli hatte aus Julius' Rucksack ein großzügiges Picknick und für Guido einen Knochen und Wasser ausgepackt – ging's den letzten Teil der Tour steil bergauf. Sie konnten schon ihr Ziel sehen, die Preiner Hütte.

Plötzlich griff sich Mirli an die Wade: »Himmelarschundzwirn! Ein Krampf … AUAAAA! … I kann nimmer gehen!«, rief sie theatralisch und zwinkerte Karla zu.

Hä? Jodelte die jetzt schon wieder? Konnte sie denn nicht genug bekommen? Irgendwann war ja wohl Schluss mit dem volkstümlichen Musikdings.

Eva und Julius, die etwas zurückgeblieben waren, eilten im Schweinsgalopp daher.

»Tante, Tante! Was is?«, kreischte Eva und kniete sich vor Mirli.

»Ein Krampf! Auuuuu!«, jammerte Mirli.

Eva warf Karla einen fragenden Blick zu. Seit wann kreischte ihre Tante wie ein hysterischer Teenager – wegen eines Krampfes? Guido packte die Verzweiflung, und er jaulte herzzerreißend.

Mirli beugte sich zu ihm und beruhigte ihn: »Ist ja schon gut, gell!«

Julius machte sofort seinen Rucksack los und nahm Mirlis Bein. Er streckte und zog, er drückte und massierte und redete auf die alte Dame ein wie auf ein krankes Pferd.

»Julius«, ächzte sie mit schwacher Stimme, »I glaub, i werds nimmer derpacken da auffi! Lasst's mi da liegen und sagt's dem Sepp, er soll über Funk die Bergretter rufen.«

»Sicher ned, Mirli!«, widersprach Julius entschlossen und hielt Karla und Eva seinen Rucksack hin. »Da, nehmts mir a bissl was ab, ich nehm dafür die Tante, bis sie sich erholt hat«, sagte er und griff Mirli unter die Knie und um die Schultern und hob sie hoch.

Oh herrje! Das würde nicht gut enden! Karla stand der Mund offen. Der Kerl würde nach dem ersten Schritt mit Mirli am Buckel garantiert nach hinten kippen, und wie zwei hilflose Mistkäfer würden sie hier dann liegen … im

Moos … schwer verletzt … Hatte hier irgendwer eine Erste-Hilfe-Ausbildung?

Aber siehe da: Julius hatte, wie von ihm selbst regelmäßig behauptet, wirklich »Eier«. Leicht taumelnd, wie ein aufrecht stehender Karpatenbär, marschierte er mit der Tante auf dem Rücken los. *Rrrooaoooaaaaarrrr!* Karla und Eva rissen die Augen auf, standen mit nach unten geklappter Kinnlade da und folgten dem ungleichen Paar mit erstaunten Blicken.

Doch nach ein paar Metern wies Mirli Julius an, stehen zu bleiben. Sie rutschte von seinem Rücken, trat ein paarmal fest mit dem angeblich krampfenden Bein auf und verkündete, dass alles wieder heil sei und sie wieder allein gehen könne. Eine Spontanheilung? Lag das an der dünnen Luft? Sie bedankte sich beim erstaunten Julius, lobte ihn als hilfsbereiten Burschen und klopfte ihm anerkennend auf die Schulter. Er lächelte scheu, schulterte seinen Rucksack und nahm kommentarlos Evas Hand. Die warf Mirli einen fragenden Blick zu und erntete als Antwort ein zustimmendes Grinsen.

Ohne auch nur ein weiteres Wort über den Zwischenfall zu verlieren, blies Mirli zum Weiterwandern.

Oh nein! So leicht kam Mirli Karla nicht davon. Da stimmte doch etwas nicht! »Sind die Schmerzen schon vorbei?«, fragte Karla scheinheilig und wieselte mit Schnappatmung neben der sehr hurtig schreitenden Mirli her.

»Jo jo. Des geht recht gach – is wie der Hunger auf Kekserl: Kummt schnell, geht schnell.«

»Das war ein schlimmer Krampf, nicht wahr?«

»Jo jo.«

»Mirli!«

»Jo?!«

»Du hattest gar keinen Krampf, stimmts?«

»Jo.«

»Den Julius wolltest du testen, oder?«

»Jo!«

»Und?«

»Ich wollt wissen, ob er mich liegen lasst wie a stinkertes G'selchtes, oder ob er sich meiner erbarmt. Weil eines is sicher: So wie der mit irgendeiner Frau umgeht, so geht er a mit der Eva um.«

Karla dachte nach. Erstens: Mirli hatte wohl recht. Zweitens: Die waren hier mit allen Wassern gewaschen. Den Trick musste sie sich merken. Wer würde sie Huckepack nehmen und die vier Stockwerke zu ihrer Wiener Wohnung hinauftragen? Ellie?

25

Da seid's ja endlich«, rief der Brucker Sepp und wischte sich die feuchten Pranken an der speckigen Lederhose ab. Mit großen Schritten ging er zielstrebig auf Mirli zu und breitete seine Arme aus.

Über Mirlis Gesicht huschte ein Strahlen. Sie nahm seine riesigen Hände, und beide schauten sich innig an. »Grüß dich, Sepp.«

»Die kennen sich schon sehr lange«, flüsterte Eva Karla zu.

Sepp, ein kerniger Kerl, dessen schlohweißes, dichtes, kurzes Haar sich von seiner sonnengegerbten Haut abhob, hatte eisblaue Augen und musste in seiner Jugend ein ausgesprochen attraktiver Mann gewesen sein. Er drehte sich zu Julius, Eva und Karla um und begrüßte jeden mit einem festen und herzlichen Händedruck. »Ihr habts Glück! Heut kommen die Burschen vom Goiserer Vierg'sang.«

Mirli klatschte erfreut in die Hände: »Mei, des is a Freud! Da singen wir – ganz so wie früher, gell, Sepp?«

Sepp nickte und grinste. »Ihr habts sicher an Mords-Durscht, was? I hab an guaten Most da«, sagte er und verschwand eilig in seiner Almhütte.

Karla, deren Atemlosigkeit sie bislang am Sprechen gehindert hatte und die ihren Puls noch immer heftig an den Schläfen klopfen spürte, blickte sich um. Gewaltige Bergriesen, zum Teil noch mit Schnee bedeckt, taten sich vor ihr auf. Die kleine Hütte aus schwarzem, verwittertem Holz, duckte sich, eingebettet zwischen wenigen Latschenkiefern, auf einem Plateau vor der atemberaubenden Kulisse. Gesteinsmassen, schroffe Zacken, die wie Fingerzeige an den Wolken kratzten, jagten ihr Schauer über den Rücken. Nein, so etwas hatte sie bisher noch nicht gesehen. Nicht mal der Sandstrand auf Fuerteventura, wo sie mit Ralph Urlaub gemacht hatte, kam an das hier ran. Hier waren die Verhältnisse klar: Mensch klein, Natur übermächtig. Rupert würde sagen: Die Verhältnisse stimmen.

Der Hüttenwirt tischte kühlen Most, frische Butter und Käse auf. »Ihr habt's doppelt Glück, den hab ich heute frisch angeschnitten, ist ein ganz ein Guter g'worden.« Er schnitt eine großzügige Kante von dem Laib ab und reichte sie Mirli.

Die schnupperte genüsslich, biss ab, kaute verträumt und drückte ihr Wohlwollen mit einem deutlichen »Mmmmmmhm« aus.

Sepp freute sich sichtlich und teilte den Käse auch an die anderen aus.

»Die Milch kommt von seinen Ziegen«, erklärte Eva und deutete auf einen kleinen Stall neben der Hütte.

Ja, klar. Vorsichtig biss Karla ein kleines Stück ab. Sie konnte sich beim besten Willen nicht vorstellen, dass hier oben die gängigen Hygienestandards galten. Doch der frische, cremige, leicht säuerliche Geschmack des Käses breitete sich in ihrem Mund aus und überraschte sie angenehm. Er offenbarte seinen Ursprung, er schmeckte nach Kräutern, Bergluft, den Felsen – Mann, war das lecker! Dafür würde sie jedes Sushi stehen lassen. Na gut, fast jedes.

Während des herzhaften Imbisses tauschten Mirli und

Sepp Klatsch und Tratsch über Land und Leute aus. Satt und glücklich spürte Karla eine bleierne Müdigkeit in sich hochsteigen.

»Darf ich mich auf die Bank legen?«, fragte sie Sepp und deutete auf eine Holzbank, die seitlich an der Hüttenwand stand.

»Ja, freilich«, brummte Sepp freundlich. Karla dankte artig für die Jause und schleppte sich mit schweren Beinen zur Bank, wo sie umgehend einschlief.

Ein Zupfen an ihrem Shirt weckte sie. Verschlafen griff sie an die Stelle, wo es zupfte, und spürte etwas Feuchtes an ihrer Hand. In Sekundenschnelle sprang sie laut kreischend auf. Das Feuchte hüpfte mit einem Satz zur Seite und beschwerte sich mit einem beleidigten »Mmmmm-Mmmmmäääh!« über Karlas unfreundliche Geste.

»Eine Ziege!« Karla schlug noch immer das Herz bis zum Hals. Sie ließ sich auf die Bank zurückfallen und streckte ihre Hand nach der kleinen, gescheckten Ziege aus. Die rührte sich aber nicht vom Fleck und strafte Karla mit einem weiteren gekränkten Meckern für die brüske Begrüßung. Karla verstand. Sie sah sich um, niemand war zu sehen oder zu hören. Nur der Wind, der um das Haus strich, machte ein sonderbar heulendes Geräusch. Hatten die jetzt die Flucht ergriffen und sie hier alleine zurückgelassen, alleine mit einer beleidigten Ziege?

Vorsichtig drückte sie die alte, knarrende Tür zur Hüttenstube auf. Ihre Augen mussten sich zuerst an das Dunkel im Inneren der Hütte gewöhnen. Noch bevor sie etwas sehen konnte, schlug ihr ein beißender Geruch nach Rauch und vergorener Milch entgegen. Die drei kleinen Fenster ließen nur wenig Licht herein. An der Rückwand befand sich eine gemauerte Feuerstelle, über der ein schwarzer, gusseiserner Kessel hing. Direkt rechts neben dem Eingang stand ein großer, klobiger Tisch, umrahmt von einer alten, abgesessenen Holzbank. Links neben ihr führte eine Leiter hinauf unters Dach. Wahrscheinlich würden sie dort oben schlafen.

Sie bemerkte eine Reihe alter, gerahmter Fotos, die an die Wand genagelt waren. Es handelte sich um vergilbte, schwarz-weiße Gruppen– und Bergsteigerbilder, bis auf eines: ein ausgeblichenes Farbfoto, auf dem eine Frau zu sehen war, die in einem Kessel rührte und Karla aus zwei riesigen veilchenblauen Augen einen Blick zuwarf, der sie in ihren Bann zog – gleichzeitig offen und dennoch geheimnisvoll verschlossen. Mann, was war das für eine schöne Frau. Sie musste um die dreißig Jahre alt sein und hatte dichtes helles Haar, das sie zu einem prächtigen Flechtkranz am Hinterkopf festgesteckt hatte. Sie verströmte trotz der einfachen Umgebung und ihres schlichten Trachtenkleides eine Anmut und Grazie, wie es sonst nur Schauspielerinnen in großen Roben schafften. Aber nein, eine große Robe war das gar nicht. Das war doch … das konnte doch nicht sein … hatte sie dieses Kleid nicht schon einmal gesehen?

»Ah, hast du das Bild von der Mirli entdeckt?«, fragte Eva, die plötzlich hinter ihr stand. Karla hatte sie gar nicht kommen hören.

»Mirli?«, fragte sie völlig verdattert.

»Ja ja, und das Kleid, das sie da trägt, das hast du am Kirtag angehabt. Und hast der Mirli richtig ähnlich geschaut«, ergänzte Eva.

Karla schüttelte energisch den Kopf. »Das hier«, sagte sie und tippte auf das Bild, »ist eine ganz eigene Liga. Ich wusste ja gar nicht, dass Mirli …«

»… die schönste Sennerin im ganzen Salzkammergut war«, mischte sich Sepp ins Gespräch ein und schaute versonnen das Foto an. »Von überallher sind sie gekommen, um die Mirli beim Milchrühren zu sehen.«

Sennerin? Mirli? Rühren? Hatte Karla überhaupt nichts mitbekommen? Sie machte große Augen, und Sepp erzählte weiter. »Sie hat a Kraft g'habt wie a Mann, eine Stimme wie ein Lercherl – außer wenn's zornig geworden ist –, Augen, so blau wia a Enzian … Vor nix Angst und a großes Herz.«

»Über wen redest denn, Sepp?«, fragte Mirli, erkannte aber, nachdem alle rund um das Foto standen, dass es um sie ging. »Ja, mei«, lachte sie, »des waren die alten Zeiten. Aber heut sind s' auch gut, ned wahr?«

»Wohl wahr«, sagte der Brucker Sepp und schaute ihr tief in die Augen.

Verlegen strich sich Mirli ihr kariertes Hemd glatt und schaute demonstrativ durch das kleine Fenster hinaus.

»Hast du geschlafen?«, wechselte Eva das Thema und wandte sich Karla zu.

»Ja, ehe mich die Ziege geweckt hat.«

»Die Flori?«

»Sie hat sich nicht vorgestellt«, antwortete Karla und grinste.

Sepp lachte. »So eine kleine mit braunen Flecken?«

»Ja, die war das.«

»Des is unsere kleine Nachzüglerin«, erklärte Sepp. »Die muss sich grad ein bissl auskurieren, weil sie sich verletzt hat.«

»Was ist passiert?«, wollte Karla wissen.

»Sie ist drüben bei der Preiner Wand abgestürzt und hat

sich das Haxerl verletzt. Sie hat sich zu weit hinausgelehnt, und der Fels hat nachgegeben.«

Sepp und Mirli prusteten los. Karla und Eva schüttelten verständnislos den Kopf. Was war da jetzt so witzig daran, dass die arme Ziege vom Fels stürzte?

»Nein, nein«, beschwichtigte Mirli. »Das war nur ein Schmäh, den der Sepp und ich gerne den Touristen früher erzählt haben – dass der mächtige Fels unter den Beinen einer kleinen Ziege nachgibt. Dann haben wir geschaut, wenn sie weitergewandert sind, wie übervorsichtig sie sich auf einmal bewegt haben.« Beide lachten erneut. Hatten wohl so was wie einen Insider-Humor.

Als sich Sepp wieder fasste, klärte er Karla auf: »Jetzt darf die Flori noch nicht mit der Herde mit, sondern muss untertags im Stall bleiben.«

»Wie funktioniert das eigentlich mit dem Stall? Kommen die von allein jeden Abend, oder muss man sie holen?«, wollte Karla wissen.

»Kommt drauf an, wie sie es gewöhnt sind«, antwortete Mirli. »Den meinen hab ich nur pfeifen müssen, dann sind sie schon dahergekommen. Man darf nie den Fehler machen und ihnen nachlaufen. Machst du das einmal, rennst den ganzen Sommer lang den Viechern hinterher.«

Wie aufs Stichwort hörten sie das Gebimmel der Ziegen, die heransprangen und -liefen. Sepp schaute auf seine Armbanduhr. »Ui, da hätt ma jetzt vor lauter Ratschen fast die Zeit übersehen. Und die Burschen vom Goiserer Vierg'sang kommen sicher auch bald. Mirli, kannst du die Jausen richten, und i geh schnell in den Stall?«, bat er und setzte nach: »Du weißt ja, wo alles ist.«

Eva sah ihre Tante grinsend an. Mirli schaute weg. Julius

biss sich auf die Lippe, und Karla warf einen Seitenblick auf das Foto. War ja wohl klar, was da seit Jahrzehnten lief. Warum machten die so ein Geheimnis draus? War Sepp verheiratet?

»Auf der Alm, da gibt's koa Sünd', außer wenn der Vierg'sang kimmt«, trudelten mit großem Juchhe die angekündigten Sängerknaben ein, nachdem Mirli, Eva, Julius und Karla den Tisch gedeckt und Sepp die Geißen versorgt hatte. Als die vier Kerle um die Ecke bogen und Mirli erblickten, war die Freude groß. Sie drückten und herzten Evas Tante, schüttelten Julius fest die Hand, gaben Eva einen freundschaftlichen Stoß und sagten Karla artig »Grüß Gott«.

Unter großem Gelächter, Geplaudere, zweitweiligem Gesinge und launigen Trinksprüchen wurde das Abendessen vor der Hütte verzehrt, während die letzten Sonnenstrahlen, die zuerst orange und dann rot glühten, die Bergspitzen küssten und die Täler mit Dunkelheit ausgegossen wurden.

Aber Moment! Wo schliefen die alle eigentlich?

Karla schaute die kleine Hütte an. Okay, da gab es unten eine Stube und oben einen kleinen Dachboden. *Nein!* Nein, das ging aber nicht. Vier wildfremde Kerle, die von der Sünde sangen und mit ihr in einem Zimmer schlafen wollten? Verunsichert blickte sie von einem zum anderen. Der Letzte, den sie ansah, hatte sich als Lois vorgestellt, war etwa gleich alt wie sie und zwinkerte ihr vergnügt zu. Karla wurde feuerrot und blickte sehr konzentriert auf ihr Käsebrot. Sie würde sicherheitshalber zwischen Eva und Mirli schlafen. Wobei … Eva würde garantiert bei Julius liegen – und Mirli? Neben Sepp? Der saß sehr eng neben ihr, und es brauchte nicht viel

Fantasie, um sich auszumalen, wo er gerade seine Pfoten, die *nicht* auf dem Tisch waren, geparkt hatte.

»Auf geht's, Burschen … und natürlich auch die Damen«, ermutigte Sepp die lustige Runde und stellte eine Flasche Zirbenschnaps auf den Tisch.

Beherzt schenkten sich alle großzügig ein und stimmten das erste Lied an: einen zünftigen Jodler, bei dem Mirli mit ihrer großartigen Stimme brillierte. Es folgten schlüpfrige »Gstanzln«, deren anzügliche Texte, wo die Gretel mit dem Hubert … Tschakatschaka und so … unter lautem Lachen beklatscht wurden, rührselige Volkslieder und ein paar unvermeidliche *Humpa-Humpa*-Einlagen.

Nach zwei Krügen Most und zwei Schnäpschen ertappte sich Karla dabei, wie sie fröhlich mitsummte. Nach zwei weiteren Schnäpschen bemerkte sie, dass Lois neben ihr saß und sie anstrahlte. Im ersten Impuls wollte sie ein Stück zur Seite rücken, doch Lois hatte so was Niedliches an sich – seine brünetten Locken, die Sommersprossen auf der Nase und seine braunen Augen sahen einfach süß aus –, dass sie sitzen blieb. Sein Spitzbärtchen, von dem er wohl glaubte, dass es verführerisch aussähe, übersah sie geflissentlich. Erstens war es ohnehin schon dämmrig, und zweitens … Prost.

Sepp und die vier Kerle erkundigten sich, woher Karla käme und was sie hier mache, und nahmen betrübt zur Kenntnis, dass sie am übernächsten Tag schon abreisen würde. Lois rückte noch ein Stückchen näher und schaute sie mit seinen Bernhardiner-Augen tieftraurig an. Er sah die Dinge, wie sie waren: ein Gspusi, das schon zu Ende war, ehe es begonnen hatte.

»Ein Abschiedslied, extra für unsere Karla«, rief er.

Wann hatte sie jemals so dazugehört, dass sie als »unsere

Karla« bezeichnet wurde? Ihr stiegen die Tränen in die Augen. Ach, was waren die alle lieb hier. Sie würde sie so vermissen. Sogar den Lois, den sie nicht kannte. Prost. Alle erhoben ihre Gläser, und Karla nahm einen weiteren kräftigen Schluck.

Mit einem monotonen Summton stimmten sich alle auf das Lied für Karla ein. Und dann, vierstimmig, erhoben sie voller Gefühl ihre Stimmen.

Der Sommer, der is außi, i muß obi ins Tal.
Grüß euch Gott, ihr schönen Almen,
grüß euch Gott, tausendmal.
Schon ruhig is' scho worden,
kein Vogel singt mehr.
Und es weht schon der Schneewind
vom Wetterstein her.

Ihr Felswänd', ihr Gamsberge,
grüß euch Gott, alle dann.
Ihr tausend schöne Blümlein, so lieb und bekannt.
Meine Hütte, meine kleine,
kommt mir nicht aus dem Sinn,
wo ich oftmals so traurig
und so glücklich g'wesen bin.

So hart, wie mir heut ist,
ist's mir noch nie geschehen,
als müsst ich meine Hütte
heut zum letzten Mal sehen.
Und müsst ich schon bald zur Erd' und zur Ruh,
dann deckt mich mit Felsen und Almblumen zu.
Dann deckt mich …

»… mit Felsen und Almblumen zu«, schniefte Karla ergriffen und wischte sich mit Loisls Taschentuch, das er ihr ritterlich reichte, über die Augen. Eva reichte Karla die Hand und drückte sie fest.

»… und Almblumen zu«, weinte Karla würdelos in ihr Taschentuch. Das war einfach alles zu schön, zu liebenswert, zu innig und zu geborgen. ›Unsere Karla!‹ Das war *sie!* Und nun musste sie hier weg, unsere Karla. Wie gemein war das denn? Wer hatte daran schuld? Der Kapitalismus, der dreckige! Nein, sie wollte hier nicht weg. Karla ließ sich noch ein Gläschen Zirbenschnaps einschenken und nippte.

Die Mischung aus Sentimentalität, Abschied und hochprozentigem Alkohol bekam eine gewisse Dynamik. Karla schielte konzentriert zu Lois und stellte sich vor, wie er sich wohl als Vater ihrer fünf noch ungeborenen Kinder, äh, Bergbauernkinder, machen würde. Lois schielte zurück, und Karla beschloss, noch mal – nüchtern – darüber nachzudenken. Fünf schielende Bergbauernkinder waren vielleicht doch nicht so ganz ihr Ding.

Irgendwann – Karla hatte schon längst ihr Zeitgefühl verloren – stolperten alle zum Schlaflager am Dachboden hinauf. Dass es niemanden von der Leiter knallte, grenzte an ein Wunder. Sie alle fielen der Länge nach auf die Matratzen und schliefen ein wie die Murmeltiere – einer neben dem anderen, ohne noch ein Wort zu verlieren.

Mit einem gewaltigen Hangover und einem riesigen Durst wachte Karla gefühlte drei Stunden später wieder auf. Ihr Kopf dröhnte, und ihre Zunge war pelzig wie ein trockener Otter. Ringsum schnarchte und röchelte es. Eva und Julius lagen eng umschlungen in der letzten Ecke. Sepp und Mirli hatten wohl unten in der Stube Platz gefunden. Neben ihr lag Lois, wie ein unschuldiges Baby mit Bart, und gab ganz leise Grunzlaute von sich. Karla ließ ihren Blick auf ihm ruhen. Hatte sie gestern irgendwas von fünf schielenden Bergbauernkindern fantasiert?

Sie hörte unten in der Stube ein Rascheln und richtete sich auf. Durst! Vorsichtig tastete sie sich die Leiter nach unten entlang.

Mirli und Sepp saßen schon beim Kaffee und wirkten ausgeruht und frisch, als hätten sie drei Wochen Wellnessurlaub hinter sich.

»Guten Morgen!«, schrie Mirli aus voller Kehle.

Nein, eigentlich schrie sie nicht. Es kam Karla nur so vor. »Hmhmhm«, flüsterte sie und zeigte auf den Wasserhahn, der oberhalb der Spüle tropfte.

»Ah! Hast einen Brand, ha?«, vermutete Sepp, stand auf und füllte ihr ein Glas frisches Bergwasser.

Gierig goss sich Karla, ohne abzusetzen, das Wasser die Kehle hinunter und hielt hernach Sepp das leere Glas wieder hin.

»Ui, da hat wer einen ordentlichen Kater«, brummte er und füllte es erneut.

Nachdem der größte Durst gestillt war, reichte ihr Mirli einen Becher schwarzen, süßen Kaffee. »Schau doch raus, jetzt geht die Sonne auf!«, riet sie.

Karla wankte vor die Hüttentür und war schlagartig wach.

Dunst stieg ganz zart aus den Tälern auf und hüllte die Berge bis zur Hälfte in einen hellgrau-weißen Schleier. Die Bergspitzen, vor Karlas Augen alle versammelt wie eine große, majestätische Familie, leuchteten hellrosa und goldfarben im gleißenden Sonnenlicht. Der Himmel, zartblau, erhob sich über den Gipfeln und umarmte die grandiose Kulisse. Die Szenerie war so atemberaubend schön, dass Karla sich wünschte, sie nie, nie mehr aus der Erinnerung zu verlieren. Sie kreuzte Zeige- und Mittelfinger ganz fest und nahm sich vor, dieses Bild mithilfe dieser Geste immer wieder heraufbeschwören zu können, wenn ihr danach war.

So stand sie eine halbe Ewigkeit lang vor der Hütte und bewunderte den Sonnenaufgang.

»Wunderschön, ned wahr?«, sagte Eva, die plötzlich hinter ihr stand. »Verstehst mich jetzt, warum ich ned wegkann?«

Karla nickte. Ja, sie verstand.

Nach und nach tauchten auch alle anderen auf. Mirli und Sepp hatten ein zünftiges Frühstück gezaubert. Speck, Käse, frische Ziegenmilch, Eier und Brot standen für die hungrigen Gäste bereit, die ordentlich zulangten. Sogar Karla spürte trotz ihres Katzenjammers Hunger und ließ sich das Frühstück schmecken.

Dann hieß es Abschied nehmen. Sepp umarmte sie freundschaftlich, wünschte ihr alles Gute und lud sie ein, bald wiederzukommen. Die vier spaßigen Herren vom »Vierg'sang« drückten ihr fest die Hand und versicherten ihr, dass es »gar wunderbar war«, sie kennengelernt zu haben. Lois – er stand ein wenig abseits – reichte ihr verlegen ein Blümchen mit pinkfarbenen, gezackten Blütenblättern und silbrig glänzendem Stängel.

Karla dankte ihm und begutachtete erfreut die zarte Pflanze. »Welche Blume ist das?«, fragte sie ihn aus Höflichkeit.

Er räusperte sich: »Eine Steinnelke.«

Aha. »Eine besondere Blume?«, fragte Karla.

Lois nickte.

Sie schaute ihn fragend an.

Er räusperte sich und begann: »Es ist wegen der Lungensucht.«

»Wegen der Lungensucht?« Karla drehte das Pflänzchen in ihrer Hand. Hatte sie ein Problem mit der Lunge und wusste nichts davon?

Lois holte tief Luft und konzentrierte sich. Die Geschichte ging also weiter: »Ein junger Mann, der hoffnungslos an der Lungensucht litt, ging traurig übers Feld und begegnete einem alten Weib.« Pause.

»Ahaaaaaaaa?!« Karla kannte sich nicht ganz aus.

»Es geht noch weiter«, stellte er eine Pointe in Aussicht. »Also. Das alte Weib fragte ihn mitleidig, welchen Kummer er habe. Und dann tröstete sie ihn und sagte, es gebe schon noch ein Mittel, das ihm helfe. Er solle die Blüten der Steinnelke essen, ohne sie zu kauen. Er tat nach dem Rate, und es wurde wirklich immer besser.«

Pause.

»Und?«, fragte Karla. War das die Pointe? Sollte sie jetzt die Blume vor seinen Augen aufessen?

»Nichts ›und‹. Das war die Geschichte«, sagte Lois und schaute auf seine Bergschuhspitzen.

»Aha. Na, dann herzlichen Dank, Lois.«

»Ja«, sagte er und nickte zufrieden.

Karla nickte auch. Der war wirklich niedlich. Wenn auch ein wenig seltsam.

Als seine Kollegen ihn riefen und zum Aufbruch mahnten, beugte er sich schnell vor und drückte ihr einen Kuss auf den Mund. Ehe sie protestieren konnte, war er schon davongegangen. Noch einmal drehte er sich kurz um und winkte Karla.

Sie winkte zurück und lächelte.

26

Karla verstaute ihre Klamotten in den Koffern. Die Hälfte davon hatte sie nie getragen. Ein azurblaues Seidentop fiel ihr ins Auge, und sie musste an Eva denken. Das würde ihr hervorragend stehen. Sie legte es auf die Seite und schaute auf das Display ihres Handys. In ein paar Minuten würden Eva und Toni kommen, um Karla zum Bahnhof zu bringen. Von Mirli hatte sie sich nach der Bergtour mit vielen Umarmungen verabschiedet und ihr versprochen, bald wiederzukommen. Auch von Rupert und den Gosauern hatte sie Abschied genommen und sich bei allen bedankt. Es war ihr wirklich ein Bedürfnis, sich bei jedem hier für die gemeinsame Zeit zu bedanken. Nie hätte sie gedacht, dass es so kommen würde – dankbar sein, für die Zeit hier im Kuhdorf –, aber wie sagten Rupert und die anderen: *Es kommt, wie es kommt, und wie es kommt, so kommt es gut.* Karla lächelte in sich hinein.

Ein lautes Hupen riss sie aus ihren Gedanken. Toni und Eva waren da. Natürlich war auch Guido mitgekommen und sprang laut kläffend aus dem Lieferwagen. Jetzt war es so weit. Jetzt hieß es, tatsächlich Abschied nehmen. So oft hatte sie sich gewünscht, hier wegzukönnen – und nun? Karla strich mit der Hand noch einmal über das Ofen-Monster, das ihr die ersten zwei Wochen jeden Morgen den letzten Nerv geraubt hatte. Nur nicht rührselig werden. Der Abschied fiel ihr ohnehin schon schwer genug. Warum eigentlich? Weil alle so unsagbar liebenswürdig und schrullig waren? Auch. Aber auch deshalb, weil sie den Eindruck hatte, ihr halbes Leben hier verbracht zu haben.

Wiff-wiff! Guido sprang an ihrem Bein hoch und forderte Aufmerksamkeit. Grinsend griff Karla in die Hosentasche. Beim Aufräumen ihres Schreibtisches hatte sie noch ein paar Erdnüsse eingesteckt. Schließlich sollte Guido sie in guter Erinnerung behalten. Zwar war das Hunde-Gedächtnis, wenn man *Gala* und *Bunte* trauen durfte, nicht so gut wie jenes von Elefanten, aber lieber auf Nummer sicher gehen. Man weiß ja nie, wen man ein zweites Mal im Leben trifft.

Als sie aufsah, stand Eva im Türrahmen. Die sah so aus, als wäre sie auf dem Durchmarsch vom Regen in die Traufe. Ihre sonst so rosigen Backen hatten alle Farbe verloren, ihre Mundwinkel hingen bleischwer nach unten. Langsam hob sie den Blick und sah Karla so intensiv traurig an wie ein Kind, dem man gerade sagt, dass es den Nikolaus definitiv nicht gibt.

Was macht man in dieser Situation? Man tröstet das Kind, indem man ihm sagt: »Hör zu, Fortpflanz! Okay, die Sache mit dem Nikolaus war gelogen. Aber: Geschenke gibt's trotzdem. Alles wieder gut?«

Karla griff also nach dem blauen Seidentop und hielt es dem traurigen Eva-Kind hin. »Bitte nimm es. Ich möchte es dir gerne schenken. Es passt so wunderbar zu deinen blauen Augen.«

Eva nahm das Top, hielt es hoch und freute sich. Na eben! Das klappte immer. Und außerdem – sehr frei nach Wilhelm Busch: Eine Tante, die Gutes mitbrachte, war besser als ein Onkel, der bloß Klavier spielte. Nicht nur Guido würde sie in guter Erinnerung behalten.

»Es sieht super aus. Woher hast du das?« Eva suchte das Etikett und las. »Armani? Bist du deppert?«

Karla winkte ab. »War im Schlussverkauf nicht sooo teuer. Bitte nimm es. Es ist wie für dich gemacht.«

Eva fiel Karla um den Hals und murmelte: »Aber trotzdem: Du bist nicht mehr da. Und du wirst mir mehr fehlen, als mir das schöne Top bisher abgegangen ist. Weißt, man merkt erst, dass einem was fehlt, wenn man es kennengelernt hat. Sollt' ich besser gar nix haben, weil dann bin ich auch nie traurig …«

Karla schaute Eva verdutzt an. Fing die ausgerechnet jetzt mit Grundsatzüberlegungen an? Und außerdem: Was war denn das für eine Einstellung? Zog die Nikolaus-Geschenk-Nummer hier am Land doch nicht so? Ach, das Land. Ach, die Leute.

Innig umarmte Karla Eva, nahm sie bei den Schultern und schaute ihr fest in die blauen Augen: »Hör zu! Ich weiß, hier ist es wunderschön. Und auch mir bricht es fast das Herz, dass ich jetzt gehen muss. Aber ganz ehrlich: Ich gehöre in die Stadt. Allein schon deswegen, weil ich hier nicht arbeiten kann. Und du, Eva, gehörst auch in die Stadt. Weil du hier auch nicht arbeiten kannst. Bitte denk noch mal über meinen Vorschlag nach. Komm zu mir! Du kannst bei mir und Ellie wohnen. Ich bin ganz sicher, dass du einen Job als Schuhdesignerin bekommst, der deiner würdig ist.«

Eva schüttelte den Kopf. Oh, wie stur war dieses groß gewordene Landkind?! Was musste passieren, dass sie hier wegzog?

RAMPAMPAMDOINGGG … Ein Erdbeben? Eine Mure? Eine Lawine? Äh – im Sommer?

RAMPAMPDUCKDUCK … Draußen rumpelte es, als

würden Steine in einer riesigen Waschmaschine geschleudert.

Eva und Karla schauten sich fragend an, ehe Karla einen Satz machte und zur Haustür rannte. Es galt jetzt, ruhig zu bleiben! Die meisten Menschen in den Bergen sterben, weil sie die Nerven wegschmeißen: Wenn sie von einer Kreuzotter gebissen werden, eine Kuh auf sie im Galopp zugestürmt kommt oder ein Felsbrocken auf ihren Kopf knallt.

Also: *Nerven bewahren!* Bedacht und voll konzentriert öffnete Karla die Tür und überblickte mit einem Zack-zack-James-Bond-Laser-Blick die Lage. Die war so: Ihr Samsonite-Trolley lag offen am Kies, der Inhalt quer verstreut daneben.

Toni rückte sich seine Brille, die einen dicken Sprung im rechten Glas hatte, zurecht. »Mei, des tut mir leid, aber i hab ned gscheit g'sehen«, entschuldigte er sich und zeigte auf sein Brillenglas.

»Was ist mit deiner Brille passiert?«, erkundigte sich Karla.

»Beim Festl in der Firma hat sich wer draufgesetzt, ned wahr?«, gab Toni Auskunft. Dann zeigte er auf den Trolley. »Hat Kratzer, dein schöner Koffer«, murmelte er betroffen.

»Das wundert mich, dass du das siehst, Toni.«

»Wieso?«

»Weil du durch das Glas doch gar nichts sehen kannst!«

Toni verdrehte die Pupillen, als wollte er sich selber beim Schauen kontrollieren: »Doooch. I sieg scho genug.«

Karla ging ganz nahe an ihn ran, streckte die Zunge raus und nuschelte: »Tchoomi, wach tchu ich chetzt?«

»Du redest komisch.«

»Na, nicht sagen, was du hörst, sondern sag mir, was du siehst?«, sprach sie klar und zog eine Grimasse.

Toni blinzelte mit seinem Zyklopenauge durch das heile Brillenglas, schnaufte entschlossen und sprach: »Jetzt komme ich dran: Ich seh, ich seh, was du nicht siehst, und das ist ...« – er warf einen blitzschnellen Blick auf Karlas Koffer – »... kaputt.«

Streng sah Karla ihn an. Der wollte jetzt spielen, oder wie? Eigentlich sollten sie schon auf dem Weg zum Bahnhof sein. Bloß: Konnte Zyklopen-Toni überhaupt fahren? Blind wie eine Wühlmaus?

»Der Koffer!!!«, soufflierte Toni vertraulich flüsternd die Lösung seines Ich-seh-ich-seh-Rätsels.

»Lass gut sein. Ist nur ein Koffer. Solange wir nicht so lädiert beim Bahnhof aussteigen, wenn du uns dort hinchauffiert hast, ist es mir egal«, gab sich Karla geschlagen und zeigte matt auf sein kaputtes Brillenglas.

Toni lachte. »Koa Angst! Mei Lieferwagen kennt die Strecke auswendig. Der fahrt quasi von ganz allein.«

Wie beruhigend, dachte Karla und grinste schief.

Nachdem sie alle Gepäckstücke eingeräumt hatten, nahm Guido im Auto auf Karlas Schoß Platz, legte seinen kleinen Kopf in ihre Armbeuge und seufzte. Toni startete den Wagen, und sie rumpelten los. Vorbei am Firmengebäude der Gosauer, das verlassen, versperrt und traurig wirkte; vorbei an den paar Häusern von Hinter-Russbach in Richtung Bundesstraße. An der Kreuzung blickte Karla über die Schulter zum kleinen Ortsschild hin, das dort stand und den Weg nach Hinter-Russbach / Ortsmitte anzeigte. Kleiner, verschämter Wegweiser, dachte sie. Unangemessen, viel zu klein für diesen großartigen Platz.

Nach ungefähr zwanzig Minuten Fahrzeit bog Toni, der umständlich den Kopf schief hielt, um durch das eine, intakte Brillenglas zu schielen, zum Bahnhof in Vorder-Russbach ein.

»Jetzt sind wir da«, murmelte er, bremste und parkte den Lieferwagen direkt vor dem Bahnhofshäuschen, das dadurch fast vollständig verdeckt wurde. Karla hatte in den vergangenen Wochen komplett vergessen, wie winzig hier alles war. Etwa der Bahnhof – ein wenig größer als eine schlichte Straßenbahnhaltestelle in Wien. Eigentlich beruhigend – das Kleine, das Überschaubare, weil harmlos. Nichts konnte einen erdrücken, niemand konnte verloren gehen. Aber jetzt ging's wieder zurück in eine andere Dimension – im wahrsten Sinn des Wortes.

Guido war eingeschlafen, und seine kleinen Rippen unter dem warmen, glänzenden Fell hoben und senkten sich. Karla strich vorsichtig mit ihrem Zeigefinger darüber und seufzte. Sie schob ihn behutsam von ihrem Schoß auf den Autositz neben sich und drückte ihm einen dicken Kuss auf den Kopf. Er blinzelte ein wenig, rollte sich wie eine Katze ein und schlief weiter.

Sie räumten das Gepäck auf den Bahnsteig und hörten schon den Zug kommen. Unschlüssig trat Karla von einem Fuß auf den anderen. Wollte sie hier wirklich weg? Sollte sie noch ein paar Wochen dranhängen? Sich mit Lois verabreden und sich von ihm blumig formulierte medizinische Ratschläge holen?

Der Zug hielt quietschend. »Fünf Minuten Aufenthalt!«, brüllte der Zugführer über den Bahnsteig.

Karla wollte nach ihrem Gepäck greifen, doch Toni kam ihr zuvor. »Lass gut sein, das möcht' ich machen.«

Als sie sich umdrehte, stand Eva vor ihr und hielt ihr

wortlos einen schlichten Karton mit einer moosgrünen Seidenschleife hin.

»Was ist das?«, wollte Karla wissen.

Eva sagte nichts, sondern drückte ihr die Schachtel in die Hände. »Mach es erst im Zug auf«, sagte sie und unterdrückte mit aller Mühe ein Schluchzen.

Karla umarmte Eva mit der Schachtel in der Hand. »Du bist so lieb. Danke dir. Für das und für alles andere auch«, flüsterte sie und kämpfte mit den Tränen, die sich spürbar den Weg in Richtung Augenwinkel bahnten. »Ich weiß, wir werden uns wiedersehen.«

Eva nickte und fuhr sich mit dem Handrücken über die Augen.

Der Zugführer stieß einen lauten Pfiff aus. Toni räusperte sich. Karla wandte sich ihm zu. Da stand er, der Toni. Knetete verlegen seine bunte Mütze, die er tatsächlich abgenommen hatte, und schielte sie über den Rand seiner kaputten Brille traurig an.

»Toni«, sagte Karla und reichte ihm die Hand.

Toni nickte. Er wusste, was in diesen vier Buchstaben lag. Dann umarmte Karla auch ihn, der steif und ungelenk ebenfalls die Arme nach ihr ausstreckte.

»Schön, dass du da warst«, murmelte er.

»Einsteigen, bitte!«, rief der Zugführer. Ein letzter Blick noch, drei Schritte über die Waggon-Treppe, und die Türen schlossen sich. Karla blieb bei der Tür stehen und winkte den beiden, die da am Bahnsteig standen und ihr mit hängenden Mundwinkeln zurückwinkten. Wann war ihr das Herz so schwer gewesen wie heute?

Als sie im Zugabteil Platz nahm, fiel ihr auf, dass sie die Schachtel noch in Händen hielt. Was wohl drinnen war?

Neugierig zog sie an einem Ende der Schleife und hob den Deckel an. In dunkelgrünem Seidenpapier lag ein mit ihrem Namen fein bestickter Leinenbeutel. Karla bewunderte die Stickerei, nahm den Beutel aus dem Karton und zog ihn vorsichtig auf. Gütiger Himmel, was war das?

Eva hatte ihr ein ganz besonderes Geschenk gemacht. Sie hatte anscheinend die vergangenen Wochen damit verbracht, heimlich einen ganz neuen Schuh zu entwerfen. Karla nahm das Paar aus dem Beutel. Sie war beeindruckt. Die Schuhe waren außerordentlich gut gelungen. Es war ein Paar ausgefallener Freizeitschuhe, Sneakers, aus feinstem, aber dennoch strapazierfähigem, sandfarbenem Wildleder. Glattledereinsätze im Vintage-Look und eine Sohle aus extravagantem knallrotem Kautschuk, die sich an Schuhspitze und Ferse frech nach oben zog, zollten dem Retrolook Tribut. Die Ziernähte, exakt gelegt wie bei einem maßgeschneiderten Chanel-Kostüm, gaben den Schuhen den letzten Schliff. Mannomann! Warum hatte sie nicht gemerkt, *welches* Talent in Eva steckte? Dass das Mädel ambitioniert war, war Karla bewusst. Aber so ein Teil hinzulegen, das war großes Können. Und all der Aufwand für sie, Karla?!

Jetzt gab es kein Halten mehr. Die Tränen liefen ihr in Sturzbächen über die Wangen.

27

Allergisch gegen irgendetwas, oder traurig?«, fragte Ellie und zeigte auf Karlas rot geäderte, verschwollene Augen, als sie in Wien aus dem Zug stieg.

Karla zeigte ihr die Zunge und ließ sich fest von ihrer Freundin drücken.

»Hey, schön, dass du wieder da bist!«, sagte Ellie und kniff Karla in die Wange. »Wollen wir mal das königliche Gepäck in einen Lastwagen verstauen?«

»Ich glaub, ich brauch' jetzt was zum Trinken«, stöhnte Karla, nachdem sie die ganzen Koffer und Reisetaschen im Flur ihrer gemeinsamen Wohnung abgestellt hatten.

»Zirbensekt, oder wie war das?«, lachte Ellie.

Karla grinste und drohte ihr mit dem Finger – so wie es Rupert gerne gemacht hatte.

Die beiden zogen durch die Bars, plapperten die ganze Nacht und landeten müde und erschöpft irgendwann um ein Uhr morgens auf ihrer alten Couch im Wohnzimmer.

»Und warum will Eva, wenn sie so talentiert ist, nicht nach Wien? Ich hätte echt kein Problem damit, wenn sie hier einziehen würde«, fragte Ellie.

Karla zuckte mit den Schultern. »Sie liebt das Landleben.«

»Schräg, hm?«

»Das ist halt so.«

»Und wie soll das mit ihr nun weitergehen?«

»Schau' ma mal, dann seh'n wir schon.«

Ellie hob die Augenbrauen. »Wie bitte? Seit wann hast du es mit kontemplativen Affirmationscredos?«

Karla lächelte und legte sich bedeutungsvoll den Handrücken an die Stirn: »Mein Bewusstsein hat sich geändert, wie du siehst!«

Ellie kicherte: »Ist auch Zeit dafür geworden.«

»Was soll das denn heißen?«

»Ein bisschen weniger Lifestyle und Trara ist dir sichtlich gut bekommen, meine Liebe.«

Karla schürzte die Lippen. »Du tust ja grad so, als wäre ich die volle Obertussi gewesen.«

»Na ja«, sagte Ellie und ließ ihr Ch-ch-ch-Sägengekicher hören.

Dafür bekam sie von Karla einen festen Rempler. »Ich geh jetzt schlafen. Gute Nacht!«

Als Karla im Bett lag, hörte sie von draußen den Verkehr, der auch nachts nicht innehielt. War ihr früher gar nicht aufgefallen – der Lärm. Sie drehte sich ein paarmal hin und her, ließ die Bergtour vor ihrem inneren Auge noch einmal Revue passieren, summte leise das Lied, das ihr gewidmet war, und dachte an Lois' Steinblume und Evas Schuhe. Dann kreuzte sie Zeige- und Mittelfinger und schlief ein.

»Im Flur liegen zwei Briefe von der Bank«, rief Ellie, als Karla am nächsten Morgen im Bad stand und sich an ihrem gut bestückten Kosmetiksortiment freute.

Oje. Die Realität schlug mal wieder gnadenlos zu. Sollte sie die Briefe in die Endablage, sprich den Altpapier-Container, geben? Rupert würde sie wahrscheinlich rituell verbrennen und ein paar Kräuterchen dazulegen. Karla lachte. Nein, diese doofen Schreiben hätten noch Zeit. Es wäre wohl klug, erst mal beim Arbeitsamt anzutreten. Vielleicht gab es ja positive Nachrichten, mit denen sie Banken-Paul beruhigen konnte? Aber davor würde sie noch schnell in ihrem Stammcafé einen Latte macchiato trinken, um wieder stadtmäßig in die Gänge zu kommen. Gedankenlos griff sie nach der nächstbesten Jeans und kramte ein Shirt aus dem Kasten.

Aber hallo? Sie war wieder zuhause! Wenn sie jemand in dem Aufzug sehen würde … was würde man denken? In Hinter-Russbach war es egal, wie sie sich kleidete. Da drückte man durch Kleidung kein Statement aus.

Seufzend zog sich Karla wieder aus und suchte nach einem passenden Outfit. Sie entschied sich für eine dünne Leinenbluse, eine kurze cremefarbene Baumwollhose, die bis zu den Knien reichte, und schlüpfte in Evas Sneakers. Die passten wie angegossen. Und diese rote Sohle. How sophisticated! Bewundernd stellte sich Karla vor den riesigen Spiegel im Vorzimmer.

Der Ausflug ins Arbeitsamt war mäßig beglückend. Das Ambiente war noch genauso kotzig und trostlos wie vor drei Monaten, Herr Fiala immer noch ebenso schräg wie hilflos bemüht, und er konnte Karla noch immer keine angemessene Stelle anbieten. Dafür aber viele sinnlose Vorschläge, die alle in Richtung Öko-Tierschutz-Nachhaltigkeit-Blabla gingen. Wenigstens war ihr Anspruch auf Arbeitslosengeld für die nächsten drei Monate gesichert, und wenn sie den Kurs »Stenografie für Anfänger« machen würde, bekäme sie die Kohle noch drei Monate länger.

Karla beschloss innerlich, den Kurs garantiert nicht zu machen, und hoffte auf Plan B, von dem sie noch nicht wusste, wie der aussehen könnte.

Sie entschied sich, gleich den nächsten unangenehmen Termin anzuhängen, und gondelte lustlos in die Innenstadt zur Bank. In der Straßenbahn fühlte sie sich von den vielen Menschen bedrängt. Auch auf den Straßen: Menschen, Menschen, Menschen. Gott, war das nervig. Die Autos dröhnten, es stank, es war laut, es war hektisch, und jeder hatte es anscheinend eilig, irgendwohin zu rennen. Karla ließ sich im Sog der Menge an Schaufenstern vorbeitreiben und landete nach einer halben Stunde vor dem bombastischen Bankgebäude, das ihr immer Angst eingeflößt hatte. Skeptisch betrachtete sie den historistischen Prunkbau und musste plötzlich lachen. Was war dieses Teil hier gegen den Dachstein? Gar nichts! Diese paar Mäuerchen stanken gegen die Felsen, die sie gesehen hatte, so richtig ab. Wer würde sich vor diesem Häuschen in die Hosen machen, der Aug' in Aug' mit dem Preiner Kogel Käsebrot gegessen hatte?! Grinsend und mutiger, als sie je zuvor gewesen war, stieß sie schwungvoll gegen die gläserne Drehtür. Die versetzte ihr dadurch von hinten einen Stoß, sodass Karla vornüber ins Foyer stolperte und auf allen vieren auf dem glänzenden Marmorboden landete. Ihre Tasche flog ihr aus der Hand, rutschte über die glatten Fliesen und landete vor einem Paar schwarzer Herrenschuhe.

»Frau Fischer! So eine Überraschung! Darf ich Ihnen aufhelfen?«, hörte sie Paul Lenz' Stimme.

Scheiße! Sie schüttelte den Kopf. »Geht schon«, murmelte sie, stand umständlich auf und zupfte ihre Leinenbluse zurecht. Ihr Kopf war heiß, ihr Gesicht sicherlich rot wie das

Innere einer reifen Wassermelone, und Paul Lenz höchstwahrscheinlich köstlich amüsiert. Bankmensch, blutleerer!

Der Bankmensch reichte Karla galant ihre Tasche und verkniff sich jeden Kommentar. So als wäre nichts gewesen, begleitete er sie zu seinem Kobel, nachdem Karla ihm knapp erklärt hatte, dass sie ihn zu besuchen gedachte.

»Das freut mich, Sie wiederzusehen. Wie geht es Ihnen in Ihrem neuen Job?«, fragte er und bot ihr gleich einen Kaffee an.

Karla winkte ab. Sie wollte nicht dafür belohnt werden, dass sie Paul Lenz mal wieder einen ökonomisch gerechtfertigten Schwindel aufs Auge drückte.

»Jahaa, der Job, ähm … das ist so eine Sache«, fing sie zögerlich an und kramte in ihrer Tasche, als ob sie dort eine originelle Ausrede zu finden hoffte. »Wo war ich?«, fragte sie, um ein wenig Zeit zum Nachdenken zu gewinnen.

»Bei Ihrem neuen Job«, half ihr Banken-Paul.

»Jahaaa … Genau! Der neue Job, der ja eigentlich, wie soll ich sagen … kurz: Es ist der alte Job.«

Paul Lenz krauste die Stirn. »Darf ich wiederholen? Der neue Job ist der alte Job?«

»Genau!«, lobte Karla und nickte eifrig. Um möglichst authentisch zu wirken, schaute sie ihm direkt in die Augen. Diese Augen! Graublau wie ein Gewitterhimmel mit langen, dunklen Wimpern. Was wollte sie sagen?

Eine Schweigeminute trat ein. Banken-Paul nickte ihr erwartungsfroh zu.

»Ja?« Karla war verwirrt. Was »ja«? Wo waren sie stehen geblieben? Sie spulte im Geiste den Text zurück. *Augen … Paul Lenz … Bank … Geld … Job.* Ah! Job! Genauer gesagt: kein Job. »Uuuuund … eigentlich …«

»Ja? Eigentlich …?«

»Eigentlich … ist es gar … kein … Job.«

»Aha«, sagte Lenz und legte den Finger nachdenklich auf seinen schmalen Schnurrbart. »Wenn ich das richtig verstehe, sind Sie also arbeitslos? Darf ich das so sagen?«

Solange du nicht wieder mit deinem »Wir« anfängst, geht das klar, dachte Karla und sagte: »Vorübergehend. Ja.«

Paul Lenz schaute sie lange an.

»Sie haben mir zwei Briefe geschickt. Deshalb bin ich da«, sagte Karla matt und legte ihm die ungeöffneten Umschläge auf den Tisch.

»Ach, das ist gar nichts! Das hat sich erübrigt. Vergessen Sie die Schreiben einfach«, sagte er zu ihrer Überraschung, griff nach den Umschlägen und zerriss sie schnell samt Inhalt. Zu schnell?

Karla traute ihren Augen kaum. Seit wann ging Banken-Paul, der Zeremonienmeister in Sachen Recht und Ordnung, so mit Bankschreiben um? Früher hatter er immer so getan, als müsste man die Papierchen behandeln, als wären es die Schriftrollen von Qumran. Gut, ihr konnte es egal sein. Im Gegenteil: Es war ihr sogar recht, dass diese wahrscheinlich unliebsame Angelegenheit sich so schnell erledigt hatte.

»Sonst noch was?«, fragte Karla, deren Laune sich bei der Aussicht darauf, diesen Termin schnell hinter sich gebracht zu haben, schlagartig besserte.

Banken-Paul blickte sie abwesend an und lächelte verhalten.

»Sonst *noch was*?«, wiederholte Karla etwas langsamer.

»Wie? Ach, so … Nein, nein. Alles bestens, äh, nicht bestens … ich meine: wegen Ihres Jobs. Aber insgesamt, ja ja …«, stotterte er.

Karla hob ihre rechte Augenbraue und schaute ihn prüfend an. Er reichte ihr schnell die Hand. Karla nahm sie, und ihr fiel auf, dass sie warm, angenehm trocken und groß war. Komisch – hätte man sie gefragt, sie hätte einiges darauf gewettet, dass Lenz' Hände klein, schmal und feucht wären. Dass er wegen ihres fehlenden Einkommens nicht mehr nachhakte, wunderte Karla zwar, aber sie wollte ganz sicher nicht von sich aus das delikate Thema weiterverfolgen. Wenn er es vergessen würde – ihr sollte es recht sein.

Obwohl: Komisch war das schon.

»Mirli?«

»Jo.«

»Ich bin's! Die Karla.«

»Jo mei, die Karla! So a Freud'! Wo bist denn allaweil?«

»In Wien. Daheim sozusagen.«

»Geh', red' ned. Da g'hörst du gar ned hin. Du g'hörst ja zu uns, ned wahr?«

Karla lachte. »Ja, ein Teil von mir ganz sicher.«

»Na, wird dir da in der Stadt ned langweilig?«, fragte Tante Mirli besorgt.

»Langweilig?«

»Is jo nix los, dort. Koa Kirtag, koa Bergtour. Ah jo, bevor ich es vergess': Der Lois war da und hat nach dir gefragt.«

»Der Lois?«

»Ja ja. I glaub, dem gefällst du.« Mirli kicherte.

»Hm … na ja. Er ist auch wirklich sehr nett«, versuchte sich Karla aus der nicht stattgefundenen Affäre zu ziehen. Lois war niedlich, aber auch nicht mehr.

»Möchtest mit der Eva reden?«

»Ja, das wäre fein. Ist sie denn hier? Ich habe sie am Handy nicht erreicht.«

»Määäädi«, hörte Karla Mirli am anderen Ende der Leitung durchs Haus brüllen. Sie stellte sich vor, wie Eva die knarrende Treppe runterpolterte und ganz sicher an einem der vielen Geweihe hängen blieb. Hoffentlich hatte sie nicht das blaue Seidentop an.

»Karla?«, keuchte es aus dem Handy.

»EVA!«, freute sich diese und machte einen Hüpfer.

Sie tauschten den neuesten Klatsch aus. Rupert war nun vollends in die Kräuterwelt abgetaucht; Hans und Peter wollten einen Traktorhandel aufziehen; Sandra wollte schwanger werden, und Maria ließ sich zur Schneiderin umschulen.

»Und du?«, fragte Karla.

Eva schwieg.

»Deine Schuhe sind so wunderbar. Ehrlich! Ich bin dir so dankbar dafür. Wann hast du die eigentlich gemacht?«

»Während der Arbeitszeit. Du hast gar nix gemerkt«, kicherte Eva. »Ich wollte sie Rupert als Prototyp anbieten. Aber leider ist uns ja die Pleite zuvorgekommen.«

»So ein Scheiß, das alles«, ärgerte sich Karla. »Ellie würde sich so freuen, wenn du zu uns kämst. Ich kann nicht einfach zusehen, wie dein Talent verkommt.«

»Na ja«, sagte Eva lahm und wechselte das Thema: »Was machst du grad – beruflich und so?«

»Beruflich ist Flaute, und sonst das Übliche halt – nur in der schottischen Version.«

»Hä? Kariert?«

»Nein, alles auf Sparflamme halt. Ich bekomme ja nur das Arbeitslosengeld, und da lässt sich nicht viel damit anstellen.«

»Nix mit Schuhe kaufen«, seufzte Eva.

»Ich bin ehrlich gesagt ohnehin jeden Tag mit deinen Sneakers unterwegs. Sie passen zu fast allem, und sie sehen so hammergeil aus!«

Eva lachte. »Na, dann.«

»Und wie läuft's mit Julius?«

»Eh gut. I hab ihn recht gern. Und wie mir scheint«, Eva lachte anzüglich, »er mich auch. Wir gehen, wenn er mit seiner Post fertig ist, jeden Tag zum Moorsee schwimmen und schmusen. Seitdem er die Mirli, hihi, quasi gerettet hat, hat sie ihn auch ins Herz geschlossen. Bin gespannt, wann sie ihm den ersten Pullover strickt.«

»Also große Liebe und so?«

»Jo, schon. Und selber?«

»Ach, da gibt's niemanden, und ich hab derzeit auch gar keine große Lust, mir irgendein Liebesdrama zu geben.«

Sie vereinbarten, dass Eva sie in absehbarer Zeit zumindest besuchen würde, und verabschiedeten sich voneinander.

Es war August, es war heiß, es war langweilig.

»Du könntest zu IKEA fahren, dich in einen der Kleiderkästen setzen, und wenn jemand die Tür aufmacht, dann rufst du ›Willkommen in Narnia‹«, schlug Ellie vor, ehe sie wieder in die heiligen Hallen ihrer Uni entschwand, wo sie sich den Geheimnissen der Wasserwirtschaft hingab.

Sehr witzig. Alle, die Karla kannte, konnten es sich leisten, in den Urlaub zu jetten. Weit weg von der in der Hitze brütenden Stadt, irgendwohin ans Meer, unter Palmen, an ein idyllisches Seehäuschen am blaugrünen See … *weg*! Als sie noch bei L & P gearbeitet hatte, hatte sich Karla, gemeinsam mit Ralph, ebenfalls dem Strom der urlaubenden Nomaden angeschlossen, die erst Anfang September wieder braun gebrannt und total entspannt in die Stadt zurückkehrten.

Dieses Jahr blieb Karla zuhause und lernte Wien auch im Sommer kennen. Die Bäder waren überfüllt mit brüllenden Kindern, vor den Eissalons bildeten sich lange Schlangen verfressener, genusssüchtiger Menschen, und Horden von japanischen Touristen verstopften sämtliche Gassen. Die Fiaker drehten in der Altstadt hufeklappernd ihre Runden. Am Graben surrte es in den Gastgärten der Kaffeehäuser wie in einem Bienenstock. Am Naschmarkt boten die Marktstandbesitzer mit lauten Stimmen ihre Gewürze und Delikatessen feil. Bereits am frühen Morgen waren alle Tische vor den kleinen Lokalen und Konditoreien besetzt. Die Autos stauten sich in den größeren Straßen, die von mächtigen Gründerzeitbauten gesäumt waren. In den historischen Parks flanierten Pensionisten, und junge Paare breiteten ihre Picknickdecken zwischen exakt geschnittenen Buchsbäumen und Rosenbeeten aus. Die Luft flirrte ob der Hitze, die vom Asphalt gespeichert und an die Fußgänger wieder abgegeben wurde, was ihnen den Schweiß aus den Poren trieb. Wer mit der nicht klimatisierten U-Bahn fuhr, klebte an den Sitzen fest und war den Gerüchen, die in den Waggons waberten, ausgeliefert.

Karla ging lieber zu Fuß. Weil ohnehin nicht damit zu rechnen war, dass ihr irgendjemand aus ihrem ehemaligen schicken Bekanntenkreis über den Weg laufen würde – die lungerten alle beim ersten Mojito an der Costa Brava –, beschloss sie, eine Runde Window-Shopping zu unternehmen. Sie griff nach der erstbesten leichten Schlabberhose, die sie fand, streifte sich ein kühles Top über, schlüpfte in

Evas Sneakers und machte sich auf den Weg zur Kärntner Straße.

Die elegante Shopping-Meile war von »SALE«-Schildern gesäumt. Was für ein wunderbarer Anblick! Ach, was hatte Banken-Paul am Ende des Sommerschlussverkaufs immer zu schwitzen gehabt – nur weil er nicht verstand, dass es ein *gutes* Geschäft war, kurzfristig etwas mehr in Reduziertes zu investieren und damit langfristig gut auszusehen. Na ja, was erwartete man von jemandem, der tagaus, tagein nur dunkle Bundfaltenhosen, langweilige Sakkos, farblose Hemden und nichtssagende Krawatten trug?

Ziellos streifte Karla durch die sengende Hitze. Sehnsüchtig und voller Selbstmitleid glotzte sie in die Auslagen jener Boutiquen, in denen sie früher ihre Kreditkarte glühen ließ. Oh, Gucci-Jeans um die Hälfte reduziert! Diese Escada-Tasche in Cognacbraun um nur 250 Euro – ein Geschenk! Wie böse war das, dass sie sich nichts davon leisten konnte. Nicht mal das kleine, supergünstige Nachthemdchen aus dunkelblauer Seide mit dem weißen Spitzenbesatz um lächerliche 99 Euro. *99 Euro!* Das war nicht fair. Es war so hart, arm zu sein.

Gerade als Karla dachte, es könne nicht mehr schlimmer kommen, tat es das doch …

»Karla?«

… und zwar in Gestalt von Wiltrud Hochegger, ihrer ehemaligen Klassenkameradin.

»Wiltrud?«

Wiltruds Mundwinkel zuckten – wie immer, wenn sie sich nicht wohlfühlte. Dabei war das doch jetzt der perfekte Moment, um Karla wieder einmal zu demütigen. Vielleicht gehörte Wiltrud zu jener Sorte Menschen, die sich *nie* wohlfühlten? Attraktiv wie eh und je – ihre dunklen Haare waren zu einem perfekten Pagenkopf geschnitten, ihr blasser Teint durch den roten Lippenstift unterstrichen, und ihre langen Beine steckten, wie immer, in teuren High Heels –, musterte sie Karla abschätzig von oben bis unten. Ein maliziöses Lächeln huschte über ihr ebenmäßiges Gesicht: »Ich hätte dich fast nicht erkannt.«

Karla wusste, dass das nur der erste Pfeil war, den Wiltrud auf sie abschoss. Blöderweise bot sie gerade mehr als genug Angriffsfläche. Ihr Outfit war, zugegebenermaßen, mehr als nachlässig. Ihre schulterlangen Haare hatte sie mit einem Handgriff und einem billigen roten Gummiring zu einem schnellen Pferdeschwanz zusammengebunden. Make-up? Fehlanzeige. Tasche? Schnell die erstbeste genommen, die nahe bei der Wohnungstür hing und zum Rest ihrer verknautschten Kleidung passte.

Anders hingegen Wiltrud. Trotz der heißen Temperaturen sah die aus wie aus der Kühlkammer. Frostig war auch ihre Ausstrahlung – aber das kannte Karla ja schon. Wiltrud trug ein ärmelloses weißes Etuikleid aus Seide, für das man gertenschlank sein musste, um nicht wie eine dicke, bleiche Made zu wirken. Ihr stand es tadellos, und es passte perfekt zu den nudefarbenen Lack-Heels.

»Nicht erkannt?«, wiederholte Karla und zuckte verunsichert mit den Schultern. Was gab es darauf schon zu sagen?

»Also. Kommst du gerade aus dem Urwald? Du wirkst so, äh, *bequem*? Und die paar Kilo mehr stehen dir gar nicht mal so schlecht.«

Paff. Das saß. Eines nach dem anderen. Ja, sie kam quasi aus dem Urwald; ja, ihr Aussehen war wirklich kein Hingucker und, ja, das regelmäßige und leckere Essen in Hinter-Russbach hatte seine Spuren hinterlassen. *Na und?*

Was konnte sie Wiltrud ins Gesicht schleudern? Dass sie wie immer toll aussah? Eine perfekte Erscheinung war? Wie immer mit einem Blick sofort die wunden Punkte herausfand und gnadenlos drin rumbohrte?

»Danke, ich fühle mich sehr wohl«, konterte Karla – bemüht entspannt.

»Also. Du warst gar nicht bei Ralphs Housewarming-Party. Nette Wohnung. Zwar um einiges kleiner als das, was Phil für uns gekauft hat – du weißt, mein anspruchsvolles Kind braucht ein wenig Platz –, aber doch, ja, ganz gemütlich. Für eine Person.«

Karla überlegte. Wie groß war die Wohnung von Ralph? Hatte er nicht Ellie erzählt, dass sein neues Penthouse knapp 200 Quadratmeter maß?

»Also. Ich wusste ja gar nicht, dass ihr euch getrennt habt«, ließ Wiltrud sich nicht stoppen. »Aber seine neue Freundin, diese junge Schauspielerin, scheint gut zu ihm zu passen.«

Autsch!

»Stimmt«, antwortete Karla lässig. »Wir konnten es uns leisten, uns zu trennen, schließlich haben wir kein Kind als künstlichen Beziehungskitt.«

Touché! Das saß. Jeder wusste, dass Phillip Hochegger gerne mal außerhäusig unterwegs war und dort sein bisschen Testosteron versprühte. Wiltruds Mundwinkel zuckten erneut.

»Also. Und beruflich? Was machst du jetzt, nachdem du bei L & P gefeuert worden bist? Wir haben auf Ralphs Party alle gerätselt – aber keiner hatte eine Ahnung, wo du dich versteckt hältst.«

Gefeuert? Oh Gott, sie hatten sich hinter ihrem Rücken über sie das Maul zerrissen. Wie schrecklich. Wie peinlich. Wie entwürdigend.

Wiltrud wartete aber nicht mal Karlas Antwort ab, sondern wollte noch ein Schäuflein nachlegen. Den Seitenhieb auf ihren untreuen Ehemann würde sie nicht ungesühnt lassen. Abschätzig sah sie an Karla herab – und ihr Blick blieb bei deren Sneakers hängen. Sie hielt kurz inne, überlegte und zeigte dann mit ihrem perfekt manikürten Zeigefinger darauf.

»Wo hast du die her?«

Karla schaute ebenfalls auf ihre Schuhe. Was sollte sie jetzt sagen? *Die sind aus Hinter-Russbach, wo ich bei einer Wanderschuhfirma gearbeitet habe, bis diese in den Konkurs schlitterte?* Sie fühlte sich in die Enge getrieben. Niemals! Sie wollte nicht zum x-ten Male als Totalversagerin dastehen. Also beschloss sie, kreativ mit der Wahrheit umzugehen.

Die Sneakers, so erklärte sie, seien von einem Designer-Duo, das Insider aus der politisch-ökologischen Intellektuellenszene kannten. Sehr extravagant! Very sophisticated! Und sie, Karla, sei deren … äh, Pressesprecherin. Jawoll!

»Soso. Wie heißt denn dieses Duo?«

Karla dachte fieberhaft nach. Der Name musste einerseits raffiniert und exaltiert klingen, nach ungebändigter Kreativität, einen undefinierten Anspruch auf Inhalt transportieren und leicht zu merken sein. Straight und bündig, prägnant und originell …

»Ähm … ähm … K-O-N-G … ähm, KON_GO«, sog sie sich aus den Fingern.

»Kongo?«

»Nein. Alles versal, mit Underline: KON_GO!«

»Was soll das denn heißen?«, wollte Wiltrud wissen und schaute Karla scharf an.

»Ah … das heißt … Kooperation Konglomerat, und das ›Go‹ zum Schluss stellt eine Verbindung mit Gehen, äh, und Schuhen her. Soll aber gleichzeitig einen, äh, permanenten Fortschritt im philosophischen Sinne andeuten. Quasi *work in progress*«, platzte es aus Karla heraus. Wie war ihr ad hoc dieser Quatsch eingefallen?

Wiltrud, schlagartig ganz Profi – sie war schließlich Chefeinkäuferin bei Laszlo-Shoes, dem angesagtesten Label der Stadt –, schluckte den Köder.

»Die sehen gut aus«, gab sie knapp zu. »Die rote Sohle, sehr außergewöhnlich, hatten wir noch nie in unserer Kollektion. Welches Material? Gummi?«

Karla schüttelte den Kopf. Sie hatte keine Ahnung. »Das darf ich leider nicht verraten.«

Wiltruds rote Lippen wurden schmal. Sie war es nicht gewohnt, keine oder dürftige Antworten zu bekommen.

»Das Material?«

Karla schüttelte erneut den Kopf.

»Also. Fangen wir anders an. *Was* darfst du denn verraten?«

Ähm. Welchen Brocken könnte sie ihr denn hinwerfen?

»Nun ja, es ist so, dass dieses Paar ein Prototyp ist … speziell für mich gefertigt … ein Einzelstück … unter Ausschluss der … öhm, Öffentlichkeit.«

Wiltrud schaute verwirrt.

»Also. Ich will mehr Informationen über das Label und das Produkt. Möglicherweise haben wir Interesse an den Schuhen. Hier hast du meine Karte.«

Mit einem Griff in ihre sündteure Handtasche hatte sie

eine Visitenkarte in der Hand und reichte sie Karla. Die nahm die Karte, warf absichtlich keinen Blick darauf und schob sie nachlässig in ihre Hosentasche. Wiltrud beobachtete sie dabei pikiert.

»Und du?«, fragte sie und streckte ihre Hand fordernd aus.

»Was, ich?«

»Na, deine Karte. Du bist ja deren Pressesprecherin, oder etwa nicht?«

Karla lachte hysterisch – aus Ratlosigkeit. Mist! Daran hatte sie nicht gedacht. Ausrede, Ausrede!

»Neiiiiiin«, wehrte sie ab und kicherte aufgesetzt. »KON_GO arbeitet nicht mit konventionellen … ähm, … Kommunikationsmitteln.«

»Sie schlagen auf Buschtrommeln?« Wiltrud lächelte süß.

»Nein, sie bestehen darauf, nur mit Menschen zu arbeiten, deren Verstand so schnell arbeitet, dass man sich ihre Telefonnummer merkt. 00436991176723458«, ratterte Karla in einem Affentempo ihre eigene Nummer runter.

Wiltrud kniff die Augen zusammen, nahm flink einen Kugelschreiber aus der Tasche und notierte auf einer weiteren Visitenkarte: »Also. 0043 für Österreich, 699 Vorwahl, und dann 117, 672, 3458 – ja?«

Oh Gott, mit der war nicht zu spaßen. Früher schon nicht, und jetzt auch nicht.

»Website haben die wohl auch keine?«

»Nein, die wird gerade … in Finnland entworfen«, log Karla und begann zu schwitzen. Wie kam sie auf Finnland? Keine Ahnung. Klang aber gut. Und vor allem: weit weg.

Ellie, die Wiltrud ebenfalls aus der Schulzeit kannte und so sympathisch fand wie einen Pockenausschlag, fand Karlas Lügengeschichte zum Brüllen.

»Und die hat die Nummer wirklich sofort auswendig gewusst?«

»Ja, stell dir das mal vor. Richtig unheimlich, nicht wahr?«

»War sie schon immer. Und fies. Und böse«, zählte Ellie auf und machte ein fürchterlich düsteres Gesicht.

»Kackbratze!«, ergänzte Karla und zog ebenfalls eine Grimasse.

Während des Abendessens – Ellie kochte ihr Lieblingsgericht »Nudeln-mit-allem-was-der-Kühlschrank-hergibt« – brachte Karla das Thema mit KON_GO wieder aufs Tapet.

»Sag mal, findest du die Idee, den Schuh auf den Markt zu bringen, wirklich sooo abwegig?«

Ellie schob sich eine Gabel mit Nudeln in den Mund, kaute und überlegte.

»Ja.«

»Warum? So ein fetter Vertrag mit Laszlo könnte ordentlich Geld in die Kasse spülen, was in Anbetracht meines Kontostands von Vorteil wäre. Oh, ich könnte reich werden! Ich könnte, sagen wir mal, zehntausend Euro verdienen. Oder zwanzigtausend. Oder hunderttausend …«

»Und?«

»Dann würde ich in Urlaub fahren. Ich würde sofort eine Runde im Sommerschlussverkauf drehen. Ich würde zur Kosmetikerin gehen – mindestens drei Stunden lang. Ich würde mir den oberen linken Schneidezahn reparieren lassen …«

»Was ist mit deinem Schneidezahn?«, fragte Ellie und schaute mit gerunzelter Stirn auf Karlas Mund.

Die zeigte ihre Zähne. »Da! Schieest du? Schieeeef! Bissssschen.«

Ellie schüttelte verständnislos den Kopf. »Da ist gar nichts schief. Deine Zähne sind total gerade und schön.«

»Egal«, ließ Karla elegant das Thema fallen. »Wo war ich grad? Genau: Bei einhunderttausend Euro. Oh, wäre das schön. Reich sein! So wie Boris Becker.«

Ellie hüstelte.

»Na gut. Dann reich sein wie Ingrid Flick.«

»Die hat aber mehrere Milliarden. Und musste dafür den alten Flick heiraten. Aber du willst ja ohnehin nur hunderttausend. Das geht sich ohne Ehe auch aus, nicht wahr?«, ätzte Ellie und lachte. »Komm, sei vernünftig. Vergiss das mit den Schuhen. Dafür braucht es mehr als eine überbordende Fantasie.«

»Warum nicht? Stell dir mal vor …«, beharrte Karla.

»Mann, du denkst schon wieder die Geschichte nicht zu Ende. Wie sollen die Schuhe gemacht werden? Wo? Von wem? Und vor allem …«, sie richtete die Gabel auf Karlas Brust. »Mit welchem *Geld?*«

Um Karla von waghalsigen finanziellen Abenteuern abzuhalten, warf sich Ellie, wie schon öfters zuvor, in ihre Predigerpose, hielt mit alttestamentarischer Stimme einen moralinsauren Vortrag über Karlas fehlenden Realismus und reichte ihr einen alten Kontoauszug, der in der Küche herumflog.

Wie schon öfter zuvor, machte Ellie wenig Eindruck auf Karla. Im Gegenteil: Der Kontoauszug war für sie die Antwort auf die Frage, wer so viel Geld haben könnte, um in die Schuhproduktion zu investieren – Paul Lenz, der Bankberater.

Sie nahm den zerknitterten Zettel, wedelte damit siegessicher in der Luft herum und grinste Ellie breit an.

»Nein! Das wagst du nicht!«

»Was hast du? Du weißt ja gar nicht, was ich meine.«

»Oh doch! Du willst die Bank um Geld anhauen. Wieder einmal.«

»Aber das ist eine Geschäftsidee!«

»Willst du dort reinsegeln und dem Bankenchef von deinem erlogenen Schuhdesigner-Duo erzählen?«

»Nö, dem Bankdirektor nicht. Aber Paul Lenz.«

Ellie griff sich verzweifelt an die Stirn.

»Wieso der? Das ist doch der Inbegriff an Spießertum. Warum sollte der dir bei der Sache helfen? Abgesehen davon, dass es natürlich *für* ihn spricht, wenn er dich mit der blöden Idee anrennen lässt.«

»Ich find ihn eigentlich ganz okay«, murmelte Karla und erinnerte sich daran, wie er entschlossen die blöden Bankbriefe zerrissen hatte. Merke: Menschen, denen Bankschreiben kalt am Arsch vorbeigehen, sind sympathische Menschen!

»Du bist anscheinend zu allem bereit, oder?«, brummte Ellie und goss sich und Karla ein Glas Rotwein ein. »Ich hoffe, dass der Albtraum spätestens bei Lenz ein Ende hat. Prost.«

»Prost!«, rief Karla vergnügt und hielt ihr Glas in die Höhe.

Später rief sie Eva an und erzählte ihr nur vage von Wiltruds Interesse, weil sie nicht falsche Hoffnungen wecken wollte. Sie bat Eva, überschlagsmäßig die Kosten für die Produktion einer kleinen Kollektion zu berechnen.

Es bedürfte rund 30 000 Euro, um die Schuhe herzustellen, meinte Eva, als sie eine Stunde später zurückrief. Wahrscheinlich würde Rupert die Schuhwerkstatt zur Verfügung stellen, und auch fast alle Gosauer-Mitarbeiter wären schnell und flexibel einsetzbar. Man könnte sogar die Leder-Restbestände, die im Lager vor sich hin dümpelten, verwenden und damit Kosten sparen.

Karla bat Eva, ihr eine E-Mail zu senden und den Prototyp genau zu beschreiben – Material, Sohle et cetera.

Eva freute sich riesig und schöpfte neue Hoffnung.

28

Am folgenden Tag schneite Karla schon frühmorgens in das Bankinstitut. Sie hatte sich gut auf ihren Auftritt bei Paul Lenz vorbereitet. Die Haare, schön frisiert und in leichte Wellen gelegt, fielen ihr auf die Schultern. Sie hatte sich dezent geschminkt, auf die Lippen ein glänzendes Lipgloss gegeben und nur so viel Wimperntusche, dass ihre Augen schlicht betont wurden. Um ihre Weiblichkeit auszuspielen, trug sie eine Bluse mit Ausschnitt. Dazu wählte sie graue Jeans, schwarze Ballerinas und kleine Diamantohrringe, die ihr Ralph einst geschenkt hatte. Perfekt! Sie sah aus wie eine seriöse Person, die wusste, was sie tat. Wild entschlossen, Paul als Investor zu gewinnen, begrüßte sie ihn mit einer Extraportion Charme und Liebenswürdigkeit.

Paul Lenz schien verwirrt und verlegen. »Frau Fischer, das freut mich sehr, dass Sie mich erneut besuchen«, sagte er und sortierte umständlich seine Kugelschreiber. »Vielleicht möchten Sie das nächste Mal einen Termin vereinbaren? Damit ich auch wirklich genug Zeit für Sie habe?«

Karla nickte, richtete sich auf und beugte sich vertrauensvoll vor. Paul Lenz' Augen fielen für eine Zehntelsekunde auf ihren Ausschnitt, dann wich er sofort zurück und hielt sich an der Schreibtischkante fest.

Er schaute ihr konzentriert – an ihrem Dekolleté vorbei – fest in die Augen. Okay. Schritt eins, die Begrüßung, hatte schon mal geklappt. Karla hatte den Ablauf des Gesprächs genau vorbereitet, weil sie nichts dem Zufall überlassen wollte. Merke: Ein Plan ist nur so gut wie seine Details.

»Wir kennen uns ja nun schon eine geraume Zeit …«, spielte sie ihre erste Karte aus, machte eine kunstvolle Pause und sprach gönnerhaft weiter: »Ich habe mir so meine Gedanken über Ihre Zukunft gemacht …«

Paul Lenz machte große Augen: »Über meine?«

»Natürlich auch über meine«, fuhr Karla fort. »Wenn man also mathematisch betrachtet Ihre Zukunft und meine Zukunft zusammenrechnen würde, ergäbe das eine gemeinsame Zukunft«, rechnete Karla vor und schenkte Banken-Paul ein verbindliches Lächeln.

»Ich verstehe nicht ganz«, stammelte er und wischte sich die Handflächen an seiner Bundfaltenhose ab. Ob er denn ewig so weitermachen wolle? Ob man die Geschäftsbeziehung nicht vertiefen könne? An dieser Stelle brachte Karla den vor ihrem Spiegel geprobten Greta-Garbo-Du-kannst-nicht-nein-sagen-Blick zum Einsatz.

Paul Lenz schien komplett verwirrt. Kannte er Greta Garbo nicht?

Okay. Karla versuchte es mit dem Romy-Schneider-ich-kann-dieses-Land-in-den-Frieden-führen-Blick. Kaiserin Sissi kannte doch jeder!

»Ja, ich habe hin und wieder schon mal … äh, daran gedacht, die, äh … Geschäftsbeziehung … zu vertiefen«, fing Lenz an.

Karla sah den Zeitpunkt gekommen, konkreter zu werden. »Das ist gut! Ich denke, wir beide können gut miteinander.«

Lenz lächelte verlegen.

»Es geht nämlich um 30 000 Euro«, kam sie auf den Punkt.

»30 000 Euro?«, wiederholte er. »Wo– wofür?«

»Sneakers! Turnschuhe!«, rief Karla enthusiastisch, griff in ihre Tasche und stellte voller Elan die Sneakers auf Banken-Pauls noblen Schreibtisch.

Der schrak zurück und schaute die Schuhe entgeistert an.

»Das sind Schuhe«, stellte er fest.

»Hundert Punkte! Ich sehe schon, wir sprechen dieselbe Sprache«, rief sie erfreut und klopfte ihm anerkennend auf den Arm.

»30 000 Euro? Für Turnschuhe? Finden Sie das nicht ein wenig übertrieben?«, fragte er.

Karla beeilte sich, ihm ihre Geschäftsidee zu erklären. Sie kam aber nicht weiter als bis zur Beschreibung der Pleite der Gosauer, weil bereits andere Kunden warteten und ungeduldig an Banken-Pauls Kobel klopften.

Was konnte sie noch tun, um ihn für ihre Schuhe zu begeistern? Ihn zu bestechen war ja nicht drin. Ihren Körper anbieten? Nö, das funktionierte nur bei Julia Roberts. Alle anderen landeten fast immer auf dem Strich. Und so weit war es ja nun doch nicht. Karla fiel die Frage von Arbeitsamt-Fiala ein: »Was können Sie denn besonders gut?« *Das nicht!* So ehrlich musste sie schon sein. Also: Idee! Idee, wie sie ihn einkochen konnte.

»Was halten Sie davon, wenn wir uns am Abend treffen und die Angelegenheit besprechen – bei einem Glas Wein?« Große Pläne erforderten manchmal große Opfer.

Paul Lenz zögerte.

Karla strapazierte noch einmal das Kaiserin-Romy-Schneider-Lächeln.

Paul Lenz sagte zu.

»Das hast du nicht getan!«, rief Ellie händeringend.

»Doooch«, entgegnete Karla und grinste.

»Das ist dämlich! Total dämlich. Und dann dieser blöde Trick mit dem Dekolleté! So was von dämlich.«

Karla imitierte Ellies Predigt, indem sie tonlos den Mund auf und zu machte und Grimassen zog.

»Und was willst du mit Banken-Paul heute Abend reden? Der ist doch überhaupt nicht dein Typ.«

»Ich will ihn ja nicht heiraten, sondern ihm einen Investmentvorschlag machen.«

»*Investmentvorschlag*«, blaffte Ellie und rollte mit den Augen. »Du wirst den Abend mit dem Langweiler bereuen ...«

»Du kennst ihn ja gar nicht!«, unterbrach Karla entrüstet.

»Du hast ihn stets so beschrieben«, konterte Ellie.

»Vielleicht hat er sich ja geändert?«

»Genau! In ein paar Stunden vom schnarchsackigen Sparschweinchen zum galanten und spritzigen Ladykiller ... Dass ich nicht lache!«

»Schau' ma mal, dann seh'n wir schon«, versuchte Karla à la Rupert einen eleganten Schlussstrich unter die unerfreuliche Diskussion zu ziehen.

»Aha. Ist das jetzt dein neues Killerargument?«

Karla grinste. Jetzt hätte sie gerne eine Gitarre zur Hand gehabt. Oder ein Sträußchen Pimpernellen.

Um 20 Uhr saß Karla, aufmunitioniert mit Evas Unterlagen, die diese ihr gemailt hatte, und zahlreichen anderen Informationen, die sie selbst im Netz zum Thema Schuhproduktion recherchiert hatte, im Gastgarten beim Tisch direkt neben dem Eingang zu ihrem Lieblingscafé, dem Central. Pünktlich, klar, stand Paul Lenz am Tisch der überraschten Karla.

Sie hatte ihn, der mit seinen altmodischen Tweedsakkos und der dazu passenden Bankiersart wesentlich älter wirkte, als er war, im ersten Moment gar nicht erkannt. Banken-Paul hatte zwar immer noch die Ausstrahlung eines antiquierten Rechenschiebers, sah aber wesentlich annehmbarer aus, als sie ihn vom Bankinstitut her kannte. Er trug Jeans! Und unter sein Sakko hatte sich tatsächlich ein annehmbares T-Shirt – in Dunkelblau – verirrt. Schüchtern begrüßte er Karla und reichte ihr seine Hand – groß, warm und angenehm trocken. Karla bot ihm den Platz gegenüber an.

»Darf ich Ihnen etwas zu trinken bringen lassen?«, spielte sie die Rolle der eloquenten Gastgeberin und winkte huldvoll den Kellner herbei. Paul sollte sofort sehen, dass sie die perfekte Geschäftspartnerin wäre. Der Kellner, Wiener Urgestein, schlurfte desinteressiert und übellaunig heran und ratterte emotionslos alles runter, was das Café heute *nicht* zu bieten hatte.

Banken-Paul hörte höflich zu und orderte dann ein kleines Bier.

Holla! Wer hätte das gedacht? Wenn sie gewusst hätte, dass Lenz Alkohol trank, hätte Karla kein geschmackloses Sodawasser bestellt, sondern auch in die Vollen gegriffen, sprich: Ein Aperol-Sprizz hätte gleich zu Beginn rausgeschaut. Andererseits hieß es klaren Kopf zu behalten und Banken-Paul für ihre Idee zu gewinnen.

Karla redete nicht nur sprichwörtlich um ihr Leben. Sie berichtete ihm in schillernden Farben erneut von Evas unglaublichem Talent als Designerin und stellte zum Beweis die Sneakers, die nicht ganz Pauls Geschmack waren, auf den Tisch. Sie berichtete vom quasi fixen Vertrag mit Laszlo, zitierte Marktstudien – uralt und aus dem Kontext gerissen –, um in Paul den Finanzhai zu wecken. Sie veranschaulichte ihm den Zusammenhang zwischen Glück und Schuhen und klärte ihn über den generell existenziellen Zugang von Frauen zur Mode auf: »Sie unterwerfen sich willig, denn sie wissen, dass die Verpackung wechseln muss, wenn der Inhalt interessant bleiben soll.« Den Satz hatte sie irgendwo gelesen, ausgeschnitten und am Klo aufgehängt. Quasi als ironischen Protest gegen das Establishment, zu dem sie sich bislang zählte.

»Es kann also nur ein gewinnträchtiges Geschäft werden!«, verlieh Karla dem Gesagten Nachdruck.

Paul schaute ihr tief in die Augen und nahm noch einen großen Schluck von seinem mittlerweile fast leeren Bierglas.

Soff der? Sie winkte erneut dem Kellner und orderte – sie hatte den größten Teil ihrer Rede bereits hinter sich – zwei große Bier.

Aber an Feierabend war noch nicht zu denken. Um neben dem Finanzhai auch den Moralisten in ihm zu wecken – sicher war sicher –, griff sie hemmungslos auf Ruperts Thesen zur Rettung der Menschheit zurück. Nicht nur, dass Pauls Geld nicht mehr unproduktiv auf irgendeinem Sparbuch dahindümpeln würde, er könnte quasi die Region um Hinter-Russbach vor dem wirtschaftlichen Untergang retten. Und damit seine Seele – so ganz nebenbei. Und als Draufgabe wäre der Plan außerdem für seine Nerven gut, denn er müsse sich zukünftig keine Sorgen mehr über Karlas Kontostand machen, da sie ja auch verdienen würde und den Batzen Geld sogar sparen könnte! Zumindest einen Teil davon. Versprochen!

Paul Lenz hörte ihr aufmerksam zu. Er unterbrach ihren Redefluss kein einziges Mal, sondern saß ihr artig, die Hände auf dem Tisch übereinandergelegt, gegenüber und lauschte. Kurz hatte Karla das Gefühl, er würde ihr in ihrer stringenten Argumentation nicht so ganz folgen, und einmal ertappte sie ihn dabei, dass er einen schnellen Blick auf ihren Ausschnitt warf. Sofort machte sie eine kurze Pause. Er wurde feuerrot, riss schuldbewusst die Augen auf, und sein Bärtchen sträubte sich – prrrrr.

»Und? Was sagen Sie?«, forderte Karla ihn zum Schluss auf.

»Dieser eine Satz. Dass Frauen sich der Mode unterwerfen würden, weil sie glauben, die Verpackung würde über dem Inhalt stehen … Meinen Sie das wirklich?«

Karla überlegte. »Na ja. Es ist vielleicht ein wenig übertrieben. Aber im Grunde ticken die meisten Frauen so. Sonst hätte die Modebranche schon längst dichtgemacht, oder?«

»Und Sie?«, fragte Paul unsicher. »Denken Sie auch so?«

Oha. Wurde der jetzt persönlich? Der Punkt »Verhaltensreflexion« stand nicht in Karlas Unterlagen. Sie kaute auf ihrer Unterlippe und dachte nach. War sie auch davon überzeugt, dass ihre charakterlichen Schwachstellen oder Schlaglöcher im Selbstvertrauen mit einer gut geschnittenen Jeans von *7 For All Mankind* gut kaschiert würden? Ja, schon irgendwie. Warum hatte sie sonst zwei Kleiderschränke voll Klamotten und x Paar Schuhe daheim?

»Na ja. Ich kann mit meinen Schwächen leben. Aber ich muss sie ja nicht zur Schau tragen, oder?«

Lenz lachte.

Karla fuhr bedächtig fort: »Ist es nicht so, dass wir uns alle gerne von unserer Schokoladenseite präsentieren? Was, wenn jemand den Inhalt, der vielleicht sehr okay ist, gar nicht kennenlernen will, weil ihn die Verpackung stört? Ist es nicht so, dass Menschen nach ihrem Aussehen beurteilt werden? Ob das jetzt in Ordnung ist oder nicht, ist eine andere Frage, oder?«

»Wie wäre es, wenn wir einander duzen würden?«, schlug er vorsichtig vor.

Karla dachte kurz nach. Wollte sie mit Banken-Paul per Du sein? »Okay. Also, was sagst du?«

»Nun ja. Da gibt es natürlich viel zu bedenken«, sprach er bedeutungsschwanger, mit einer Stimme wie zur Grundsteinlegung. »Grundsätzlich finde ich die Idee ja interessant, aber sie scheint mir noch ein wenig unausgegoren.«

»Jaaaa, die Details kommen natürlich erst noch.« Karla hatte das abwiegelnde Gelaber, mit dem ihr Ellie schon in den Ohren gelegen hatte, satt.

»Warum Turnschuhe?«, wollte Lenz wissen.

»Weil Turnschuhe super sind!«, stellte sie im Brustton der Überzeugung fest. »Jeder Mensch hat Turnschuhe. Converse! Genau! Du kennst sicher die »All Star« von Converse?«

Paul nickte.

»Bitte sehr! Über eine Milliarde der Treter wurden weltweit verkauft, seit 1923 die Schuhe von Chuck Taylor signiert werden und ihr Gummiabzeichen bekommen haben. Kein anderer Schuh wanderte öfter über den Tresen als der Converse All Star.« Wenn das kein Argument war! Sie trommelte siegessicher mit den Fingern auf die Tischplatte.

Paul beobachtete sie dabei. »Hättest du etwas dagegen, wenn ich das Projekt in Ruhe durchrechne?«, fragte er mit einer, wie Karla auffiel, dunklen, kultivierten und leisen Stimme.

Sie warf ihm einen scheelen Blick zu, und der blieb an ihm hängen. Besser gesagt: an seinen Augen. Blau? Grau?

Graublau? Gut, der Schnurrbart sah doof aus, aber der Rest von Banken-Paul war eigentlich gar nicht so übel. Seine Nase schmal, fast ein wenig aristokratisch; die akkurat gescheitelten dunkelblonden Haare waren zerzaust und nahmen ihm das Biedere an seinem Aussehen. Als er aufstand und sich von Karla verabschiedete, fiel ihr auf, dass er ziemlich groß war. Sicher um einen Kopf größer als sie selbst. Sie erhob sich ebenfalls und reichte ihm die Hand. Da standen sie nun, hielten sich die Hände einen sehr kurzen Augenblick länger als notwendig und wussten nicht, was sie sagen sollten. Für Plattitüden und oberflächliche Höflichkeiten war plötzlich kein Platz mehr.

Halloooo?, rief sich Karla zur Vernunft, das da war Banken-Paul. *Das* Mann, nicht *der*.

Sie setzte sich verwirrt auf ihren Sessel zurück und glotzte Pauls leeres Bierglas an. Der hatte tatsächlich ein großes und ein kleines Bier getrunken, während ihr Glas noch halb voll war.

29

Wiltrud, die es gewohnt war, dass alles nach ihren Vorstellungen lief, machte Druck. Sie rief Karla mehrmals an, um in Kontakt mit den ominösen Designern treten zu können.

»Also. Was ist jetzt? Eigentlich ist es nicht meine Art, irgendwelchen Leuten nachzulaufen«, schnauzte Wiltrud in den Hörer.

Karla, die noch keine Zusage von Banken-Paul hatte, wollte Wiltrud noch eine Weile hinhalten.

»Sie, also die Designer, sind gerade in Finnland. Wegen der Website. Die sind da ganz genau, weißt du?«

Wiltrud schnaufte genervt.

»Wo leben die eigentlich?«

»Im Salzkammergut. Ganz abgeschieden auf dem Land. Hinter dem Preiner Kogel.«

»Dem Preiner-was?«

»Dem Preiner Kogel. Das ist der … ach, vergiss es. Sie schotten sich von der Umwelt ab, um keinen schädlichen Einfluss unserer oberflächlichen Konsumgesellschaft auf ihre, äh, schöpferische Energie zuzulassen.«

»Wie seltsam ist das denn?«

»Ja ja, sie sind sehr seltsam und wollen nicht mit der Außenwelt in Verbindung treten. Dafür bin ich ja da.«

Wiltrud lachte höhnisch: »Ahahaaa.«

Karla beschloss, die Spitze zu überhören.

»Gibt's einen Ausstellungskatalog von denen? Oder Bilder? Oder Skizzen? Oder irgendwas?«, ließ Wildtrud nicht locker.

Karla war schon leicht erschöpft. »Nein. Nein. Nein.«

»Wofür brauchen die dann eine Pressesprecherin?«

»Weil sie ein großes Projekt planen, bei dem viele andere mitarbeiten und von dem eine ganze Region profitieren würde. Es ist ein sensibles Thema, wo alle Komponenten passen müssen, und nichts ist da schlechter, als über ungelegte Eier zu reden.«

»Gut. Der langen Rede kurzer Sinn: Ich will die beiden sehen, und zwar bald. Sonst haben wir kein Interesse. Entweder die bewegen ihren hoch kreativen Arsch hierher, oder wir vergessen die Sache. Kümmere dich darum.« Sprach's und legte auf.

»Kümmere dich darum«, äffte Karla sie nach.

Ellie hatte von der Küche aus zugehört und musste lachen. »Das hast du nun davon! Weil du nie auf mich hörst. – Wie war übrigens dein Abend mit Lenz? Wie ist der so … privat? Du hast gar nichts erzählt.«

Karla spielte mit dem Kuli in ihrer Hand und beäugte sehr intensiv dessen Spitze.

»Karla? Hallo?«, insistierte Ellie.

»Öhm. Jaaaaa, war ganz nett«, eierte Karla herum.

»Hör mal! Willst du mich verschaukeln? Noch nie hast du über eine Verabredung gesagt, dass sie ganz nett gewesen sei. Bei dir war es immer entweder himmelhochjauchzend oder todlangweilig. Also: Todlangweilig, oder? Mir kannst du es ja sagen.«

»Nein, ehrlich. Es war nicht todlangweilig. Er ist sogar ziemlich nett – privat. Ein wenig sehr *old school*, aber nett.«

»Hübsch?«, wollte Ellie wissen und kam mit ihrem Gesicht ganz nahe an Karlas ran.

Karla wich zurück und lachte betreten. Ahahahaha. »Wie wäre es mit Abendessen?«, lenkte sie vom Thema ab.

»Lenkst du vom Thema ab?«

»Hungrig bin ich. Sonst gar nix«, entgegnete Karla und marschierte eilig in die Küche.

»He! Ich dachte immer, wir erzählen uns alles?!«, rief Ellie und lief ihr nach.

»Wenn ich doch nicht weiß, was ich denken soll! Hübsch? Ja? Nein? Ich weiß es nicht. Irgendwie mag ich ihn, und das *schockt* mich! Verstehst du das?«

Ellie verstand.

An Schlaf war nicht zu denken. Karla wälzte Plan um Plan, Gedanken um Gedanken. War es Wahnsinn, Paul als Geschäftspartner ins Boot zu holen? Besiegelte sie mit der Schuhproduktion endgültig ihr berufliches Ende? Stand sie zum Schluss mit einem Berg Schuhen und keinen Käufern da? Würde das mit der Produktion klappen? Würde Paul Geld lockermachen? Wer könnte das Designer-Duo sein? Wen sollte sie bei Wiltrud antanzen lassen? Die würde doch sofort den Schwindel aufdecken. Was hatte sie nur gemacht? Hatten Lügen kurze Beine? War sie eine Totalversagerin? Oder brauchte es einfach mehr Mut? Warum kam der Bus nie, wenn man auf ihn wartete? Was war der Grund, dass Kunden in der Warteschlange nebenan immer schneller dran waren als sie? Gab es einen Gott? War Paul Lenz hübsch?

Gleich am nächsten Morgen rief sie Eva an und weihte sie vollends in ihre Pläne ein.

Eva war begeistert. »Aber woher soll das Designer-Duo kommen?«, wollte sie wissen.

»Eine gute Frage. Fällt dir was ein?«

Eva dachte nach. »Ich könnte auf jeden Fall mitspielen, meinst du nicht?«

»Na klar. Du musst nur viel exzentrischer wirken, als du bist.«

»Ich könnte doch Guido mitschleppen und ihm einen von Mirlis Pullovern anziehen?«

Karla klatschte in die Hände vor Begeisterung. »Oh ja! Das sieht sicher schräg aus! Und du solltest auf jeden Fall in eurem Dialekt reden. Die verstehen kein Wort davon und sind sicher total beeindruckt.«

Beide lachten sich fast schlapp.

»Aber erst musst du die Geldfrage klären«, mahnte Eva. »Ich kann leider nichts beisteuern.«

»Weiß ich doch, Eva. Du, wir schaffen das schon. Überleg du mal, wen wir im Fall des Falles als zweiten Designer verbraten können.«

Paul meldete sich eine Woche lang nicht. Karla war mittlerweile ziemlich verzweifelt.

»Feigling«, schimpfte sie in sich hinein. »Traut sich nicht einmal, abzusagen. Blutleerer Spießer!«

Sollte sie aufgeben? Nein! So schnell würde sie nicht locker lassen. Einmal würde sie noch Anlauf nehmen und probieren, ihn zu überreden. 30 000 Euro! Bitte! Sie würde ihn zum Abendessen einladen. Sie wählte Pauls Nummer in der Bank.

»Lenz?«

»Hallo Herr, äh, Paul. Hier spricht Karla Fischer.«

»Oh, Karla!« Er schien sich zu freuen. »Ich wollte mich heute bei dir melden.«

Ausrede?

»Ich habe das Projekt jetzt tipptopp durchgerechnet und denke, dass das eine halbwegs passable Diskussionsgrundlage wäre. Übrigens: Deine Studien waren schon ein wenig überholt.«

Erwischt. Karla fühlte sich ertappt.

»Das ist ja großartig, dass du dir das genau angesehen hast«, log sie. »Wir sollten unbedingt bald darüber plaudern, oder?«

Paul schwieg. Wollte der jetzt nicht, oder was?

»Wie wäre es mit einem Abendessen? Bei mir?«, preschte Karla vor. Jetzt oder nie. Wenn er nicht mitmachen wollte, dann wollte er so oder so nicht. Und mit einer direkten Einladung konnte sie den Entscheidungsprozess abkürzen und dem Warten ein Ende machen.

»Wenn es keine Umstände macht, gerne«, nahm Banken-Paul die Einladung bereitwillig an. »Darf ich etwas mitbringen?«

Karla winkte ab: »Nein, nein. Ich habe alles. Dann bis später. Sagen wir um sieben? Meine Adresse hast du ja.«

Paul lachte. »Ja, die kenn ich schon auswendig.«

Ellie hatte einen Abendtermin an der Uni und würde sicher nicht vor Mitternacht heimkehren, weil sie danach mit ihren Kollegen etwas trinken gehen wollte. Also sturmfreie Bude. Und was kochen? Karla griff nach den zwei Kochbüchern, die in der Küche herumstanden, und blätterte darin herum.

»Liebesgrüße aus Moskau« – hä? Die schlugen ihr doch tatsächlich vor, ein halbes Kilo Kaviar zu verfüttern. Wem gehörte das Buch? Sie blätterte auf die erste Seite und las eine Widmung von Ralph. Ups, daran konnte sie sich gar nicht mehr erinnern. Das andere Kochwerk gehörte Ellie und enthielt nur vegane Kost – Grünzeug, wie Hans und Peter immer sagten. Sollte sie Paul einen Couscous-Auflauf mit Tofu servieren? Eher nicht. Danach würde er höchstens fünf Euro für ein neues Kochbuch lockermachen. Sie schnappte sich ihre Einkaufstasche und eilte zum Billig-Chinesen an der Ecke. Mit ein paar Gläsern Rotwein könnte sie Pauls Aufmerksamkeit sicherlich von ihrem »selbst gekochten« Menü ablenken. Daher: Noch vier Flaschen zu teuren Rotwein beim Supermarkt eingeladen, und fertig war das Geschäftsessen. »Verrrronika, der Lenz ist bald da«, summte sie, während sie den Tisch deckte.

Paul war natürlich pünktlich. Er kündigte sich an, indem er zweimal unten an der Haustür klingelte, obwohl diese offen stand.

»Komm ich zu früh?«, fragte er höflich und hielt Karla einen kleinen Strauß Blumen hin, als sie die Wohnungstür öffnete.

Sie dachte kurz an Lois' Lungensucht-Blume und lachte.

Paul war verunsichert. »Die falsche Sorte?«, fragte er.

»Nein, nein, perfekt. Ich liebe weiße Blumen. Danke schön.« Sie bat ihn herein. Er sah sich unaufdringlich neugierig um. »Hier entlang«, rief sie und lotste ihn vom Vorzimmer in die Wohnküche. »Wollen wir erst essen und dann über das Projekt reden oder umgekehrt?«, bot sie an.

»Vielleicht zuerst essen? Nicht, dass etwas kalt wird«, antwortete Paul – nicht wissend, dass die »Acht Schätze«, die Karla gekauft hatte, in der Zubereitung sehr flexibel waren – sie steckten in der Mikrowelle und ließen sich jederzeit erhitzen.

»Ach, alles kein Problem. Aber ich wäre auch für vorher essen und dann über Geschäftliches reden.«

Karla füllte noch vor der Vorspeise – Frühlingsrollen, frisch aufgetaut – die Gläser randvoll mit Rotwein. »Prösterchen! Erheben wir unsere Gläschen …«, begann sie.

»… auf Wohl und Kurzweil unserer Bläschen?«, vollendete Paul kichernd den Satz. »Kennst du die auch – ›Die Zwei‹?«

»Ich liebe sie! Tony Curtis und Roger Moore«, gestand Karla.

Paul senkte seine Stimme, zog verwegen die Augenbraue nach oben, setzte ein dekadentes Grinsen auf und zitierte: »Ich bin der Danny Wilde, der immer zu den Partys eilt.«

Karla schüttelte sich vor Lachen. »Sleep well, in your Bettgestell«, kreischte sie und schlug mit der Hand auf den Tisch. Paul lachte ebenfalls aus vollem Hals.

Karla griff nach dem Glas Wein und schüttete munter die Hälfte des Inhaltes in ihren Hals.

Paul tat es ihr gleich. Prost!

»Ich habe dich gar nicht so eingeschätzt«, gestand Karla, während sie aßen.

Paul kaute, schluckte und sah sie offenherzig an. »Wie hast du mich denn eingeschätzt?«

Oje. Ehrlich sein? »Sagen wir es mal so: Ich hätte nicht vermutet, dass du ausgerechnet auf diese verrückte Serie stehst. Kein Mensch außer mir findet das lustig.« Sie trank schwungvoll ihr Glas leer und füllte sich und Paul großzügig nach.

Er stocherte abwesend in der braunen Soße auf seinem Teller herum. Dann legte er die Gabel weg und beugte sich leicht nach vorne über den Tisch. »Du hältst mich für einen totalen Langweiler, stimmt's?«, fragte er und schaute Karla tief in die Augen.

Von so viel Ehrlichkeit paralysiert, fehlten ihr erstmal die Worte. Langweiler? Ja? Nein!

Sie nahm noch einen Schluck. Ihre Kehle war trocken geworden.

»Und?« Karla legte den Kopf schief und biss sich auf die Lippe. Sie blieb ihm die Antwort auf seine Frage schuldig und bot an, auf der Couch Platz zu nehmen. Auf dem Tisch hatte sie seine Unterlagen abgelegt. Sie stellte die Weingläser und den Rotwein darauf, und sofort waren sie wieder in ein Gespräch über alte Filme verwickelt.

Karla war überrascht. Paul, der nach außen hin wirkte wie eine schmucklose, uninteressante Holzkiste, überraschte, wenn man das Kistchen öffnete, mit einem sympathischen Innenleben.

Erstens: Paul hatte ein Faible für britischen Humor. Das brachte ihm ganze fünf Pluspunkte auf der Karla-Skala. Zweitens: Er war kein Prolo-Schrank, der mit einem aufgemotzten BMW durch die Gegend röhrte, sondern er fuhr am liebsten mit einem uralten Steyr-Waffenrad. Fünf Punkte! Er traf sich einmal pro Woche mit seinen Freunden, alles ehemalige Schulkollegen, um Bridge zu spielen. Drei Punkte, weil es darauf hindeutete, dass er kein asozialer Spinner war. Er trank gerne Bier, schwarzen Tee und Rotwein und trug beruflich Tweed, weil er sich darin sicher fühlte. Auch drei Punkte, weil Karla das total altmodisch, aber dann doch irgendwie sexy fand. *Was?* Sie fand das plötzlich *sexy?*

Als würde sich ein Filter vor ihre Augen schieben, kam ihr alles, was Paul sagte, klasse vor. Sein Bärtchen? Verwegen wie Rhett Butler in »Vom Winde verweht«. Okay, sie war anscheinend auch ein wenig durch den Wind.

Der Abend mit Paul wurde erstaunlich unterhaltsam. Sein trockener Humor, ihre gemeinsame Vorliebe für schräge Serien und sinnlose Dialoge überraschten sie. Nie hätte sie es für möglich gehalten, mit Banken-Paul so herzhaft lachen und gleichzeitig das Gefühl zu haben, ihm alles erzählen zu können – von der Finte mit dem noch nicht existenten Designer-Duo bis hin zu ihren emotionalen Schlagseiten.

Nach ein paar Stunden hatte sie genug getrunken, um ihm zu sagen, dass sie seine Hände schön und seine schüchterne Art niedlich fand. Er hatte genug getrunken, um ihr zu sagen, dass er sich immer, wenn sie in die Bank geschneit kam, fürchtete, sich vor ihr zu blamieren.

Sie fühlte sich so verstanden, gemocht, erkannt als das, was sie war – wer sie war. Wie schön, dass es keine *7 For All Mankind*-Jeans als Charakter-Korrektur brauchte. Gerade jetzt, wo sie sich keine leisten konnte.

»Ich habe echt viele Spleens«, sagte Karla.

»Lass hören!«, ermunterte Paul sie zum Weitersprechen.

Karla hob das Kinn. Mist. Was sollte sie ihm jetzt erzählen, um sich interessant zu machen? Was machten Menschen mit Spleens? Ein ehemaliger Kunde fiel ihr ein. Der Kerl war grob geschätzt 1,60 Meter groß und trug, um seine Körpergröße in harmonische Relation zu seinem Mundwerk zu bringen, stets Schuhe mit fünf Zentimeter hohen Absätzen. Nein, mit so einem Spleen konnte man nicht punkten. Es musste schon was Sympathischeres sein. Zart durchgeknallt, sprich: interessant, aber nicht so, dass Paul Lenz sie sofort einweisen lassen würde.

»Ab und zu spreche ich mit mir selbst«, log sie.

»Oh!«

»Interessant?«

»Na ja. Kommt drauf an …«

»Also … es ist jetzt nicht so, dass ich mit einem Glas Portwein vier Stunden durch die Wohnung laufe, mir in schmeichelndem Parlando die Welt erkläre und gleichzeitig applaudiere, weil ich so was von stringent argumentieren kann. Ich lass' den Portwein weg.«

Beide brüllten vor Lachen.

»Und du?«, wollte Karla wissen.

»Ich bin Durchschnitt, und das stört mich.«

»Nein, du bist nicht Durchschnitt«, widersprach Karla.

Paul schenkte ihr ein dankbares Lächeln.

Bis Mitternacht saßen sie auf der Couch und gossen das zart aufkeimende Pflänzchen der Romantik, das unerwartet zwischen ihnen in die Höhe wuchs. Karla, verwirrt und dezent überfordert, vergaß komplett darauf, ihn auf den eigentlichen Hintergrund der Einladung – die 30 000 Euro – anzusprechen.

Um Mitternacht verabschiedete sich Paul von Karla. Er hielt ihre Hand wieder einen Deut zu lange und zögerte. Dann küsste er vorsichtig ihre Hand, drehte sich um und ging.

Karla stand im Türrahmen und hielt ihre eben geküsste Hand ausgestreckt. Das hatte noch niemand gemacht. Und noch nie war ein Kuss so berührend gewesen wie dieser eben. Sie glotzte auf ihre geküsste Hand und lächelte.

Was war eigentlich in den vergangenen Stunden passiert?

Wann genau hatte sich Paul Lenz vom lahmen Banken-Teil in einen Küsser-König verwandelt? Oder hatte sie sich verändert? *Hatte sie sich Paul einfach nur schön gesoffen?*

Die Türklingel riss Karla aus ihren Gedanken.

Karla meldete sich überrascht: »Hast du etwas vergessen?«

»Ja, tatsächlich, das habe ich.«

Paul schwieg kurz.

»Die Dreißigtausend. Ich bin dabei.«

30

Ellie fiel aus allen Wolken, als Karla ihr am nächsten Morgen von Pauls Besuch erzählte.

»Spinnt ihr denn alle? Hast du ihm Drogen gegeben?«, rief sie und blickte sich suchend um.

»Vermisst du irgendwas?«

»Ja, in der Tat. Deinen Verstand, seinen Verstand und die blaue Reisetasche.«

»Wofür brauchst du die denn?«, wollte Karla wissen.

»Wir fahren heute Nachmittag nach München zu einer Tagung. Das hab ich dir doch schon vor drei Wochen gesagt. Hattest mal wieder deinen Kopf in den Wolken.«

Aha. »Wieder so ein Wassernatur-Thema?«

Ellie nickte. »Ich werde zehn Tage wegbleiben.«

»Zehn Tage?«

»Möchte noch Detlev in Mainz besuchen.«

»Detlev!«, schnurrte Karla. »Dein hysterischer Hydrologe.«

Ellie warf Karla einen beleidigten Blick zu: »Er ist nicht hysterisch. Nur temperamentvoll.«

»Er fuchtelt beim Reden ständig mit seinen dürren Armen herum.«

»Die sind nicht dürr, sondern schlank. Außerdem: Du musst reden! Stell mir ja nichts an … Wobei, wenn ich mir das so anhöre: Schlimmer kann's ja nicht mehr kommen, oder?«

»Was hast du denn?«, rief Karla. »Ich könnte reich werden, ich finde Paul entzückend, alles ist doch bestens!«

Ellie bedachte sie mit einem mitleidigen Blick. »Große Oper, hm? Hoffentlich ohne tragisches Ende.«

Als Ellie gegangen war, begann Karla sofort, Nägel mit Köpfen zu machen. Sie schlug Paul – der sie anrief, weil er, beflissen wie er war, gleich ein Geschäftskonto eröffnet hatte –, vor, gemeinsam nach Hinter-Russbach zu fahren und vor Ort die Lage zu sondieren. Da Paul ohnehin Urlaub abbauen musste, nahm er das Angebot an.

Sie trafen sich am Hauptbahnhof. Würde er wieder ihre Hand küssen?

Verlegen standen sie einander am Bahnsteig gegenüber. Paul, ganz leger mit einer khakigrünen Cargo-Hose und einem weißen Shirt bekleidet, reichte Karla die Hand und küsste sie vorsichtig auf die Wange. Karla wurde heiß und kalt. Er hatte einen Dreitagebart und roch wie frisch gewaschene Wäsche mit einem Hauch Rasierwasser. Sie wollte sagen: »Das freut mich sehr, dass du mitkommst. Ich habe Plätze reserviert.« Und sagte: »Frrrmt … Pllrrtttt.«

Pauls Lippen zuckten vor verhaltener Heiterkeit.

Karla wurde feuerrot und beugte sich schnell über ihre Reisetasche. Doch Paul, ganz Gentleman, nahm sie ihr aus der Hand und hob sie in den Zug. Hätte Karla keine Ohren gehabt, ihr Grinsen wäre einmal um den ganzen Kopf herumgegangen.

Sie fanden ihre Plätze schnell. Nebeneinander saßen sie, die ganze Zugfahrt über, und Karla erzählte ihm von Hinter-Russbach und ihren scheinbar verrückten, aber liebenswerten Gosauern. Paul lachte über ihre Anekdoten und ließ sie nicht aus den Augen. Sein Arm ruhte auf der Lehne nah an ihrem, und Karla spürte ihn so intensiv, jedes Härchen, als wäre sie von einem Magnetfeld umgeben. Hin und wieder versuchte sie, einen unauffälligen Blick auf sein Gesicht zu werfen – jedes Mal ertappte er sie dabei, und sie blickte schnell wieder aus dem Fenster. Peinlich! Erstens ihr selber gegenüber – was war bloß los mit ihr? Zweitens ihm gegenüber: Dachte der, sie würde ihn heimlich beobachten? Oder wie?

Groß war die Wiedersehensfreude mit Tante Mirli, die Karla so fest an ihren wogenden Busen drückte, dass ihr fast die Luft wegblieb. Sogar Toni, der gemeinsam mit Eva die beiden vom Bahnhof in Vorder-Russbach abholte, ließ sich dazu hinreißen, Karla zu umarmen. Paul begrüßte er mit einem kernigen »Grüß dich!«

Karla war auf Wolke sieben. Was war das doch für ein Unterschied, als sie zum ersten Mal hierher in das vermeintliche Exil gekommen war. Jetzt galt es, das Projekt »Sneakers« auf die Schiene zu bringen und Rupert zu überreden, es zu unterstützen. Zu dritt – Paul, Eva und Karla – marschierten sie durchs Dorf zu Ruperts Hof, wo er, seiner Berufung in Sachen Grünzeug folgend, mit seiner neuen Freundin an einem neuen Lebenswerk experimentierte. Melinda – so hieß die zierliche Mittfünfzigerin mit den langen, wallenden grauen Haaren – war kürzlich nach Hinter-Russbach gezogen und hatte laut Evas Aussage offensichtlich einen esoterischen Lebensstil. Dass Rupert mit seiner Hippie-Braut so schnelle Sache machte, war für ihn total untypisch. Es lag wohl an der gemeinsamen Mission: Die beiden wollten mit einigen Bauern einen biodynamischen und fairen Kräuteranbau aufziehen.

Paul hörte geduldig zu und nickte verständig. Überhaupt hielt er sich elegant im Hintergrund und versuchte nicht, sich wichtig zu machen. Manchmal drückte er Karlas Hand. Dann schenkte sie ihm ein dankbares Lächeln. Alles ist gut, dachte sie und freute sich.

Rupert hörte sich Karlas und Evas Anliegen interessiert an.

»Soso. Turnschuhe. Aha. Ganz was anderes als unsere Gosauer, nicht wahr?«

»Ja, so isses«, nickte Karla.

Rupert schaute sich die Sneakers sehr genau an. Er prüfte von allen Seiten die Nähte, bog die Sohle durch, klopfte mit dem Schuh gegen die Tischkante und zog fest an den Schnürsenkeln.

»Gute Arbeit, Eva! Einwandfrei«, lobte er sie, die wie ein Weihnachtsbaum am Heiligen Abend strahlte. »Warum haben wir so einen Schuh nicht produziert?«

Eva und Karla starrten ihn fassungslos an. »Weil *du* nicht interessiert warst! Deswegen!«, knurrte Eva.

Rupert schaute unschuldig wie ein neugeborenes Lamm. »Aha«, sagte er und kratzte sich den struppigen Yeti-Bart. Karla musste lachen. Irgendwie hatte ihr das gefehlt. Auch Paul grinste. Er kannte diese Geste aus Karlas Erzählungen.

»Und jetzt brauchen wir deine Firma, damit wir die Schuhe für Laszlo herstellen können«, lenkte Karla das Gespräch zum eigentlichen Thema. Paul übernahm den finanziellen Part und skizzierte kurz den wirtschaftlichen Plan.

Rupert überlegte überraschenderweise nicht lange. »Ja, freilich! Nehmt's und macht's! I hab mir eh noch keine Gedanken gemacht, was ich mit dem Werkel da oben anstellen soll. Die Maschinen sind eh alle da, die Werkzeuge auch, und soviel i weiß, sind von der Sandra bis zur Maria und dem Toni alle verfügbar. Die Heuernte war grad, und jetzt haben's alle a bissl mehr Zeit.«

Karla war erstaunt. Noch nie hatte sie ihn so schnell und so effizient erlebt. Sie hatte sich schon eine Strategie zurechtgelegt, wie sie Rupert ein wenig Feuer unterm Hintern machen könnte, damit er nicht wieder ewig herumeierte und alles auf die lange Bank schob.

Eva und Karla freuten sich sehr. Eva wollte den Teil übernehmen, die Mitarbeiter zusammenzutrommeln. Gemeinsam sichteten sie in der Firma die verbliebenen Lederrestbestände und stellten eine Liste mit all jenen Dingen zusammen, die sie für die neuen Sneakers brauchten.

Nun fehlte nur noch eines: die zweite Hälfte des geheimnisvollen Designer-Duos.

Wen könnte man Wiltrud neben Eva als Designer verkaufen? Hans und Peter? Nein, die waren mit ihren Traktoren beschäftigt und zu gesprächig. Nicht vorzustellen, wenn sie bei Wiltrud mit ihren Weisheiten punkten wollten. »Nur die Harten kommen in den Garten«, zitierte Karla prustend.

Also: Wer kam in Frage? Sie beschlossen, alphabetisch vorzugehen. Julius? Nein, der war zu bodenständig. Resi? Die wollte mit Wiltrud sicher gleich per Du sein. Jemand von den -roithers, -hofers, -bergers oder -leitners? Auch nicht. Sandra? Zu wenig verrückt. Toni? *Toni!* Warum waren sie da nicht sofort draufgekommen? Toni sah gewöhnungsbedürftig aus, redete kaum, und wenn, dann stellte er seltsame Fragen. Das perfekte Klischee eines durchgeknallten Designers mit vagem intellektuellem Anspruch.

Toni selbst zeigte sich wenig begeistert ob Karlas und Evas Plan, ihn faschingsprinzenmäßig in der Großstadt auftreten zu lassen.

»De-was?«, fragte er ungläubig und schielte durch sein verbliebenes linkes Brillenglas – das kaputte hatte er ersatzlos entfernt.

»Designer!«, korrigierte ihn Eva und rutschte aufgeregt auf der Bank vor Tonis Haus hin und her. »Toni, das ist so wichtig! Nicht nur für mich, sondern für uns alle. Und ohne dich geht es nicht.«

»Designer. So ein neumodischer Blödsinn!«, schnaufte Toni entnervt und zupfte nervös an seiner bunten Mütze herum. »I weiß ned, i weiß ned…«

Karla und Eva schauten ihn mit großen, bittenden Augen an.

Er blickte schnell in eine andere Richtung: »Außerdem ist es unehrlich! In der Bibel steht, man darf nicht lügen«, strapazierte er das Alte Testament und schlug lahm mit der Faust auf die Bank.

Karla und Eva schauten noch ein wenig intensiver bittend drein.

»I könnt dem Pfarrer nimmer in die Augen schauen!«, rief Toni anklagend.

»Siehst eh nix mit deiner Brille«, warf Eva ein, und alle lachten. Sie versuchte es mit einem letzten Anlauf: »Toni, wir verstehen deine Bedenken sehr gut. Aber weißt du, du würdest das ja nicht für Gottes Lohn machen, sondern für tausend Euro – bar auf die Hand«, versprach sie und zeigte auf Paul – die wandelnde Sparbüchse.

Toni fixierte Paul, danach Eva und Karla, und in seinem Kopf schien es zu arbeiten.

»Tausend Euro? Für einmal so einen De … De … wisst's eh … spielen? Wie lang soll das dauern? Einen Monat?«

»Nein, das Geld ist wirklich schnell verdient. Du musst nur einmal, ganz kurz, vielleicht eine Stunde, mit nach Wien. Dort musst du nichts reden – oder, sagen wir mal, ganz wenig. So leicht hast du noch nie in deinem Leben Geld verdient. Das kann doch keine Sünde sein? Eher doch eine Belohnung, oder?«, lullte ihn Karla ein.

Toni dachte nach. Und dachte. Und dachte. Er knetete seine Mütze, er schnaufte und brummte. Und schließlich stimmte er zu: »In Gottes Namen, ich mach halt mit. Aber eins sag ich euch: Des geht nicht gut aus! Aber i will dann ned schuld dran sein.«

Eva fiel Toni um den Hals. Karla grinste.

Sie blieben noch über Nacht bei Mirli und Eva, spielten mit den beiden im Garten Federball und Mau-Mau. Paul hielt nach dem Abendessen Guido auf dem Schoß und trank mit den Damen ein paar Gläschen Zirbenschnaps – aufs Geschäft. Manchmal drückte er heimlich unter dem Tisch Karlas Hand.

Mirli war enthusiastisch und freute sich vor allem, dass Eva aus ihrer Lethargie und Traurigkeit herausgeholt wurde. »Wisst's, wenn man jung ist, dann soll man was riskieren«, war sie überzeugt. Sie erzählte den dreien aus ihrer Jugend. Dass sie damals – sie war einundzwanzig – beschlossen hatte, nach Italien zu reisen. Ihre Eltern hielten sie für komplett durchgeknallt, doch das hielt sie nicht davon ab, die elendslange Reise in den Süden in Kauf zu nehmen. Schlussendlich landete sie in Venedig. »Mei, war des schön! Dieses Meer, diese Häuser, die Kanäle – so ganz anders als bei uns«, schwärmte sie. »Und der Guido …«

Alle blickten verwirrt auf den Dackel. Mirli lachte. »Naaa! Ned *der* Guido, der andere Guido.«

»Welcher Guido?«

»Mein Guido«, seufzte Mirli und lächelte verträumt. »Ein Mann wie aus dem Bilderbuch. Er war ein Schneider an der Rialto-Brücke.«

Karla erinnerte sich an das Bild von Mirli in der Preiner Hütte. So hübsch, wie sie war, musste sie ja gehörig für Hormonrausch bei den Italienern gesorgt haben.

»Ich habe die Kleider in seiner Auslage bewundert. Da ist er herausgekommen. Und dann war's um mich geschehen. Mei, war i verliebt. In den Guido.«

»Wie lange warst du in Venedig?«, wollte Eva wissen.

»Nach zwei Wochen wollt ich wieder heimfahren. Aber aus den zwei Wochen sind zwei Monate geworden. Dann hab i's nimmer aufschieben können. Es war ausgemacht, dass ich von meiner Taufpatin die Moor-Alm übernehme. Der Guido war traurig. Ich auch. Zum Abschied hat er mir das dunkelgrüne Dirndl genäht.«

»*Er?*«, riefen Karla und Eva erstaunt. Es war das Kleid, das Mirli auf dem Foto trug und mit dem sie Karla für den Kirtag ausgestattet hatte. Deshalb hatte sie damals so sentimental gewirkt.

»Ja ja«, nickte Mirli. »Er hat sich in den Modezeitschriften angesehen, wie so ein Dirndl aussehen kann, und hat mir dann ein ganz eigenes geschneidert.«

»Und dann?«, wollten sie mehr wissen.

»Na, dann bin i halt auf die Moor-Alm. War mir eh recht, weil i so an schiachen Liebeskummer g'habt hab. Mei, hab i g'weint. I war überzeugt, nie mehr einen Mann zu treffen, der mir so g'fallt wie der Guido.«

»Und dann?«

»Und dann«, sie zwinkerte, »is der Sepp dahergekommen.«

»Der Brucker Sepp«, erklärte Eva.

Mirli nickte.

»Aber war der nicht verheiratet?«

»Jo, schon. Aber sei Frau, die Hedwig, hat a G'spusi mit dem Holzberger Karl g'habt. Und so is er ihr um nix nachg'standen, wie er mich dann besucht hat«, skizzierte Mirli ihren pragmatischen Zugang zur Moral.

»Und dann?«

»Dann ist die Hedwig vor zehn Jahren gestorben. Umgefallen, und aus war's. Und der Sepp war frei.«

»Aber du hast ihn nicht geheiratet!«, warf Eva ein.

»Eh ned. Was soll a alte Schachtel wie i noch heiraten? Kinder kriagn werd i nimmer, und er mag oben auf seiner Alm bleiben. Es is', wie's is, und so is' guat. Prost!«, rief sie. »Auf die Liebe. Und jetzt geht's noch eine Runde spazieren, weil ihr sonst nicht schlafen könnt.«

Sie warf Eva einen vielsagenden Blick zu. Eva verstand und scheuchte Karla und Paul – husch, husch – davon. Karla schlug den kurzen Weg zum Waldrand ein. Der Weg wurde vom Mond erhellt und schlängelte sich sachte bergan den Hügel hinauf. Nebeneinander gingen sie schweigend ein paar Minuten, bis sie dort ankamen, von wo aus man einen wunderbaren Blick auf die umliegenden Berge hatte. Rabenschwarz hoben sich ihre schroffen Silhouetten vom mit Sternen übersäten dunkelblauen Nachthimmel ab.

»Wunderschön«, flüsterte Paul, blickte konzentriert in den Himmel und legte wie zufällig seinen Arm um Karlas Schultern.

Ein Schauder überlief sie. Sie drückte sich leicht gegen seinen Arm und legte, ganz beiläufig, ihre Hand auf die seine. Beide schwiegen.

Bedächtig wandte sich Paul zu ihr hin, nahm ihr Gesicht mit beiden Händen und zog sie sanft zu sich heran. Er beugte sich langsam zu ihr und verharrte einen Augenblick. Karlas Knie wurden weich wie Pudding. Sie schloss die Augen. Dann legte Paul seine Lippen auf die ihren und küsste sie. Lang, innig, voller Gefühl, mit ganzem Herzen, weich und wie frisch gesponnene Zuckerwatte. Als er seine Lippen von den ihren löste und ein paar Zentimeter zurückwich, nahm er Karla bei der Hand. Das war klug, denn hätte er das nicht getan, wäre sie sehr würdelos der Länge nach wie ein gefällter Baum nach hinten gekippt. Es hätte dem Augenblick wohl seinen Zauber genommen.

Merke: Wenn du einen Mann wirklich großartig findest, lass ihn nicht mehr los. In jeder Hinsicht.

31

Zurück in Wien, arrangierte Karla ein Treffen der beiden »Designer« mit Wiltrud bei Laszlo.

»Also. Nächste Woche. Mittwoch. Um drei. Hier bei uns. Melde dich unten beim Portier. Ich will alle Unterlagen sehen.«

Karla nickte.

»Ja?«, bellte Wiltrud ins Telefon.

»Ja«, sagte Karla. »Und was ist mit dem Vertrag?«

»Also. Erst das Gespräch, dann der Vertrag«, informierte Wiltrud sie knapp und legte grußlos auf. Kackbratze, arrogante!

Karla nützte die kommenden fünf Tage bis zum großen Auftritt bei Laszlo tagsüber, um alles vorzubereiten. Sie hing stundenlang am Telefon, um die Produktion in die Wege zu leiten. Alles musste bereit sein, damit mit dem Okay von Wiltrud sofort die Fertigung beginnen konnte.

Eva machte ihren Job hervorragend. Sie organisierte Lieferanten, holte fast alle alten Mitarbeiter zurück, erklärte ihnen die Idee, den Plan und die einzelnen Herstellungsschritte. Am Abend rechneten Paul und Karla alle Kostenstellen durch, lebten von asiatischen Eintopfgerichten, Rotwein und Küssen.

»Ich finde es sehr mutig von dir, dass du mit deinen 30 000 Euro einsteigst«, raunte Karla dankbar, als sie gemeinsam auf der Couch herumlungerten – Seite an Seite, die Beine ineinander verschlungen.

Paul stützte den Kopf auf den Arm: »Ja, das finde ich allerdings auch.«

»Du wirst sehen, das wird gutgehen«, prophezeite Karla – ins Blaue hinein.

Paul schaute zweifelnd.

»Was hat dich eigentlich überzeugt?«, wollte Karla wissen. Waren es ihre selbst gekochten Acht Schätze vom Billig-Chinesen nebenan? Oder der viele Rotwein? Oder doch der fast grenzgeniale Plan mit den Schuhen?

»Es … es …«, stotterte er, »es war kalkulativ vernünftig.«

»Vernünftig«, echote Karla und lachte.

»Dein Lieblingswort, nicht wahr?« Paul grinste.

»Dafür bin ich unterhaltsam!«, protestierte Karla. »Unstete Frauen sind leichter zu ertragen als vernünftige. Manchmal werden sie umgebracht, selten aber verlassen«, sagte sie im Brustton der Überzeugung und nahm noch einen Schluck Rotwein.

Pauls Bärtchen sträubte sich – prrrrr –, und er strich ihr zärtlich über die Wange.

Karla hielt kurz inne. Dann blickte sie ihn fest an und sagte: »Warum haben wir … ähm … nicht noch mehr?«

»Was?«

»Na ja. Körperkontakt und so.«

Sein Bärtchen sträubte sich energisch – PRRRRRR.

Er überlegte genau. »Weil ich mir nicht sicher bin, ob du mich möchtest, oder den … Investor.«

Karla richtete sich in Sekundenschnelle auf. »Wie bitte?«

Paul blickte auf den Boden.

»Du glaubst wirklich, dass ich hier mit dir sitze nur wegen

deines Geldes? Das denkst du wirklich von mir? Hältst du mich für so käuflich? Dass ich Gefühle gegen Geld biete?« Sie wurde mit jedem Wort lauter. Mittlerweile stand sie vor ihm, der förmlich im Sofa zu versinken schien. »Was glaubst du eigentlich, wer ich bin?«, donnerte sie und marschierte energisch auf dem Teppich auf und ab.

»Nein, du verstehst das falsch … Es tut mir leid, wenn …«

»Was tut dir leid? Dass du mich falsch eingeschätzt hast? Dass du, der ja meine Bankgeschichten kennt, dachtest, ich sei so armselig, dass ich auf dein Geld angewiesen bin? So sehr, dass ich dir Gefühle vorspiele?«, fauchte sie mit Tränen in den Augen.

Paul war aufgestanden. Er schien total verwirrt zu sein.

»Geh! Bitte geh! Und vergiss dieses Scheißding mit den Schuhen. Ich will dein Geld nicht mehr.«

Paul wollte noch etwas sagen, doch Karla stand schon bei der Tür und hielt sie auf.

Er folgte ihr, blickte sie, bei der Tür angelangt, noch einmal traurig an und verließ mit gesenktem Kopf die Wohnung.

Karla warf sich, blind vor Tränen, auf ihr Bett und heulte sich die Augen aus dem Kopf. Sie war so gekränkt. Dass er das von ihr dachte?! Wie konnte er nur? Dabei meinte sie es ernster als je zuvor. Sie *mochte* ihn – als Mensch und als Mann.

Ein lautes Klopfen an der Wohnungstür holte sie aus dem Tal der Tränen. Sie horchte. Es klopfte energischer.

Paul? War er zurückgekommen? *Bitte lass es Paul sein.* Nein! Sollte er sich zum Teufel scheren. Er glaubte wirklich, sie sei so berechnend … Wieder wurde sie von einer Welle der Traurigkeit mitgerissen.

Es klopfte erneut. Sie fuhr sich mit dem Handrücken schnell über die triefende Nase und ging zur Tür. Was sollte sie sagen? Sollte er sie so sehen? Sie warf einen Blick in den kleinen Spiegel neben der Eingangstür. Ui, ui, das war nicht schön, was ihr da entgegenblickte. Sie könnte ihm ja durch die Tür etwas zurufen. Aber was? Bleib da? Hau ab?

»Mach auf!«, schrie Ellie von draußen und hämmerte gegen die Tür.

Ellie. Mist. Karla hatte den Schlüssel nicht abgezogen. Sie öffnete, und Ellie blickte ihr erstaunt ins Gesicht. »Nightmare on Pfarrgasse?«, fragte sie und stellte baff ihre Tasche ab. »Du siehst fürchterlich aus! Was ist denn passiert?«

Karlas konkrete Antwort bestand aus einem mitleidserregenden Jaulen. Ellie verstand und folgte ihrer weinenden Freundin ins Wohnzimmer – dorthin, wo vor Kurzem das Unglück seinen Lauf genommen hatte.

Nachdem Ellie ihr ein Glas Wasser gebracht hatte – nicht ohne streng darauf hinzuweisen, dass man sie, Karla, keine zehn Tage allein lassen konnte –, erzählte ihr Karla mit erstickter Stimme, was geschehen war. »… und dann ist er gegangen. Einfach so«, schniefte sie und schnäuzte sich die Nase.

»Du hast ihn rausgeworfen!«, widersprach Ellie.

Karla nickte schwach.

»Ich glaube, der ist total in dich verliebt.«

Karla zuckte mit den Schultern.

»Hast du ihm jemals gesagt, dass du ihn magst?«

Karla überlegte und schüttelte den Kopf: »Er hat ja nicht gefragt.«

»Er hat ja nicht gefraaaaaaagt«, echote Ellie und zeigte ihr den Vogel. »Wie wär's damit: Er hatte einfach Angst, dass er mit seinem Korb an Gefühlen allein dasteht? Dass er reinen Tisch machen will, ist doch verständlich und auch richtig! Wer garantiert ihm denn, dass du *nicht* so bist?«

»Wie?«

»Freundliches Gesicht und berechnende Absichten? Küsschen für Kohle. Hallo? Wach mal auf und hör auf, rumzuspinnen.«

Karla weinte wieder.

Ellie setzte sich neben sie und schaute ihr von unten ins Gesicht. »Magst du ihn?«

»Jooooooo«, heulte Karla wie ein sibirischer Wolfshund.

Ellie musste lächeln. »Da schau einer an. Die Karla und der Banken-Paul. Ich pack es nicht.«

»Nix mehr mit Karla und Banken-Paul. Alles vorbei. Ich bin so blöde.«

»Stimmt. Aber noch ist nicht aller Tage Abend – wenngleich es schon ziemlich spät ist. Egal. Du wirst dich morgen bei ihm entschuldigen. Und dann ist alles wieder gut. Und jetzt: Ab ins Bett, du bösartige Heulsuse!«

Ellie umarmte Karla und schob sie in ihr Zimmer.

»Und? Wie geht es jetzt weiter?«, wollte Ellie wissen, als sie Karla am nächsten Morgen mit grauem Gesicht am Küchentisch sitzen sah.

Karla verzog den Mund.

»Rede mit ihm!«

Karla verzog neuerlich den Mund.

»Du weißt ja, wo er ist.«

»M-hm.«

»Ruf ihn an. Verabrede dich mit ihm. Entschuldige dich.«

»Ich komme mir so blöd vor. Er hält mich garantiert für eine hysterische Irre.«

»Er ist in dich verliebt. Heißt: Er wird das erst in ein paar Monaten erkennen.« Ellie lachte sich über ihren Scherz fast scheckig.

»Was soll ich sagen?«, stöhnte Karla und legte den Kopf auf den Tisch.

»Wie wäre es mit ›Entschuldigung‹?«

»Das ist zu wenig. Ich war so eine Idiotin!«

»Wie wäre es mit: ›Ich war so eine Idiotin‹?«

Karla warf Ellie von der Tischplatte aus einen hilflosen Blick zu.

»Zieh dich an, fahr zu ihm, bring ihm … was weiß ich … Blumen?«

»Blumen, pffff.«

»Dann überleg dir was Besseres. Ich muss jetzt in die Uni.«

»Wieso? Sind doch Ferien?«

»Ja, für die Studenten. Aber nicht für unser Forschungsprojekt.«

»Wasserdings, hm?«

»Genau. Wasserdings im Wandel der Zeit. Oder anders formuliert ›Die Auswirkungen der Klimaerwärmung auf die Wasserkraftnutzung‹.«

Nachdem Ellie gegangen war, legte Karla, passend zu ihrer Stimmung, »When I Need You« von Celine Dion auf und ging wieder ins Bett. Die Scheibe hatte sie aus Imagegründen hinter CDs von Ella Fitzgerald, ein paar Jazz-Compilations, die sie nie gehört hatte, und zwei Klassik-Alben versteckt.

Während Dion herzzerreißend losgreinte, weil keiner da war, den sie mit dem reich bestückten Füllhorn ihrer Emotionen ersäufen konnte, überlegte Karla. Sollte sie Paul anrufen? Was sollte sie ihm sagen? Er wäre sicher in der Bank und würde kurz angebunden reagieren. Was würde sie dann tun? Oder würde er gar nicht abheben? Er würde nicht abheben können, weil er in der Bank war. Oder vielleicht hob er gar nicht ab, weil er nicht mit ihr sprechen wollte? Er würde ihren Namen auf dem Display sehen und sie wegdrücken. Er würde ihr beweisen wollen, wie sehr sie sich danebenbenommen hatte. Und dann glaubte er wohl, sie käme angekrochen?! Sicher nicht! Sollte er doch länger in seiner verstaubten Bank hocken und warten. Was bildete er sich eigentlich ein?

Obwohl: Nein, so war Paul nicht. Er würde sicher sehr traurig an seinem Schreibtisch sitzen und ständig an sie denken. Würde er das? Dooooch. Ellie sagte, er wäre in Karla verliebt. Seit wann hatte Ellie recht? Eigentlich immer schon. Also anrufen? Besser gleich, ehe sie es sich anders überlegte.

»Karla?« Paul hob bereits beim ersten Läuten ab.

»Ja«, miaute Karla sehr devot in den Hörer. Sollte sie gleich mit ihrer Entschuldigung loslegen? Ihr fehlten die Worte.

»Ja?«, fragte Paul unsicher.

»Können wir reden?«

»Wann?«

»Weiß nicht. Heute?«

»Moment – sorry, ich muss auflegen. Ich melde mich.«

Knack. Und weg war er.

Karla fühlte sich wie vor den Kopf gestoßen. Was war das

denn? Da fasste sie sich ein Herz, rief an, machte sich zum Deppen … kroch vor ihm zu Kreuze, breitete ohne Scham und Würde ihr Seelenleben aus, beugte sich unter der Last der Schuld … Ach so, der Teil kam erst. Trotzdem: ein kurz angebundenes »Ich muss auflegen«? Sie merkte, wie sie bockig wurde. So nicht, junger Mann! Dann kam sie eben in die Bank! Persönlich!

Karla zögerte erst, dann ging sie entschlossen auf Paul zu. Mit geröteten Wangen baute sie sich vor ihm auf und schnappte nach Luft.

»Hier bin ich. Persönlich!«

»Das freut mich, aber …«, flüsterte Paul und sah sich schnell nach seiner Kundin um. Die begaffte verärgert die Szene.

»Was … aber?«

»Es ist gerade nicht so günstig«, entschuldigte sich Paul. »Können wir später reden? Mittags?«

Legte der jetzt quasi schon wieder auf?

»Kann es sein, dass du mir ausweichst?«, fragte Karla und runzelte die Stirn.

»Nein. Karla, wirklich nicht. Ich würde viel drum geben, hier jetzt abhauen zu können, um dir zu sagen, wie leid mir das alles tut.«

»Mir tut es leid!« Karla fiel ihm impulsiv um den Hals.

Paul umarmte sie fest. Er drückte sein Gesicht in ihr Haar und atmete tief ein. Alles wurde wieder gut.

»Das ist eine Frechheit! Wo bin ich hier?«, kreischte die Kundin, anscheinend eine von der Sorte, die man so gerne hat wie eine Geschlechtskrankheit, und stemmte angriffslustig die Hände in die Hüften.

Paul küsste Karla flugs auf die Nase, flüsterte »um zwölf« und ging betont lässig zu seinem Beratungspult zurück.

Karla wandte sich zum Gehen, als eine junge Frau sie ansprach.

»Frau Fischer?«

Merke: Wenn jemand in einer Bank deinen Namen ruft, dann fliehe weit und schnell! Oder tu wenigstens so, als würdest du entweder nicht sehen oder zumindest nicht hören können.

Karlas erster Impuls war daher, das Tempo zu beschleunigen und in Stevie-Wonder-Manier in Richtung Ausgang zu wackeln. Als die junge Frau aber lauter rief, blieb Karla dann doch stehen und drehte sich langsam um.

»Jahaaa?«

Vor ihr stand eine typische Bank-Maus: dezent, höflich, gepflegt. Sie streckte Karla einen Briefumschlag hin und lächelte das verbindliche Bankenlächeln. Es kam nicht von Herzen, sondern vom Kontoauszugsdrucker.

Karla warf einen schnellen Blick auf das Kuvert und einen hilflosen in Richtung Paul. Doch der war bereits mit seiner Kundin beschäftigt und sah nicht mal auf.

»Ich dachte mir: Wenn ich Sie schon hier in unserem Institut sehe, dann gebe ich Ihnen das Schreiben doch gleich persönlich, nicht wahr? Im Mittelpunkt steht der Mensch, nicht wahr?«, zitierte sie den Werbeslogan der Bank, lächelte und zeigte dabei all ihre strahlenden Beißerchen.

Karla wich einen Schritt zurück und beäugte das Kuvert, als hielte ihr die Bankdame eine abgezogene Handgranate hin. Sollte das Ding doch in ihrer Hand detonieren!

Sekunden vergingen. »Das ist für *Sie*«, bekräftigte die Angestellte, drückte ihr das Schreiben in die Hand und wandte sich mit einem höflichen Nicken ab.

Karla blieb nichts anderes übrig, als den Brief zu nehmen. Dann floh sie nach draußen. Sie setzte sich auf eine der Parkbänke, die neben der Bank im Grünen zum Verweilen einluden, und öffnete zögerlich den Umschlag. Was könnte da drinnen sein? Sie las: *Sehr geehrte Frau Fischer, hiermit übermitteln wir Ihnen die Zahlungsein- und -ausgänge von der Zentralverrechnungsstelle … Blabla …* Das fing nicht gut an!

Aber halt. Jemand hatte ihr 2000 Euro überwiesen. Und zwar, als sie in Hinter-Russbach gewesen war. Sie überflog die Buchungszeile und … traute ihren Augen nicht. Neben der Kontonummer des edlen Spenders stand auch sein Name.

Pünktlich um zwölf Uhr raste Paul aus der Bank, direkt in Karlas Arme. Sie setzten sich auf eine Bank und umschlangen einander, als würden sie sich dadurch versichern, dass der andere da war und nicht wieder verloren gehen konnte. Paul erklärte ihr seine Sicht der Dinge, legte seine Hoffnungen und Ängste dar; versicherte ihr, niemals darauf spekuliert zu haben, ihre Zuneigung kaufen zu können.

»Ich weiß«, sagte Karla und reichte Paul den Briefumschlag.

»Was ist das?«, wollte er wissen und betrachtete skeptisch den Schriftzug seiner Bank auf dem Kuvert.

»Solltest du das nicht wissen?«

»Oh.« Paul war kurz sprachlos.

»Ich finde das total lieb von dir. Du hast mir damals echt den Arsch gerettet … und ich wusste genau nichts davon.«

Paul zuckte mit den Schultern und schenkte ihr ein Lächeln, so warm wie die Sommersonne, die beiden auf die Nasen schien.

»Du hast nie ein Wort davon gesagt.« Karla fiel ihm um den Hals und machte dann das, was Ellie ihr geraten hatte: Sie trug ihr Herz auf der Zunge und gab freimütig zu, wie sehr sie Paul mochte. So sehr, dass ihr Herz hüpfte, wenn sie nur an ihn dachte; so sehr, dass sie seinen Namen am liebsten ganz groß auf die Wand ihres Schlafzimmers pinseln wollte. In *Rot*! Wenn das nicht romantisch war!

Als er, jetzt wieder lächelnd, selig und glücklich, in die Bank zurückkehren musste, verabredeten sie sich für den nächsten Tag. Eine Wolke, süß und flaumig wie italienische Pannacotta, trug Karla durch die weiteren Stunden.

32

Einen Tag vor der Präsentation bei Wiltrud bereitete Karla Eva telefonisch auf ihre Rolle als KON_GO-Designerin vor. Die beiden, Eva und Toni, würden morgen Vormittag nach Wien kommen und ihre Show abziehen müssen.

»Ich könnte mir doch einen Tick zulegen?«, schlug Eva vor.

»*Ja,* genau! Du könntest ständig mit einem Auge zwinkern.«

»Das macht doch der Toni neuerdings, seit seine Brille hinüber ist.«

»Stimmt. Er soll einfach nur so sein, wie er ist. Wenn Wiltrud ihn etwas fragt, soll er, wie gehabt, einfach nur die Frage wiederholen …«

»… oder schweigen«, meinte Eva. »Wir müssen ihn ja gar nicht mal besonders drauf vorbereiten.«

Beide kicherten. Karla hatte sämtliche Unterlagen, die sie den Tag über vorbereitet hatte, auf dem Esstisch ausgebreitet und wiederholte laut das, was sie Wiltrud erläutern könnte. Es musste einfach klappen! Sie hatte Toni und Eva eine langatmige Künstlerbiografie angedichtet, hierfür aus dem Internet wahllos irgendwelche Ausstellungen gezogen und zusammengestellt. Die finnische Website erklärte sie wortreich für »under construction«, und das Atelier der beiden ließ sie, architektonisch wertvoll und aus kreativen

Gründen versteckt, im Nirgendwo hinter dem Preiner Kogel aus dem Wiesenboden wachsen. Dort würde Wiltrud nie nachsehen. Sie hatte mit Evas Hilfe eine ausführliche Präsentationsmappe der Sneakers gestaltet und detailreich die Materialien und den Zusammenhang derselben mit dem Zeitgeist beschrieben. Der Einfachheit halber klaute sie aus Wikipedia ein paar Floskeln über den weltberühmten Architekten Mies van der Rohe und passte diese an die Turnschuhe an. Das Ganze auf Englisch, verstand sich, damit Wiltrud, deren einzige Schwäche in der gemeinsamen Schulzeit die Fremdsprachen gewesen waren, nicht alles verstand:

»KON_GO, *like many of modern contemporaries, seek to establish a new shoe-style that could represent modern times, just as Classical and Gothic did for their own eras. They strive towards a style with a minimal framework of structural order balanced against the implied freedom of free-flowing open space. They call their shoes ›skin and bones‹ shoe-architecture. They seek a rational approach that would guide the creative process of design.*«

»Bist du irre? Klassik und Gotik? Das ist doch totaler Quatsch. Außerdem versteht das kein Mensch«, warnte Ellie, als sie Karlas Unterlagen durchblätterte.

»Na und? Was ist daran schlecht?«

»Das kauft dir Wiltrud nie ab! Das klingt alles derartig künstlich und nach Blabla.«

»KON_GO sind künstlich. Oder besser gesagt: Kunst. Abstrakte Kunst! Jawoll! Da ist der Raum für Interpretation sehr weit. Also bleib locker«, entgegnete Karla cool und begutachtete die Socken an ihren Füßen, die sie auf die Tischplatte gelegt hatte.

Ellie wanderte mit den Zetteln um den Küchentisch und schüttelte den Kopf: »Oder das hier: *free-flowing open space.* Frei fließender offener Raum. Bei einem *Turnschuh*?«

Karla zuckte mit den Schultern. »Kann doch sein, oder? Alles nur eine Frage der Anschauung. Damit könnten doch die Schnürsenkellöcher gemeint sein. Oder auch nicht. Alles ist möglich. Bei KON_GO … bruhahaha.«

Ellie, genervt ob Karlas Unbekümmertheit, äffte sie nach: »Bräääh, bräääh. Hoffentlich vergeht dir nicht das Lachen.«

»Jetzt krieg dich doch wieder ein. Ich *muss* den Holler hier schreiben! So, wie ich das Designer-Duo dargestellt habe, kann ich keine Fakten, Fakten, Fakten liefern.«

»Weil's keine Fakten, Fakten gibt, meine liebe Karla. Weil es kein Duo gibt, und auch sonst nix Handfestes.«

»Oh doch«, widersprach Karla, hangelte mit dem Arm nach dem Turnschuh, der unter dem Tisch lag, und hielt ihn siegessicher hoch. »Diesen hier.«

Ellie lehnte sich an den Türrahmen und hielt sich demonstrativ die Augen zu.

»Ich bin beeindruckt! Ein paar Treter. Und damit willst du die Welt erobern, oder?«

»Mir reicht es schon, wenn Laszlo ein paar davon verkauft.«

»Was sagt übrigens dein Bank-Fuzzi dazu?«

Karla machte ein böses Gesicht. »Er ist kein Bank-Fuzzi!«

»Hui, wie schnell sich Dinge ändern können, hm? Und was sagt er nun dazu?«

»Nun. Nichts. Er kennt das Konzept noch nicht.«

»Weil?«

»Weil wir uns erst morgen nach der Präsentation bei Laszlo sehen.«

»Soso.« Ellie setzte sich an den Tisch und stützte ihr Kinn in die Hand. »Na, dann bin ich ja mal gespannt, was Tarantula vom Schuhmarkt dazu sagt.«

»Wer?«

»Wiltrud.«

Eva, ungeschminkt und komplett schwarz angezogen, stand in einem starken Kontrast zu Toni, der wie immer seine bunte Strickmütze am Kopf hatte, eine abgewetzte braune Cordhose trug und auch auf seine alten, abgetretenen Gosauer nicht verzichtet hatte. Wiltrud hob, als die drei bei Laszlo auftauchten, pikiert die perfekt fassonierte rechte Augenbraue. Sie begrüßte knapp Karla, zuckte ein paarmal mit den Mundwinkeln und taxierte skeptisch Eva, ehe sie diese begrüßte. Schlussendlich reichte sie Toni zögerlich die Hand. Der packte beherzt zu, schüttelte sie ordentlich durch – und schielte interessiert durch sein verbliebenes Brillenglas auf die futuristische Deckenlampe über Wiltruds Kopf. Wenn sie nicht jetzt auf der Stelle den Termin platzen ließ, musste sie wirklich Interesse an den Sneakers haben.

Wiltruds Büro war der Hammer! So groß wie Karlas und Ellies Wohnung, lichtdurchflutet, mit mannshohen modernen Bildern an der Wand. Ein fast weißer Steinboden gab den Besuchern das Gefühl, auf Glas zu gehen. Das Interieur: minimalistisch, teuer. Wiltrud wies Karla, Eva und Toni an, sich auf der hellgrauen Leder-Sitzgarnitur niederzulassen. Sie nahm, den dreien gegenüber, in einem außergewöhnlich schönen Stuhl aus Stahlrohr und Leder Platz. Toni hatte sich zu wenig im Griff. Er verfolgte fasziniert mit seinem

Zyklopen-Auge hinter dem Brillenglas Wiltruds Bewegung, als sie sich elegant in dem Sessel zurücklehnte. Um ja nichts Falsches zu sagen oder in irgendein Fettnäpfchen zu treten, riss sich Karla zusammen und verbiss sich jedweden Kommentar.

»LC1, Basculant, Le Corbusier von 1929. Kennen Sie sicherlich«, erklärte Wiltrud dünkelhaft und warf Toni einen aufmunternden Blick zu. Der Blick hieß so viel wie: Na? Was kommt jetzt von dir, du Kreativ-Zombie?

Karla wurde angst und bange. Toni wusste sicherlich nicht, wer Le Corbusier war. Würde er jetzt alles kaputt machen? Ihr Puls legte ein paar Takte zu. *Bumm, Bumm, Bumm* donnerte es in ihr, und sie fühlte Panik in sich hochsteigen.

Toni legte den Kopf schief nach links, dann nach rechts, nahm langsam seine Brille ab und hauchte das verbliebene Glas an. Die Anspannung war zum Zerbersten. Auch Eva saß, wie unter Strom, neben ihm und wagte kaum zu atmen.

Toni putzte die Brille an seinem karierten Hemd ab, setzte sie umständlich auf und murmelte desinteressiert: »Aber fliegen kann er trotzdem nicht.«

»Wie bitte?«

Er zeigte auf den Stuhl. »Der da. Kann er fliegen?«

»Ich verstehe nicht … Nein, kann er nicht.«

»Eben«, sagte Toni gelangweilt. »Also auch nur ein Sessel.«

Wiltrud glotzte Toni an. Sprachlos. Karla nutzte die Sekunde und rief mit gespielter Heiterkeit: »Hach ja, übers Design lässt sich vortrefflich diskutieren, nicht wahr?«

Wiltrud warf ihr einen verächtlichen Blick zu. »Also. Dann will ich mir jetzt die Unterlagen ansehen.« Sie blätterte in einer der Mappen, die Karla auf den Tisch gelegt hatte.

Bestens gebrieft, überzeugend durch ihr Fachwissen und

eine zur Schau gestellte Manieriertheit, die Karla fast ihre Contenance kostete, steckte Eva bei der Präsentation die misstrauische Wiltrud in die Tasche.

Toni schwieg das restliche Gespräch über – scheinbar bedeutungsvoll. So interpretierte es hoffentlich Wiltrud, die natürlich wissen wollte, wie sie auf das Label KON_GO gekommen waren.

Sie richtete ihre Frage ausgerechnet an Toni und schaute ihn eisig an.

»Also. Warum KON_GO?«

»Warum nicht?«, antwortete Toni – wie immer – und zupfte gedankenabwesend an seiner bunten Mütze herum.

»Na ja.« Wiltrud war irritiert und hüstelte künstlich. »Hört sich eher nach Afrika an, als nach, äh …«, sie blätterte in ihren Notizen, »Salzkammergut.«

Toni nickte. »Stimmt.«

Wiltrud schaute fragend erst Eva und dann Karla an. Karla hob abwehrend ihre Hände – nun waren die Designer am Zug. Sie würden sich ja wohl dabei was gedacht haben. Was genau – das blieb ein Geheimnis. Eva zuckte, anders als vereinbart, hin und wieder mit einem Auge.

»Also. Kooperation Konglomerat, ja?«, wandte sich Wiltrud erneut an Toni.

»Ja«, sagte der, die Hände mittlerweile tief in seinen Hosentaschen vergraben, und zog die Ferse seines Schuhs fest über den glänzenden Steinboden, was ein quietschendes Geräusch ergab. Wiltrud blickte streng auf seine Schuhe.

Um ihre Nerven nicht über die Maßen zu strapazieren – alles Wesentliche war gesagt – lenkte Karla das Thema in Richtung Vertrag. Es wurde vereinbart, dass KON_GO innerhalb des nächsten Monats, also rechtzeitig für die

Sommersaison des neuen Jahres, eine kleine Kollektion der Sneakers exklusiv für Laszlo fertigen sollte. Wie abgemacht, würde Laszlo eine angemessene Präsentation vor der geladenen Presse organisieren. Die Unterlagen hierfür sollten von KON_GO zur Verfügung gestellt werden.

»Also. Und jetzt zum Finanziellen«, leitete Wiltrud ein. Ausgehend von 30 000 Euro Produktionskosten, die Karla offengelegt hatte und die von Laszlo überprüft worden waren, bot Wiltrud 45 000 Euro für die gesamte Kollektion von 300 Paar an. Mit einem Verkaufspreis von 200 Euro, die Wiltrud für realistisch hielt, würde sich das Geschäft für Laszlo rentieren. Und wenn die Schuhe guten Absatz fanden, wäre man bereit, eine weitere Kollektion zu übernehmen.

Karla rechnete im Kopf schnell nach: Bei 45 000 Euro blieben jedem – also ihr, Eva und Paul – 5000 Euro Gewinn übrig. Perfekt!

Abgebrüht, ja fast desinteressiert, schlenderten sie aus Wiltruds Büro, verließen Laszlo, schlenderten noch zwei Straßen weiter, ehe Eva und Karla einander hysterisch lachend um den Hals fielen. Sie umarmten Toni, der trotz seiner Vorbehalte grinsen musste und es vorzog, von den beiden Frauen nicht enger in den Freudentanz mit eingeschlossen zu werden.

»Das ist sooooo klasse!«, rief Eva und klatschte in die Hände.

Karla sprang von einem Fuß auf den anderen. »Und sie hat *nichts* gemerkt! Jipiiiieeee! Ihr wart so spitze!«

»Jetzt geht's los! Ich werde heut noch mit dem Rupert reden, wann wir starten. Morgen? Toni, was sagst du?«, fragte ihn Eva, und ihr Grinsen leuchtete wie eine Kirchturmspitze in der Mittagssonne.

»I weiß ned, i weiß ned. Wenn des nur gutgeht«, strapazierte er wieder seine alte Leier.

»Papperlapapp!«, entkräftete Karla wortgewandt seinen Einwand und klopfte ihm auf die Schulter. »Alles wird gut. Ich spüre das!«

Nachdem Eva und Toni mit dem Lieferwagen den Heimweg nach Hinter-Russbach angetreten hatten, rief Karla Paul an und verabredete sich für den Abend mit ihm.

»Und dann zeigt sie auf ihren Le-Corbusier-Stuhl und fragt Toni, was er wohl vom Design halte.«

»Und?« Paul machte große Augen.

»Und der lässt die coole Sau raushängen und meint nur, dass der Sessel auch nur ein Sessel wäre, weil er nicht fliegen kann.«

»Nicht fliegen kann?«, wiederholte Paul und schaute fragend.

»Ahaha. Genau so hat Wiltrud auch geguckt. Wie ein Bus.« Karla lachte schallend.

Sie berichtete ihm en detail über ihren Auftritt bei Laszlo. Ahmte Eva in der Rolle der ebenso exzentrischen wie profunden Designerin nach, schielte dämlich wie Toni über eine imaginäre Brille hinweg und mimte Wiltrud, den wandelnden Gefrierschrank in Armani-Couture. Paul lachte sich scheckig.

»Und dann hat sie euch den Vertrag gegeben?«

»Jop. Gut, hm?«

Er nickte. »Alle Achtung. Ich persönlich würde zwar keine Geschäfte mit drei Leuten machen, die ich nicht kenne und die wie die Heiligen Drei Könige aus dem Niemandsland auftauchen ... aber wenn diese, äh, Wiltrud, sich das traut ... Uns soll es recht sein, oder?«

»Und wie uns das recht sein soll.« Karla zeigte mit beiden Daumen nach oben und wackelte mit den Händen. »Ooooh, wir werden reich sein. Ooooh, ich kann wieder einkau...«

Paul lächelte.

»Sparen!«, rief Karla schnell und hielt Paul mit einer Hand den Mund zu. »Nichts sagen. Hörst du? Nichts sagen!«

Paul nickte heftig, und um seine Augen kräuselten sich Lachfalten. Karla warf sich auf ihn und presste ihm statt ihrer Hand die Lippen auf den Mund.

»Hmmhaaarrrgewweeeeeen!«, brummte Paul dumpf.

»Was?«, fragte sie und löste sich von ihm.

»Ich hätte gerne noch ein Glas Wein«, sagte er und ächzte.

»Alles, was du willst«, säuselte Karla und reichte ihm die Flasche.

»Was ich will? Alles?«

»Jop.«

Paul nahm ihr die Flasche aus der Hand und stellte sie sachte auf den Tisch. Dann wandte er sich zu Karla, sah sie lange an und strich ihr sanft die Haarsträhne, die ihr ständig ins Gesicht fiel, hinters Ohr.

In seinen graublauen Augen tobte ein Gewitter.

Die Nacht wurde lang.

33

In Hinter-Russbach steppte der Bär. Aber nicht, wie gehabt, am Dorfplatz, sondern in der Schuhfabrik der Gosauer. Fast alle Mitarbeiter waren gekommen, um den Auftrag, den Karla und Eva an Land gezogen hatten, zu erfüllen. Paul hatte gut kalkuliert, und so schaute für jeden ein ganzer Monatslohn heraus. Sogar Hans und Peter, die bereits zwei gebrauchte Traktoren wieder flottgemacht und via Internet an den Mann gebracht hatten, waren da, um mitzuarbeiten. Eva führte das Regiment an, und sie machte ihre Sache gut. Sie beantwortete alle Fragen, kontrollierte sämtliche Produktionsschritte, sprang ein, wenn jemand Hilfe brauchte, und konnte sogar Rupert dazu überreden, fürs Mittagessen – mit Fleisch – zu sorgen. Maria, Tante Mirli, Julius, Resi von der Post, Herta, die Obfrau des Trachtenvereins und Vorsitzende des Sparvereins, Melinda und fünf andere Dorfbewohner nähten und bestickten die Inlets der Schuhschachteln – die Leinentaschen für die Sneakers. Eva und Karla hatten sich für ein sattrotes »KON_GO«-Logo entschieden: modern, geschwungene Schrift, aber ohne viel Schnörkel und Trara. Tante Mirli hatte noch durchgesetzt, dass wenigstens ein kleines Blümchen irgendwo zu sehen sein sollte, und so einigte man sich darauf, das zweite »o« im Wort »KON_GO« durch eine schlicht gestochene Blume zu ersetzen.

Paul fand den Entwurf »sehr schön«. Und sogar Ellie, dem Projekt nach wie vor durchweg abgeneigt, war sichtlich beeindruckt. Sie half sogar Karla bei der Erstellung der Präsentationsunterlagen und korrigierte und kopierte, was Karla wünschte. Das Telefon zwischen Hinter-Russbach und Wien stand in Dauerbetrieb, doch für Karla gab es dort nichts zu tun, und so konzentrierte sie sich darauf, die besten Presseunterlagen, die sie jemals für ein Produkt zusammengestellt hatte, zu gestalten.

»Sollte ich mich mit Ralph treffen?«, fragte sie Ellie, als sie gemeinsam zu Abend aßen.

»Wischo?«, wollte Ellie, kauend, wissen.

»Weil der zwar menschlich fragwürdig ist, aber beruflich ein Profi. Der könnte mir vielleicht ein paar Unterlagen von Leitner & Partner geben? Möglicherweise haben die inzwischen neue Ideen gehabt, wie man sein Liebkind medial gut verbraten kann.«

»Und was willst du ihm sagen? Du machst jetzt in Schuhproduktion und so? Der fragt doch garantiert nach, und – *patsch!* – schon weiß die liebe Wiltrud Bescheid. Nicht sehr klug, oder?«

»Hm-hm. Auch wieder wahr.«

»Was hast du nur an dem gefunden? Okay, er war redegewandt. Und sonst?«

Karla dachte nach. »Weiß nicht. Wir haben uns ergänzt, oder?«

Ellie machte ein würgendes Geräusch und verdrehte die Augen.

»Wir haben uns nicht ergänzt?«, mutmaßte Karla.

»Der war kühl. Das warst du nie. Das Einzige, was an dem heiß war, war die Luft, die er verströmt hat …«

»Das habe ich nie – heiße Luft verströmt!«, ergänzte Karla im Brustton der Überzeugung.

Ellie hustete.

»Und was, wenn ich ihm halt irgendeine Geschichte erzähle? Wegen der Schuhe?«

»*Noch eine Geschichte???*«, rief Ellie und riss die Arme so schnell in die Höhe, dass ihr die Gabel aus der Hand fiel und scheppernd zu Boden krachte.

Karla zuckte zusammen. »Na gut. Keine neue Geschichte.«

Beide dachten nach.

»Findest du, dass Paul und ich auch nicht zusammenpassen?«, nahm Karla das Gespräch wieder auf.

Ellie fischte mit den Fingern im Glas nach einer Gurke und warf Karla einen Seitenblick zu: »Weiß nicht. Müsste euch mal zusammen sehen. Aber so prinzipiell denke ich nicht, dass er dir schadet.«

»Schadet. Wie sich das anhört. Pffff.«

»Na was? Ralph hatte dir geschadet. Er hat keinen guten Einfluss auf dich gehabt.«

Karla zog die Augenbraue hoch. Ellie fuhr fort: »Der hat dich mit seinem Lifestyle-Blabla total kirre gemacht. Immer nur Klamotten hier, Label dort, Party hier, Brunch dort …«

»Und warum sagst du mir das jetzt?«

»Hab ich dir damals auch schon gesagt. Aber du wolltest es ja nicht hören.« Ellie schob sich ihre bunte Brille auf die kurzen blonden Haare.

»War ich damals unausstehlich?«, wollte Karla wissen.

»Nein. Ich kenne dich lange genug, um zu wissen, wer du bist.«

»Und jetzt hast du das Gefühl, dass ich bin, wer ich bin?«

Ellie überlegte absichtlich lange. So lange, dass Karla ihr einen Schubs gab. »Okay, jaaaaa! Ja, jetzt bist du die, die ich kenne.«

»Dann is' ja gut«, schnurrte Karla und umarmte ihre Freundin.

»Aber hier einziehen braucht er trotzdem nicht!«

»Naaain. Was ist übrigens mit Fuchtel-Detlev?«

Ellie wurde rot.

»Nichts. Warum?«, flötete sie.

»Hast gar nichts mehr von ihm erzählt. Warst doch bei ihm, oder nicht?«

»Ja ja. Er überlegt, ein Semester als Assistent bei uns zu arbeiten.«

»Also alles rein wissenschaftlich?«

»Was?«

»Eure Beziehung. Die Steigerung von der platonischen Liebe zur hydrologischen Liebe …« Karla lachte laut, hielt sich verschämt die Hand vor den Mund und murmelte und raunte heiser: »Schatz, du bist schon wieder so feucht.«

Beide prusteten los.

Ellie stand auf. »Bevor es jetzt noch derber wird, geh ich lieber. Detlev hat's übrigens nicht so mit der platonischen Liebe«, rief sie im Hinausgehen und wackelte mit dem Hintern.

»Der zieht aber auch nicht bei uns ein«, schrie Karla ihr nach und steckte sich die letzte Gurke, die einsam im Glas schwamm, in den Mund. Keiner war dafür geschaffen, allein zu sein.

34

Die Idee, Ralph über neue Kampagnen auszufragen, ließ Karla keine Ruhe. Außerdem interessierte sie, was auf seiner Party über sie geredet worden war. Sollte sie ihn anrufen? Oder eine SMS senden? Wie schmal war der Grat, auf dem sie wandeln konnte, ohne Ralph zu viel zu verraten? Sie könnte ihm doch beinhart dieselbe Geschichte von »KON_GO« reindrücken wie Wiltrud. Würde er das glauben? Sicher. Wenn Wiltrud drauf reinfiel, warum nicht auch Ralph? Dass er jedem blöden Trend hinterherlatschte, bewies, dass er so kritisch war wie eine Banane. Andererseits: Er liebte Gossip und hing den halben Tag am Telefon, um Klatsch zu verbreiten. Konnte ihr das schaden? Oder diente es der Sache, weil er damit indirekt Werbung für »KON_GO« machte? Ach was, sie würde mal schauen, dann würde sie schon sehen.

Ein paar Mails gingen hin und her, und zwei Tage später trafen Karla und Ralph sich an Deck des Badeschiffs, einem ultracoolen Restaurant am Donaukanal. Als Karla – sie hatte sich nur halb so aufwendig aufgebrezelt wie zu den Zeiten, als sie mit Ralph noch liiert war – das Lokal über die Reling betrat, sah sie ihn schon an Deck unter dem Sonnensegel sitzen.

Seine dunklen, kurzen Haare hatte er zurückgekämmt, er trug eine helle Leinenhose und ein eng sitzendes marineblaues Shirt und hatte sich einen weißen, leichten Strickpulli um die Schultern drapiert. Als er Karla sah, sprang er auf und strahlte sie an. Wenigstens war er stets gut gelaunt.

»Na, Matrose? Wo liegt deine Jacht vor Anker?«, fragte sie grinsend und deutete auf sein blauweißes Outfit.

Ralph drückte ihr einen Kuss auf die Wange und hauchte: »Sie liegt startklar im Hafen der Leidenschaft, Schätzchen.«

»Immer noch ganz der Alte, was?«

»… und wird, wie ein Mouton Rothschild, mit jedem Jahr besser«, raunte er und zwinkerte Karla zu.

Beide nahmen Platz, und Karla bestellte sich einen Latte macchiato mit ordentlich Schaum.

»Und? Wie läuft's in der Liebe?«, startete sie mit Small Talk, um nicht gleich mit der Tür ins Haus zu fallen. Und nein, es würde ihr überhaupt nicht wehtun, wenn Ralph jetzt von seiner neuen Eroberung anfing, der angeblich sehr tollen Schauspielerin, die gerade der Pubertät entwachsen war.

Er winkte ab. »Ach, mal hier, mal da.«

»Was ist mit deiner neuen Eroberung? Der Schauspielerin?«

Ralph setzte das unschuldigste Lächeln auf, das er auf der breit gefächerten Klaviatur seiner Ausdrucksarten finden konnte.

»Etwas schwierig zur Zeit.«

»Warum das?«

Er steckte seinen Finger in Karlas Kaffeeschaum und leckte ihn genüsslich ab: »Sie nimmt das mit der Schauspielerei ein wenig zu ernst. Letztens meinte sie, sie wäre gerne Nicole Kidman. Sage ich zu ihr, dass mir das sehr recht wäre, weil ich ohnehin viel lieber mit Nicole Kidman zusammen wäre.«

Karla lachte laut auf.

Ralph hob abwehrend die Hände. »Du weißt ja, meine Ansprüche sind hoch, mein Fleisch ist willig …«

»… und der Geist ist schwach?«, mutmaßte Karla boshaft.

»Und du, Schätzchen? Wie läuft es bei dir so?«, wollte er wissen und ließ seinen Blick abwesend über die anderen Gäste schweifen.

»Och, ganz gut«, antwortete sie und überlegte, was sie ihm Belangloses erzählen konnte. Die Beziehung zu Paul? War die belanglos? Nein, das war sie nicht. Sie kam lieber gleich zur Sache, ehe Ralph ihr irgendwelche unangenehmen Fragen stellen konnte.

»Ich hab da so ein Projekt laufen …«

»Ach ja? Wie interessant«, murmelte er und winkte irgendwem zu, der gerade auf Deck gekommen war.

»… und dachte mir, ich hole mir Rat in Sachen PR von einem wirklichen Profi. Dir!«

Erfreut blinzelte Ralph Karla an. »Worum geht's da?«

Jetzt musste Karla scharf nachdenken. Nicht zu viel und nicht zu wenig durfte sie preisgeben.

Vertraulich beugte er sich zu ihr. »Ist es das Uganda-Projekt?«

Uganda? Sie schaute ihn verwirrt an und überlegte, wem sie was erzählt hatte. Also: Da war mal Doreen Kley, die Journalistin, der sie von einem Studium der Geo … äh, Geo–, Geomontanistik berichtet hatte. Meinte der das? Nein. Das ergab keinen Sinn.

Also weiter: Die nächste Geschichte war die mit den

Schuhen, KON_GO … Ah! Kongo! Hatte Wiltrud, die Klatschbase, anscheinend alles brühwarm herumerzählt.

»Du meinst wohl KON_GO?«

»Hab ich doch gesagt.«

Der hörte anscheinend nicht einmal sich selbst zu.

Ui, ui, jetzt musste sie aufpassen. Das Eis, auf dem sie spazierte, war dünn.

»Jop. Ich mache die Pressearbeit …«

»Weiß ich schon.«

»Aha. Also: Ich mache die Presse, und dachte mir …«

»Ob der gute Onkel Ralph nicht ein paar neue Konzepte in der Lade hat?«

Ups, erwischt. Er war zwar oberflächlich, aber noch immer so gerissen wie früher.

Sie setzte ihr freundlichstes Lächeln auf – das, bei dem alle 234 Zähne zu sehen waren – und strahlte ihn einnehmend an.

»Sorry, Schätzchen.«

Wenn er noch einmal Schätzchen sagte, würde sie ihn mit seinem zweiten Vornamen – Manfred – anreden. Das hasste er wie die Pest, daher wusste auch fast niemand davon.

»… wir haben die vergangenen zwei Monate nichts gemacht, was auch nur annähernd kreativ gewesen wäre. L & P hat die besten Zeiten hinter sich, und ich mache, ehrlich gesagt, auch nur mehr business as usual. Aber ich geb dir einen guten Rat: Es gibt nichts, was nicht schon da gewesen wäre, und die Leute haben keinen Bock mehr auf große Shows. Leider. Das Einzige, was PR-technisch derzeit zieht, sind Klarheit und die Beschränkung aufs Produkt. Das kann problematisch sein.«

Karla schaute ihn fragend an: »Zum Beispiel?«

»Zum Beispiel haben wir keine interessanten Kunden mehr. Stell dir vor: Letztens kommt doch tatsächlich der alte Leitner und legt mir zwei Heftchen mit Katzenkratzbäumen auf den Tisch. *Katzenkratzbäume! Mir!* Frage ich ihn: Was soll das? Sagt er: Das ist unser neuer Kunde. Der legt 20 000 Euro auf den Tisch; dafür, dass wir seine Kratzbäume als Lifestyle-Produkte verklopfen.«

Karla musste kichern. Anscheinend war ihre Kündigung zum richtigen Zeitpunkt gekommen.

»Und weiter?«

»Ja, was weiter? Ich dachte mir: Ralph, großer Guru, sieh es als Herausforderung. Problem eins: Wie willst du einen grottenhässlichen, komplett unnötigen Kratzbaum aus Holz, mit Plüsch und Bommeln dran als *Lifestyle*-Renner bringen?«

Karla zuckte mit den Schultern.

»Gott sei Dank ist dem Onkel Ralph dann doch noch eine Idee gekommen: Das Produkt muss teuer sein. Ergo runter mit dem Plüsch, weg mit dem Fichtenholz – her mit Teakholz und echtem Pelzbesatz. Bommel ade, her mit echten Kristallen.«

Karla gingen Augen und Ohren über. Wie bitte? War das sein Ernst?

»Und dann, schnipp-schnapp, ein zehnseitiger Flyer in Hochglanz aus 400-Gramm-Papier, ein paar wortgewaltige Zitate von toten Philosophen, und schon gibt's für die Besitzer von Stubentigerchen, die schon jeden Scheiß haben, was Neues zu kaufen. Denn einen stinknormalen Kratzbaum wollen die nicht. Genial, nicht wahr?«

Karla schauderte. »Was kostet so ein Kratzbaum?«

»Ab 3000 Euro. Die mit Kristallen sind natürlich teurer. Warum? Willst du einen?«

Karla wehrte ab. Viel mehr Interessantes, das sie nutzen konnte, war aus ihm wohl nicht mehr herauszuholen. Weil sie nicht unhöflich sein wollte, hörte sie sich noch eine Weile seine ollen Kamellen aus der In-crowd-Szene an und sparte sich die Frage nach den Gerüchten, die über sie die Runde machten. Als sie Ralph bei seinem selbstgefälligen Geplapper so zuhörte, fiel ihr auf, dass es ihr egal geworden war, was die Überall-dabei-sein-Woller von ihr dachten.

Als sie sich von ihm verabschiedete, konnte er es sich nicht verkneifen, sie auf ihr Aussehen hinzuweisen. »Du siehst blass aus. Ein wenig mehr Make-up würde dir nicht schaden«, feixte er und trabte in die entgegengesetzte Richtung davon.

»Blass?«, wiederholte Paul.

»Er meinte wohl ›ungeschminkt‹«, präzisierte Karla, die mit ihm auf der Wohnzimmercouch herumlungerte.

»Aber ich finde, das steht dir gut. Ein hübsches Gesicht muss nicht übermalt werden, und bei einem nicht so hübschen Gesicht macht es auch nicht viel wett.«

»Ah ja. Kommt jetzt die Geschichte mit den inneren Werten?«

»Warum nicht? Stimmt doch!«

»Das heißt, es ist dir total egal, wie ich aussehe?«

Paul dachte nach. »Nein, nicht total egal. Aber was nützt mir eine schöne Maske, wenn das Dahinter schrecklich ist?«

»Was wäre denn zum Beispiel schrecklich?«, wollte Karla wissen.

»Unehrlichkeit«, fing er an.

Karla wurde rot, was ihm sofort auffiel.

»Na, ich meine jetzt nicht den kreativen Umgang mit der

Realität, den du derzeit pflegst … oder den ich von der Bank her mit dir gewöhnt bin …«

Karla grinste.

»Ich meine: echt verlogen. Das würde ich nicht abhaben können.«

Nein, das war Karla auch nicht.

»Oder berechnend. Oder gefühlskalt. Oder verhärmt.«

»Oder, oder, oder …«, setzte Karla die Aufzählung fort. »Bin ich alles nicht. Und deshalb bist du froh, dass du mich hast, stimmt's?«

Paul war froh: »Sieht man mir das an?«

Karla beugte sich ganz nah zu ihm hin und schaute ihm sehr konzentriert ins Gesicht.

»Ja. Sieht man«, konstatierte sie und schaute zufrieden wie ein Karpatenbär, der sich den Bauch mit Honig vollgeschlagen hat.

Paul räusperte sich – *öööhmööhm* – und rutschte nervös ein bisschen hin und her.

Süß, fand Karla und strich ihm über seinen Dreitagebart, den er – verwegen, wie er neuerdings war – trug.

»Karla, ich muss dir etwas sagen. Das fällt mir nicht leicht.«

Uiuiui … Karla zog langsam ihre Hand zurück. Was kam jetzt?

»Mein Leben hat mit dir – und das klingt jetzt sicher total kitschig … öööhmöööhm – einen richtigen … wie soll ich das sagen … einen Drive bekommen.«

Karla machte große Augen.

»Jeder Tag mit dir ist wie ein wunderbares Geschenk, das ich mit großer Freude und Vorsicht auspacke.«

Karla war platt. So was Schönes hatte noch nie ein Mann

zu ihr gesagt. Sie dachte bisher immer, solche Sätze kämen nur in Romanen vor, die Frauen für Frauen schrieben. Sie nahm Pauls Hand und hielt sie an ihre Wange.

An der Wohnungstür wurde der Schlüssel umgedreht. Ellie stolperte mit drei großen Tüten in den Flur, trampelte Karla und Paul damit quasi durch die Aura und machte große Augen, als sie Paul – zum ersten Mal – sah.

»Oha. Störe ich?«

Jahaaaa! Allerdings! Und zwar so sehr wie ein Meteoriteneinschlag auf einer Kindergeburtstagsparty, dachte Karla und sagte: »Nein, gar nicht. Darf ich dir Paul vorstellen?«

Paul, ganz Gentleman, erhob sich, nahm Ellie zwei der drei Taschen ab, stellte diese auf den Tisch und reichte ihr die Hand: »Paul Lenz, angenehm. Ich hab schon viel von dir gehört.«

Überrascht blickte Ellie von Paul zu Karla und von Karla zu Paul.

»Spanisches Hofzeremoniell, oder wie?« Sie grinste und schüttelte Paul freundschaftlich die Hand.

»Ich hab auch schon ein bisschen was von dir gehört. Nur das Beste!«

Karla räumte die erste Tüte aus. »Okay, jetzt kennt jeder jeden, und was ist in den Tüten drin?«

»Lebensmittel. Wir könnten zusammen kochen, oder? Ich habe frische Artischocken mitgebracht, Risotto-Reis und Parmesan.«

»Gerne!«, freute sich Paul.

»Dann mal los. Ihr braucht ja ohnehin Stärkung für die Präsentation nächste Woche.«

»Dann musst du aber viel kochen, wenn das so lange anhalten soll«, warf Karla ein.

Ellie schob sie zur Spüle und gab ihr Salat in die Hand: »Einmal waschen, schneiden und föhnen, bitte.«

Der Abend wurde lustig und lang und interessant. Paul schilderte Ellie Karlas Auftritte in der Bank, Ellie erzählte Paul von Karlas Berichten über die Auftritte in der Bank, sparte sich aber die Teile, wo Karla über den spießigen Banken-Lenz meckerte.

»Und deine Forschungsarbeit? Worum geht's da?«, wollte Paul wissen.

»Wasser im Wandel der Zeit«, kalauerte Ellie und warf Karla einen vielsagenden Blick zu. Sie wusste, dass ihr Forschungsthema nicht unbedingt der große Partykracher war – unterhaltungsmäßig.

Karla und Paul grinsten.

Ellie fuhr fort: »Nee, jetzt im Ernst. Klingt todlangweilig, isses aber nicht.«

»Erzähl doch mal«, forderte Paul sie auf.

»Nein! Nein! Ich will! Ich will!«, rief Karla, die mittlerweile genug getrunken hatte, um überzeugt zu sein, dass sie auf dem Terrain der Naturwissenschaften nicht schwanken würde.

»Bitte sehr.« Ellie lehnte sich zurück.

»Ellie hat Niederschlagsmengen berechnet, sagt man so, oder?«

Ellie nickte.

»Korrekt, Frau Kollegin. Also weiter: Die wichtigsten Ergebnisse von Ellies Studie über Veränderungen in den … äh … na ja, Regen und so … waren positive Trends des … Genau! … Niederschlags im Herbst und Winter nördlich des Alpenhauptkammes. Im Süden war's andersrum. Die

Pointe: Das, was weltweit beobachtet wird, gilt auch für Österreich.« Karla verneigte sich huldvoll: »Ihr glaubt jetzt sicher, dass ich sehr klug bin.«

»Nö. Das glaubst nur du«, konterte Ellie, und alle brüllten vor Lachen.

»Und wie läuft die Schuhproduktion?«, wollte sie wissen.

»Alles auf Schiene. Die Sneakers sind fertig und werden noch verpackt. Es geht sich alles genau aus. Eva hat sooo einen tollen Job gemacht. Es wäre so super, wenn sich aus dem Auftrag mit Laszlo mehr ergeben würde und Eva die Gosauer übernehmen könnte.«

»Ist das nicht sehr gewagt? Ihr könnt beten, dass diese Aktion jetzt halbwegs glimpflich über die Bühne geht«, gab Ellie zu bedenken.

»Man muss immer höher zielen, als man treffen will«, konterte Karla.

»Sprach Alfred Polgar«, wusste Paul. »Aber wenn ich mich nicht irre, ging es da um die Dichtung, oder?«

»Hui, ein Belesener unter uns«, witzelte Karla. »Aber ich habe doch recht, oder?«

»Ja, doch. Wenngleich der Zweck nicht immer die Mittel heiligt«, antwortete Paul.

»Jedenfalls: Nächsten Freitag stehen hundertfünfzig Kartons mit wunderschönen Sneakers von den Gosauern im Showroom von Laszlo-Shoes, und viele, viele Menschen werden kommen und begeistert sein.«

»Wie läuft so eine Präsentation eigentlich ab?«, wollte Ellie wissen.

»Die Presseabteilung von Laszlo hat eine Einladung an Journalisten und Einkäufer rausgeschickt. Die kommen dann, hoffentlich alle, sehen sich die Schuhe an, stellen ein paar Fragen …«

»An KON_GO?«, fragte Ellie alarmiert.

»Nein nein, Wiltrud hat darauf bestanden, dass KON_GO zwar anwesend sein, sich aber interviewmäßig zurückhalten sollen. Mir soll's recht sein.«

»Und dann? Was geschieht nach der Fragerunde?«, wollte Paul wissen.

»Wiltrud schleimt sich noch ein wenig über die Marktführerschaft von Laszlo aus, lobt ihre Firma und sich selbst, dann kriegt noch jeder sein Pressegeschenk – ein Paar Sneakers –, und dann ist die Chose vorbei.«

»Und dann? Wann weiß man, ob die Kollektion gut ankommt?«, fragte Paul nach.

»Erstens bekommst du das ja mit, wie die Einkäufer und die Trendscouts reagieren, und zweitens werden meist kurz darauf die Bestelllisten abgegeben.«

Ellie holte eine Flasche Prosecco aus dem Kühlschrank und entkorkte sie.

Sie schenkte drei Gläser ein und hob das ihre hoch: »Wir erheben unsere Gläschen …«

»… auf Wohl und Kurzweil …«, ergänzte Karla.

»… unserer Bläschen!«, vollendete Paul.

Alle drei lachten sich schlapp.

»*Die zwei?*«, fragte Ellie und deutete auf Karla und Paul.

»Wir drei!«, freute sich Karla.

35

Alle waren nervös. Der Zeitpunkt der Präsentation in Wien rückte immer näher.

»Und alle Kartons sind verpackt und fertig?«, versicherte sich Karla noch einmal telefonisch bei Eva.

»Alles fix und fertig.«

»Morgen Abend kommt ihr dann zu mir und Ellie. Ich dachte, wir könnten gemeinsam zum Heurigen essen gehen.«

»Freude!«, jubelte Eva. »Wir haben uns alle ganz fein herausgeputzt! Toni hat sogar seinen Lieferwagen poliert. Und das Gosauer-Logo überklebt.«

»Überklebt? Womit?«

»Mit einem roten Kreuz. Sieht aus wie ein Rettungswagen«, lachte Eva.

»Rettung naht! Ein Zeichen, ein Zeichen«, orakelte Karla.

Als Eva und Toni eintrudelten, war das Hallo groß. Paul hatte in Grinzing einen Tisch in einem Heurigen reserviert.

»Wie kommen wir dahin?«, wollte Toni wissen, nachdem er Karlas und Ellies Wohnung neugierig inspiziert hatte. »Und wo soll ich schlafen?«

»Auf der Couch«, erklärte ihm Ellie.

Toni beäugte kritisch das Sofa, setzte sich drauf, wippte ein paarmal prüfend rauf und runter und schwieg.

»Und? Zufrieden«, wollte Ellie wissen.

»Ja. Aber die Eva?«

»Die schläft bei Karla im Bett.«

»Soso.«

»Schöne Mütze«, bemühte sich Ellie um ein freundliches Gespräch.

»Ja.«

»Trägst du die immer?«

»Ja.«

»Ist das nicht sehr heiß – jetzt im Sommer?«

»Nein.«

»Na, Toni, laberst du schon wieder fremden Frauen die Ohren voll?«, feixte Karla und winkte ihm zwinkernd zu.

Toni wurde feuerrot. Ellie stieß ihn an und lachte: »Jetzt, wo es gerade spannend wird, stört uns Karla, nicht wahr, Toni?«

Toni nickte, schob sich seine Mütze zurecht und rückte ein Stück von Ellie weg.

Mit der Straßenbahn schaukelten sie zum Heurigen. Toni klebte förmlich an der Fensterscheibe. Er war sichtlich beeindruckt von den wuchtigen Gründerzeitbauten, den eleganten Jugendstilhäusern, den Hunderten Geschäften und dem quirligen Treiben an jeder Ecke.

In Grinzing, der Wiege der Weinseligkeit, angekommen, besprachen sie den kommenden Tag. Toni, der dem weißen Spritzer munter zusprach, wurde immer optimistischer ob seiner Rolle als Designer.

»Uuuunnnnn dann, dann aber, dann sagggggiwas!«, lallte er euphorisch.

Karla, Eva, Ellie und Paul warfen einander alarmierte

Blicke zu. Paul zog den Weinkrug vorsichtig aus Tonis Greifnähe.

»Was möchtest du denn sagen, ha?«, wollte Eva wissen.

Toni sammelte sich, machte mit dem Arm eine weit ausladende Bewegung, legte eine Kunstpause ein und deklamierte bedeutungsschwer: »Dassss wird mia no einfallllln!«

Karla hüstelte. »So, jetzt sind wir alle satt und gehen dann mal lieber heim.«

»Ach kommt, jetzt, wo's interessant wird«, maulte Ellie und zwinkerte Toni zu.

Toni, ganz Gentleman, versuchte nonchalant zurückzuzwinkern, indem er beide Augen zudrückte – was wirkte, als werde er von einem epileptischen Anfall heimgesucht.

Karla wurde ein wenig schwummerig zumute. Es wurde höchste Zeit heimzugehen, ehe Toni wie ein alternder Vegas-Star hier einen auf Stand-up-Comedian machte. Es würde nicht mehr lange dauern, und er würde das ganze Lokal mit irgendwelchen Kalauern unterhalten: »Hey, Leute, ich kenn da einen …« Du lieber Himmel! Hatte der einen Kulturschock erlitten? Und was, wenn er von der Nummer nicht mehr runterkäme? Karla sah Wiltrud vor sich … mit Augenbrauen, so pikiert hochgezogen, dass sie fast unter dem Haaransatz verschwanden. Nein, dem Treiben hier musste ein Ende gesetzt werden. Aber möglichst einfühlsam und dezent – schließlich wollte sie ihre Freunde nicht vor den Kopf stoßen.

»Aus jetzt! Toni, stell das Glas ab! Du kriegst ab sofort nur noch Wasser!«, röhrte sie und nickte den verdutzten Gesichtern zufrieden zu. Damit war wohl alles gesagt. Abmarsch nach Hause!

»Heißt das, wir gehen jetzt schon heim?«, nölte Ellie wie

eine renitente Pubertierende und schaute Karla mit herunterhängenden Mundwinkeln an.

Karla warf ihr einen Blick zu, der so ziemlich alles abtötete, was es an Widerspruch, Aufbegehren oder Krankheitserregern gab.

Sie verabredeten sich für den kommenden Tag mit Paul. Er würde nach der Präsentation im Café Central auf Karla, Eva und Toni warten, um gemeinsam auf ihr Geschäft anzustoßen.

Am nächsten Morgen – Toni war frisch wie ein soeben gepflückter Pfirsich – frühstückten alle bereits um sieben Uhr. Nur Karla nicht. Sie war nervös und bekam keinen Bissen runter. Wie konnten Eva und Toni so unbeschwert zulangen, als ob sie von keiner Präsentation wüssten?

Karla, die fast jede Gasse im Zentrum kannte, lotste Toni durch die Altstadt.

»I find nie wieder heim«, murmelte er.

»Dann musst du hierbleiben«, entgegnete Karla ungerührt.

»Wenn i mir des so recht überleg: I find sicher wieder aussi aus der Stadt«, änderte Toni seine Meinung und schaltete beherzt einen Gang höher.

Um acht Uhr stellten sie den Lieferwagen vor dem Showroom von Laszlo in der Innenstadt ab. Ein paar Mitarbeiter von Laszlo kümmerten sich eifrig um die Lieferung und brachten die Schuhkartons in den Showroom. Eva und Toni warfen sich, wie ausgemacht, gekonnt in Designerpose, rührten keinen Karton an und folgten Karla, prüfende Blicke um sich werfend.

Der Präsentationssaal war ebenso beeindruckend wie

Wiltruds Büro: weißer, glänzender Boden, große Fenster, transparente, futuristisch anmutende Regale aus Plexiglas, und ein riesiger Laszlo-Schriftzug in Gold.

»Leck Arsch!«, entkam es Toni, und er hielt sich schnell den Mund zu.

»Wenn das der Rupert sehen könnt' …«, flüsterte Eva Karla ins Ohr.

»… glaube nicht, dass man den damit beeindrucken kann«, mutmaßte Karla und wunderte sich, warum ihre Präsentationsmappen, die sie der PR-Abteilung von Laszlo übermittelt hatte, nicht auflagen. Würde Wiltrud die bringen? Wahrscheinlich.

Karla hatte zur Sicherheit ihre eigene Mappe eingesteckt.

»Und dann gehen wir feiern!«, freute sich Eva und rieb sich aufgeregt die Hände.

»Das ist alles dein Werk! Du hast so viel Talent«, ermunterte Karla ihre Freundin.

Eva lächelte. »Ja. Jetzt, wo die Schuhe hier in diesem wunderbaren Raum stehen, sieht das alles wirklich klasse aus.«

Beide umarmten einander kurz. »Wer hätte gedacht, dass das so großartig wird? Kannst du dich noch erinnern, als wir uns zum ersten Mal gesehen haben?«, fragte Eva.

»Jahaaa«, lachte Karla.

»Da hieß es ›Hello, Hinter-Russbach‹ …«

»… und nicht ›Good morning, Showroom in Wien‹«, fuhr Eva fort.

»Des glaubt uns keiner! Wenn i des dahoam erzähl!«, raunte Toni sichtlich beeindruckt und klopfte mit dem Finger prüfend auf das Plexiglas-Regal.

»Und dann schreiben die Journalisten über uns, was?«, freute sich Eva.

»Klar! Über dich und deine wunderbaren Entwürfe«, bestätigte Karla.

Eva sprang übermütig ein paarmal hoch.

»Die Schuhe werden weggehen wie die warmen Semmeln! Wirst sehen, wir werden noch nachproduzieren müssen.« Karla klatschte in die Hände.

Um Punkt zehn waren die Vorbereitungen abgeschlossen. Die Laszlo-Dekorateure hatten ganze Arbeit geleistet. Alle Schuhe standen, wie ein modernes Tanzensemble choreografiert, in den Regalen. Es sah aus wie bei einer Kunstausstellung. Was für ein Anblick!

Eva nahm Karlas Hand und drückte sie fest.

Toni, mittlerweile doch etwas nervös geworden, stieg von einem Fuß auf den anderen.

»Was soll i sagen, wenn die mi fragen?«, wandte er sich zum x-ten Mal an Karla.

»Gar nix! Das haben wir doch schon alles besprochen.«

Toni nickte.

»Wie soll i schauen?«

»So wie immer. Sei einfach ganz du selbst.«

»Aber i bin koa Designer ned.«

»Macht nix. Vertrau mir.«

Toni schielte Karla unsicher durch sein Brillenglas an.

Eva blickte auf die Uhr. »Um zehn war ausgemacht, oder?«

»Ja. Wie spät ist es?«

»Fünf nach zehn«, wunderte sich Eva und hielt Karla ihre Armbanduhr hin. Sie trug sie extra mit dem Zifferblatt nach innen, um nicht ständig darauf zu starren. Eine Künstlerin, war sie überzeugt, war außerdem erhaben über schnöde Stunden und Minuten.

Karla nickte Eva zuversichtlich zu. »Ach, das ist bei den Journalisten nicht so genau zu nehmen. Da sind zehn Minuten mehr oder weniger ganz normal.«

Eva nickte zurück. Sie strich über einen der Sneakers und lächelte Karla an. »Ohne dich wären wir nie so weit gekommen. Schau dir das an!«, flüsterte sie und zeigte erneut auf die Schuhe. Sie konnte ihr Glück gar nicht fassen. »Bis vor Kurzem hatte ich keine Perspektive, keine Hoffnung und keine Aufgabe. Und jetzt? Ist das wunderbar! Wie im Film! Nein, besser als im Film. Wie in einem schönen Traum!«

Karla stieß ihr freundschaftlich in die Seite. Oh Gott, hoffentlich klappte das hier alles. Sonst würde Evas Film keine Goldene Kamera kriegen.

Toni schielte Eva warmherzig an und freute sich mit ihr. Die strahlte wie eine Taschenlampe mit neuem Akku.

Sie warteten.

Und warteten.

Toni putzte abwechselnd sein Brillengestell und sein verbliebenes Brillenglas.

Wollte Wiltrud sie warten lassen? Karla überlegte fieberhaft. Das war dieser Dumpfdöhle schon zuzutrauen. Also, höflich war das nicht! Aber Höflichkeit hatte im Leben Wiltruds so viel Stellenwert wie Schweinefleisch bei ein paar handelsüblichen Radikal-Islamisten.

Die Zeit kroch dahin.

»Ob sie uns vergessen hat? Die Wiltrud?«, fragte Eva.

Karla schüttelte den Kopf. Sie hatte ein übles Gefühl im Magen. Als würde eine Großfamilie grässlicher Viren in ihrem Bauch abfeiern. Brrääh!

Nach fünfzehn Minuten Wartezeit, die ihr vorkamen wie eine Ewigkeit, ging die doppelflügelige Glastür auf. Wiltrud, hoheitsvoll, unnahbar und kühl, schneite wie die gar nicht märchenhafte Schneekönigin in den Showroom. Gefolgt von einem jungen, demütigen Mitarbeiter, der eine Mappe in der Hand hielt und devot beim Eingang stehen blieb, hielt sie beim Eintreten kurz inne und ließ ihren arroganten Blick durch den Raum schweifen.

Karla hätte ihr gerne gegen das sicherlich seidenbestrumpfte Schienbein getreten. Wiltrud sah wie immer blendend und souverän aus. Ein offensichtlich maßgeschneiderter Hosenanzug, schwarz wie ihre perfekt geschnittenen Haare und aus fließender, dicker und teurer Seide, betonte ihre elegante Silhouette.

Aber wo waren die Journalisten? Und die Händler? Hatte sich irgendwas im Timing geändert?

Wiltrud nickte den dreien mit blutroten Lippen – ihrem Markenzeichen – maliziös lächelnd zu und ließ ihren Blick über die Sneakers streifen.

»Fein. Fein. Oder?«, schnurrte sie und sah Karla auffordernd an. »Was so ein Ambiente alles ausmacht, was?«

»Ja, fein. Die Sneakers machen sich sehr gut hier.«

Wiltrud schürzte die Lippen und schritt langsam quer durch den Raum. Als sie bei den dreien angelangt war, musterte sie jeden Einzelnen mit undurchdringlichem Blick und verschränkten Armen von oben bis unten. Toni, wie immer in kariertem Hemd und brauner Cordhose, stierte verlegen auf seine abgetretenen Gosauer und rückte sich die Mütze zurecht. Eva, wie Wiltrud ganz in Schwarz, aber nicht annähernd so teuer und exklusiv gewandet wie diese, biss sich auf die Unterlippe und warf Karla einen flüchtigen Blick zu.

Ihr starrte Wiltrud feindselig in die Augen. Ihre Pupillen

verengten sich, und Karla schien es, als stünde ihr eine angriffslustige Giftschlange gegenüber.

»Gar nicht mal so schlecht, für eine Bauerncombo aus den Bergen. Habt ihr wirklich geglaubt, ich lasse mich von euch über den Tisch ziehen?«, zischte Wiltrud und drehte ihnen den Rücken zu.

Karla wurde abwechselnd heiß und kalt. Ihre Hände begannen zu zittern. Sie riskierte einen Seitenblick auf Eva, die völlig erstarrt dastand. Was sollte sie jetzt sagen? Sollte sie etwas sagen? Sie kam nicht dazu.

»Also. Gosauer, ja? Pleite, oder?«, höhnte Wiltrud und nahm ein Paar der Sneakers in die Hand. »Dachtet ihr, ihr könnt mich zum Narren halten mit eurer dummen Geschichte?«

Karla, Eva und Toni wurden schlagartig kreideweiß. Was Wiltrud erzählte, drang wie durch ein Gewitter in ihre Köpfe.

»Ich bin ja nicht blöd, wisst ihr?!«, fing Wiltrud an.

Karla unterdrückte ein trotziges »Ach ja?«.

»Ich bin misstrauisch geworden, da ich nirgends im Internet auch nur einen Hinweis auf das Label KON_GO gefunden habe. Und da hat die kluge Wiltrud beschlossen, selber zu recherchieren«, wogte sie wie ein unsinkbares Kreuzfahrtschiff durchs Oberwasser. Und ja, das, was sie Karla, Eva und Toni mit Gehässigkeit in der Stimme hinknallte, zog eine zerstörerische Bugwelle nach sich.

Wiltrud war nämlich nach Hinter-Russbach gefahren, wo das Designer-Duo angeblich abseits des Mainstreams arbeitete. Sie sei dann doch etwas überrascht gewesen, als sie dort erkannte, dass es nichts gab außer einer insolventen Bergschuhfabrik. Und dort habe ihr eine gewisse Sandra von dem tollen Auftrag eines Wiener Schuhkonzerns erzählt. Sie, Wiltrud, habe eins und eins zusammengezählt, und es war schnell klar, dass die – und hier setzte Wiltrud mit den Fingern Anführungszeichen in die Luft – *Designer* in Wirklichkeit ein Lastwagenfahrer und eine Wanderschuh-Schuhmacherin waren.

»Ihr glaubt wirklich, dass ihr mit euren selbst gebastelten Tretern hier antanzen könnt? Abgesehen davon, dass es Betrug ist«, das Wort *Betrug* sprach sie lauter aus, »macht Laszlo keine Geschäfte mit Hinterwäldlern.«

Toni machte ein böses Gesicht und verschränkte seine Arme vor dem Körper.

»Hinterwäldlern!«, wiederholte Wiltrud provokant.

»Du!«, stieß Toni mit einem Grollen hervor, als würde eine Lawine abgehen.

Karla und Eva schauten ihn überrascht an. Noch nie hatten sie einen derartigen Ton aus seinem Mund vernommen.

Weiter kam er aber nicht. Schneller, als er schauen konnte, stand Wiltrud ganz knapp vor ihm. »Ja? *Ich?* Hast du irgendwas zu sagen, du Sempel?«

Toni wich zurück. Das war ihm wohl alles zu rasant. »Wir sind keine Hinterwäldler. Und die Eva schon gar nicht!«, verteidigte er die Ehre der Gosauer.

»Die Eva, das große Talent, ja?«, schnauzte Wiltrud und hielt Eva die Schuhe vor die Nase. »Schade drum!«, knurrte sie, kalt wie Eis, und ließ die Sneakers achtlos auf den Boden fallen – direkt vor Evas Füße. Das Geräusch hallte nach und schien Eva mitten ins Herz zu treffen. Tränen stiegen ihr in die Augen. Sie schluckte.

»Ihr habt mich hereingelegt. Das kann ich gar nicht leiden.«

Wiltrud verteilte zornige Blicke. »Dass der Vertrag null und nichtig ist, ist euch wohl klar.« Nachlässig winkte sie ihren Assistenten herbei, der wortlos angewuselt kam und Wiltrud unterwürfig die Mappe hinhielt. Sie griff entschlossen hinein und zog den unterschriebenen Vertrag heraus. »45 000 Euro. Ein teurer Fehler – für euch.« Sie lachte künstlich und zerriss die Seiten in kleine Fetzen.

Jedes *Ritsch* und *Ratsch* fühlte sich für Karla wie eine Ohrfeige an. So als würde ihr jemand ein paarmal hintereinander mit einer Pfanne ins Gesicht schlagen. Ihr wurde schwindlig. Wiltrud zerriss gerade *den Vertrag*! Die letzte Hoffnung. Die Einzige.

Wiltrud ließ die Schnipsel auf den Boden rieseln und wandte sich an Karla: »Dachtest wohl, die Letzte könnte zur Abwechslung mal die Erste sein, ja? Falsch gedacht. Du wirst immer die Letzte bleiben.«

Dann rauschte sie ab. Die Glastür schloss sich, und es war völlig still.

Karla war verzweifelt. Was hatte sie nur angerichtet? Was war da eben geschehen? War das alles wahr?

Sie griff sich an die Stirn und holte tief Luft. Ihr fehlten die Worte. Sie war schuld. Sie allein war schuld.

Eva weinte, und Paul hatte wegen ihrer Lügengeschichte 30 000 Euro verloren. Die ganze Belegschaft der Gosauer hatte umsonst gearbeitet. Da standen jetzt hundertfünfzig Paar Schuhe. Für nichts. Es war so fürchterlich! *Sie* war fürchterlich.

Karla schämte sich so sehr, dass sie einfach nur wegwollte. Sie würde Eva und Toni und überhaupt keinem Menschen mehr in die Augen sehen können.

Als könne er Gedanken lesen, unterbrach Toni das

Schweigen und schlug vor, die Schuhe einzuräumen und einfach wieder nach Hinter-Russbach zurückzufahren. »Des hat ned gutgehen können«, murmelte er und machte einen Schritt auf Karla zu. Die wehrte hilflos ab und warf einen Es-tut-mir-so-leid-Blick zu Eva.

Die schüttelte den Kopf. »I will heim«, brachte sie zwischen zwei Schluchzern hervor, nahm aber Karlas Hand und drückte sie zum Abschied.

Bald rumpelten Toni und Eva im klapprigen Lieferwagen wieder in Richtung Berge, nachdem Toni mit eisiger Miene sämtliche Schuhe wieder eingeladen hatte.

Karla schämte sich.

Blind vor Tränen stolperte sie aus dem Showroom auf die Straße. Wo sollte sie jetzt hin? Zu Ellie. Nein, Ellie war in der Uni. Paul! Paul wartete doch im Café Central. Nein, da konnte sie jetzt unmöglich hin. Aber ihn einfach versetzen … das ging auch nicht. Sie ging ein paar Schritte nach links, dann ein paar Schritte nach rechts. Die Tränen, die sich in ihren Augen gesammelt hatten, kullerten die Wangen entlang in ihren T-Shirt-Ausschnitt. Schnell wischte sie sich mit dem Handrücken übers Gesicht.

Was tun? Sie musste Paul sagen, was geschehen war. Gut, er würde dann aufstehen und gehen. Er würde nicht mal »Auf Wiedersehen« sagen. So jemanden wie Karla wollte niemand wiedersehen. Aber da musste sie jetzt durch. »Die Letzte! Das Letzte«, hörte sie Wiltrud immer wieder sagen.

Bleich wie ein Gespenst wankte sie drei Straßen weiter ins Central. Als sie Pauls erwartungsvolles und kurz darauf ob ihres Anblickes erschrecktes Gesicht sah, konnte sie sich nicht mehr halten und begann hemmungslos zu weinen, kaum dass sie sich gesetzt hatte.

Mit brüchiger Stimme, unterbrochen von herzhaften Schluchzern, berichtete sie.

»Uuuunnnd … daaaahaaaan … gesaaaaagt ›Dorf – wäääh-wäääh –*Combo*‹… uuund daaahaaaaan … Vertrag … zerrissen! … wäääääähwääääääh.«

Paul hörte geduldig zu. Er hielt die von herzzerreißenden Schluchzern geschüttelte Karla im Arm und streichelte ihr den Kopf. Dass sie ihm das Hemd nassheulte, störte ihn wohl nicht.

»Beruhig dich mal, dann überlegen wir«, redete er auf sie ein wie auf eine kranke Kuh. Zu Karlas Überraschung stand er nicht auf und ging auf Nimmerwiedersehen wortlos seiner Wege. Er erwähnte auch mit keinem Wort den Verlust seiner 30 000 Euro, sondern versuchte, sie, so gut es ging, zu trösten. Er bestellte ihr diskret einen Einspänner mit doppelt Kirsch. »Obwohl du so aussiehst, als könnte *ich* einen Drink vertragen«, versuchte er sie aufzuheitern.

Karla »wääääh«-te noch einmal laut und würdelos auf, ehe sie, den Einspänner schlürfend, in Trübsal versank und mit leerem Blick die marmorne Tischplatte anglotzte. Wenn ihr Leben einen Tiefpunkt erreicht hatte, dann jetzt. Was war das Leben doch ungerecht. Ihre Stirn war heiß. Vielleicht bekäme sie jetzt ein tödliches Fieber. Auch egal. Ihre Existenz war ohnehin überflüssig. Wiltrud hatte recht: Sie war das Letzte. Die Loserin. Eine Versagerin auf der ganzen Linie. Karla lehnte sich mit der Stirn gegen die kühle Tischplatte. Es war ihr scheißegal, dass jeder hier sehen würde, welches Jammerbild sie abgab.

Paul indes streichelte ihr zart und gleichmäßig über den Rücken und sagte nichts.

Sie hob nicht einmal den Kopf, als ihr jemand auf die

Schulter klopfte und eine ihr bekannte Stimme fragte: »Karla? Bist du's ?«

Karla schüttelte den Kopf.

Paul nickte.

»Karla???«

Mist. Das war Doreen Kley, die Moderedakteurin. Musste die ausgerechnet jetzt auftauchen? Das Leben war nicht nur ungerecht, sondern grausam obendrein.

»Allergie«, murmelte Paul und zeigte auf Karla. Dann hielt er Doreen die Hand zur Begrüßung hin. »Angenehm, Paul Lenz. Möchten Sie sich setzen?«

Bloß nicht!, dachte Karla und schnäuzte sich.

Doreen stellte sich Paul ebenfalls vor und setzte sich, neugierig auf Karla blickend, an ihren Tisch.

»Nichts frei hier drinnen. Danke sehr«, und an die beiden gewandt: »Allergisch gegen was? Hast du dir das bei deinem Montanistik-Studium zugezogen?«

Oh Gott, jetzt wurde diese olle Kamelle auch noch aufgewärmt. Die Vergangenheit türmte sich vor Karla auf wie ein drohender Racheengel, bereit, sie für jeden noch so kleinen Schwindel, den sie verbreitet hatte, sühnen zu lassen. Warum gerade jetzt? Passierte das nicht üblicherweise, wenn Leute kurz vorm Übertritt ins Jenseits standen? Würde sie sterben müssen? Sie horchte in sich hinein. Nun ja, übel war ihr zumindest schon.

Doreen und Paul schauten Karla wartend an, wie sie, den Kopf in den Armen verbergend, über der Tischplatte lehnte. Karla spürte die Blicke auf sich gerichtet.

»Allergisch gegen Wiltrud!«, keuchte sie. War ja ohnehin schon alles egal. Was sollte sie denn jetzt noch lügen? Sie hob den Kopf.

Doreen wich erschrocken zurück. »Wie? Allergisch gegen Wiltrud? Wer ist Wiltrud? Ein Virus?«

»So ähnlich. Wiltrud Hochegger. Von Laszlo.«

»Ach die. Die kenn ich. Du lieber Himmel! Da hilft keine Homöopathie mehr«, antwortete Doreen und blies sich mit rollenden Augen die Stirnfransen aus dem Gesicht.

Karla hob den Kopf, schaute Doreen mit ihren verweinten Augen an und erzählte ihr, was geschehen war. Keine Geschichte mehr, nur die schreckliche Wahrheit. Sollte Doreen doch über sie lachen oder alles herumerzählen. Sie, Karla, würde ohnehin auswandern müssen. Was würde sie, die – falls sie jetzt nicht starb – in naher Zukunft unter Affenbrotbäumen im Hinterland unterhalb des Äquators nach Wasser graben musste, es jucken, wenn die Doofköpfe in Wien sich über sie das Maul zerrissen?

Und Paul? Paul würde eine Frau finden, die weniger anstrengend war als sie. Und ehrlicher. Von denen gab's ja genug. Er musste in seiner Bank doch bloß zweimal umfallen, und schon stünde die Erste bei ihm. Wie in einer Thermometersäule stieg die Traurigkeit in Karla hoch und verharrte am höchsten Punkt. Verharrte dort, weil sie sich weigerte, das Szenario mit Paul zu Ende zu denken.

Doreen fand die Geschichte, trotz des schlechten Ausgangs, wie sie bedauerte, äußerst komisch und berichtete, dass Wiltrud den Pressetermin, zu dem natürlich auch Doreen geladen gewesen war, kurzfristig und ohne Angabe von Gründen abgesagt hatte. Vor zwei Wochen etwa.

Was? Diese böse Krähe hatte das schon so früh gewusst? Und sie dann tatsächlich noch die ganze Arbeit machen lassen?

Karla merkte, wie Zorn in ihr hochstieg. Das kreidige

Weiß in ihrem Gesicht wechselte zu einem feurigen Rot. Ihre Augen sprühten Blitze. »Diese … diese …«, stammelte sie fuchsteufelswild und suchte nach einem passenden Schimpfwort.

Paul legte seine Hand auf die von Karla. Doreen folgte der Bewegung mit den Augen.

»Und was ist jetzt mit dem Schuh? Wie sieht der eigentlich aus?«

Geistesgegenwärtig holte Paul die Präsentationsunterlagen aus Karlas Tasche und reichte sie Doreen. Die blätterte sie durch und betrachtete die Fotos und Skizzen.

»Nicht schlecht! Gar nicht schlecht! Mal was anderes. Nee, das wäre echt schade, wenn der so einfach in der Versenkung verschwinden würde, nur weil Frau Hochegger sich ein bisschen verarscht vorkommt.«

Paul nickte.

Karla legte den Kopf schief.

Doreen dachte nach. »Weißt du was: Ich werde den Sneaker in der Redaktionssitzung vorschlagen. Weiß aber nicht, was die Chefredakteurin sagt.«

Karla machte große Augen. »Meinst du das jetzt ernst?«

»Ja klar! Die Geschichte von den Gosauern ist schön, diese Eva ist nicht irgendeine Designerin, sondern ein Mädel vom Land. Da stimmt die Story, da gibt's was zu erzählen.« Kurz sinnierte Doreen, ehe sie ihre Stirn in Falten legte: »Aber eine Frage stellt sich mir, wenn ich über die Schuhe berichten soll: Wo können unsere Leserinnen die kaufen? Bei Laszlo ja wohl nicht, oder?«

Karla schüttelte den Kopf.

»Problem, Problem«, murmelte Doreen und blätterte noch mal die Mappe durch. »Okay, machen wir's so: Ihr klärt das mit dem Verkauf, und wenn ihr irgendeinen Plan habt, ruft mich an.« Sie reichte Karla und Paul je eine Visitenkarte und verabschiedete sich.

Als sie außer Hörweite war, sah Karla Paul zum ersten Mal, seit sie ins Café gekommen war, richtig an.

»Es tut mir so unendlich leid.«

»Ich weiß«, sagte Paul und trank einen Schluck von seinem kalten Kaffee. Dann legte er für den Kellner Geld auf den Tisch und nahm die gekühlte Sektflasche, die seit einer Stunde ungeöffnet am Tisch stand.

»Lass uns gehen!«, forderte er Karla auf, und ein Lächeln umspielte seinen Mund.

Sie war erstaunt. Der steckte die Pleite von minus 30 000 Euro locker weg wie Muhammad Ali einen Klaps auf den Po.

»Wohin?«, wollte sie wissen und erhob sich zögerlich.

»Ich hab da so eine Idee«, meinte er und nahm sie bei der Hand.

Sie stiegen in die Straßenbahn ein und gondelten damit in den zweiten Bezirk. Beim Karmelitermarkt, einem gemütlichen, historischen Platz mit vielen kleinen, aber feinen Läden, wies Paul sie zum Aussteigen an.

Karla wunderte sich: »Willst du mir nicht sagen, wo die Reise hingeht?«

Er schüttelte den Kopf.

Was hatte er vor? Vielleicht brachte er sie jetzt zur Polizei? Und damit sie auch ja verhaftet würde, wegen Betrugs und so, würde er die Beamten mit dem Sekt bestechen. *Würde er das tun?* Ängstlich schaute sie ihn von der Seite an. Nein, so etwas Gemeines traute sie ihm nicht zu. Andererseits: Sie kannten sich erst seit einem Monat näher. Das war gar nichts, um einen Menschen einschätzen zu können. Und wenn sie genau überlegte: Er war ein Bank-Mensch!

»Was sagst du?«, unterbrach er ihre Gedanken.

Karla schaute umher. Sie befanden sich in einer jener schmalen Seitengassen, die den Karmelitermarkt säumten.

»Ähm … wozu soll ich was sagen? Zur Gasse, oder wie?«

Paul grinste. »Auch. Aber sieh dir mal das da an.« Er zeigte auf ein leer geräumtes kleines Geschäft.

Es war verwittert und offensichtlich seit den 1930er-Jahren nicht mehr umgebaut worden. Der Schriftzug über der hölzernen Eingangstüre mit dem geschwungenen Griff wies auf die ehemaligen Geschäftsbesitzer hin: M. und F. Schneider.

»Ach, sind die auch pleitegegangen?«

»Nicht pleite, sondern in den Ruhestand. Das war ein Knopfgeschäft. Es gehört Kunden von mir.«

»Aha.« Karla ging zu den schmalen und erkerförmigen Schaufenstern, die an den Ecken zur Eingangstür hin abgerundet und in Holz gefasst waren. Sie rieb mit der Faust an der matten Scheibe und warf einen Blick hinein.

Auf dem alten, ebenso abgetretenen wie charmanten Parkettboden mit Fischgrätenmuster stand ein schlichter Verkaufstresen aus weiß lackiertem Holz. Die gesamte Rückwand des Ladens wurde von einer Regalwand eingenommen, die mit ihren zahlreichen Schubladen an eine alte Apotheke erinnerte. An den unverstellten Wandflächen erkannte Karla durch die schmutzige Scheibe altmodische Tapeten mit kitschigem Röschenmuster. War das entzückend! Wie eine Reise in längst vergangene Zeiten.

»Ich denke, jetzt, wo wir die Schuhe produziert haben, sollten sie nicht sinnlos herumliegen, oder?«, sagte Paul und versuchte, ebenfalls einen Blick ins Innere des Geschäfts zu erhaschen.

Karla kräuselte fragend die Stirn. Ähm … dachte der wirklich, was sie, in Anbetracht der Katastrophe, die ihr auf den Fersen klebte, nicht zu denken wagte? Meinte der tatsächlich …?

»Die Ladenbesitzer wohnen eine Gasse weiter«, sprach er und hielt die Sektflasche hoch. Karla spürte, wie ihr Gesicht ihr entglitt. Paul hatte tatsächlich vor …?!

Beherzt packte er ihre Hand und eilte mit ihr weiter. Vor einem schlichten hellblauen Haus, das sich unauffällig in die Reihe der anderen einfügte und im Erdgeschoss eine Puppenwerkstatt beherbergte, stoppte er.

Er suchte einen Namen auf den Schildern an der Gegensprechanlage.

Er klingelte.

Die Eheleute Schneider, die den Knopfladen geführt hatten, waren glücklicherweise zu Hause und freuten sich sehr über den Sekt, den Paul ihnen zur Begrüßung entgegenhielt.

»Von der Bank?«, wollte Frau Schneider wissen.

Paul winkte ab, stellte Karla vor und erklärte den Grund seines Besuches. Er, vertrauenswürdig und ein vorsichtiger Investor, würde gerne einen Pop-up-Store, also einen zeitlich begrenzten Shop, für Schuhe eröffnen. Er schilderte dem Ehepaar Schneider Hinter-Russbach, die Gosauer-Schuhfabrik und Evas Talent.

Karla hörte schweigend zu, nickte dann und wann. Plötzlich läutete ihr Handy. Sie schielte auf das Display. Wiltrud! Nie im Leben würde sie mit der noch ein Wort wechseln. Sie drückte den Anruf weg und drehte den Klingelton des Telefons ab.

Doch Wiltrud ließ nicht locker. Nach dem dritten Anruf entschuldigte sich Karla und ging ins Vorzimmer. Sie hob ab.

»Was willst du?«, schnauzte sie ins Telefon.

»Na, na. Wer wird denn da so unhöflich sein?! Ich rufe an, weil ich dir einen Vorschlag machen will.«

Karla schwieg.

»Ich könnte euch wegen Betrugs anzeigen«, ließ Wiltrud anklingen. Ihre Stimme klang bedrohlich wie ein ganzes Orchester, das Mozarts »Requiem« anstimmte.

Karla schwieg.

»Das tu ich aber nicht. Nett, wie ich bin.«

Karla lachte bitter auf.

Wiltrud ignorierte es. »Also. Ich mach dir einen Vorschlag. Und wenn du ausnahmsweise mal clever bist, gehst du drauf ein. Also. Ich nehme euch die Schuhe für 15 000 Euro ab.«

»Bitte?«

»15 000 Euro«, wiederholte Wiltrud.

»Das ist nicht einmal die Hälfte der Produktionskosten!«, rief Karla.

»Aber besser als nichts. Es ist ein großes Entgegenkommen meinerseits. Du kannst natürlich gerne auf den Schuhen sitzen bleiben. Aber wäre doch schade drum, nicht wahr?«, lockte Wiltrud mit klebrig-süßer Stimme.

Karla fiel die Geschichte von Hänsel und Gretel ein, und sie sah Paul schon in Wiltruds Knusperhäuschen verschwinden. Sie warf einen Blick ins Wohnzimmer. Paul und das Ehepaar Schneider schienen sich gerade einig geworden zu sein, weil sie einander die Hände schüttelten und der Sekt bereits in Gläser gefüllt wurde.

»Also. Was ist jetzt?«, drückte Wiltrud auf die Tube.

Karla holte tief Luft. »Steck dir deine lächerlichen Fünfzehntausend doch an den Hut oder sonst wohin. Wir sind absolut nicht auf dich angewiesen.«

Wiltrud schnappte hörbar nach Luft. Damit hatte sie offensichtlich nicht gerechnet.

Karla legte grußlos auf und ging ins Wohnzimmer. Hoffentlich hatte sie jetzt keinen Fehler gemacht.

Auf der Fahrt zurück nach Hause berichtete sie Paul von Wiltruds miesem Angebot.

Er lachte. »Eine Geschäftsfrau durch und durch. Erst macht sie euch fertig, um dann billig eure Schuhe einzukaufen und damit ordentlich Gewinn zu machen. Wirklich gerissen! Aber wir sind auch nicht dämlich.«

»Ein bisschen schon«, murmelte Karla verschämt und senkte schuldbewusst den Kopf.

Paul verwuschelte zärtlich ihr Haar und drückte sie an sich.

»Dieses Miststück«, knurrte Ellie, als Karla ihr die verhaute Präsentation schilderte. »Aber ich habe dir gesagt, dass du bei der mit deiner KON_GO-Nummer nicht weit kommen wirst.«

Karla nickte kleinlaut.

»Und du …?« – sie wandte sich an Paul, der neben Karla am Küchentisch saß und bisher nicht viel gesagt hatte – »du hast wohl 30 000 in den Wind geschossen, oder wie?«

Paul wiegte den Kopf hin und her und grinste geheimnisvoll. Er berichtete Ellie von dem Gespräch mit Doreen Kley, dem Ehepaar Schneider und dem Anruf von Wiltrud.

»Als Doreen auf den Schuh angesprungen ist und angemerkt hat, dass man wohl eine Verkaufsmöglichkeit bräuchte, sind mir die Schneiders eingefallen. Ihr kleiner Laden steht leer und würde sich, wie ich glaube, gut eignen.«

Ellie schüttelte den Kopf. »Ihr seid ja verrückt geworden. Wollt ihr jetzt von heut auf morgen einen Schuhladen aus dem Boden stampfen?«

Paul nickte verwegen. Sein Bärtchen sträubte sich energisch – prrr, prrr.

»Ihr braucht eine Konzession dafür! Oder irgendeine Lizenz, was weiß ich?«, warf Ellie ein.

»Ich weiß das«, unterbrach Paul. »Die Konzession stellen die Schneiders zur Verfügung. Sie haben sie Gott sei Dank noch nicht zurückgegeben.«

Ellie überlegte fieberhaft. »Na gut. Was ist mit Möbeln? Einrichtung? Kasse … einem Firmenschild? Das kostet alles Geld.«

»Ich lege noch was drauf«, legte Paul noch eines drauf.

Ellie begann zu kichern. »Sie hat dich angesteckt! Jetzt kapier ich es!«, rief sie und zeigte auf Karla.

Paul lachte übermütig. »Ja-ha! Es ist zwar eine teure Leidenschaft, der Held zu sein, aber es fühlt sich gut an.«

Sogar Karla musste lachen.

»Nein«, beschwichtigte Paul. »Aber jetzt mal logisch gedacht: Die 30 000 Euro sind ja ohnehin schon investiert …«

»Oder weg!«, warf Ellie trocken ein.

Karla blickte sie böse an.

»Na, das hoffen wir ja doch nicht«, surfte Paul auf der Optimismuswelle wie ein eingerauchter Woodstock-Jüngling. »Wir gehen davon aus, dass Interesse an den Schuhen besteht. Also ist es doch klüger, noch ein bisschen mehr zu investieren und mutig an den Markt zu glauben.«

»Amen! Dann lasst uns den Markt erobern! *Ritze-ratze,*

voller Tücke sägt er in den Markt 'ne Lücke«, dichtete Ellie und grinste breit.

Karla schaute sie fragend an.

»Frei nach Wilhelm Busch«, beantwortete sie die nicht gestellte Frage.

Was galt es nun alles zu erledigen?

Karla musste Eva anrufen, die inzwischen wieder in Hinter-Russbach angekommen sein musste. Sie konnte jetzt nicht so tun, als wäre nichts geschehen und ihr einfach so Pauls Idee darlegen. Eva würde ihr garantiert nicht mehr vertrauen. Sollte Paul anrufen? Nein. Das wäre feige. Da musste sie jetzt alleine durch.

»Karla?«

»Eva?«

»Gut. Das hätten wir geklärt«, brach Eva das Eis.

»Halt mich jetzt bitte nicht für wahnsinnig, aber ich muss dir was erzählen«, fing Karla an.

»Erstens: doch. Zweitens: Lass hören.«

»Paul ist unsere Rettung.«

Eva stöhnte. »Hatten wir das nicht schon? Und jetzt steht er mit 30 000 Euro minus da? Ich meine: *Er* ist ja derjenige, den es wirklich getroffen hat.«

»Ja ja. Da hast du recht. Und es ist auch meine Schuld ...«

Eva winkte ab: »Lass mal gut sein. Ich hab die Idee genauso gut gefunden und mitgespielt. Jetzt hamma halt die Butter am Hirn.«

»Was?«

»Wurscht.«

Karla schüttelte den Kopf. Butter? Wurst? Egal.

»Also? Was ist jetzt mit Paul?«

Karla schilderte Eva, was nach der Präsentation geschehen war.

»Und das alles in sieben Stunden?«

Karla rechnete nach. Allerdings. Erst jetzt merkte sie, wie erschöpft sie war.

»Na ja. Das mit dem Geschäft klingt erstens nicht schlecht, und zweitens … was sollen wir sonst mit den Schuhen machen? Der schiachen Wiltrud geben wir unsere Sneakers nicht. So ein gemeines Luder!«, ärgerte sich Eva. »Wie soll das Geschäft denn heißen? KON_GO?«

»Neinneinnein! Nie wieder Kongo!«, wehrte Karla ab. »Uns fällt garantiert was ein …«

»… kreativ wie wir sind. Speziell *du*«, kicherte Eva.

Karla war erleichtert. Sie vereinbarten, die Schuhe bei den Gosauern zu deponieren, bis alles unter Dach und Fach war.

»Ist Toni sehr böse auf mich?«, wollte Karla noch wissen.

»Nein. Du kennst doch den Toni. Ich glaube sogar, er hat das ein bissl lustig gefunden. Nur diese elende Wiltrud, die mag er gar nicht mehr sehen. Seiner Meinung nach ist die an allem schuld – nicht du, und auch sonst keiner von uns.«

Karla kicherte. »Das Wesentliche ist für die Augen unsichtbar«, zitierte sie Saint-Exupéry.

»… und erst recht mit Tonis Brille«, vollendete Eva.

Die kommende Woche – Paul nahm sich Urlaub und informierte seine Vorgesetzten über seinen neuen Nebenerwerb – waren er und Karla damit beschäftigt, alles auf Schiene zu bringen. Auch Ellie half wieder tatkräftig mit und bespaßte Guido, den Eva diesmal mitgebracht hatte, als sie mit Toni und Tante Mirli erneut nach Wien gekommen war, um die Schuhe zu liefern. Die Schneiders, höchst erfreut darüber, dass ihr kleiner Laden nicht zu einem hundertjährigen Schlaf verdammt war, sondern wieder mit Leben erfüllt wurde, boten Tante Mirli, die den beiden älteren Herrschaften sofort sympathisch war, an, bis zur Eröffnung bei ihnen zu logieren.

Alle krempelten die Ärmel hoch: Es wurde geputzt, der Boden gebohnert, die Fenster poliert, das Holz gestrichen und dekoriert. Mit viel Fingerspitzengefühl hängte Eva einige Sneakers und bestickte Leinenbeutel an Nylonfäden in die Auslage. So, dass der Betrachter den Eindruck hatte, sie würden schweben. Mirli hatte ein paar mächtige Hirschgeweihe in ihrem Stiegenhaus abmontiert und mitgebracht. »Hab mir 'dacht, des passert recht fesch«, meinte sie.

Ellie klatschte in die Hände. »Genial! Die hängen wir auf diese Röschen-Tapete und stecken ein paar Schuhe auf die Enden. Sieht total abgefahren aus!«

Gesagt, getan. Beim Trödler nebenan fand Eva ein paar alte Bilderrahmen, die sie feuerrot lackierten und darin Bilder vom Dachstein, Aufnahmen von Schuhmacher-Werkzeug und Schnappschüsse aus der Werkstatt der Gosauer montierten.

Karla und Paul warfen einander liebevolle Blicke zu. Wenn sie die Hände frei hatten, was selten der Fall war, umarmten sie sich innig und hielten den Glauben an eine gemeinsame Zukunft hoch. Karla bewunderte Paul für seine zupackende Art. Er, der neuerdings keinen Tweed mehr brauchte, steuerte das noch fragile Schiffchen namens Schuhgeschäft sicher wie ein alter Seebär durch das trotzige und Wellen schlagende Meer. Er durchkämmte sämtliche Ämter, um alle notwendigen Konzessionen und Erlaubnisse zu erhalten. Souverän und entschlossen feilschte er mit dem

Magistrat wegen der Luftsteuer für das Ladenschild. Er kalkulierte, telefonierte und diskutierte.

Nach vier Tagen Plackerei war die Arbeit getan. Die Schuhe waren, nach Größe sortiert, in die Vitrinen und Schubladen geschichtet worden. Jetzt konnten sie Doreen anrufen.

»Aber der Name?«, warf Eva ein.

Alle, von Mirli bis zu Guido, stellten sich auf den Gehsteig vor dem Laden und grübelten.

»Gosauer … Gosauer … irgendwas mit Gosauer. Das ist fix, oder?«, schlug Paul vor.

Da hatte Karla die zündende Idee: »Gosauer_reloaded. Und unsere Kollektion nennen wir wie gehabt KON_GO«, rief sie und schaute die anderen erwartungsvoll an. Nur eine Sekunde lang dachten alle nach.

»Genial!«, rief Eva.

»Das ist es«, war Paul überzeugt.

»Sehr modern, aber klingt spritzig«, stimmte Mirli zu.

»Sophisticated. Gefällt mir«, urteilte Ellie.

»Wuff«, machte Guido.

»Na dann!«, freute sich Karla.

»Na, dann werden wir mal das Schild malen!«, nahm Eva das Ruder in die Hand und ging in den Laden, wo sie bereits roten Lack und ein langes Stück Holz, das aussah wie der Längsschnitt eines alten Baumes, vorbereitet hatte. Sie hatte es aus Hinter-Russbach mitgebracht, wo der Baumschnitt seit Jahren hinter Mirlis Haus vor sich hin gemodert hatte.

Karla verfasste eine »Eilt«-Presseaussendung, hängte sich wieder stundenlang ans Telefon und rief Doreen an.

Die hatte tatsächlich Wort gehalten. »Schick mir alle Unterlagen, die Chefredaktion hat das Okay gegeben. Sie sind interessiert an den Sneakers. In der neuen Ausgabe von *Style* seid ihr drin.«

»Wann kommt die raus?«

»Nächste Woche.«

»Perfekt! Dann legen wir die Eröffnung genau so, dass wir am selben Tag den Laden aufsperren.«

»Macht ihr ein großes Opening?«

»Ähm … Wir machen einen Kirtag! Genau! So wie am Land. Mit Blasmusik, Alm-Büfett, Zirbenschnaps …«

»Ui, fein! Das klingt ja total schräg. So was fällt auf. Ich nehme an, ich bin eingeladen?«

Karla lachte. »Du wirst sogar Ehrenkundin.«

»Was auch immer das bedeutet …«, kicherte Doreen.

Karla legte ihr ganzes Herz in die Gestaltung der Einladungen. Sogar Ralph wurde mit einer bedacht. Egal, wer kommen würde – Hauptsache, viele kamen. Auch Paul ließ seine Kontakte spielen und lud die halbe Bank ein – vom Vorstand angefangen bis hin zu seinen Kunden.

Bei zweihundert Gästen hörten sie auf zu zählen. Wenn nur ein kleiner Teil davon kam, wäre das Fest schon ein voller Erfolg.

Mirli hatte sich in der Küche der Schneiders einquartiert und buk, gemeinsam mit Frau Schneider, Dutzende Bleche mit Heidelbeerkipferln. Die beiden Damen verstanden sich prächtig, und es war bereits ausgemacht, dass das Ehepaar in ein paar Wochen Tante Mirli in Hinter-Russbach besuchen würde.

Toni brachte mit seinem Rot-Kreuz-Lieferwagen nicht nur eine Abordnung der Russbacher Blasmusik, sondern auch kistenweise Leckereien für das Almbüfett mit – und

Rupert. Zum großen Teil hatten die Hinter-Russbacher die Köstlichkeiten – Speck, Brot, Almkäse und natürlich Zirbenschnaps – gespendet, obwohl Paul angeboten hatte, es zu bezahlen.

»Ehrensache!«, brummte Rupert fröhlich, als ihn Eva und Karla vor Freude förmlich ansprangen.

Er begutachtete den Laden, nickte anerkennend und lobte ihn über den grünen Klee. Dann holte er aus seiner braunen Leinenjacke einen Zettel und hielt ihn Karla hin. Es war der Spruch von Seneca, der an der Tür zur »Konferenz-Kuchl« bei den Gosauern geklebt hatte: »Nie ist zu wenig, was genügt.«

Karla grinste und holte aus der Kassenlade ein Tixoband.

»Kleb das bloß nicht auf die Kasse«, warnte Eva und stieß Rupert in die Seite.

Der Spruch landete auf der Tür.

»Man kann's ja auch anders betrachten: Weniger ist mehr – optisch gesehen, oder?«, assoziierte Ellie.

Rupert dachte nach, kratzte sich den struppigen Bart und nickte. »Jo, des is aa guat«, pflichtete er Ellie bei und reichte ihr die Hand: »I bin der Rupert.«

»Ich weiß«, sagte Ellie und grinste breit.

Als sie die Bierbänke und das Büfett aufstellten – Paul hatte hierfür von der Stadtverwaltung die Extragenehmigung eingeholt, die kurze Gasse bis 24 Uhr sperren zu lassen – schlenderte Doreen Kley mit einem Fotografen im Schlepptau um die Ecke. Sie grinste und hielt Karla ein druckfrisches Exemplar des Hochglanzmagazins hin. »Bitte sehr! Stefan und ich sind hier, weil wir noch einen kleinen Bericht für die nächste Ausgabe machen – wie die Eröffnung war. Sieht vielversprechend aus«, lobte sie und zeigte auf die Musiker in ihren Lederhosen, die gerade wild durcheinandertönten. *»Mööөp-Tataaaa-Humpa-Humpa.«*

Viele Leute blieben stehen und äugten neugierig in die Gasse. Fenster gingen auf, und langsam füllte sich die Gasse mit Wienerinnen und Wienern.

»Na, lies halt«, forderte Doreen Karla auf und zeigte auf das Cover.

»Ich pack es nicht!«, schrie Karla voller Freude und fiel Doreen um den Hals.

»Paul! Eva! Paul! Eva! Mirli … Egal … *alle*!«, rief Karla und wedelte mit dem Magazin.

Auf dem Cover der Modebibel waren die Sneakers von »Gosauer_reloaded« mit einem sensationell gestalteten Bild illustriert. Im Heftinneren hatte die Redaktion auf einer Doppelseite die Schuhe als *das* It-Teil in den Himmel gelobt. Eva wurde als der neue Shooting-Star am Schuhdesigner-Himmel gelobt, Hinter-Russbach als Wiege der Kreativität bezeichnet. Karla und Paul wurde weitsichtiger und kluger Geschäftssinn attestiert, und sie wurden als würdige Nachfolger von Rupert Graupner, dem »Kräuter-Guru mit kleinem CO_2-Fussabdruck«, bezeichnet.

Ehe Doreen sichs versah, hatten sie und ihr Fotograf auch schon ein Gläschen Zirbenschnaps in der Hand und wurden mit dem traditionellen Hinter-Russbacher-Begrüßungszeremoniell herumgereicht.

Humpa-Humpa-Bopp-Bopp.

Die Kirtagsstimmung in der Gasse lockte zahlreiche Schaulustige an, die den kleinen Laden bestaunten und – zu Pauls, Evas und Karlas Freude – auch fest einkauften. Vier Stunden nach der Eröffnung war die Hälfte der Schuhe weg. Sogar Ralph, der Karlas Einladung in Begleitung einer unbekannten Dunkelhaarigen gefolgt war, legte die 150 Euro, die Paul als Verkaufspreis kalkuliert hatte, auf den Tisch. Karla dankte und reichte ihm seine Sneakers.

»Gute Idee, Schätzchen!«, lobte er. »Ich dachte, ihr würdet die Sache hier mit Laszlo durchziehen?«

Karla grinste und schwieg.

Auch Rupert kaufte sich ein Paar Schuhe. »Für die Melinda. Die mag das Neumodische«, erklärte er.

Als Karla das Geld in die Kasse steckte und Rupert eine Rechnung ausstellte, kam Paul von hinten auf sie zu und umarmte sie. Oh, war das schön. Sie und Paul und der Laden und Eva und Mirli und Ellie, und besser könnte es gar niemals werden.

Rupert beäugte die Rechnung.

»Stimmt was nicht?«, argwöhnte Karla.

»Nein, nein …«, wehrte Rupert ab. »Ich hab mir nur gedacht … Jetzt habt ihr ja fast alle Schuhe verkauft, ned wahr?«

»Gut die Hälfte«, präzisierte Paul.

»Aber dann wird's den Laden ned lang geben, ha?«

An das hatte Karla noch gar nicht gedacht.

»Naja. Wir werden wohl drüber nachdenken, dass wir eventuell nachproduzieren«, überlegte Paul.

Eva hatte sich zu den dreien dazugestellt, und Frau Schneider kam mit einem frischen Tablett Heidelbeerkipferl herein.

»I hätt vielleicht eine Idee«, fing Rupert an. »I könnt euch die Schuhfabrik zur Verfügung stellen … die Eva warat ja vor Ort, ned wahr?«

Eva machte große Augen und nickte zustimmend.

»… I tät gar nix dafür verlangen, weil ums Geld geht's mir ja ned …«

»Tatsächlich?«, konnte sich Karla nicht verbeißen.

Rupert grinste und drohte ihr mit dem Finger.

»Ihr verlangts für die Schuhe hundertfünfzig Euro. Zehn Euro davon gehen an mich und an den Kunden.«

Alle machten fragende Gesichter. Rupert fuhr fort: »Die zehn Euro gebt ihr als Gutschein her, der die nächsten, sagen wir mal, fünf Jahre für euer Geschäft gültig ist.«

»Aber wer sagt, dass es uns so lange gibt?«, warf Karla ein.

»Wart a bissl. Gleichzeitig werden die zehn Euro in Hinter-Russbach investiert. In die Landwirtschaft. Die Melinda und ich, wir machen einen Kräuterhandel auf, der sich für Bauern lohnt. Die bauen vom Lavendel bis zur Pimpernelle alles an, was für Tees, Salben, aber auch zum Essen gebraucht wird. Des zahlt sich für alle gut aus. Und der, der bei euch die Schuhe kauft, tut was G'scheites. Im Gegenzug kriegts ihr die Schuhfabrik mit allem Drum und Dran um ein paar Euro Pacht pro Jahr. Quasi geschenkt. Damit könnts ihr neue Schuh' produzieren …«

»Ich hab schon zwei neue Entwürfe!!«, rief Eva dazwischen und sprang aufgeregt auf und ab.

Rupert grinste. »… und ihr könnt den Kunden mit den Gutscheinen a bissl an euch binden. Die zehn Euro, die der dann mit dem Gutschein die nächsten Schuhe billiger kauft, tun euch ned weh, und für so manchen ist es neben allen anderen Kriterien ein weiterer Kaufanreiz.«

Alle sahen einander an. Seit wann hatte Rupert solche Ideen?

»Das wäre großartig!«, rief Frau Schneider. »Wir würden uns so freuen, wenn unser Laden längerfristig wiederbelebt wird. Wäre doch schade um das alles, oder?« Sie wies mit einer weit ausholenden Bewegung durch den Raum. »Jetzt, wo alles so hübsch hergerichtet wurde. Mein Mann und ich sind auf das Geschäft finanziell nicht angewiesen. Wir verrechnen nur so viel Miete, dass die Betriebskosten gedeckt sind und …« – sie zwinkerte Mirli zu – »… wir zweimal im Jahr einen Urlaub in Hinter-Russbach machen können.«

»Prost!«, krähte Toni in den Laden und winkte die Meute nach draußen. »Jetzt kummt der Watschentanz!«

Während draußen zwei der Musiker aus Hinter-Russbach unter großem Juchhe einen Schuhplattler hinlegten, dass es in den umliegenden Gassen nur so hallte, standen Paul und Karla allein hinter dem Tresen. Paul legte seinen Arm um ihre Hüfte und drückte sie glücklich an sich. Sie ließen ihre Blicke durch das kleine, entzückende Ladenlokal schweifen und genossen den Augenblick.

»So, wie das aussieht, könnte es langfristig ein Erfolg werden«, stellte Paul fest.

Karla lächelte. »Hmmm!«

Erfolg ist das Kind der Keckheit, fiel ihr Erich Kästners Spruch ein. Sie grinste. Mannomann, was war in den vergangenen paar Monaten alles geschehen? Wie in einer Diashow zogen Bilder an ihr vorüber: Herr Fiala vom bulgarischen Arbeitsmarktposten; der erste Anblick von Rupert-Yeti und seine melodischen Plagen mit Ukulele-Gitarre und Struppi-Bart; Guido! der kleine süße Guido mit seinen Minibeißerchen; Mirli! die großartige, großherzige, großbusige Mirli mit der wunderbaren Stimme und den göttlichen Heidelbeerkipferln; Zyklopen-Toni, die treue Seele; Eva, die eine wahre Freundin geworden war; Hans und Peter, das durchgeknallte Natur-Kabarett auf vier Beinen; Wiltrud! Nein, von der sollte es kein Bild geben! Und natürlich Paul. Paul! Der griff nach ihrer Hand und schaute sie liebevoll an. Schaute er vielleicht sogar ein bisschen stolz? Karla meinte, so etwas in seinem Blick zu sehen.

Paul räusperte sich. »Ööööhm … Ich denke, der Laden braucht eine pfiffige Geschäftsführerin.«

Pfiffig! Karla nickte zustimmend, zeigte auf sich und ergänzte: »Du meinst eine, die richtig gut mit Geld umgehen kann.«

Pauls Bärtchen sträubte sich – prrrr-prrrr.

Glossar

b2c: »business to consumer« = Geschäftsbeziehungen zwischen Unternehmer und Verbraucher (im Gegensatz zu »b2b = business to business«; bezeichnet die Geschäftsbeziehungen von Unternehmen untereinander)

Einspänner: Wiener Kaffeespezialität: ein kleiner Mokka mit Sahnehäubchen

fesch: schön, hübsch, attraktiv; auch: gut angezogen

fett sein: betrunken sein; s. a. »Restfett'n«

Fiaker: Zweispännige Pferdedroschke, die in Wien das Stadtbild prägt. Der Name bezeichnet auch den Kutscher derselben.

gach: schnell

grantig: schlecht gelaunt

Grinzing: Stadtteil Wiens, bekannt für seinen Weinbau

Grischpindl: klapperdürre Gestalt

G'spusi: Affäre; auch: Geliebter / Geliebte

Heuriger: traditionelle Weinschenke, im Wiener Umland in großer Zahl zu finden

Holler: Blödsinn

hudeln: hetzen, eilen

Klumpert: etwas Minderwertiges, Schlechtes oder Schadhaftes – oder schlicht: Krempel

Luftsteuer: wird in Wien erhoben, wenn jemand ein Geschäftsschild an einer Fassade anbringen will, das nicht flach an der Hausmauer befestigt ist, sondern im rechten Winkel dazu absteht

Moidl: Salzburger Dialekt für Mädchen

Restfett'n: Restalkohol im Blut; s. a. fett sein

schiach: grässlich

Spritzer: Weinschorle

Tixoband: der österreichische Tesafilm

Verhackertes: Brotaufstrich aus klein gehacktem Räucherspeck

Zitate und Quellenangaben

Seite 85: Das Zitat aus der arte-Sendung stammt von: http://www.arte.tv/de/2235124,CmC=3404754.html, aufgerufen am 13.6.2012.

Seite 119: Der Text aus Ralphs Einladung »Come as you are …« ist dem Album Nevermind (1991) der Band Nirvana entnommen, Autor: Kurt Cobain.

Seite 213: Das Volkslied ist entnommen aus: »Der Summer is außi«, Viktor Zack, Heiderich und Peterstamm, Steirische Volkslieder, Heft 3, Graz 1895, Seite 37.

Seite 217: Die Sage von der Steinnelke stammt aus: http://www.sagen.at/texte/sagen/sagen_jahr/steinnelke.html; aufgerufen am 14. Februar 2013.

Seite 251: Das Zitat über den Zugang von Frauen zur Mode stammt von: Noël Coward (1899–1973), englischer Dramatiker u. Schauspieler.

Seite 288: Das Zitat der Architekten stammt von http://en.wikipedia.org/wiki/Ludwig_Mies_van_der_Rohe, aufgerufen am 17. Juli 2012.

Danke an

in order of appearance:

Charlotte und Laurin: Ihr kriegt nun wieder warme Mahlzeiten, Kinders!

August, Renate und Andrea von der »Einfahrt«: Wer braucht ein Büro, wenn er so einen suprigen und großzügigen Lieblingswirt hat! (www.einfahrt.at)

Christian: Schönster Super-Cop & allerbester, gnädigster Korrekturzuhörer! Es gilt das L-Wort.

Harald: Liebster & wasserwissenschaftlicher Beirat.
Dank & Kuss.

Renate – Grande Dame – Kasza: Wir verehren dich und danken für alles!

Karin & Peter vom Peilsteinhaus: Zünftiger schreiben geht doch gar ned! Prost!

Georg, Vanessa und Caterina von *Copywrite*: Ihr seid die Besten!

Nora: Du.bist.so.nett.zu.uns.

Eva Wagner: Beste, toleranteste, geduldigste & fleißigste Lektorin – auch über den Weißwurscht-Äquator hinaus.

Andreas Dallinger, Hugo Wäfler, Dr. Presslmayer, Herr Weilguni & Herr Kiffl vom Team 4: Best of Starthilfe!

Mirli Sommer, legendäre Hüttenwirtin vom Unterberg: Jodelkönigin!

Die Guilartes: Energy flows where attention goes! DANKE!

Petra & Birgit Obermann & Ruth: Beste Testleserinnen ever.

Kult-Tracht, die wir lieben: TU Austria (www.tufelixaustria.at)